PATRICIA D. CORNWELL

Post mortem

punto de lectura

PATRICIA D. CORNWELL

Post mortem

Traducción de Begoña Recaséns

Título: Post mortem
Título original: *Post-mortem*
© 1990, Patricia D. Cornwell
© De esta edición: 2006, Punto de Lectura, S.L.
Torrelaguna, 60. 28043 Madrid (España)   www.puntodelectura.com

ISBN: 978-84-663-1234-9
Depósito legal: B-40.885-2008
Impreso en España – Printed in Spain

Fotografía de portada: © Franco Vogt / Corbis

Todos los personajes de esta obra son ficticios; cualquier
parecido con personas reales, vivas o muertas, es pura coincidencia.

Impreso por Litografía Rosés, S.A.

Primera edición: abril 2006
Segunda edición: julio 2006
Tercera edición: diciembre 2006
Cuarta edición: septiembre 2007
Quinta edición: octubre 2008

A Joe y Dianne

1

Aquel viernes, 6 de junio, llovía en Richmond.

El incesante aguacero, que comenzó al despuntar el día, azotaba los lirios hasta reducirlos a tallos desnudos, las hojas cubrían el asfalto y las aceras. Había pequeños riachuelos que surcaban las calles y lagunas recién nacidas en los campos de deporte y en los jardines. Me fui a dormir con el repiqueteo del agua en el tejado de pizarra, y tuve un sueño espantoso mientras la noche se disolvía en las primeras horas neblinosas de la mañana del sábado.

Vi un rostro muy pálido tras el cristal veteado por la lluvia, un rostro amorfo e inhumano, como el de las muñecas deformes hechas con medias de nailon. La ventana de mi dormitorio estaba oscura cuando aquel rostro apareció repentinamente, una inteligencia diabólica que miraba hacia adentro. Desperté y me quedé mirando la oscuridad a ciegas. No supe lo que me había despertado hasta que volvió a sonar el teléfono. Encontré el auricular sin titubeos.

—¿Doctora Scarpetta?

—Sí, soy yo.

Alargué la mano para buscar la lámpara y encendí la luz. Eran las 2.33 de la madrugada. El corazón me taladraba las costillas.

—Le habla Pete Marino. Tenemos una nueva en la avenida Berkley 5602. Creo que será mejor que se acerque por aquí.

El nombre de la víctima, siguió diciendo, era Lori Petersen, una mujer blanca, de treinta años. Su marido había encontrado el cuerpo media hora antes.

Los detalles eran innecesarios. Lo supe nada más descolgar el teléfono y reconocer la voz del sargento Marino. Tal vez lo supe en cuanto sonó el teléfono. Los que creen en el hombre lobo temen la luna llena. A mí me empezaban a aterrorizar las horas que mediaban entre la medianoche y las tres de la madrugada, cuando el viernes se transforma en sábado y la ciudad queda inconsciente.

Lo habitual era que llamasen al médico forense de guardia para que acudiese a la escena del crimen. Pero esto se salía de lo habitual. Después del segundo caso, había dado instrucciones precisas de que si había otro crimen, fuera a la hora que fuese, me avisaran a mí. A Marino no le entusiasmó la idea. Desde que asumí la jefatura del cuerpo médico forense del Estado de Virginia, hace menos de dos años, percibí una cierta reticencia por su parte. No sabría decir si su problema eran las mujeres en general, o yo en particular.

—Berkley está en Berkley Downs, en la zona sur —dijo en tono condescendiente—. ¿Sabe venir?

Confesé mi ignorancia y anoté las indicaciones que me daba en un bloc de notas que siempre guardo junto al teléfono. Colgué, y en cuanto puse los pies en el suelo la adrenalina me golpeó los nervios como si fuera un café exprés. La casa estaba en silencio. Cogí el viejo maletín, ajado y raído por el uso.

El aire nocturno era como una sauna fría, no había ninguna luz en las ventanas de mis vecinos. Según salía marcha atrás del garaje con la ranchera azul marino, alcé la vista para ver la luz del porche y la ventana del primer piso que daba al cuarto de invitados, donde dormía mi sobrina Lucy de diez años. Tendría que apuntarme un día más de ausencia en su vida. La había recogido en el aeropuerto el miércoles por la noche. De momento no habíamos tenido muchas ocasiones de comer juntas.

El tráfico era inexistente hasta que salí a la avenida. A los pocos minutos me encontraba ya cruzando el río James a gran velocidad. Las luces traseras de los coches que me precedían a gran distancia parecían rubíes, por el espejo retrovisor veía los edificios del centro de la ciudad recortados contra el horizonte, una visión fantasmal... A ambos lados de la carretera, había extensas llanuras de oscuridad contorneadas por diminutos collares de luz difuminada. Por ahí, en algún lugar, hay un hombre, pensé. Puede ser cualquiera, camina derecho, duerme bajo techo y tiene el número habitual de dedos en las manos y en los pies. Seguramente es blanco y mucho más joven yo, que ya he abrazado los cuarenta. Es una persona corriente según todos los parámetros, y probablemente no conduce un BMW ni honra con su presencia los bares del Slip ni las elegantes tiendas de moda de la calle Main.

Aunque, por otro lado, tal vez sí. Podía ser cualquiera y no era nadie. El señor Nadie. Un tipo de esos que la mente no retiene después de haber subido veinte pisos en un ascensor a solas con él.

Se había autoproclamado dueño y señor de la noche espectral, una obsesión para millares de personas que él jamás había visto, y una obsesión también para mí. El señor Nadie.

Los homicidios comenzaron hace dos meses, lo que hacía pensar que tal vez había salido de la cárcel recientemente, o de un hospital psiquiátrico. Ésas eran las conjeturas de la semana pasada, pero las teorías cambiaban constantemente.

La mía había sido la misma desde el principio. Abrigaba la firme sospecha de que no llevaba mucho tiempo en la ciudad, que ya lo había repetido en algún otro lugar y que no había pasado un solo día encerrado en ninguna cárcel ni en ninguna unidad forense. No era un tipo desorganizado, no era un simple aficionado, y estaba casi convencida de que tampoco era ningún «loco».

En el segundo semáforo a mano izquierda estaba Wilshire, y un poco más adelante, por la primera calle a la derecha se entraba a Berkley.

Se veían los destellos de luces rojas y azules a dos manzanas de distancia. Delante del número 5602 de Berkley, las luces iluminaban la calle como si fuera zona catastrófica. Una ambulancia, cuyo motor rugía con estruendo, había estacionado junto a dos vehículos policiales sin identificar que tenían luces estroboscópicas en la rejilla delantera. También había tres coches patrulla blancos cuyas luces lanzaban destellos intermitentes. El equipo de noticias del Canal 12 acababa de llegar. Los destellos seguían barriendo la calle arriba y abajo y varios vecinos habían salido a los porches en pijama y bata.

Aparqué detrás de la furgoneta del Canal 12, en el momento en que un cámara cruzaba la calle. Con la cabeza agachada y el cuello de la gabardina caqui alzado por detrás de las orejas, avancé con paso firme por el sendero de ladrillo que conducía a la puerta de la casa. Siempre he sentido una cierta aversión a verme en las noticias de la noche. Desde que comenzaron los estrangulamientos en Richmond, mi despacho se ha visto inundado de periodistas, siempre los mismos, que vuelven una y otra vez para formular las mismas preguntas carentes de toda sensibilidad.

—Doctora Scarpetta, si es un asesino en serie, todo parece indicar que puede volver a suceder, ¿no es así?

Como si lo que quisieran es que volviera a suceder.

—¿Es cierto que la última víctima tenía señales de mordiscos, doctora?

No era cierto, pero no había forma de responder una pregunta semejante, siempre perdías.

—Sin comentarios.

Entonces interpretaban que era cierto.

—No.

Y el titular de la próxima edición rezaría: «La doctora Kay Scarpetta niega que haya habido señales de mordiscos en los cuerpos de las víctimas...». Una nueva idea para el asesino, que lee los periódicos como cualquier ciudadano.

Los últimos artículos han sido floridos y pródigos en detalles terroríficos. Han ido mucho más allá del útil propósito de alertar a la ciudadanía. Las mujeres, en particular las que vivían solas, estaban aterrorizadas. La venta de pistolas y cerraduras de seguridad aumentó un cincuenta por ciento durante la semana que siguió al tercer asesinato, y la Sociedad Protectora de Animales se quedó sin perros, un fenómeno que, por supuesto, también salió en primera plana. Ayer, la galardonada periodista policial, Abby Turnbull, de triste fama, hizo gala de su descaro habitual al presentarse en mi oficina y apabullar al personal con su Libertad de Información. Un acto fallido en su intento de hacerse con la copia de los informes de las autopsias.

La cobertura de los crímenes era agresiva en Richmond, una antigua ciudad de Virginia de doscientos veinte mil habitantes que el año pasado alcanzó el segundo puesto en homicidios *per cápita* de Estados Unidos, según un informe del FBI. No era inusual que los patólogos forenses de la Commonwealth británica pasaran meses en mi oficina adquiriendo nuevos conocimientos sobre heridas de bala. No era inusual que muchos policías de carrera como Pete Marino se hubieran decidido a venir huyendo de la locura de Nueva York o Chicago y se encontraran con que Richmond era aún peor.

Lo que sí era inusual eran estos asesinatos sexuales. El ciudadano medio no se identifica con los ajustes de cuentas del mundo de la droga, ni con los tiroteos domésticos, ni con el borrachín que apuñala a otro por una botella de vino peleón. Sin embargo, esta serie de mujeres asesinadas eran las compañeras de trabajo que se sientan a tu lado en la oficina, las amigas que llamas para ir de compras o para tomar una copa en casa, las conocidas con las que charlas en una fiesta, las que hacen cola contigo en la caja del supermercado. Eran la vecina de alguien, la hermana de alguien, la hija de alguien, la amante de alguien. Se encontraban en su propia casa, durmiendo en su propia cama, cuando el señor Nadie entró por una de sus ventanas.

Dos hombres de uniforme flanqueaban la puerta, que estaba abierta de par en par y acordonada con una cinta amarilla que decía: «ESCENA DEL CRIMEN. PROHIBIDO EL PASO».

—Doctora.

Ese chico de azul que, situado en el último escalón, se echaba a un costado y levantaba la cinta para que yo pudiera pasar por debajo, podía ser mi hijo.

El cuarto de estar era impecable, decorado con estilo, en tonos rosados, cálidos. En una esquina había un elegante mueble de madera de cerezo que albergaba un pequeño televisor y un equipo de música. Cerca del mueble, un atril con partituras y un violín. Debajo de una ventana con cortinas que daba al jardín de delante había un sofá modular y en la mesa de centro, de cristal, media docena de revistas apiladas con esmero. Entre ellas un ejemplar de *Scientific American* y otro de *New England Journal of Medicine*. En el extremo de una alfombra china con un medallón central sobre un campo de fondo crema se erguía una librería de nogal. Dos de los estantes estaban ocupados por tomos sacados del plan de estudios del Colegio Médico.

Una puerta abierta daba a un pasillo que recorría la casa. A mi derecha había una serie de habitaciones, a la izquierda estaba la cocina, donde Marino y un joven agente hablaban con un hombre que debía de ser el marido.

Reparé sin querer en la pulcritud de las encimeras, el linóleo y los electrodomésticos color hueso que los fabricantes ahora llaman «almendra», en el pálido amarillo de las paredes empapeladas y las cortinas. Lo que me llamó la atención fue la mesa, en la que había una mochila roja cuyo contenido ya había sido revisado por la policía: un estetoscopio, una linterna de bolsillo, una tartera que alguna vez guardó comida o algún refrigerio, y los últimos ejemplares de *Annuals of Surgery*, *Lancet* y *Journal of Trauma*. Llegado este punto, yo ya tenía los nervios de punta.

Marino me dirigió una mirada fría cuando me detuve junto a la mesa, después me presentó a Matt Petersen, el marido. Petersen se había desplomado en una silla y tenía el semblante desencajado por el shock. Era sumamente atractivo, de una armonía casi perfecta, los rasgos cincelados a la perfección, el cabello negro azabache, la piel tersa y con un ligero bronceado. Tenía la espalda ancha y un cuerpo delgado pero esculpido con elegancia, iba vestido de manera informal con un niqui blanco y unos vaqueros desteñidos. Los ojos miraban hacia abajo y las manos tensas descansaban en su regazo.

—¿Eran de ella?

Tenía que saberlo. Los objetos médicos podían ser de su marido.

El «sí» de Marino fue la confirmación.

Petersen levantó la mirada con lentitud. Percibí un cierto alivio en sus ojos, de un azul intenso y muy enrojecidos, cuando se posaron en mí. La doctora había llegado, un rayo de esperanza donde no lo había.

Balbuceó las frases truncadas de una mente fragmentada, aturdida.

—Hablé con ella por teléfono. Anoche. Me dijo que llegaría a casa alrededor de las doce y media, en cuanto saliera del VMC, de la sala de urgencias. Llegué, vi las luces apagadas y pensé que ya se había acostado. Después entré ahí —subió de tono con voz quebradiza y respiró hondo—. Entré ahí, en el dormitorio.

En sus ojos había desesperación y lágrimas acumuladas, se dirigió a mí en tono suplicante.

—Por favor, no quiero que nadie la mire, que nadie la vea así, por favor.

—Señor Petersen, van a tener que examinarla —respondí con delicadeza.

De pronto un puño golpeó la mesa en un arranque de furia inusitado.

—¡Eso ya lo sé! —exclamó con los ojos desorbitados—. Pero, ¿tiene que estar la policía, y toda esa gente? —le temblaba la voz—. Ya sé lo que sucede en estos casos. Habrá periodistas y mucha otra gentuza pululando por toda la casa. No quiero que todos esos hijos de puta se pongan ahora a contemplarla.

Marino no se inmutó.

—Escúcheme, Matt. Yo también tengo una esposa. Sé muy bien de lo que habla. Le aseguro que se la tratará con el debido respeto, le doy mi palabra. El mismo respeto que yo querría si estuviera en su lugar.

El dulce bálsamo de la mentira.

Los muertos no se pueden defender, y la violación de esta mujer, como la de las otras, no había hecho más que empezar. Sabía que no terminaría hasta que Lori Petersen fuera examinada al dedillo, hasta que no fotografiaran su cuerpo centímetro a centímetro y toda ella quedara expuesta a los ojos de especialistas, policías, abogados, jueces y miembros del jurado. Todos se formarían conceptos, habría comentarios de sus atributos físicos, o de la falta de los mismos, bromas frívolas, acotaciones al margen no exentas de sarcasmo, mientras la víctima, no el asesino, pasaba a disposición judicial. Todos y cada uno de los aspectos de su persona y de su vida iban a ser escudriñados, juzgados y, en algunos casos, degradados.

La muerte violenta es un acontecimiento público, ésta era la faceta de mi profesión que con más saña hería mi sensibilidad. Hacía lo que estaba en mi mano para proteger la dignidad de las víctimas. Sin embargo, no era mucho lo que podía hacer cuando la persona pasaba a ser un número de expediente, una prueba que iba de mano en mano. La intimidad se destruye con la misma rotundidad que la vida.

Marino salió conmigo de la cocina y dejó que el agente continuara interrogando a Petersen.

—¿Ya han tomado las fotografías? —pegunté.

—Los de identificación están en ello en estos momentos, espolvoreándolo todo —respondió refiriéndose a los agentes de la sección de identificación que llevaban a cabo la operación—. Les he dicho que no se acerquen al cuerpo de la víctima.

Nos detuvimos en el pasillo.

En las paredes había una serie de acuarelas de cierta belleza y fotografías de los respectivos cursos universitarios del marido y de la mujer, y una foto artística a color de la joven pareja apoyada contra una barandilla de troncos erosionados y la playa como telón de fondo. Tenían los pantalones remangados hasta las pantorrillas, los cabellos alborotados por el viento y los rostros rubicundos por el sol. Ella era atractiva en vida, rubia, de rasgos delicados y sonrisa encantadora. Estudió en Brown, después en Harvard, en la facultad de medicina. Los años universitarios del marido transcurrieron en Harvard. Tuvo que ser allí donde se conocieron, y por el aspecto, él era más joven que ella.

Ella. Lori Petersen. Brown. Harvard. Brillante. Treinta años. Cerca estuvo de lograrlo, de cumplir su sueño. Tras ocho extenuantes años, como mínimo, de estudio de la medicina. Una doctora. Todo destruido en pocos minutos por el placer aberrante de un extraño.

Marino me rozó el codo.

Aparté la vista de las fotografías y, siguiendo sus indicaciones, fijé la atención en la puerta abierta que teníamos justo delante, a la izquierda.

—Por ahí entró —señaló.

La puerta daba a una pequeña habitación con el suelo de losa blanca y las paredes empapeladas de azul plomizo. Había un inodoro y un lavabo, y una cesta para la ropa sucia. La ventana sobre el inodoro estaba abierta de par en par, un cuadrado de tinieblas a través del cual se filtraba el aire fresco y húmedo que sacudía las blancas cortinas almidonadas. Más allá, plena oscuridad, el espesor de los árboles, el estridente serrucho de las cigarras.

—La tela metálica está cortada.

Marino me miraba con un rostro inexpresivo.

—Está apoyada contra la pared trasera de la casa. Justo debajo de la ventana hay un banco y una mesa de picnic. Parece que lo arrimó a la pared para poder entrar por la ventana.

Yo examinaba el suelo, el lavabo, la tapa del inodoro. No había rastros de suciedad ni manchones de pisadas, pero me resultaba difícil ver nada con claridad desde mi posición y no tenía la menor intención de correr el riesgo de contaminar algo.

—¿La ventana estaba cerrada con seguro? —pregunté.

—No lo parece. Todas las demás, sí. Ya lo hemos comprobado. Cabe suponer que ella no se tomó la molestia de ver si ésta tenía o no el seguro echado. De todas las ventanas de la casa, es la más vulnerable porque está cerca del suelo y en la pared de atrás, donde nadie ve lo que ocurre. Es preferible entrar por ésta que por la del dormitorio, porque si el tipo no hizo ruido, seguramente no le oyó cortar la tela metálica ni entrar por este extremo del pasillo.

—¿Y las puertas? ¿Estaban cerradas con llave cuando llegó el marido?

—Dice que sí.

—En ese caso, el asesino salió del mismo modo que entró —sentencié.

—Eso parece. Una comadreja metódica, ¿no cree? Estaba apoyado en el marco de la puerta y se inclinaba hacia delante sin entrar.

—No hay ningún rastro, tal vez pasó un trapo después para asegurarse de no dejar huellas de pisadas ni en el inodoro ni en el suelo. Ha estado lloviendo todo el día —puntualizó al tiempo que me dirigía una mirada neutra—. Se tuvo que mojar los pies, digo yo, tal vez hasta tendrían barro.

Me preguntaba dónde quería ir a parar con todo esto. No me resultaba fácil interpretar a Marino, y no tenía claro si era un buen jugador de póker, o simplemente lento. Encarnaba a la perfección el tipo de detective que yo evitaba si me daban a elegir, de los que se creen dueños del mundo y son absolutamente inaccesibles. Rondaba los cincuenta, tenía un rostro que la vida había ido erosionando y unos mechones de cabello largo y gris con la raya baja de costado y peinados sobre la calva. Medía algo más de metro ochenta de estatura y tenía una barriga prominente, resultado de varias décadas de *bourbon* o cerveza. La corbata, de rayas azules y rojas y una anchura desfasada, estaba grasienta a la altura del cuello por el sudor de muchos veranos. Marino era como uno de esos perdonavidas de las películas, un sabueso brusco y de toscas maneras que seguramente tenía un loro malhablado por mascota y una mesa de centro llena de revistas pornográficas.

Recorrí el pasillo cuan largo era y me detuve en la puerta del dormitorio principal. Sentí un tremendo vacío en el estómago.

Uno de los agentes de identificación se afanaba en cubrir todas las superficies que veía con polvos negros mientras que el otro capturaba la escena en una cinta de vídeo.

Lori Petersen yacía en la cama, la colcha azul y blanca colgaba a los pies. La sábana de arriba estaba retirada y hecha un ovillo bajo sus pies, las esquinas superiores de la de abajo se habían soltado del colchón, de modo que se veía una parte del mismo, las almohadas se amontonaban a la derecha de su cabeza. La cama era el vórtice de una tormenta violenta, rodeada por el intacto decoro del mobiliario de roble pulido que adorna un dormitorio de clase media.

Estaba desnuda. En la colorida jarapa que había a la derecha de la cama estaba su camisón de algodón amarillo pálido, rasgado de arriba abajo, lo que coincidía con los tres casos previos. En la mesilla de noche más cercana a la puerta había un teléfono cuyo cable había sido arrancado de la pared. Las dos lámparas que había a ambos lados de la cama estaban apagadas y despojadas de sus cables eléctricos. Uno de los cables lo tenía enrollado a las muñecas, inmovilizadas en la parte baja de la espalda. El otro cable estaba atado de forma diabólicamente creativa, lo que también coincidía con los tres primeros casos. Le daba la vuelta por el cuello, después pasaba por el nudo que tenía en las muñecas y de ahí iba hasta los tobillos, que quedaban bien atados. Siempre y cuando las rodillas se mantuvieran dobladas, la sección de cable que rodeaba el cuello quedaría suelta. Pero en cuanto estirase las piernas, bien por reflejo ante el dolor físico o bien por el peso del agresor sobre su cuerpo, la ligadura del cuello se tensaría como una soga.

La muerte por asfixia se produce en cuestión de minutos. Es un tiempo prolongado cuando todas y cada una de las células del cuerpo pide aire a gritos.

—Ya puede entrar, doctora —señaló el agente que sujetaba la cámara de vídeo—. Ya lo tengo todo grabado.

Prestando atención a mis pasos, me acerqué a la cama, coloqué la bolsa en el suelo y saqué un par de guantes quirúrgicos. Después saqué la cámara fotográfica y tomé varias fotografías del cuerpo *in situ*. El aspecto de su rostro era grotesco, inflamado de tal manera que resultaba irreconocible. Tenía un tono oscuro entre azul y amoratado debido a la acumulación de sangre bajo el tejido, consecuencia de la tensa ligadura en torno al cuello. De la nariz y la boca salía un reguero de sangre que había manchado la sábana. El cabello, rubio pajizo, estaba alborotado. Era relativamente alta, más de metro setenta, y bastante más voluminosa que la versión más juvenil de ella captada en las fotografías del pasillo.

El aspecto físico era importante porque la ausencia de pautas estaba empezando a ser una pauta en sí misma. Al parecer, entre las cuatro víctimas de estrangulamiento no había ninguna característica común, ni de físico ni siquiera de raza. La tercera era negra y muy delgada. La primera, pelirroja y regordeta. La segunda era morena y bajita. Tenían profesiones diferentes: maestra de escuela, escritora, recepcionista y ahora médico. Vivían en distintos barrios.

Saqué el largo termómetro químico de mi bolsa y tomé la temperatura de la habitación, después la de su cuerpo. La primera era de veintidós grados, la segunda de treinta y cuatro. La hora exacta de la muerte es más escurridiza de lo que se suele creer. No puede precisarse con exactitud a no ser que se produzca en presencia de alguien o que el reloj de la víctima deje de funcionar. Pero Lori Petersen no llevaba muerta más de tres horas. El cuerpo se le iba enfriando a razón de uno o dos grados por hora y los músculos menos voluminosos empezaban a acusar la rigidez característica.

Busqué a simple vista algún otro indicio susceptible de no sobrevivir al traslado del cadáver a la morgue. No había pelos sueltos en la piel, pero vi numerosas fibras que en su mayoría procedían, sin duda alguna, de la ropa de cama. Recogí con las pinzas varias muestras, algunas eran minúsculas y de color blanquecino, pero también había otras que parecían ser de alguna tela negra o azul oscura. Las metí en pequeños estuches metálicos destinados a guardar pruebas. Las pruebas más evidentes eran el olor a almizcle y las manchas de un residuo, transparente y seco, parecido al pegamento, que tenía en la parte superior del cuerpo y en el dorso de las piernas.

El líquido seminal estaba presente en todos los casos, sin embargo su valor serológico era escaso. El agresor pertenecía al veinte por ciento de la población compuesta por individuos no secretores, lo que quería decir que los antígenos de su grupo sanguíneo no se hallaban en ningún otro fluido corporal, como puede ser la saliva, el semen o el sudor. Al no haber muestras de sangre, no se lo podía clasificar. Podía ser A, B, AB o cualquier otro grupo sanguíneo.

Hace tan sólo dos años, la condición no secretora del asesino habría supuesto una barrera inquebrantable para la investigación forense. Pero ahora había secuencias de ADN, algo muy novedoso, cuyas posibilidades eran lo bastante significativas como para identificar a un agresor y excluir al resto de seres humanos, siempre y cuando la policía lo capturara primero, extrajera muestras biológicas, y el agresor no tuviera un hermano gemelo.

Marino se encontraba en el interior del dormitorio, justo detrás de mí.

—La ventana del cuarto de baño —dijo mientras observaba el cuerpo—. Según el marido —señaló dirigiendo el pulgar hacia la cocina—, no tenía cerrojo de seguridad porque él mismo lo quitó el fin de semana pasado.

Me limité a escuchar.

—Dice que ese cuarto de baño casi nunca se usa, salvo cuando hay visitas. Parece que el fin de semana se dedicó a cambiar la tela metálica, y que es posible que se olvidara de volver a echar el cerrojo al terminar. El baño no se ha usado en toda la semana. Ella —volvió a echar un vistazo al cuerpo— no tenía por qué pensar siquiera en la ventana, supuso, sin más, que estaba cerrada.

Una pausa.

—No deja de ser curioso que, por lo que parece, la única ventana que intentó abrir el asesino fuera ésa. La que no tenía cerrojo. Ninguna otra ventana tiene la tela metálica cortada.

—¿Cuántas ventanas hay en la parte trasera de la casa? —pregunté.

—Tres. La de la cocina, la del cuarto de baño pequeño, y la de este baño de aquí.

—¿Y todas son ventanas de guillotina con cerrojo de seguridad en la parte superior?

—Así es.

—Lo que quiere decir que si se alumbra el cerrojo desde fuera con la linterna, es probable que se vea si está cerrada o no.

—Puede que sí —de nuevo aquella mirada inexpresiva, de pocos amigos—. Pero sólo si te subes a algún objeto para poder mirar. Desde el suelo no se ve el cerrojo.

—Usted mismo ha mencionado una mesa de picnic —le recordé.

—La cuestión es que el jardín de atrás está hecho un barrizal. Las patas del banco tendrían que haber dejado huellas en el césped, si es que el tipo lo arrimó a las otras ventanas para subirse y mirar. Tengo a un par de agentes fuera inspeccionándolo todo. No hay huellas junto a ninguna de las otras dos ventanas. No parece que el asesino se haya acercado siquiera. Todo indica que fue derecho a la ventana del baño que hay en el pasillo.

—¿Es posible que hubiera una rendija abierta que le incitara a ir directamente a esa ventana?

—Mire, doctora, todo es posible. Pero si hubiera habido una rendija, también podría haberse dado cuenta ella, ¿no? Tuvo toda semana para hacerlo.

Puede que sí. Y puede que no. Es fácil ser observador ahora, una vez que ha ocurrido. Sin embargo, la mayoría de nosotros no prestamos tanta atención a los detalles cotidianos de nuestras casas, en especial a las habitaciones que apenas se utilizan.

Bajo una ventana acortinada que daba a la calle había un escritorio con otros abrumadores recordatorios de que Lori Petersen y yo ejercíamos la misma profesión. Diseminados por el fichero había una serie de revistas médicas, *Los principios de la cirugía* y el *Diccionario Médico* de Dorland. Junto al pie de la lámpara de latón, con forma de U, había dos disquetes. El enunciado de las etiquetas era breve. Había una fecha «6/1» escrita con rotulador y estaban numerados «I» y «II». Eran disquetes corrientes de doble densidad, compatibles con la tecnología IBM. Seguramente, tendrían algo en lo que Lori Petersen estaba trabajando en el VMC, la facultad de medicina, que contaba con un buen número de ordenadores a disposición de estudiantes y médicos. Por lo que parecía, en la casa no había ningún ordenador personal.

En un rincón de la habitación, entre la cómoda y la ventana, había una silla de mimbre con prendas de vestir extendidas con esmero: unos pantalones blancos de algodón, de estilo informal, una camiseta de manga corta de rayas rojas y blancas y un sujetador. Estaban ligeramente arrugadas, como si se las hubiera puesto ese mismo día y colocado en la silla antes de acostarse, igual que hago yo a veces, cuando estoy demasiado cansada para colgar la ropa.

Examiné brevemente el vestidor y el cuarto de baño grande. En conjunto, el dormitorio principal estaba ordenado y no había sufrido alteración alguna, salvo la cama. Todo indicaba que ni el robo ni el saqueo formaban parte del *modus operandi* del asesino.

Marino observaba cómo uno de los agentes de identificación abría los cajones del tocador.

—¿Qué otra información tiene usted del marido? —le pregunté.

—Está haciendo estudios de posgrado en Charlottesville, vive allí durante la semana y viene a casa los viernes por la noche. Se queda aquí el fin de semana y vuelve a Charlottesville el domingo por la noche.

—¿Qué estudia?

—Literatura, según dice —respondió Marino, posando su mirada en todo menos en mí—. Está haciendo el doctorado.

—¿En qué?

—En literatura —volvió a decir, esta vez pronunciando cada sílaba con lentitud.

—¿Qué tipo de literatura?

Al fin sus ojos se posaron en mí, aunque sin gran entusiasmo.

—Literatura norteamericana, eso es lo que me ha dicho. Aunque tengo la impresión de que lo que más le interesa son las obras de teatro. Al parecer, ahora está actuando en una. Shakespeare. *Hamlet*, creo que dijo. Dice que ha trabajado mucho como actor, a veces en papeles cortos de alguna película rodada por aquí cerca y también ha hecho un par de anuncios para televisión.

Los agentes de identificación dejaron lo que estaban haciendo. Uno de ellos se dio la vuelta, con el cepillo suspendido en el aire.

Marino señaló hacia los disquetes del escritorio y habló en voz lo bastante alta como para atraer la atención de todos los presentes.

—Creo que vamos a tener que echar un vistazo a lo que hay en estos disquetes. A lo mejor es una obra de teatro que está escribiendo, ¿no?

—Podemos mirarlos en mi oficina. Tenemos un par de ordenadores IBM —señalé.

—Ordenadores —dijo arrastrando la palabra—. No soporto la sola mención de esos bichos asquerosos. Pura basura. Nada del otro mundo, una simple caja, unas cuantas teclas pegajosas y nada más.

Un agente estaba sacando algo de debajo de unos jerséis que había en el último cajón de la cómoda, era un cuchillo de supervivencia de hoja larga con una brújula ensamblada en la parte superior de la empuñadura negra y una pequeña piedra de afilar en el bolsillo de la vaina. Tratando de tocar la menor superficie posible, lo metió en una bolsa destinada a guardar pruebas.

Del mismo cajón salió una caja de preservativos Trojans, lo que, como le señalé a Marino, no dejaba de ser un poco sorprendente dado que Lori Petersen, a juzgar por lo que había visto en el cuarto de baño, tomaba anticonceptivos por vía oral.

Como era de esperar, Marino y los agentes comenzaron con su tanda de conjeturas sarcásticas.

Me quité los guantes y los metí en la parte superior de mi bolsa.

—Ya está lista para el traslado —señalé.

Se dieron la vuelta a la vez, como si de pronto se hubieran acordado de la mujer masacrada que yacía en el centro de la cama arrugada y revuelta. Tenía los labios separados de los dientes en mueca de dolor. Los ojos, reducidos a dos rendijas por la hinchazón, miraban a ciegas hacia arriba.

Se avisó por radio a la ambulancia y a los pocos minutos entraron dos camilleros con sendos monos azules cargando una camilla que cubrieron con una sábana blanca y limpia, después la arrimaron a la cama.

Levantaron a Lori Petersen siguiendo mis indicaciones, con la ropa de cama doblada encima de ella, sin rozarle la piel con sus manos enguantadas. La colocaron en la camilla con delicadeza, la sábana encima para que no se perdiera ni se agregara ninguna prueba. Las tiras de Velcro hicieron un ruido desgarrador cuando las separaron para atar bien el capullo blanco.

Marino salió de la habitación detrás de mí, y sus palabras me sorprendieron.

—La acompaño hasta el coche, doctora.

Matt Petersen se había levantado de la silla cuando regresábamos por el pasillo. Tenía el semblante pálido, los ojos vidriosos, me miró, desesperadamente, con la necesidad de recibir algo que sólo yo podía darle. Aplomo. Una palabra de consuelo. La promesa de que su mujer había fallecido con rapidez y sin sufrimiento. Que la habían atado y violado después de haber sido estrangulada. No había nada que pudiera decirle. Marino cruzó conmigo el cuarto de estar y juntos salimos.

El pequeño jardín delantero estaba iluminado por focos de televisión, cuya luz flotaba sobre un fondo hipnotizante de destellos azules y rojos. Las voces entrecortadas de los incorpóreos asignadores de tareas competían con los rugidos de los motores mientras una suave llovizna comenzaba a atravesar la neblina.

Por todas partes había periodistas con cuadernos y grabadoras que esperaban impacientes el momento del traslado del cuerpo por los escalones de la puerta principal y la introducción del mismo en la parte trasera de la ambulancia. Un equipo de televisión aguardaba en la calle. Había una mujer que lucía una elegante gabardina con cinturón y hablaba micrófono en mano mientras la ruidosa cámara grababa su serio semblante en «el lugar de los hechos» para el informativo del sábado por la noche.

Bill Boltz, el fiscal del distrito, acababa de llegar y se estaba apeando del coche. Con aspecto aturdido y adormilado, su firme intención era eludir a la prensa. No tenía nada que decir porque aún no sabía nada. Se me ocurrió pensar quién le habría avisado. Tal vez Marino. Los policías iban de aquí para allá, algunos iluminaban el césped con sus potentes linternas halógenas sin ningún objetivo aparente, otros se apiñaban junto a sus coches patrulla blancos y charlaban. Boltz se subió la cremallera del chubasquero y me saludó con la cabeza cuando tuvimos un breve encuentro de miradas, después siguió caminando a paso ligero.

En el interior de un coche particular color ocre que tenía la luz interna encendida se hallaban el comisario y un comandante, los dos con aspecto demacrado. Asentían periódicamente y comentaban los hechos con la periodista Abby Turnbull, que les hablaba a través de la ventanilla abierta a la espera de que saliéramos a la calle. En cuanto lo hicimos vino trotando hacia nosotros.

Marino la ahuyentó haciendo un aspaviento con la mano y lanzándole un «sin comentarios» en un tono de voz que equivalía a «vete a la mierda».

Aligeró el paso y yo experimenté una sensación cercana al consuelo.

—Pero, ¿qué es esto, el infierno? —exclamó Marino indignado mientras se palpaba los bolsillos en busca de un cigarrillo—. ¿A qué viene todo este circo? ¡Cielo Santo!

Sentí la lluvia suave y fresca en el rostro mientras Marino sujetaba la puerta de la ranchera para que entrara. Cuando metí la llave en el contacto se agachó y me dirigió unas palabras con una sonrisa afectada.

—Tenga mucho cuidado al volante, doctora.

2

La blanca esfera del reloj parecía flotar como la luna llena sobre el cielo nocturno, elevándose sobre la cúpula de la vieja estación, sobre los rieles y el paso eleva-
do de la I-95. Las manecillas labradas del gran reloj se
habían detenido años atrás, cuando pasó el último tren
de pasajeros. Marcaban las 12.17. Siempre serían las
12.17 en la parte baja de la ciudad, allí donde el Servicio
de Salud y Asistencia Social decidió levantar su hospital
para los muertos.

Aquí el tiempo se ha detenido. Los edificios se
apuntalan y se demuelen. Los trenes de carga braman y
retumban continuamente, como si se tratara de un mar
lejano y descontento. La tierra es una orilla ponzoñosa
de maleza mezclada con basura y desechos en la que nada crece, y todo queda a oscuras al llegar la noche. Nada
se mueve, salvo los camioneros, los viajeros y los trenes,
que avanzan raudos sobre sus vías de acero y cemento.

La blanca esfera del reloj me observaba mientras
conducía a través de la oscuridad, me observaba como el
blanco rostro de mi sueño.

Metí la ranchera por una apertura de la valla metálica y aparqué detrás del edificio de estuco en el que había

pasado prácticamente todos los días de los últimos dos años. Aparte del mío, el único vehículo oficial que había en el aparcamiento era el Plymouth azul de Neils Vander, el especialista en huellas dactilares. Yo lo había llamado nada más hablar con Marino. Ponerse en acción tras el segundo estrangulamiento era una política nueva. Si había otro crimen, Vander tenía instrucciones de encontrarse inmediatamente conmigo en la morgue. En este momento se hallaba en el cuarto de rayos X, preparando el equipo de láser.

La luz que se filtraba por la entrada abierta bañaba el asfalto. Dos celadores estaban sacando de la parte trasera de una ambulancia una camilla con un cuerpo enfundado en una bolsa negra. Los traslados no se interrumpían durante las horas nocturnas. Todo aquel que muriera de forma violenta, inesperada o sospechosa en la zona centro de Virginia venía a parar a este lugar, cualquiera que fuese la hora del día.

Los dos jóvenes, embutidos en sendos monos azules, se mostraron sorprendidos al verme cuando crucé la entrada y dejé abierta la puerta que conducía al interior del edificio.

—Sí que ha salido temprano, doctora.

—Un suicidio en Mecklenburg —informó el otro—. Se arrojó debajo del tren. Lo arrastró más de quince metros.

—Sí. Está hecho trizas…

La camilla golpeó contra el marco al atravesar la puerta, y enfiló por el pasillo revestido de azulejos blancos. Al parecer, la bolsa negra era defectuosa o estaba rota. La sangre goteaba por el extremo de la camilla, dejando un reguero de manchas rojas.

La morgue tenía un olor particular, el rancio hedor de la muerte que ningún desodorante ambiental podía enmascarar. Si me hubieran llevado hasta allí con los ojos vendados, habría sabido exactamente dónde estaba. A esa hora de la mañana el olor era más perceptible, más desagradable que de costumbre. La camilla traqueteaba ruidosamente en el silencio hueco del edificio mientras los camilleros trasladaban al suicida a la cámara frigorífica de acero inoxidable.

Me dirigí hacia la oficina de la morgue, donde Fred, el guardia de seguridad, tomaba su café en una taza de plástico y aguardaba a que los empleados de la ambulancia firmaran la entrega del cuerpo y se marcharan. Fred se hallaba sentado sobre el borde del escritorio, agazapado para no ver, como era su costumbre cuando llegaba un cadáver. Una pistola en la cabeza no habría resultado suficiente incentivo para obligarlo a acompañar a nadie hasta el frigorífico. Las etiquetas colgando de los dedos de los pies fríos que sobresalían de las sábanas tenían en él un efecto peculiar.

Echó una mirada de soslayo al reloj de pared. Su horario de trabajo estaba a punto de terminar.

—Hay otro estrangulamiento a punto de llegar —le dije sin rodeos.

—¡Dios mío, Dios mío! ¡Cuánto lo siento! —sacudió la cabeza—. Le digo que cuesta imaginar que alguien pueda hacer una cosa así. Tan jovencitas…—no dejó de sacudir la cabeza.

—Llegará de un momento a otro, quiero que te asegures bien de que la puerta se cierre y así permanezca en cuanto introduzcan el cuerpo, Fred. Los periodistas llegarán en manada. No quiero ver a nadie a menos de quince metros de este edificio, ¿está claro? —la voz me salió áspera y aguda, y yo lo sabía. Mis nervios chisporroteaban como un cable de alta tensión.

—Sí, señora —dijo con un vigoroso asentimiento—. Me haré cargo, no tema.

Encendí un cigarrillo, cogí el teléfono y marqué el número de mi casa.

Al segundo timbrazo Berta cogió el auricular.

—¿Dígame? —dijo con voz ronca, embriagada de sueño.

—Nada, llamaba sólo para saber cómo andan las cosas.

—Aquí estoy. Lucy no se ha movido, doctora Kay. Dormida como un tronco, ni siquiera me oyó entrar.

—Gracias, Berta. Te lo agradezco de verdad. No sé cuándo volveré a casa.

—Aquí me quedaré hasta que vuelva, doctora Kay, no tema.

En los últimos días, Berta estaba siempre alerta. Si tenía que llamarla en plena noche, allí estaba ella. Le había dado una llave de la puerta de entrada e instrucciones para operar la alarma antirobo. Seguramente había llegado a casa minutos después de que yo partiera hacia el lugar de los hechos. Vagamente me cruzó por la cabeza la idea de que cuando Lucy se levantara, dentro de varias horas, encontraría a Berta en la cocina en lugar de encontrar a su tía Kay.

Había prometido llevarla hoy a Monticello.

En un carrito quirúrgico descansaba el generador eléctrico azul, que era más pequeño que un horno microondas y mostraba una hilera de luces brillantes y verdosas en el frente. Parecía suspendido en la oscuridad opaca de la sala de rayos X, como un satélite en el espacio vacío. De él salía un cable helicoidal que tenía en su extremo una varilla del tamaño de un lápiz, llena de agua de mar.

El láser que habíamos comprado el invierno pasado era un artefacto relativamente sencillo.

En las fuentes de luz más corrientes, los átomos y las moléculas emiten luz de forma independiente y con diversas longitudes de onda. Pero si sobre estos átomos activados con calor incide una luz de una longitud de onda determinada, pueden ser estimulados para emitir luz en fase.

—Dame un minuto más.

Neils, de espaldas a mí, manipulaba una serie de perillas e interruptores.

—Parece que tarda en calentarse esta mañana… igual que yo, por cierto —agregó, con un balbuceo desanimado.

Me encontraba de pie al otro lado de la mesa de rayos X, observando su sombra a través de unas gafas ahumadas. Abajo yacía el bulto oscuro de los restos de Lori Petersen. Todavía tenía las sábanas de la cama debajo del cuerpo. Aguardé en la penumbra durante lo que me pareció un rato muy largo, sin distraerme, con las manos completamente quietas y los sentidos aguzados. El cuerpo estaba caliente. La vida la había abandonado hacía tan poco que parecía flotar en torno a ella, como un olor.

—Ya está —anunció Vander, y accionó un interruptor.

De inmediato brotaron de la varilla rápidos fogonazos de luz sincronizada, brillante como el berilio líquido.

No disipaba la oscuridad, sino que parecía absorberla. Tampoco resplandecía, más bien se deslizaba sobre una superficie pequeña. Vander no era más que una bata de laboratorio que aleteaba sobre la mesa cuando dirigió la varilla hacia la cabeza del cadáver.

Examinamos la carne bañada de luz centímetro a centímetro. Las diminutas fibras relucían como cables al rojo vivo y comencé a recogerlas con pinzas, mis movimientos en *staccato* bajo aquella luz estroboscópica creaban la ilusión de que el trayecto que recorría desde el cuerpo tendido en la mesa de rayos X hasta los estuches y sobres de pruebas que había en el carrito transcurría a cámara lenta. Ida y vuelta. Todo era inconexo. El bombardeo de láser iluminaba la comisura de un labio, un brote localizado de hemorragia sobre el pómulo, o una aleta de la nariz, aislando cada facción. Era como si los dedos enguantados que maniobraban con las pinzas pertenecieran a otra persona.

La vertiginosa alternancia entre luz y oscuridad era aturdidora, la única forma de mantener el equilibrio era concentrándome sólo en una idea la vez, como si, al igual que el láser, yo también funcionara en fase, todo mi ser en sintonía con lo que estaba haciendo, la energía mental fusionada en una única longitud de onda.

—Uno de los tipos que la trajeron —señaló Vander—, me dijo que la chica estaba haciendo la residencia en cirugía, en el VMC.

Apenas respondí.

—¿La conocías?

La pregunta me pilló desprevenida. Algo en mi interior se encogió como un puño. Yo pertenecía a la facultad del VMC, donde había cientos de estudiantes de medicina y de residentes. No había motivo alguno para que la conociera.

No dije nada, salvo darle instrucciones como «Un poco más a la derecha» o «Mantenlo ahí un minuto». Vander trabajaba con lentitud, concentrado y tenso, como yo. Empezaba a abatirse sobre nosotros una sensación de desaliento y de frustración. Hasta el momento, el láser no había demostrado ser mejor que la aspiradora Hoover, que recogía desechos indiscriminados.

Ya lo habíamos probado en cerca de veinte casos, y sólo en unos pocos había justificado su uso. Por añadidura, a su inutilidad para encontrar fibras y demás pruebas y rastros, debe sumarse el efecto de hacer resplandecer como luz de neón simples manchas de transpiración. Teóricamente, una huella dactilar en la piel humana podría emitir luz, y por tanto, ser identificada cuando el polvo tradicional y los métodos químicos fallaban. Sabía de un único caso, en el sur de Florida, en el que se habían hallado huellas en la piel. Se trataba de una mujer asesinada en un balneario, el agresor tenía los dedos manchados de aceite bronceador. Ni Vander ni yo esperábamos tener más suerte de la que habíamos tenido hasta el momento.

Lo que entonces vimos, no nos llamó particularmente la atención, en un primer momento.

La varilla exploraba varios centímetros del hombro derecho de Lori Petersen cuando asomaron de súbito, como si estuvieran pintadas con fósforo, tres manchas irregulares justo en la clavícula derecha. Ambos nos quedamos inmóviles, contemplándolas. Entonces Vander soltó un silbido entre dientes, mientras yo sentía que me corría un escalofrío por la espalda.

Vander cogió un frasco con polvo y un pincel Magna, y espolvoreó con cuidado lo que parecían ser tres marcas ocultas de dedos en la piel de Lori Petersen.

—¿Son de alguna utilidad? —aventuré.

—Son parciales —dijo abstraído mientras empezaba a tomar fotografías con una cámara Polaroid M-4—. El detalle del contorno es muy bueno. Lo bastante como para poder clasificarlas, creo. Voy a pasar estas criaturas al ordenador de inmediato.

—Parece el mismo residuo —pensé en voz alta—. La misma sustancia que tiene en las manos.

El monstruo había vuelto a firmar su trabajo. Demasiado bueno para ser verdad. Las huellas dactilares eran demasiado buenas para ser verdad.

—Parece la misma sustancia, es cierto. Pero creo que en esta ocasión tenía mucha más cantidad en las manos.

El asesino jamás había dejado sus huellas con anterioridad, pero el residuo brillante, que era lo que al parecer las hacía resplandecer, era algo que a estas alturas ya no nos sorprendía. Y había más. Cuando Vander comenzó a examinar el cuello, una constelación de diminutas estrellas blancas destelló ante nosotros, como si se tratara de fragmentos de vidrio iluminados por los faros de un coche en una calle oscura. Vander sostuvo la varilla inmóvil mientras yo buscaba un apósito de gasa esterilizada.

Habíamos encontrado el mismo brillo diseminado sobre los cuerpos de las primeras tres víctimas, más cantidad en la tercera que en la segunda, la primera, en cambio, era la que menos tenía. Las muestras se enviaron al laboratorio. Hasta el momento, el extraño residuo no se había identificado, lo único que se sabía era que era inorgánico.

No nos hallábamos más cerca de saber de qué se trataba, aunque a estas alturas contábamos con una larga lista de sustancias que no podían ser. Durante las últimas semanas, Vander y yo habíamos hecho una serie de pruebas consistentes en untarnos todo tipo de sustancias en nuestros propios brazos, desde margarina hasta loción corporal, para ver qué reaccionaba ante el rayo láser y qué no. Algunas muestras brillaron tal como nosotros suponíamos, pero ninguna lo hizo con tanta intensidad como el desconocido residuo resplandeciente.

Con delicadeza deslicé el dedo bajo el cable eléctrico que rodeaba el cuello de Lori Petersen y un surco en la carne de color rojo furioso quedó al descubierto. El borde no estaba claramente definido; el estrangulamiento había sido más lento de lo que yo había imaginado en un principio. Vi las marcas débiles de la fricción causada por el cable, vuelto a poner en su lugar en varias oportunidades. Estaba lo bastante flojo como para mantenerla apenas con vida por un rato. Luego, de pronto, lo habían apretado. Había dos o tres destellos en el cable, y nada más.

—Prueba con las ligaduras de los tobillos —le indiqué en voz baja.

Nos pusimos a trabajar en la parte inferior del cuerpo. Allí también se veían los destellos blancos, pero también eran escasos. No había rastros de este residuo, fuera lo que fuese, ni en el rostro, ni en las piernas ni en el cabello. Hallamos varios destellos en los antebrazos, y toda una salpicadura en la parte superior de los mismos y en los pechos. Una constelación de diminutas estrellas blancas aparecía en la cuerda con la que le habían atado salvajemente las muñecas a la espalda, y hallamos restos de la sustancia brillante también en su ropa desgarrada.

Me aparté de la mesa, encendí un cigarrillo, y comencé a reconstruir el caso.

El agresor tenía alguna sustancia en las manos que se depositaba dondequiera que tocara a su víctima. En cuanto Lori Petersen estuvo desnuda, seguramente la aferró por el hombro derecho, y sus dedos dejaron esas marcas sobre la clavícula. De una cosa estaba segura: dada la concentración de la sustancia, tan densa en la clavícula, debió de ser el primer sitio en que la tocó.

Era muy desconcertante, como la pieza de un rompecabezas que parece que va a encajar pero no lo hace.

Desde el principio había supuesto que lo primero que hacía era reducir a sus víctimas, someterlas, tal vez a punta de cuchillo, para después atarlas antes de desgarrarles la ropa o hacer cualquier otra cosa. Cuanto más tocaba, menos residuos de la sustancia le quedaba en las manos. ¿Por qué habrá una concentración tan alta en la clavícula? ¿Estaría expuesta esa zona al comenzar la agresión? No me parecía posible. El camisón de Lori Petersen era de lycra, maleable y blando, diseñado como una camiseta de manga larga. No tenía botones ni cremalleras, la única manera que habría tenido de ponérselo era pasándoselo por la cabeza. Tuvo que estar tapada hasta el cuello. ¿Cómo pudo el asesino tocar la piel desnuda de su clavícula si todavía tenía el camisón puesto?

¿Por qué, en definitiva, había tan alta concentración de residuo? Jamás habíamos encontrado tal cantidad.

Salí al pasillo y vi a varios hombres de uniforme charlando, recostados contra la pared. Le pedí a uno de ellos que localizara a Marino por radio y le dijera que me llamara en seguida. Oí la voz de Marino, respondiendo entre los ruidos de la línea.

—Diez minutos.

Recorrí de un lado a otro el suelo de losa de la sala de autopsias, con sus mesas brillantes, lavabos y carritos de acero inoxidable, donde reposaba el instrumental quirúrgico alineado. En alguna parte goteaba un grifo. El olor a desinfectante era ligeramente repulsivo; sólo olía bien cuando había otros olores aún peores acechando por debajo. Con su silencio, el teléfono negro del escritorio se burlaba de mí. Marino sabía que yo aguardaba junto a él. Seguro que disfrutaba sabiéndolo.

Retroceder hasta el principio para intentar adivinar dónde estaba el fallo no era más que especulación ociosa. Así y todo, cada tanto pensaba en ello. Pensaba en mi actitud. Cuando nos conocimos fui amable con él, le ofrecí un fuerte y respetuoso apretón de manos, en tanto sus ojos permanecían inexpresivos como dos centavos empañados.

Pasaron veinte minutos antes de que sonara el teléfono. Marino todavía se encontraba en casa de Petersen, según me dijo; seguía interrogando al marido, que era, según las palabras del detective, «más escurridizo que una rata de alcantarilla».

Le conté lo de las manchas brillantes. Le repetí lo que ya le había dicho con anterioridad. Era posible que se tratara de alguna sustancia doméstica presente en todas las escenas del crimen, algo absurdo que el asesino buscaba e incorporaba a su ritual: talco para bebés, lociones, cosméticos, limpiadores.

Hasta el momento, habíamos desechado muchas cosas, que era, en cierto sentido, nuestro objetivo. Si la sustancia no pertenecía al lugar del crimen, como yo suponía en mi fuero interno, entonces el asesino la llevaba consigo, quizá inadvertidamente, y esto podía ser importante y tal vez nos llevara a saber dónde trabajaba o vivía.

—Está bien —me llegó por la línea la voz de Marino—, revisaré los armarios y todo eso. Aunque yo tengo mi propia idea.

—¿Y qué idea es ésa?

—El marido actúa en una obra de teatro, ¿no? Ensaya todos los viernes por la noche, motivo por el cual llega tan tarde, ¿no es así? Corríjame si me equivoco, pero los actores usan maquillaje grasoso.

—Sólo en los ensayos generales y en las presentaciones.

—Sí —dijo, arrastrando la voz—. Bien, según su declaración, un ensayo general fue precisamente lo que tuvo antes de llegar a su casa y, según dice, encontrar a su esposa muerta. Oigo la campanilla. Mi vocecilla me dice algo...

—¿Le ha tomado las huellas digitales? —interrumpí.

—Por supuesto.

—Coloque la placa en una bolsa de plástico, y cuando venga, tráigamela de inmediato.

No lo comprendió.

No se lo expliqué. No estaba de humor para explicaciones.

Lo último que dijo Marino antes de colgar fue:

—No sé cuándo la veré, doctora. Tengo la sensación de que voy a estar aquí atado casi todo el día, no es por molestarla.

Supuse que no lo iba a ver ni a él ni a la placa de huellas dactilares antes del lunes. Marino tenía un sospechoso. Avanzaba al galope por la misma senda por la que galopan todos los policías. Ya puede ser un marido San Antonio y estar en Inglaterra cuando a su esposa la asesinan en Seattle, que aún así será siempre el primer sospechoso de los policías.

La violencia doméstica, los envenenamientos, las palizas y las puñaladas son una cosa, pero un asesinato con abuso sexual es otra. No hay muchos maridos que tengan estómago como para atar, violar y estrangular a sus esposas.

Atribuí el desconcierto a que empezaba a acusar el cansancio.

Me había levantado a las 2.33 de la madrugada, y ya eran casi las seis de la tarde. Los agentes de policía que habían venido a la morgue hacía rato que se habían marchado. Vander se fue a su casa alrededor del mediodía. Wingo, uno de mis técnicos de autopsias, partió no mucho después, y en el edificio no quedaba nadie más que yo.

El silencio que tanto solía valorar me crispaba los nervios, no lograba entrar en calor. Tenía las manos entumecidas y las puntas de los dedos azules. Cada vez que sonaba el teléfono en la oficina delantera, daba un respingo.

Al parecer, la escasa seguridad de mi oficina nunca le había preocupado a nadie más que a mí. Las solicitudes de un mayor presupuesto para instalar un sistema de seguridad adecuado han sido rechazadas por sistema. El inspector pensaba en términos de pérdida de propiedad, pero ningún ladrón entraría nunca en la morgue, aunque les pusiéramos felpudos de bienvenida y mantuviéramos las puertas abiertas a toda hora. Los cadáveres son más disuasorios que los perros guardianes.

Los muertos nunca me han asustado. Son los vivos quienes despiertan mi temor.

Después de que meses atrás un psicópata armado ingresara en la consulta de un médico y vaciara el cargador en la sala de espera llena de pacientes, fui a una ferretería y compré una cadena y un candado, que utilizaba para asegurar la doble puerta de vidrio de la entrada cuando me quedaba trabajando después de hora o durante los fines de semana.

De pronto, mientras me encontraba trabajando en mi escritorio, alguien golpeó esa puerta doble con tal ímpetu que la cadena aún se balanceaba cuando me obligué a salir al pasillo a ver qué pasaba. Estaba desierto. En ocasiones, los vagabundos trataban de utilizar nuestros baños, pero cuando miré hacia fuera no vi a nadie.

Regresé a mi oficina tan nerviosa que cuando oí que se abrían las puertas del ascensor situado al otro lado del pasillo ya tenía en mis manos un par de tijeras y estaba dispuesta a utilizarlas. Era el guarda de seguridad del turno de mañana.

—¿Ha sido usted quien ha intentado entrar por la puerta de vidrio, hace un momento? —pregunté.

El hombre echó un vistazo con cierta curiosidad a las tijeras que yo aferraba y me respondió que no. Seguro que le pareció una pregunta tonta. Sabía que la puerta de entrada estaba cerrada con cadena, y tenía juegos de llaves de las otras puertas del edificio. No tenía ningún motivo para tratar de entrar por aquélla.

Un incómodo silencio volvió a adueñarse del lugar cuando regresé al escritorio para dictar a mi grabadora el informe de la autopsia de Lori Petersen. Por alguna razón no podía decir nada. No soportaba el sonido de mis propias palabras. Poco a poco me di cuenta de que lo que no quería era que nadie escuchara jamás esas palabras, ni siquiera Rose, mi secretaria. Que nadie supiera nada del residuo brillante, del fluido seminal, de las huellas dactilares, de las profundas heridas en los tejidos del cuello ni, lo peor de todo, de la prueba evidente de que había habido tortura. El asesino se estaba degenerando, se volvía cada vez más abominablemente cruel.

Ya no le bastaba con violar y asesinar. Hasta que no quité las ataduras del cuerpo de Lori Petersen, hice pequeñas incisiones en zonas rojizas sospechosas y palpé su cuerpo en busca de alguna fractura ósea, no supe lo que había sucedido antes de que muriera.

Las contusiones eran tan recientes que apenas afloraban, pero las incisiones revelaron el estallido de los vasos sanguíneos bajo de la piel, todo indicaba que había sido golpeada con un objeto romo, como una rodilla o un pie. En el costado izquierdo aparecían tres costillas fracturadas, como también lo estaban cuatro de sus dedos.

Había fibras dentro de la boca, principalmente en la lengua, lo que sugería que en algún momento había sido amordazada para evitar que gritara.

Vi en mi mente el violín en el atril que había en el cuarto de estar, y las revistas y los libros de medicina del escritorio de su cuarto. Las manos. Eran sus instrumentos más preciados, algo con lo que curaba y hacía música. El asesino debió de romperle los dedos con deliberación, uno tras otro, después de atarla.

El micro casete seguía girando, grabando el silencio. Lo apagué y le di la vuelta al sillón para sentarme frente al ordenador. El monitor parpadeó y la pantalla pasó del negro al azul celeste propio del procesador de textos. Las letras negras comenzaron a desfilar por la pantalla cuando me dispuse a escribir el informe.

No miré ni el peso ni las notas que había garabateado sobre un envase vacío de guantes mientras llevaba a cabo la autopsia. Lo sabía todo de ella. La recordaba a la perfección. La frase «dentro de los límites normales» me machacaba la cabeza. No había nada anormal. El corazón, los pulmones, el hígado. «Dentro de los límites normales». Había muerto en perfecto estado de salud. Seguí tecleando sin cesar, llenando páginas que parpadeaban ante mí mientras el ordenador me proporcionaba automáticamente nuevas pantallas, hasta que de improviso levanté la vista. Fred, el guardia de seguridad, estaba de pie en la puerta.

No tenía idea de cuánto tiempo había estado trabajando. El turno de Fred comenzaba a las ocho de la noche. Todo lo que había sucedido desde la última vez que lo viera parecía un sueño, un mal sueño.

—¿Todavía está usted aquí?

Después añadió algo más en tono vacilante.

—Hum…abajo hay una empresa de servicios fúnebres que viene a recoger un cuerpo, pero no lo encuentro. Vienen de Mecklenburg. ¿Sabe dónde está Wingo…?

—Wingo se fue hace horas —respondí— ¿Qué cuerpo?

—Un tal Roberts, atropellado por un tren.

Pensé un instante. Hoy habían llegado seis casos, incluyendo a Lori Petersen. Tuve un vago recuerdo del accidente ferroviario.

—Está en el frigorífico —le informé.

—Dicen que allí no lo encuentran.

Me quité las gafas y me froté los ojos.

—¿Lo ha mirado usted?

Esbozó una sonrisa tímida y retrocedió, meneando la cabeza.

—Doctora Scarpetta, usted sabe bien que yo jamás entro en esa caja.

3

Llegué con el coche hasta la entrada de mi casa. Me tranquilizó ver que el viejo Pontiac de Berta seguía aparcado allí. La puerta se abrió antes de que tuviera tiempo siquiera de encontrar las llaves.

—¿Cómo está el patio? —le pregunté en seguida.

Berta y yo nos miramos, ya dentro del espacioso vestíbulo. Había entendido perfectamente a qué me refería. Siempre que Lucy estaba en casa solíamos tener este tipo de conversaciones al fin de cada jornada.

—Más bien mal, doctora Kay. Esa niña lleva encerrada en su estudio todo el día, no ha dejado de aporrear ese ordenador suyo. ¡Jesús! En cuanto ponía un pie en la habitación para llevarle un bocadillo y preguntarle cómo estaba, se ponía a gritar como una loca. Pero, bueno, ya sé lo que la tiene así —su oscura mirada se ablandó—. Estaba molesta porque usted tuvo que salir a trabajar.

Un sentimiento de culpa se filtró entre mi aturdimiento.

—Ya lo vi en el periódico de la tarde, doctora Kay. Que Dios se apiade de su alma —mientras hablaba, forcejeaba con las mangas de su impermeable para ponérselo—. Sé que tuvo que quedarse a hacer lo que debía durante todo el día. ¡Ay, Señor, Señor, lo único que espero es que la policía lo atrape! Maldad. Eso es pura maldad.

Berta sabía cómo me ganaba la vida, y jamás me hizo ninguna pregunta. Aunque alguno de mis casos involucrara a algún vecino de su barrio, nunca preguntaba nada.

—El periódico de la tarde está allí —señaló hacia el cuarto de estar y recogió su libro de bolsillo de la mesa próxima a la puerta—. Lo escondí debajo de un almohadón del sofá para que la niña no lo pescara. No sabía si usted quería que lo leyera, doctora Kay.

Pasó junto a mí y me dio una palmadita en el hombro.

La observé dirigirse hacia su coche, y retroceder lentamente por el sendero de la entrada. Bendita Berta. Ya había dejado de disculparme por mi familia. Berta había sido insultada y acosada, tanto a la cara como por teléfono, por mi sobrina, por mi hermana y por mi madre. Berta entendía. Nunca manifestó críticas ni tampoco frases de aprobación, y en ocasiones yo sospechaba que me tenía lástima, lo que sólo lograba hacerme sentir peor. Cerré la puerta y me dirigí a la cocina.

Era mi habitación favorita, con sus techos altos y sus electrodomésticos, modernos pero escasos. Prefería hacer a mano la mayoría de las tareas culinarias, como hacer pasta o amasar. En el medio de la zona destinada a cocinar había un gran tablero de madera maciza de arce, a la altura exacta de alguien que no superara el metro sesenta sin zapatos. La parte destinada a los desayunos se hallaba frente a un ventanal que daba al patio de atrás, con árboles frondosos y un comedero de pájaros. Aquí y allá, salpicando la uniforme claridad de los armarios y los aparadores de madera, había ramilletes de rosas rojas y amarillas del jardín que cuidaba con tanto afán.

Lucy no estaba. Los platos de la cena se encontraban en el escurridor, y supuse que habría vuelto al estudio.

Fui hasta la nevera y me serví una copa de Chablis. Me apoyé contra la encimera, cerré los ojos y di un sorbo. No sabía qué iba a hacer con Lucy.

Su primera visita tuvo lugar el verano pasado, después de que yo abandonara el Instituto Forense del condado de Dade y saliera de la ciudad que me vio nacer y a la que había regresado tras mi divorcio. Era mi única sobrina. Con sus diez años, ya cursaba ciencias y matemáticas de nivel superior. Era un genio, un santo diablillo de enigmático linaje latino cuyo padre había muerto cuando ella era muy pequeña. No tenía a nadie más que a mi hermana Dorothy, demasiado absorta en su tarea de escribir libros infantiles como para preocuparse mucho por su propia hija de carne y hueso. La niña me adoraba más allá de cualquier explicación lógica, y su apego hacia mí exigía una energía que en este momento yo no tenía. Mientras regresaba a casa estudié la posibilidad de cambiar la reserva de su billete y mandarla de vuelta a Miami antes de lo previsto. Pero no podía hacerlo.

Eso la destrozaría. No comprendería nada. Sería el último de toda una vida de rechazos, un nuevo recordatorio de que ella era un incordio y que nadie la quería. Había aguardado ansiosamente esta visita durante todo el año. Yo también.

Bebí un nuevo sorbo de vino y esperé a que reinara un silencio absoluto para empezar a apaciguar mis nervios tensos y ahuyentar las preocupaciones.

Mi casa se alzaba en un barrio nuevo de la zona oeste de la ciudad, entre otras grandes casas ubicadas en parcelas arboladas de casi media hectárea, y el tráfico de las calles consistía principalmente en furgonetas y grandes coches familiares. Los vecinos eran tan discretos, y los asaltos y actos de vandalismo tan infrecuentes, que no recordaba cuándo había sido la última vez que viera pasar un coche patrulla. La tranquilidad y la seguridad no tenían precio, y eran para mí una necesidad primaria, imprescindible. Era un bálsamo para el alma desayunar a solas por la mañana temprano y saber que la violencia más extrema que podía llegar a ver por mi ventana era la pelea entre una ardilla y un grajo por el comedero de pájaros.

Aspiré una honda bocanada de aire, y di un nuevo sorbo de vino. Temía el momento de irme a la cama, temía ese momento previo al sueño, en la oscuridad, temía lo que podía llegar a pasar cuando acallara la mente y, por tanto, bajara la guardia. No podía dejar de ver a Lori Petersen, una imagen tras otra. Se habían roto las compuertas y la imaginación lo invadía todo, las imágenes se disolvían vertiginosamente en otras aún peores.

Lo veía ahí con ella en el dormitorio. Casi llegué a verle la cara, pero no tenía facciones; era apenas el vislumbre de algo que parecía un rostro y pasaba de largo mientras estaba con ella. Al principio Lori habría intentado razonar con él, tras el pánico inicial de despertarse por el frío acero del cuchillo contra el cuello, o ante el aterrador sonido de su voz. Le habría hablado para convencerlo, sabe Dios por cuánto tiempo, mientras él cortaba los cables de las lámparas y comenzaba a maniatarla.

Lori era una licenciada de Harvad, una cirujana. Seguro que intentó utilizar su inteligencia para luchar contra una fuerza irracional.

Después, las imágenes se precipitaban alocadas, como una película que va pasando en cámara rápida y termina descarrilando cuando los intentos de Lori se transformaban ya en pavor sin atenuantes. Lo inexpresable. Me obligué a dominar los pensamientos.

El despacho que tenía en casa daba a la arboleda de atrás y las cortinas solían estar echadas porque siempre me ha resultado difícil concentrarme si tengo ante mí una vista atractiva. Me quedé en la entrada y dejé vagar mi atención mientras Lucy aporreaba vigorosamente el teclado que reposaba en mi escritorio de roble macizo, de espaldas a mí. Hacía semanas que no entraba allí a poner orden, y el aspecto que ofrecía era lamentable. En los estantes, los libros se amontonaban a uno y otro lado sin ningún orden, y varios ejemplares de *Law Reporters* yacían apilados en el suelo, en tanto que otros estaban diseminados por ahí. Apoyados contra la pared, se hallaban mis diplomas y certificados: Cornell, Johns Hopkins, Georgetown, y demás. Tenía intención de llevármelos a la oficina, pero todavía no había encontrado el momento. Apilados de cualquier manera en una de las esquinas de la alfombra azul T'ai-Ming había una serie de artículos de revistas especializadas que aún tenía que leer y archivar. El éxito profesional implicaba que ya no tenía tiempo de llevar un orden minucioso, sin embargo el desorden seguía molestándome tanto como siempre.

—¿Cómo es que ahora te da por espiarme? —murmuró Lucy sin darse vuelta.

—No estoy espiándote —sonreí levemente mientras le daba un beso en la brillante cabeza rojiza.

—Sí, me estás espiando—siguió tecleando—. Te he visto. He visto tu reflejo en la pantalla. Te has quedado de pie en la puerta, observándome.

La rodeé con mis brazos, apoyé la barbilla en su cabeza y miré la pantalla negra llena de signos color amarillo verdoso fluorescente. Hasta ese momento jamás se me había ocurrido que la pantalla podía reflejar imágenes como un espejo, y ahí comprendí cómo se las ingeniaba Margaret, la analista de programación de mi equipo, para saludar por su nombre a todo aquel que pasaba por su oficina, pese a estar sentada de espaldas a la puerta. El rostro de Lucy era un borrón sobre el monitor. Lo que se veía con mayor claridad eran sus gafas de adulto, con montura de carey. Solía recibirme trepándose a mí y abrazándome, pero hoy no estaba de humor para eso.

—Lamento que hoy no hayamos podido ir a Monticello, Lucy —me arriesgué.

Se encogió de hombros.

—Estoy tan desolada como tú —añadí.

Otro encogimiento de hombros.

—De todas maneras, prefería quedarme con el ordenador.

No lo decía sinceramente, pero el comentario me dolió.

—He tenido un huevo de trabajo —siguió diciendo, mientras daba un golpe a la tecla de retroceso—. Tu base de datos necesitaba una buena limpieza. Apuesto a que hace más de un año que no limpias el disco duro.

Se volvió en mi sillón giratorio de piel y me moví hacia el costado, con las manos apoyadas en la cintura.

—De modo que lo he tenido que hacer yo —terminó diciendo.

—¿Qué hiciste *qué?*

No, Lucy no podía haber hecho algo así. Limpiar el disco duro significaba volver a formatearlo, eliminar, borrar toda la información que contenía. En el disco duro había —o había hasta ahora— media docena de tablas de estadísticas que yo solía utilizar para los artículos que tenía que publicar con fecha límite. Las únicas copias de seguridad eran de hace varios meses.

Los verdes ojos de Lucy se posaron en los míos. Parecía una niña sabihonda con esos gruesos cristales de sus gafas. Su redondo rostro de diablillo adoptó una expresión dura.

—Consulté los manuales para ver cómo se hacía. Lo único que hay que hacer es teclear IOR I en cuanto te sale el comando C, y después de reiniciar el equipo se ordena la función Addall y Catalog.Ora. Es fácil. Lo hace cualquier imbécil.

No dije nada. No la reprendí por su lenguaje.

Sentí que me temblaban las rodillas.

Me acordé de la llamada de Dorothy, absolutamente histérica, hace ya unos años. Mientras estaba de compras, Lucy se había metido en su despacho y le había formateado hasta el último de sus disquetes, borrando con ello toda la información que contenían. En dos de ellos había un libro que Dorothy estaba escribiendo, capítulos que no había tenido tiempo de imprimir ni de grabar. Un acto homicida.

—Lucy, no has podido hacer tal cosa.

—Bueeeno, no te preocupes —dijo, malhumorada—. Primero exporté todos tus archivos. Así lo indica el libro. Luego los volví a importar y reconecté los accesos. Está todo. Pero ahora está limpio, me refiero a que el espacio está mejor aprovechado.

Acerqué un taburete y me senté a su lado. Fue entonces cuando advertí lo que había debajo de una pila de disquetes: el periódico de la tarde, doblado tal y como suelen quedar los periódicos ya leídos. Lo saqué de ahí debajo y lo abrí por la primera página. El titular de primera plana era lo último que deseaba ver:

JOVEN CIRUJANA ASESINADA: PODRÍA SER
LA CUARTA VÍCTIMA DEL ESTRANGULADOR

Una residente de cirugía de 30 años de edad fue hallada brutalmente asesinada en su domicilio de Berkley Downs poco después de la medianoche. La policía sostiene que hay pruebas suficientes como para relacionar su muerte con la de las otras tres mujeres de Richmond estranguladas en sus hogares durante los últimos dos meses. La víctima más reciente ha sido identificada como Lori Ann Petersen, licenciada por la Facultad de Medicina de Harvard. Ayer fue vista por última vez con vida poco después de la medianoche, cuando abandonó la sala de urgencias del hospital de VMC, donde estaba terminando la residencia en traumatología. Se cree que fue directamente del hospital a su casa conduciendo su propio coche, y allí fue asesinada entre las doce y media y las dos de la madrugada. Al parecer, el asesino ingresó al domicilio cortando la tela metálica de una ventana del cuarto baño que no tenía el cerrojo echado.

Y así seguía. Había una fotografía, una imagen granulosa en blanco y negro de los camilleros bajando el cadáver por los escalones de la entrada, y otra más pequeña de una figura enfundada en una gabardina color caqui en la que me reconocí. El epígrafe rezaba: «La doctora Kay Scarpetta, jefa del departamento de medicina forense, llegando a la escena del crimen».

Lucy me miraba con los ojos como platos. Berta había hecho bien al esconder el periódico, pero Lucy era una niña con muchos recursos. No supe qué decir. ¿Qué piensa una niña de diez años cuando lee algo así, sobre todo si va acompañado por una fotografía impersonal de su «tía Kay»?

Nunca le había explicado a Lucy mi profesión en detalle. Me había contenido para no pontificar sobre el mundo salvaje en el que vivimos. No quería que ella fuera como yo, despojada de inocencia e idealismo, bautizada en las sangrientas aguas de lo imprevisto y la crueldad, el tejido de la confianza roto para siempre.

—Es como el *Herald* —dijo, causándome verdadera sorpresa—. En el *Herald* siempre hablan de asesinatos. La semana pasada encontraron un hombre decapitado en el canal. Me imagino que se habrá portado fatal con alguien para que le cortaran la cabeza.

—Puede que sí, Lucy. Pero eso no justifica que nadie haga algo semejante. Y no todos los que resultan heridos o asesinados son malas personas.

—Mami dice que sí. Dice que a la gente buena no la asesinan. Sólo matan a las prostitutas, a los traficantes de drogas y a los ladrones —una pausa pensativa—. A veces, también a los agentes de policía, porque tratan de atrapar a los malos.

Dorothy era capaz de decir algo así, y lo que es peor, de creerlo. Sentí un brote de furia ya rancia.

—Pero esta señora que estrangularon —reflexionó Lucy, con los ojos tan abiertos que parecían a punto de tragarme—, era médico, tía Kay. ¿Cómo podía ser mala? Tú también eres médico. Era igual que tú.

De pronto tomé conciencia de la hora. Se estaba haciendo tarde. Apagué el ordenador, tomé a Lucy de la mano, salimos del estudio y nos dirigimos a la cocina. Cuando me volví hacia ella para sugerir que nos hiciéramos un bocadillo antes de acostarnos me quedé atónita al ver que se estaba mordiendo el labio inferior y tenía los ojos bañados en lágrimas.

—¡Lucy! ¿Por qué lloras?

Me rodeó con sus brazos, sollozando.

—¡No quiero que te mueras! ¡No quiero que te mueras! —exclamó, aferrándose a mí con intensa desesperación.

—Lucy… —me sentía aturdida, desconcertada. Sus rabietas, los estallidos coléricos y arrogantes eran una cosa. ¡Pero esto! Sentía sus lágrimas humedeciéndome la blusa. Sentía la tórrida intensidad de su pobre cuerpecito pegado al mío.

—No pasa nada, Lucy —fue todo lo que se me ocurrió, y la apreté aún más contra mí.

—¡No quiero que te mueras, tía Kay!

—No me voy a morir, Lucy.

—Papá murió.

—A mí no me va a pasar nada, Lucy.

No podía consolarla. La historia del periódico la había afectado profundamente. La había leído con un intelecto de adulto que, sin embargo, aún no estaba separado de su temerosa imaginación de niña. Y además había que sumarle sus pérdidas e inseguridades.

Dios Santo. Pensé en una respuesta adecuada, pero no se me ocurrió nada. Las acusaciones de mi madre empezaron a aflorar con ímpetu en algún recoveco de mi mente.. Mis carencias. No tenía hijos. Habría sido una pésima madre. «Tenías que haber nacido hombre», había dicho mi madre durante uno de nuestros encuentros menos productivos de los últimos tiempos. «Todo es trabajo y ambición en tu vida. No es natural en una mujer. Te vas a secar como un gusano de luz, Kay.»

Y en mis momentos de mayor desolación, cuando peor me sentía conmigo misma, vaya si no me sentía como una de esas luciérnagas que poblaban el césped de la casa de mi infancia. Translúcidas, quebradizas, secas. Muertas.

Servirle una copa de vino a una niña de diez años no era algo que acostumbrara a hacer.

La llevé a su cuarto y nos la bebimos en la cama. Me hizo preguntas imposibles de responder.

—¿Por qué las personas se hacen daño entre ellas? ¿Se lo toma como un juego el asesino? Quiero decir, ¿lo hace por diversión, como una especie de programa de la MTV? En la MTV hacen cosas así, pero es de mentira. Nadie sale lastimado. A lo mejor no pretende hacer daño a nadie, tía Kay.

—Hay personas que son malas —repliqué en voz baja—. Como los perros, Lucy. Algunos perros muerden a los viandantes sin ningún motivo. No están bien. Son malos, y siempre lo serán.

—Pero porque primero la gente los trata mal. Por eso se hacen malos.

—En algunos casos, sí —respondí—. Pero no siempre. A veces no hay ninguna razón. En cierto sentido, no importa. Es una elección. Algunos prefieren ser malos, prefieren ser crueles. Es parte de la vida, una parte fea, desgraciada.

—Como Hitler —murmuró, bebiendo un sorbo de vino.

Empecé a acariciarle el cabello.

Lucy se puso a divagar, con la voz ronca de sueño.

—También como Jimmy Groome. Vive en nuestra calle y dispara a los pájaros con un rifle de aire comprimido. Le gusta robar los huevos de los nidos y aplastarlos contra la calzada mientras contempla a los pichones luchar por su vida. Lo odio. Odio a Jimmy Groome. Una vez le tiré una piedra que le dio justo cuando pasaba en bicicleta. Pero él no sabe que fui yo porque estaba escondida detrás de unos arbustos.

Bebí más vino y seguí acariciándole el cabello.

—Dios no va a permitir que te ocurra nada malo, ¿verdad?

—No me va a ocurrir nada, Lucy. Te lo prometo.

—Si le rezas a Dios para que te cuide, lo hace, ¿no?

—Él cuida de todos nosotros.

Aunque no estaba tan segura.

Lucy frunció el ceño. Me temo que ella tampoco.

—¿Nunca tienes miedo? —preguntó.

Le sonreí.

—Todo el mundo tiene miedo de vez en cuando. No corro ningún peligro. No me va a pasar nada.

—Ojalá pudiera quedarme siempre aquí, tía Kay. Quero ser como tú —fue lo último que dijo antes de quedarse dormida.

Dos horas más tarde, me encontraba arriba todavía despierta, mirando la página de un libro cuyas palabras en realidad no veía. En aquel instante sonó el teléfono.

Mi reacción fue pavloviana, un reflejo condicionado. Cogí el auricular con el corazón en un puño. Esperaba, temía, oír la voz de Marino, como si la noche de ayer fuera a comenzar de nuevo.

—¿Dígame?

Nada.

—¿Dígame?

De fondo se oía la música débil y espeluznante que asociaba con las películas extranjeras que daban a primera hora de la mañana, o con películas de terror, o con los chirriantes giros de una gramola, hasta que el sonido de la línea anunció que habían colgado.

—¿Café?

—Por favor —respondí.

Este intercambio hizo las veces de «Buenos días».

Cada vez que iba al laboratorio de Neils Vander, su saludo de bienvenida era: «¿Café?», y yo siempre aceptaba. La cafeína y la nicotina eran dos vicios que había adoptado con entusiasmo.

Nunca se me ocurriría comprar un coche que no fuera tan sólido como un tanque, y jamás lo pondría en marcha sin ajustarme el cinturón de seguridad. Por toda mi casa hay detectores de humo, y también tengo un costoso sistema de alarma antirobos. Ya no me divierte volar, y opto por el autobús siempre que resulta posible. Pero la cafeína, los cigarrillos y el colesterol, siniestros verdugos del hombre de la calle... Dios no permita que tenga que renunciar a ellos. Cuando asisto a un congreso nacional, me siento junto a otros trescientos patólogos forenses, los expertos más destacados del mundo en materia de enfermedad y muerte. El setenta y cinco por ciento de nosotros no sale a correr ni hace aeróbic, no camina si puede ir en coche, no permanece de pie cuando puede estar sentado, y con frecuencia evita las escaleras o pendientes, a menos que sean cuesta abajo. Un tercio fuma, la mayoría bebe, y todos comemos como si fuera la última vez.

Estrés, depresión, tal vez una mayor necesidad de reír y disfrutar debido a la miseria que vemos... ¿quién puede saber la razón? Uno de mis amigos más irónicos, el jefe adjunto de Chicago suele decir: «Qué demonios, uno se muere. Todos morimos. Te puedes morir estando sano. ¿De qué sirve?».

Vander se dirigió hasta la máquina de café que tenía detrás del escritorio y sirvió dos tazas. Me había servido café en innumerables ocasiones y jamás lograba recordar que me gustaba solo.

Mi ex marido tampoco. Seis años viví con Tony, y nunca logró recordar que yo tomaba el café solo, ni que me gustaba la carne no muy hecha, no exactamente roja como la sangre, sino levemente rosada. Y de mi talla de vestir, mejor ni hablemos. Uso la talla ocho, tengo un tipo que se adapta a casi cualquier cosa, pero no soporto la ropa vaporosa, ni los lazos ni los encajes. Él siempre me traía algo de la talla seis, generalmente de encaje o gasa, para ir a la cama. El color favorito de su madre era el verde brillante. Usaba la talla catorce. Le entusiasmaban los volantes, detestaba los jerséis, prefería las cremalleras, era alérgica a la lana, no quería nada que tuviera que llevarse a la tintorería, o plancharse, sentía un antagonismo visceral hacia todo lo que fuera color violeta, consideraba que el blanco y el beige eran poco prácticos, en su vida se habría puesto nada estampado o con rayas horizontales, la muerte jamás la habría sorprendido con ropa de fibra sintética, creía que las tablas no le favorecían, y era amiga de los bolsillos, cuantos más, mejor. Si se trataba de comprarle algo a su madre, Tony acertaba, de una forma u otra.

Vander echó en mi taza las mismas cucharadas repletas de azúcar y leche que echó en la de él.

Como de costumbre, estaba desaliñado, con su ralo cabello gris despeinado, su bata holgada y tiznada con el polvo de las huellas dactilares, y un surtido de bolígrafos y rotuladores saliendo del bolsillo delantero, manchado de tinta. Era un hombre alto con largas y huesudas extremidades y una prominente y desproporcionada barriga. Su cabeza recordaba la forma de una bombilla, y sus acuosos ojos celestes se veían siempre velados por una expresión pensativa.

Durante mi primer invierno en este lugar apareció una tarde en mi oficina para anunciarme que estaba nevando. Una larga bufanda roja le envolvía el cuello, y llevaba un pasamontañas de aviador hecho de cuero, probablemente comprado en Banana Republic por catálogo. Era, sin lugar a dudas, el gorro de invierno más ridículo que jamás había visto. Creo que en un avión Fokker de combate se habría sentido como en casa. En la oficina lo llamábamos, con bastante acierto, «El holandés errante». Siempre iba con prisa, corriendo de acá para allá por los pasillos, la bata aleteando contra sus piernas.

—¿Has visto los periódicos? —me preguntó mientras soplaba su café.

—Todo el mundo ha visto los periódicos —repliqué abatida.

La portada del domingo era peor que la del sábado. El titular ocupaba todo el ancho de la página, con letras de tres centímetros de alto. La crónica incluía un apartado sobre Lori Petersen y una fotografía que parecía sacada de un anuario. Abby Turnbull había sido lo bastante agresiva, por no decir indecente, como para intentar entrevistar a la familia de Lori Petersen, que vivía en Filadelfia, pero estaban «demasiado trastornados para hacer declaraciones».

—Está clarísimo que esto no nos ayuda nada —dijo Vander, señalando lo que era obvio—. Me gustaría saber de dónde sale tal información para poder colgar a unos cuantos de los pulgares.

—Los policías no saben cerrar la boca —repliqué—. Cuando aprendan a sellar sus labios, dejarán de destilar ponzoña por todas partes.

—Bueno, tal vez sean ellos. Sea como sea, lo cierto es que este asunto está volviendo loca a mi mujer. Creo que si viviéramos en la ciudad, querría que nos mudáramos hoy mismo.

Fue hasta su escritorio, que era una maraña de hojas impresas de ordenador, fotografías y mensajes telefónicos. También había un botellín de cerveza y una baldosa con una huella de zapato en sangre seca, las dos cosas dentro de sendas bolsas de plástico rotuladas como pruebas. Diseminados sin ningún orden había también diez frascos pequeños llenos de formol que contenían dedos humanos cortados quirúrgicamente en la segunda articulación. En los casos de cuerpos no identificados que han resultado severamente quemados o se encuentran en avanzado estado de descomposición, no siempre es posible obtener huellas con los métodos habituales. En medio de este macabro revoltijo destacaba la incongruente presencia de una botella de crema corporal Vaseline Intensive Care.

Vander se frotó las manos con un buen chorro de crema, y se puso un par de guantes blancos de algodón. La acetona, el xileno y el constante lavado de manos propios de este trabajo resultaban brutales para su piel, yo siempre sabía si se había olvidado ponerse los guantes cuando manipulaba ninhidrina, una sustancia química que ayuda a visualizar huellas ocultas, porque llevaba los dedos color púrpura durante toda una semana. En cuanto hubo terminado el ritual matutino, me hizo señas para que lo siguiera hasta el pasillo del cuarto piso.

Varias puertas más adelante se encontraba la sala de ordenadores, limpia, casi aséptica, llena de unidades de metal plateado de distintas formas y tamaños, que hacían pensar en una lavandería de la era espacial. De todas ellas, la que más recordaba a lavadoras y secadoras, era el procesador de huellas dactilares, angosto y vertical, cuya función era cotejar huellas desconocidas con los millones de huellas del banco de datos almacenado en discos magnéticos. El FMP, como se lo conocía, con su red informática y procesador paralelo, era capaz de realizar ochocientos cotejos por segundo. A Vander no le gustaba sentarse a esperar los resultados. Tenía la costumbre de dejar la máquina funcionando durante la noche para tener algo con qué trabajar cuando llegaba por la mañana.

Lo que más tiempo llevaba era la labor que Vander había realizado el sábado, que consistía en introducir las huellas en el procesador. Para ello había que tomar fotografías de las huellas en cuestión, ampliándolas hasta cinco veces, y colocar sobre ellas una hoja de papel transparente para poder señalar con un rotulador las características más significativas. A continuación volvía a reducir el dibujo a una fotografía de tamaño natural que se correspondiera con precisión con el de la huella real. Pegaba la fotografía en una hoja de impresión y la metía en el ordenador. Después no había más que imprimir los resultados de la búsqueda.

Vander se sentó con la parsimonia de un concertista de piano dispuesto a brindar una interpretación. Sólo le faltó echarse la falda de la bata hacia atrás del taburete y estirar los dedos. Su Steinway era el equipo completo del ordenador, consistente en un teclado, un monitor, un escáner y un procesador de imágenes de huellas dactilares, entre otras cosas. El escáner podía leer tanto las tarjetas de huellas como las huellas ocultas. El procesador de imágenes de huellas dactilares (o FIP, como lo llamaba Vander) detectaba automáticamente las características de esas huellas.

Le vi teclear una serie de instrucciones. Luego presionó el botón de imprimir, y las listas de los posibles sospechosos comenzaron a llenar rápidamente el papel de rayas verdes.

Acerqué una silla mientras Vander se dedicaba a arrancar el papel impreso y cortarlo en diez partes, separando así los distintos casos.

Estábamos interesados en el 88-01651, el número de identificación adjudicado a las últimas huellas encontradas en el cuerpo de Lori Petersen. El sistema de comparación impresa computarizada es similar al de las elecciones políticas. Las posibles similitudes son llamadas «candidatos», y se las clasifica según una puntuación. Cuanto más alta es esa puntuación, tantos más son los puntos de coincidencia de ese candidato con las huellas ocultas desconocidas e introducidas en el procesador. En el caso del 88-01651 había un candidato que llevaba la delantera por un margen mayor a mil puntos. Esto sólo podía significar una cosa.

Un acierto.

O, como señaló Vander con desparpajo, «un golazo».

El candidato ganador era impersonalmente denominado NIC112.

No me lo hubiera esperado nunca.

—¿O sea, que quienquiera que haya dejado sus huellas en el cuerpo de Lori Petersen ya estaba registrado en el archivo de la base de datos? —pregunté.

—Correcto.

—¿Y eso significa que tal vez tenga antecedentes criminales?

—Tal vez, pero no necesariamente.

Vander se levantó y fue hasta la terminal de verificación. Apoyó los dedos sobre el teclado y contempló la pantalla del monitor CRT.

—Puede que le hayan tomado las huellas por otra razón —añadió—. Por ejemplo si pertenece al cuerpo judicial, o si alguna vez solicitó una licencia de taxi.

Comenzó a buscar tarjetas de huellas en las profundidades del ordenador. Al instante, la imagen buscada, un conjunto ampliado de vueltas y circunvoluciones de color turquesa, se yuxtaponía a la imagen de las huellas del candidato. A la derecha aparecía una columna en la que se indicaba el sexo, la fecha de nacimiento y demás información que revelaba la identificación del candidato. Vander imprimió una copia y me la entregó.

La examiné, leí y releí la identidad del NIC112.

Marino se habría entusiasmado.

Según el ordenador, y no había error posible, las huellas ocultas que había en el hombro de Lori Petersen, descubiertas por el láser, pertenecían a Matt Petersen, su marido.

4

No me sorprendió demasiado que Matt Petersen le tocara el cuerpo. Tocar a alguien que parece estar muerto no suele ser más que un acto reflejo. Se busca el pulso, o se lo toma del hombro para sacudirlo levemente, como hacemos para despertar a una persona. Pero sí hubo dos cosas que me inquietaron. En primer lugar, las huellas se pudieron tomar porque el individuo que las dejó tenía en los dedos residuos de la desconcertante sustancia fosforescente, una prueba que también había sido hallada en los casos previos de estrangulamiento. En segundo lugar, las diez huellas dactilares de Matt Petersen aún no se habían enviado al laboratorio. El ordenador hizo tal hallazgo sólo porque sus huellas ya figuraban en el archivo de la base de datos.

Cuando le estaba diciendo a Vander que necesitábamos averiguar por qué y cuándo se habían tomado las huellas de Petersen y si tenía antecedentes criminales, Marino entró en la habitación.

—Su secretaria me dijo que estaba aquí —dijo a modo de saludo.

Iba comiendo una rosquilla. Advertí que la había sacado de la caja situada junto a la máquina de café de abajo. Rose siempre traía rosquillas los lunes por la mañana. Marino echó una mirada a la maquinaria que nos rodeaba y, con cierta indiferencia, deslizó hacia mí un sobre de papel manila.

—Lo siento, Neils —masculló—, pero la doctora reclama el derecho a ser la primera en enterarse.

Vander me miró con curiosidad mientras abría el sobre. Dentro había una bolsa de plástico, destinada a la recopilación de pruebas, que contenía las huellas dactilares de Petersen. Marino me había puesto en un aprieto, cosa que no le agradecía en absoluto. En circunstancias normales, la tarjeta con el conjunto de huellas debería haber ido directamente al laboratorio sin pasar antes por mis manos. Ésta es la clase de maniobra que crea animosidad por parte de otros colegas. Suponen que estás violando su territorio, que pretendes pasarles por encima cuando, en honor a la verdad, no estás haciendo nada por el estilo.

—No quise que dejaran esto en tu escritorio, al alcance de cualquiera, para no correr el riesgo de posibles manipulaciones —le expliqué a Vander—. Se supone que Matt Petersen había utilizado pintura grasosa antes de ir a su casa. Si tenía residuos en las manos, también puede haberlos en la tarjeta de sus huellas.

Los ojos de Vander se abrieron como platos. La idea le atraía.

—Claro, claro. La pasaremos por el láser.

Marino me miró con expresión malhumorada.

—¿Y el cuchillo? —le pregunté.

Sacó otro sobre de la pila que llevaba bajo el brazo.

—Iba a llevárselo a Frank.

—Primero lo pasaremos por el láser —sugirió Vander.

A continuación, imprimió una nueva copia del NIC112, las huellas ocultas que Matt Petersen había dejado en el cuerpo de su esposa, y se la entregó a Marino.

Éste las contempló brevemente.

—¡Cielo Santo!—murmuró, mirándome directamente a los ojos.

Sus ojos sonreían con expresión triunfante. Yo ya conocía esa expresión, de hecho, la estaba esperando. Me estaba diciendo: «Aquí tiene, *Doña Jefa*. Usted puede ser muy leída, pero el que tiene calle soy yo».

Sentía que la investigación le iba apretando las clavijas al esposo de una mujer que, según seguía creyendo yo, había sido asesinada por un hombre desconocido por todos nosotros.

A los quince minutos, Vander, Marino y yo nos encontrábamos en el interior de lo que venía a ser un cuarto oscuro anexo al laboratorio de huellas dactilares. Sobre un mostrador cercano a un gran lavabo se hallaban la tarjeta con el conjunto de huellas y el cuchillo. La oscuridad del cuarto era total. La prominente barriga de Marino rozaba desagradablemente mi codo izquierdo mientras todos veíamos los fogonazos de luz intermitente que centelleaban sobre una constelación de chispas en las manchas entintadas de la tarjeta. También las había en el mango del cuchillo, que era de una goma demasiado dura y áspera como para dejar huellas.

Sobre la ancha hoja brillante del cuchillo había gran cantidad de partículas microscópicas y varias huellas parciales, que Vander roció con polvos y luego recogió. Se inclinó sobre la tarjeta de las huellas. Una rápida comparación visual con su experta vista de lince le bastó para aventurar una opinión.

—Si nos basamos en una comparación inicial de las circunvoluciones, podemos decir que son de él. Las huellas del cuchillo pertenecen a Petersen.

El láser se apagó y nos dejó en la más absoluta oscuridad, de la cual salimos pestañeando al encenderse súbitamente las luces cenitales que nos devolvieron al mundo de sórdidos muebles cenicientos y formica blanca.

Me quité las gafas protectoras y comencé mi habitual letanía de síntesis objetiva de los hechos, mientras Vander daba vueltas por ahí con el láser y Marino encendía un cigarrillo.

—Puede que las huellas del cuchillo no signifiquen nada. Si el cuchillo pertenecía a Petersen, sería lógico encontrar sus huellas. En cuanto al residuo brillante… sí, es obvio que tenía algo en las manos cuando tocó el cuerpo de su esposa y cuando le tomaron las huellas. Pero no podemos estar seguros de que sea la misma sustancia que la encontrada en los demás lugares, especialmente en los primeros tres casos de estrangulamiento. Lo examinaremos con el microscopio de electrones y, si hay suerte, sabremos si la composición elemental o los espectros infrarrojos son los mismos de los residuos encontrados en otras partes del cuerpo de Lori y en los casos anteriores.

—¿Qué? —exclamó Marino con incredulidad—. ¿Lo que está diciendo es que cree que Matt tenía algo en las manos y el asesino tenía otra cosa, que no son lo mismo pero que parecen iguales bajo el láser?

—La mayoría de las sustancias reaccionan con intensidad cuando se las somete al láser —le expliqué con calma, midiendo las palabras—. Relucen como la luz blanca de neón.

—Sí, pero, que yo sepa, la mayoría de nosotros no vamos por ahí con neón en las manos.

Tuve que admitirlo.

—No, la mayoría no, en efecto.

—Qué extraña coincidencia, que justamente Matt tenga esa cosa en las manos, sea lo que sea.

—Usted mismo mencionó que acababa de llegar de un ensayo general —le recordé.

—Eso es lo que él dice.

—No sería mala idea buscar el maquillaje que utilizó el viernes por la noche y traerlo para analizarlo.

Marino me lanzó una mirada desdeñosa.

En mi oficina se encontraba uno de los pocos ordenadores personales del segundo piso. Estaba conectado al ordenador principal de la planta baja, pero no era un ordenador ciego. En caso de que el principal estuviera apagado, yo podía utilizar el mío aunque sólo fuera para procesar textos.

Marino me entregó los dos disquetes hallados dentro del escritorio que Petersen tenía en su dormitorio. Los deslicé en el driver y abrí cada uno de ellos.

En la pantalla apareció una lista de archivos, o capítulos, de lo que claramente era una disertación de Matt Petersen. El tema era Tennessee Williams, «cuyas obras más exitosas revelan un mundo de frustraciones en el que el sexo y la violencia subyacen bajo una superficie de romántica delicadeza», según decía el párrafo inicial de la introducción.

Marino miraba por encima de mi hombro, meneando la cabeza.

—Vaya —murmuró—, esto se pone cada vez mejor. No me sorprende que esta comadreja se asustara tanto cuando le dije que me llevaba los disquetes. Mire todo lo que tiene.

Hice avanzar el texto en pantalla.

Más adelante se hacía referencia al controvertido tratamiento que Williams daba a la homosexualidad y al canibalismo. Mencionaba la brutalidad de Stanley Kowalski y el gigoló castrado de *Dulce pájaro de juventud*. No necesitaba poderes clarividentes para leerle la mente a Marino, tan vulgar como la portada de un pasquín. Para él esto era material de pornografía barata, el alimento de las mentes psicopáticas que terminan creando fantasías de perversión sexual y violencia. Marino no sería capaz de distinguir entre la calle y el escenario si se viera amenazado a punta de pistola en un curso de teatro de principiantes.

Sujetos como Williams, e incluso como Matt Petersen, creadores de este tipo de escenarios, rara vez suelen frecuentarlos.

Miré a Marino directamente a los ojos.

—¿Qué pensaría si Petersen fuera un estudioso del Antiguo Testamento?

Marino se encogió de hombros. Apartó los ojos de mí y los dirigió hacia la pantalla.

—Que yo sepa, no es que esto sea precisamente una clase de catequesis.

—Como no lo son las violaciones, las lapidaciones, las decapitaciones ni las prostitutas. Y en la vida real Truman Capote no era un asesino en serie, sargento.

Se alejó del ordenador y buscó una silla. Giré la mía y lo observé a través de la amplia extensión de mi escritorio. Por lo general, cuando Marino pasaba por mi oficina, prefería quedarse de pie, para mirarme desde arriba. Pero ahora estaba sentado, y nos mirábamos a los ojos. Sospeché que pensaba quedarse un rato.

—¿Qué tal si imprime todo esto? ¿Le importaría? Parece una buena lectura de cama —dijo con una sonrisa sarcástica—. ¿Quién sabe? Tal vez hasta encontremos que este chiflado de la literatura norteamericana también cita a ese marqués de Sade, o como se llame.

—El marqués de Sade era francés.

—Lo que sea.

Contuve mi irritación. Me pregunté qué pasaría si la esposa de alguno de mis médicos forenses fuera asesinada. ¿Acaso le daría por revisar la biblioteca creyendo hallar una mina de oro cada vez que se topara con un ejemplar tras otro de medicina forense y crímenes perversos de la historia?

Encendió otro cigarrillo y aspiró una profunda bocanada, entrecerrando los ojos. Se tomó el tiempo necesario para exhalar una fina columna de humo.

—Parece que Petersen le merece a usted buena opinión —dijo finalmente—. ¿En qué se basa? ¿En el hecho de que es artista, o en que es una rata de biblioteca?

—Yo no tengo ninguna opinión —repliqué—. No sé nada de él, salvo que no da el perfil adecuado de la persona que estranguló a esas mujeres.

Se quedó pensativo.

—Bien, yo sí sé algo, doctora. Como usted sabe, estuve hablando varias horas con él —buscó en el bolsillo de su chaqueta escocesa y sacó dos microcasetes que arrojó sobre el papel secante del escritorio, a mi alcance. Yo también busqué mis cigarrillos y encendí uno.

—Deje que le cuente cómo fueron las cosas. Becker y yo estamos en la cocina con él, ¿de acuerdo? Se acaban de llevar el cadáver cuando ¡bingo!, la personalidad de Petersen cambia del día a la noche. Se sienta muy erguido en la silla, con la mente clara, y empieza a gesticular con las manos como si estuviera en el escenario, o algo así. Algo increíble. Se le llenan los ojos de lágrimas, se le quiebra la voz, se sonroja o se pone pálido… Pienso para mis adentros, «esto no es una entrevista, no es más que una maldita actuación.»

Marino se recostó contra el respaldo de la silla y se aflojó la corbata.

—Me quedo pensando dónde he visto esto antes, sabe usted. En Nueva York, seguro, tipos como Johnny Andretti, con sus trajes de seda y sus cigarrillos importados, rezumando encanto hasta por las orejas. Tipos tan delicados que uno empieza a afanarse por complacerlos, olvidando el pequeño detalle de que han atacado a más de veinte personas durante su carrera. Después, tenemos a Phil, el proxeneta. Golpea a sus chicas con perchas, a dos de ellas hasta matarlas, y las destroza dentro de su propio restaurante, que no es más que la tapadera de sus servicios como matón. Pero Phil se quiebra emocionalmente ante sus rameras muertas y queda postrado en la mesa, diciéndome: «Por favor, encuentre al que lo hizo,

Pete. Es un animal. Venga, pruebe un poco de este Chianti, Pete. Es del bueno». La verdad, doctora, es que me he visto en estas más de una vez. Y Petersen está haciendo sonar las mismas campanas que Andretti y Phil. Me concede esta actuación y yo no dejo de preguntarme, ¿pero qué se cree este petulante de Harvard, que me chupo el dedo, o qué?

Introduje una cinta en la grabadora sin decir nada.

Con un gesto, Marino me indicó que lo pusiera en marcha.

—Primer acto —anunció jocosamente—. Escena en la cocina de Petersen. Actor principal, Matt. La actitud, trágica. El aspecto, pálido y ojeroso, ¿estamos? Tiene los ojos clavados en la pared. ¿Yo? Yo estoy viendo una película que pasa en mi mente. Nunca he estado en Boston, y no distinguiría Harvard de un mausoleo, pero veo un muro de ladrillo y hiedra.

Guardó silencio cuando la cinta comenzó bruscamente en medio de una frase de Petersen. Estaba hablando de Harvard, respondiendo preguntas acerca de cuándo se habían conocido Lori y él. Yo he tenido mi buena dosis de interrogatorios policiales a lo largo de los años, pero éste me estaba dejando atónita. ¿Qué importancia tiene todo esto? ¿Qué tiene que ver el cortejo entre Matt y Lori en sus días universitarios con el asesinato? Al mismo tiempo, creo que una parte de mí lo sabía.

Marino estaba tanteando, tratando de sonsacarle información a Petersen. Marino estaba buscando algo, lo que fuera, con tal de demostrar que Petersen era obsesivo y perverso, y posiblemente capaz de padecer una psicopatía manifiesta.

Me levanté y cerré la puerta para que nadie nos interrumpiera, mientras la voz grabada seguía hablando con calma.

—... yo ya la había visto en el campus, una rubia que llevaba un montón de libros bajo el brazo, muy abstraída, como si tuviera prisa siempre y tuviera muchas cosas en la cabeza.

Marino: —¿Qué le llamó la atención a primera vista, Matt?

—Es difícil decirlo. Pero me intrigó de lejos. No sé muy bien por qué. En parte debió de ser porque casi siempre estaba sola, apurada, camino hacia alguna parte. Era, *ejem*, segura de sí misma y parecía tener un claro objetivo. Despertó mi curiosidad.

Marino: —¿Le sucede con frecuencia? Ya sabe, eso de ver cualquier mujer atractiva y que le despierte curiosidad de lejos.

—¿Eh?, no creo. Sí, me fijo en la gente, como todo el mundo. Pero con ella, con Lori, era diferente.

Marino: —Siga. De modo que, finalmente, la conoció. ¿Dónde?

—En una fiesta. En primavera, a principios de mayo. La fiesta era en un apartamento fuera del campus, pertenecía a un amigo de mi compañero de habitación, un tipo que resultó ser compañero de laboratorio de Lori, razón por la cual ella asistió a la fiesta. Entró a eso de las nueve, precisamente cuando yo estaba a punto de irme. Su compañero de laboratorio, Tim, creo que se llamaba, abrió una botella de cerveza para ella y se pusieron a charlar. No le había oído la voz hasta entonces. Era una voz de contralto, aterciopelada, muy agradable de escuchar. La clase de voz que hace que uno se dé la vuelta para saber de dónde viene. Lori contaba anécdotas sobre un profesor y los que la rodeaban reían. Conseguía atraer la atención de todo el mundo sin proponérselo.

Marino: —En otras palabras, después de todo, usted no abandonó la fiesta. La vio y decidió quedarse.

—Sí.

—¿Qué aspecto tenía ella entonces?

—Tenía el cabello más largo y lo llevaba recogido, al estilo de una bailarina de ballet. Era esbelta, muy atractiva…

—O sea, que le gustan las rubias esbeltas. Encuentra que esas cualidades son atractivas en una mujer.

—Pensé que era atractiva, sí, eso es todo. Pero había más. Su inteligencia. Era eso lo que la hacía destacar.

Marino: —¿Qué más?

—No comprendo. ¿A qué se refiere?

Marino: —Me preguntaba qué fue lo que le atrajo de ella.

Una pausa.

Marino: —Me parece interesante.

—A decir verdad, no puedo responderle. Eso es algo misterioso. ¿Qué mecanismo se desata cuando uno conoce a una persona y de pronto se siente atraído por ella? No lo sé… ¡Dios!… yo qué sé…

Una nueva pausa, esta vez más larga.

Marino: —Era la clase de mujer que no pasa desapercibida.

—Efectivamente. Así ha sido todo el tiempo. Cada vez que íbamos juntos a algún lado, o cuando estábamos con mis amigos. Ella me eclipsaba por completo. No me importaba. De hecho, me agradaba. Disfrutaba quedándome un poco relegado, observando el fenómeno. Traté de analizarlo, de descubrir qué era lo que cautivaba a la gente. El carisma es algo que se tiene o no se tiene. No se puede fabricar. Es imposible. Ella ni siquiera lo intentaba. Lo tenía.

Marino: —Usted dijo que cuando la veía en el campus parecía muy concentrada en sí misma. ¿Y en las demás ocasiones? Lo que me pregunto es si tenía la costumbre de ser amistosa con los extraños. Ya sabe, por ejemplo, si se encontraba en una tienda o en una estación de servicio, ¿hablaba con desconocidos? O si iba alguien al apartamento, un repartidor por ejemplo, ¿era el tipo de persona que se muestra amable, accesible, cordial?

—No. Casi nunca hablaba con extraños, y sé que no invitaba a desconocidos a casa. Jamás. Sobre todo si yo no estaba. Había vivido en Boston, estaba acostumbrada a los peligros de la ciudad. Y trabajaba en urgencias, la violencia y las desgracias de las personas también le eran familiares. Nunca habría invitado a un desconocido, ni era vulnerable a esa clase de riesgos. En realidad, cuando comenzaron a sucederse los asesinatos se asustó mucho. Yo venía a casa los fines de semana, y ella detestaba que llegara el momento de marcharme... lo detestaba más que nunca. Porque no le gustaba quedarse sola por la noche. Le inquietaba más que de costumbre.

Marino: —Se me ocurre que, siendo así, habría puesto especial atención en cerrar todas las ventanas, tan nerviosa como estaba por los crímenes de la zona.

—Ya se lo dije. Seguramente pensó que estaba cerrada.

Marino: —Pero usted dejó sin querer la ventana del baño abierta el último fin de semana, cuando reemplazó la tela metálica.

—No estoy seguro. Pero es lo único que se me ocurre…

La voz de Becker: —¿Mencionó su esposa que alguien hubiera venido a casa, o un encuentro en alguna parte con alguien que la hubiese puesto nerviosa, o algo relacionado? Tal vez un coche desconocido en el barrio, o la sospecha de que quizá estuvieran siguiéndola u observándola. Puede que se encontrara con algún tipo que la puso en la mira.

—Nada por el estilo.

Becker: —¿Se lo habría contado si le hubiera sucedido algo semejante?

—Sí, con toda seguridad. Me lo contaba todo. Hace más o menos dos semanas creyó oír algo en el patio trasero. Llamó a la policía. Vino un coche patrulla. No era más que un gato revolviendo los cubos de basura. Lo cierto es que me lo contaba todo.

Marino: —¿Qué otras actividades desarrollaba, además de su trabajo?

—Tenía algunas amigas, un par de médicos del hospital. En ocasiones salía a cenar con ellas, o iban de compras, o al cine. Eso era todo. Estaba muy ocupada. En general, hacía su trabajo y volvía a casa. Estudiaba, a veces practicaba con el violín. Durante la semana generalmente trabajaba, venía a casa y se iba a dormir. Los fines de semana me los reservaba a mí. Eran para nosotros. Los fines de semana estábamos juntos.

Marino: —¿ La última vez que la vio fue el fin de semana pasado?

—El domingo por la tarde, a eso de las tres. Después regresé a Charlottesville. Ese día no salimos. Estaba lluvioso, desapacible. Nos quedamos en casa, tomamos café, charlamos...

Marino: —¿Con qué frecuencia hablaba con ella durante la semana?

—Varias veces. Siempre que podíamos.

Marino: —¿La última vez fue anoche, jueves?

—La llamé para decirle que llegaría después del ensayo de la obra y que tal vez me retrasase un poco porque era el ensayo general. Se suponía que ella estaría libre el fin de semana. Si hacía buen tiempo pensábamos ir a la playa.

Silencio.

Petersen respondía con dificultad. Lo oía respirar hondo, tratando de calmarse.

Marino: —Anoche, cuando habló con ella, ¿tenía algo que contarle, algún problema, alguna mención a alguien que hubiera venido a esta casa? ¿Alguien que estuviera molestándola en el trabajo, por ejemplo, alguna llamada telefónica inquietante, o algo así?

Silencio.

—Nada. Nada por el estilo. Estaba de buen humor, risueña... esperando con ansiedad, *ejem*, esperando con ansiedad el fin de semana.

Marino: —Cuéntenos algo más de ella, Matt. Cualquier detalle que crea que nos puede ayudar. Su temperamento, su personalidad, lo que era importante para ella.

Mecánicamente, «era de Filadelfia, su padre es agente de seguros, tiene dos hermanos, los dos menores que ella. La medicina era para ella lo más importante. Era su vocación.

Marino: —¿Qué especialidad estaba estudiando?

—Cirugía plástica.

Becker: —Interesante. ¿Por qué la eligió?

—Cuando Lori tenía diez años su madre contrajo cáncer de mama y sufrió dos mastectomías totales. Sobrevivió, pero su autoestima quedó destrozada. Creo que se sintió deformada, fea, indigna de ser tocada. Lori hablaba de ello a veces. Creo que quería ayudar a los que han pasado por este tipo de trances.

Marino: —¿Y tocaba el violín?

—Sí.

Marino: —¿Alguna vez dio conciertos, tocó en alguna orquesta sinfónica, hizo alguna presentación pública?

—Podría haberlo hecho, supongo. Pero no tenía tiempo.

Marino: —¿Qué más? Por ejemplo, ahora que usted está actuando en una obra de teatro. ¿Se mostraba interesada en esas cosas?

—Mucho. Ésa es una de las cosas que me fascinaron de ella cuando la conocí. Nos marchamos de la fiesta, la fiesta donde nos conocimos, y estuvimos horas caminando por el campus. Cuando empecé a hablarle de los cursos que estaba haciendo, me di cuenta de que sabía mucho de teatro, y nos pusimos a hablar de obras y esas cosas. Por aquel entonces a mí me interesaba Ibsen. Nos pusimos a hablar del tema, a charlar sobre la realidad y la ficción, lo genuino y lo detestable en las personas y en la sociedad. Uno de sus temas más significativos es el sentimiento de alejamiento del hogar. La separación. Hablamos de ello.

«Me sorprendió. Nunca lo olvidaré. Se rió y me dijo: "Vosotros, los artistas, creéis ser los únicos que sienten estas cosas. Nosotros también tenemos esa misma sensación de vacío, de soledad. Pero no contamos con las herramientas necesarias para verbalizarlas. De manera que cargamos con ellas y seguimos adelante. Los sentimientos son sentimientos. Creo que son prácticamente los mismos en todas partes del mundo". Nos enzarzamos en una discusión, en un debate amistoso. Yo sostuve que mucha gente siente las cosas con más profundidad que otras, que algunos sienten cosas que muchos otros no sentimos, y que eso les provoca aislamiento, y la sensación de estar al margen, de sentirse diferentes.

Marino: —¿Y usted se identifica con esto?

—Yo lo comprendo. Puede que no sienta lo mismo que otros, pero comprendo los sentimientos. Nada me sorprende. Si uno estudia literatura, dramaturgia, entra en contacto con un vasto espectro de emociones e impulsos humanos, buenos y malos. Yo me identifico por naturaleza con los personajes y siento lo que sienten para poder actuar como ellos, lo que no significa que estas manifestaciones sean mías. Creo que si algo me hace sentir diferente a los demás es la necesidad de experimentar estas cosas, de analizar y comprender ese vasto espectro de emociones humanas que le acabo de mencionar.

Marino: —¿Es usted capaz de comprender las emociones de la persona que le ha hecho esto a su esposa?

Silencio.

Casi inaudible: —Dios Santo, no, en absoluto.

Marino; —¿Está seguro?

—No, quiero decir, ¡sí, estoy seguro! ¡No quiero comprenderlo!

Marino: —Sé lo mucho que le cuesta pensar en ello, Matt. Pero para nosotros sería de gran ayuda oír sus ideas. Por ejemplo, si le tocara representar el papel de un asesino como éste, ¿cómo sería?

—¡No lo sé! ¡Ese asqueroso hijo de puta! —se le oía la voz entrecortada, a punto de explotar de rabia—. ¡No sé por qué me lo pregunta! ¡Los malditos policías son ustedes! ¡Se supone que ustedes son los que tienen que averiguarlo!

Bruscamente guardó silencio, como si se levantara la aguja de un disco.

La cinta giró un buen rato sin que se oyera nada, salvo el carraspeo de Marino y el chirrido de una silla.

—Por casualidad, ¿no tendrás una cinta de repuesto en el coche? —le preguntó finalmente Marino a Becker.

Fue Petersen el que le respondió entre dientes. Tuve la impresión de que estaba llorando.

—Tengo un par en mi dormitorio.

—Bueno —dijo Marino en tono frío—, muy amable por su parte, Matt.

Veinte minutos más tarde, Matt Petersen llegó al momento en que encontró el cadáver de su esposa.

Era horrible escuchar y no ver. No había distracción posible. Me dejé llevar por la corriente de imágenes y recuerdos de Petersen. Sus palabras me llevaban hacia zonas en las que no quería entrar.

La cinta seguía girando.

—...Sí, estoy seguro. No llamé antes. Nunca lo hacía, simplemente me iba. No me quedaba dando vueltas por ahí ni nada por el estilo. Como le estaba diciendo, abandoné Charlottesville apenas terminó el ensayo y retiraron las bambalinas y el vestuario. Supongo que eran cerca de las doce y media. Tenía prisa por llegar a casa. No había visto a Lori en toda la semana.

«Ya eran casi las dos cuando aparqué delante de casa, y lo primero que advertí fue que las luces estaban apagadas, por lo que supuse que Lori ya se habría acostado. Su agenda de actividades diarias era muy exigente. Trabajar doce horas seguidas para tener un día libre, y nunca los mismos, la obligaba a vivir en discordancia con su reloj biológico. Había trabajado el viernes hasta la medianoche y tenía libre el sábado, o sea, hoy. Y mañana iba a trabajar desde la medianoche hasta el mediodía del lunes. Luego tendría libre el martes, y el miércoles otra vez desde el mediodía hasta la medianoche. Así funcionaba.»

«Abrí la puerta de la calle y encendí las luces del cuarto de estar. Todo parecía normal. Al pensarlo retrospectivamente, lo cierto es que no tenía motivos para buscar nada fuera de lo corriente. Sí recuerdo que las luces del vestíbulo también estaban apagadas. Lo advertí porque generalmente Lori las dejaba encendidas para mí. Yo tenía por costumbre ir directamente al dormitorio. Si Lori no estaba demasiado agotada, y casi nunca lo estaba, solíamos sentarnos un rato en la cama, tomarnos una copa de vino y charlar. *Ejem*, nos quedábamos despiertos y después nos dormíamos ya muy tarde».

«Me sentí desconcertado. Algo me desorientaba. El dormitorio. Al principio no vi nada porque las luces... las luces, como es natural, estaban apagadas. Pero inmediatamente sentí que algo sucedía. Casi podría decir que lo percibí antes de verlo. Como un animal. Y me pareció oler algo extraño, pero no estaba seguro, lo que no hizo más que aumentar mi confusión.

Marino: —¿Qué clase de olor?

Silencio.

—Estoy tratando de recordar. Sólo fue una vaga sensación pero bastó para desorientarme. Era un olor desagradable. Algo dulzón pero putrefacto. Extraño.

Marino: —¿Se refiere a algún olor corporal?

—Similar, aunque no del todo. Era dulzón. Desagradable. Más bien agrio, como a sudor.

Becker: —¿Algo que hubiera olido en otra oportunidad?

Una pausa.

—No, no había olido nada así en mi vida, creo. Era débil, pero tal vez lo percibiera con mayor intensidad porque no veía ni oía nada al entrar en el dormitorio. Todo estaba en silencio. Lo primero que llegó a mis sentidos fue este olor tan peculiar. Y se me pasó por la cabeza, es extraño, pero se me pasó por la cabeza... que tal vez Lori hubiera comido algo en la cama. No sé. Tal vez *crêpes*, o quizá algo almibarado. Pensé que podía haber vomitado, que había comido cosas indigestas y había vomitado. A veces se daba atracones. Cuando estaba estresada o ansiosa, comía cosas que engordaban. Subió mucho de peso cuando comencé a ir diariamente a Charlottesville...

Ahora la voz le temblaba ostensiblemente.

—El olor era enfermizo, malsano, así que bien podía ser que Lori estuviera descompuesta y hubiera pasado todo el día en la cama. Eso explicaría por qué todas las luces estaban apagadas, por qué no me estaba esperando.

Silencio.

Marino: —¿Y qué pasó después, Matt?

—Despés mis ojos empezaron a adaptarse a la oscuridad y no comprendí lo que estaba viendo. En medio de la penumbra, vi la cama. No comprendí qué pasaba con las mantas, la forma en que colgaban de un costado. Y ella yacía encima de todo eso, en esa posición extraña, sin ninguna ropa puesta. ¡Dios! El corazón se me salía del pecho aún antes de registrar toda la escena. Y cuando encendí las luces y la vi… me puse a gritar, pero ni siquiera oía mi propia voz. Como si estuviera gritando dentro de mi cabeza. Como si el cerebro se me hubiera salido del cráneo y hubiera quedado flotando. Vi la mancha en las sábanas, la mancha roja, la sangre que le salía por la nariz y por la boca. Su rostro. No creí que fuese ella. No era ella. Ni siquiera se parecía. Era otra persona. Un truco, una broma terrible. No era ella.

Marino: —¿Qué hizo a continuación, Matt? ¿La tocó o movió algo de lugar en el dormitorio?

Una larga pausa y el sonido de la rápida respiración superficial de Matt.

—No. Es decir, sí. La toqué. No pensaba. Me limité a tocarla. En el hombro, en el brazo. No lo recuerdo. Estaba tibia. Pero cuando quise tomarle el pulso, no pude encontrarle las muñecas. Porque estaba acostada sobre ellas, las tenía en la espalda, atadas. Y empecé a tocarle el cuello y vi el cable incrustado en su piel. Creo que traté de sentir el latido de su corazón, de escucharlo, pero no recuerdo bien nada. Lo sabía. Sabía que estaba muerta. Aquel aspecto. Tenía que estar muerta. Fui corriendo a la cocina. No recuerdo lo que dije, ni siquiera que haya marcado un número de teléfono. Pero sé que llamé a la policía y me puse a caminar. Me limité a caminar. Entraba y salía de la cocina y le hablaba. Le hablaba. Le hablé hasta que llegó la policía. Le decía que no dejara que todo esto fuera real. Seguí yendo y viniendo hacia ella, rogándole que no dejara que esto fuera real. Seguí a la espera de que llegara alguien. Me parecía que tardaban una eternidad...

Marino: —Los cables eléctricos, la forma en que estaba atada... ¿Sacó algo de lugar, tocó los cables o cualquier otra cosa? ¿Lo recuerda?

—No. Quiero decir, no recuerdo si lo hice. Pero no lo creo. Algo me detuvo. Quería cubrirla. Pero algo me lo impidió. Algo me decía que no tocara nada.

Marino: —¿Tiene usted un cuchillo?

Silencio.

Marino: —Un cuchillo, Matt. Encontramos un cuchillo, un cuchillo de supervivencia con una piedra para afilarlo metida en la vaina y una brújula en la empuñadura.

Desconcertado: —Ah, ... *mmm*... Lo compré hace varios años. Uno de esos cuchillos que se compran por catálogo por cinco con noventa y cinco, o algo así. Solía llevarlo conmigo cuando salía de camping. Tiene un hilo de pesca que se recoge en el interior de la empuñadura.

Marino: —¿Dónde lo vio por última vez?

—En el escritorio. Siempre ha estado en el escritorio. Creo que Lori lo usaba como cortapapeles. No sé. Ha estado allí desde hace meses. Tal vez se sintiera mejor teniéndolo a mano. Por estar sola de noche, y todo eso. Le pregunté por qué no teníamos un perro. Pero es alérgica.

Marino: —Si entiendo bien lo que me está diciendo, Matt, la última vez que vio el cuchillo estaba en el escritorio. ¿Cuándo pudo haber sido eso? ¿El sábado pasado, el domingo, cuando estuvo usted en casa, el fin de semana que cambió la tela metálica de la ventana del baño?

No hubo respuesta.

Marino: —¿Conoce algún motivo por el que su esposa hubiera tenido que cambiar de lugar ese cuchillo, tal vez guardarlo en un cajón o algo así? ¿Ocurrió en alguna otra ocasión?

—No lo creo. Ha estado meses y meses en el escritorio, cerca de la lámpara.

Marino: —¿Puede explicar por qué encontramos este cuchillo en el último cajón de su cómoda, debajo de unos jerséis y junto a una caja de preservativos? Será su cómoda, supongo.

Silencio.

—No. No lo puedo explicar. ¿Allí lo encontraron?

Marino: —Sí.

—Los preservativos. Llevan ahí mucho tiempo —una risa hueca que fue casi un jadeo—. Antes de que Lori empezara a tomar la píldora.

Marino: —¿Está seguro? ¿Seguro acerca de los preservativos?

—Por supuesto que estoy seguro. Empezó a tomar la píldora unos tres meses después de casarnos. Nos casamos poco antes de mudarnos aquí. Hace menos de dos años.

Marino: —Veamos, Matt, tengo que hacerle varias preguntas de índole personal, y quiero que entienda que no estoy acosándolo ni quiero ponerlo en una situación violenta. Pero tengo motivos para hacerle estas preguntas. Hay cosas que es preciso que sepamos, incluso por su propio bien. ¿De acuerdo?

Silencio.

Oí que Marino encendía un cigarrillo.

—A ver. Los preservativos. ¿Tuvo usted algún devaneo con otra persona, extramatrimonial, se entiende?

—No, en absoluto.

Marino: —Usted vivía fuera toda la semana. Yo, en su lugar, me habría sentido tentado...

—Bien, yo no soy usted. Lori lo era todo para mí. No me acerqué a ninguna otra chica.

Marino: —¿Nadie que trabajara con usted en la obra, tal vez?

—No.

Marino: —Entiéndame, todos hacemos estas cosillas, quiero decir, son típicas de todo ser humano, ¿no? Un tipo apuesto como usted... seguramente las mujeres se arrojan a sus brazos. ¿Quién podría culparlo? Pero si se veía con alguien, tenemos que saberlo. Podría haber algún nexo.

Apenas audible: —No, ya se lo he dicho. No hay ningún nexo, a menos que esté acusándome de algo.

Becker: —Nadie lo está acusando de nada, Matt.

Se oyó el ruido de algo que se deslizaba sobre la mesa. El cenicero, tal vez.

Y Marino: —¿Cuándo fue la última vez que tuvo relaciones sexuales con su esposa?

Silencio.

—¡Dios! —A Petersen le temblaba la voz.

Marino: —Sé que es asunto suyo, que es personal. Pero debe decírnoslo. Tenemos nuestras razones.

—El domingo por la mañana. El domingo pasado.

Marino: —Sabe que van a analizarlo, ¿no, Matt? Los expertos examinarán todo para obtener grupos sanguíneos, para hacer comparaciones. Necesitamos una muestra de su sangre, también tendremos que tomarle las huellas. Así podremos discriminar y saber cuál es la suya, cuál la de ella, y cuál puede ser de...

La cinta terminó abruptamente. Parpadeé y enfoqué la mirada por primera vez en lo que me parecieron varias horas.

Marino se acercó al grabador, lo apagó y sacó sus cintas.

—Después de esta conversación —concluyó—, lo llevamos al Hospital de Richmond y obtuvimos las muestras que se le toman a todo sospechoso. Betty está examinando su sangre para compararla con la que tenemos.

Asentí con un gesto y eché una mirada al reloj de pared. Era mediodía. Me sentía mal.

—No está mal, ¿no? —ahogó un bostezo—. Ahora lo ve con claridad, ¿me equivoco? Es como le digo, el tipo está actuando. Lo que quiero decir es que hay algo de actuación en un tipo que es capaz de sentarse después de encontrar a su esposa como la encontró, y ponerse a hablar como él lo hace. La mayoría no habla demasiado. Si lo hubiera dejado, habría seguido parloteando hasta Navidad. Un montón de palabras bonitas y poéticas, en mi opinión. Es un embaucador. Si quiere mi opinión, ahí la tiene. Es tan tramposo que me da escalofríos.

Me quité las gafas y me masajeé las sienes. Tenía el cerebro al rojo vivo y los músculos del cuello en un alarido de dolor. La blusa de seda que llevaba bajo la bata estaba húmeda. Mis circuitos estaban tan sobrecargados que lo único que quería era apoyar la cabeza sobre los brazos y dormir.

—Las palabras son su mundo, Marino —me oí decir—. Un pintor le habría pintado un cuadro. Matt se lo pintó con palabras. Es así como existe, como se expresa, a través de palabras y más palabras. Para los que son como él, tener una idea es poder expresarla con palabras.

Volví a ponerme las gafas y miré a Marino. Se le veía perplejo. Su rostro carnoso y lleno de marcas estaba enrojecido.

—Bueno, piense en el cuchillo, doctora. Tiene sus huellas, aunque él diga que la única que lo usaba era su esposa. Tiene esa sustancia reluciente en la empuñadura, la misma que él tenía en las manos. Y el cuchillo estaba en un cajón de su cómoda, como si alguien quisiera esconderlo. Eso da alguna pista, ¿no cree?

—Lo que creo es que también es posible que el cuchillo estuviera en el escritorio de Lori, como siempre, que lo usara esporádicamente y que no tuviera motivos para tocar la hoja si lo utilizaba para abrir cartas de vez en cuando —estaba viendo la escena en mi mente, tan vívida que a punto estuve de creer que las imágenes correspondían al recuerdo de un hecho real—. Creo que también es posible que el asesino viera el cuchillo. Quizá le sacó la vaina para echarle un vistazo. Quizá lo utilizó...

—¿Por qué?

—¿Por qué no?

Se encogió de hombros.

—Para tener a todo el mundo pensando en esto, tal vez —sugerí—. Por perversión, aunque sólo sea. No tenemos ni idea de lo que sucedió, por el amor de Dios. Pudo haberle preguntado a Lori por el cuchillo, haberla atormentado con su propia arma, o con la de su marido. Y si ella habló con él, como sospecho que hizo, tal vez se enteró de que el cuchillo era del marido y pensara: «lo voy a usar, luego lo pongo en un cajón para que la policía lo encuentre con toda seguridad». O tal vez ni siquiera pensó mucho en él. Quizá sus motivos fueran prácticos. Es decir, quizá el cuchillo fuera más grande que el que él traía; le interesó, lo usó, no quiso llevárselo, lo metió en un cajón con la esperanza de que no nos enteráramos de que lo había utilizado... y todo fue así de simple.

—O tal vez fue Matt quien lo hizo todo —dijo Marino sin alterarse.

—¿Matt? Piénselo. ¿Usted cree que un marido es capaz de violar y maniatar a su mujer, de fracturarle las costillas y quebrarle los dedos, de estrangularla lentamente hasta matarla? Estamos hablando de alguien que la ama o alguna vez la amó. Alguien que duerme con ella, come con ella, habla con ella, vive con ella. Una persona, sargento. No un desconocido ni un objeto des-personalizado de lujuria y violencia. ¿Cómo piensa vincular a este marido que mata a su mujer con los tres primeros estrangulamientos?

Obviamente, ya había pensado en eso.

—Todos ocurrieron después de medianoche, los sábados, de madrugada. A la misma hora en que Matt volvía a casa desde Charlottesville. Tal vez su esposa empezó a sospechar de él por alguna razón y decidió terminar con ella. Quizá le haya hecho lo mismo que a las otras para que nosotros pensáramos que fue un asesino en serie. O puede que su principal y único objetivo haya sido siempre la esposa, y mató a las otras tres para hacernos creer que el mismo asesino anónimo mató también a su mujer.

—Un argumento maravilloso para Ágatha Christie —eché la silla para atrás y me puse de pie—. Pero como bien sabe usted, en la vida real el crimen suele ser de una simpleza deprimente. Yo me inclino a pensar que estos asesinatos son simples. Son exactamente lo que parecen ser, muertes impersonales elegidas al azar y cometidas por alguien que acecha a sus víctimas el tiempo suficiente para saber cuándo atacar.

Marino también se puso de pie.

—Sí, en la vida real, doctora Scarpetta, los cadáveres no tienen extrañas manchas fosforescentes por todas partes que resultan ser iguales a las que tiene el marido que encuentra el cuerpo y deja sus huellas aquí y allá. Y las víctimas no tienen por marido a actores de cara bonita, comadrejas que escriben disertaciones sobre sexo, violencia, caníbales y maricones.

—El olor que mencionó Petersen —le pregunté con serenidad—, ¿lo olió usted cuando llegó a la escena del crimen?

—No. No percibí ningún maldito olor. De modo que tal vez lo que haya olido fuera semen, si es que dice la verdad.

—Me parece que Matt sabe cómo huele el semen.

—Pero no esperaba olerlo allí. No había razón para que fuera lo primero que se le ocurriera. Cuando yo entré en el dormitorio no olí nada parecido a lo que describió.

—¿Recuerda haber olido algo raro en las escenas de los otros estrangulamientos?

—No, señora. Lo que no hace más que confirmar mi sospecha de que o bien Matt se lo imaginó, o lo inventó para alejarnos de la pista real.

Entonces se me hizo la luz.

—En los tres casos anteriores, nadie encontró a las víctimas hasta el día siguiente, cuando ya llevaban muertas al menos doce horas.

Marino se detuvo en la puerta y me miró con expresión de incredulidad.

—¿Está sugiriendo que Matt llegó inmediatamente después de que se marchara el asesino, y que ese asesino tiene un raro trastorno de olor corporal?

—Estoy sugiriendo la posibilidad de que así sea.

La rabia le ensombreció el rostro, cuando ya se alejaba por el pasillo lo escuché murmurar: «Malditas mujeres...».

5

El centro comercial de la calle Sexta es como un típico complejo residencial de la costa pero sin agua, uno de esos edificios abiertos y soleados de cristal y acero, situado en el extremo norte de la zona bancaria, en el centro neurálgico de la ciudad. No solía almorzar fuera, y no es que esta tarde me sobrara tiempo para semejante lujo. Tenía una cita en menos de una hora, y había dos muertes súbitas y un suicidio en camino, pero necesitaba airearme un poco.

Marino me alteraba. La actitud que tenía hacia mí me recordaba a la facultad de medicina.

En Hopkins yo era una de las cuatro mujeres de mi clase. Al principio, la excesiva ingenuidad no me permitía darme cuenta de lo que sucedía. El repentino crujido de las sillas y el agitar de papeles cada vez que un profesor reparaba en mí no eran mera coincidencia. No era casual que cuando empezaban a circular exámenes de años anteriores entre mis compañeros, a mí nunca me llegaran. Las excusas, «mi letra no se entiende», o «me lo acaba de pedir otra persona», se repetían con demasiada frecuencia cuando pedía los apuntes a unos y otros las pocas veces que me perdía una clase y necesitaba copiarlos de alguien. Yo no era más que un minúsculo insecto enfrentado a una formidable telaraña masculina en la que podía quedar atrapada, pero de la que jamás formaría parte.

El aislamiento es el más cruel de los castigos, jamás se me había ocurrido pensar que yo fuera un ser infrahumano por el hecho de no ser hombre. Una de mis compañeras de clase terminó por abandonar, otra sufrió un colapso nervioso. Mi única esperanza era sobrevivir; mi única venganza, triunfar.

Creía que aquellos tiempos ya eran historia, pero Marino me los volvía a traer a la memoria. Me sentía más vulnerable últimamente porque estos asesinatos me afectaban de un modo que no había experimentado con los demás. No era mi deseo meterme en esto yo sola, pero, al parecer, Marino ya había tomado una decisión, no sólo en lo que respecta a Matt Petersen, sino también a mí.

El paseo del mediodía fue como un bálsamo, el sol brillaba parpadeante en los parabrisas de los coches que pasaban. La doble puerta de cristal que conducía al interior del centro comercial estaba abierta para que entrara la brisa primaveral, el patio de comidas estaba tan atestado como esperaba. Mientras aguardaba mi turno frente al mostrador de ensaladas, observaba a los que pasaban, parejas jóvenes que reían y charlaban, acodadas en las pequeñas mesas. Advertí la presencia de mujeres que parecían estar solas, mujeres profesionales con aire de preocupación que vestían ropa cara y daban pequeños sorbos a sus bebidas *light* o mordisqueaban bocadillos de pan de pita.

Tal vez fue un lugar parecido a éste donde el asesino vio a sus víctimas por primera vez, un lugar público y espacioso donde el único elemento común a todas ellas era que él mismo las hubiera atendido en uno de los mostradores.

Pero lo más abrumador del problema, lo que resultaba un verdadero enigma, era que las mujeres asesinadas no trabajaban ni vivían en las mismas zonas de la ciudad. Era improbable que hicieran sus compras, cenaran, fueran al banco o cualquier otra cosa en los mismos sitios. Richmond es una ciudad extensa, con importantes centros comerciales y zonas de actividad económica en sus cuatro puntos cardinales. Los comerciantes norteños proveen a los que viven en el norte, los que lo hacen al sur del río favorecen el comercio del sur, y lo mismo vale para la parte oriental de la ciudad. En lo que a mí respecta, solía limitarme a los centros comerciales y restaurantes de la zona oeste, por ejemplo, salvo cuando estaba en el trabajo.

La dependienta que atendía el mostrador y me tomó el pedido, una ensalada griega, hizo una breve pausa y se quedó mirándome como si yo le resultara conocida. Incómoda, me pregunté si acaso habría visto mi fotografía en el periódico vespertino del sábado. O quizá me hubiera visto en alguna secuencia filmada o en momentos específicos de algún juicio que los canales de televisión regional mostraban cada vez que algún asesinato era primicia en Virginia.

Siempre ha sido mi deseo pasar inadvertida, mezclarme entre la multitud. Pero me encontraba en desventaja por varias razones: había pocas mujeres forenses en el país y eso impulsaba la excesiva tenacidad de los reporteros a la hora de dirigir la cámara en mi dirección o a sacarme alguna declaración con sacacorchos. Resultaba fácil reconocerme dado que mi apariencia es «inconfundible», soy «rubia», «elegante» y Dios sabe cuántas cosas más se han dicho de mí en la prensa. Mis antepasados proceden del norte de Italia, donde una parte de la población tiene ojos azules, es rubia y lleva la misma sangre que los de Saboya, Suiza y Austria.

Los Scarpetta forman por tradición un grupo etnocéntrico, son italianos que se han casado con otros italianos de este país para conservar la pureza del linaje. El mayor fracaso de mi madre, como no se cansa de repetir, fue no haber tenido hijos varones, y que sus dos hijas hubieran resultado sendos callejones sin salida desde el punto de vista genético. Dorothy deshonró el linaje con Lucy, que es mitad latina, y en cuanto a mí, con la edad y el estado civil que tengo, no hay muchas probabilidades de que ya deshonre nada.

Mi madre es dada a estallar en llanto cuando se lamenta de que su familia directa se encuentre al borde de la extinción. «¡Toda esa buena sangre!», suele quejarse entre sollozos, especialmente en vacaciones, cuando debería estar rodeada por una buena prole de adorables y cariñosos nietos. «¡Qué lástima! ¡Toda esa buena sangre! ¡Nuestros antepasados! ¡Arquitectos, pintores! ¡Kay, Kay, cómo vas a permitir que se desperdicie todo eso, las mejores uvas del viñedo!»

Nuestra línea, según mi madre, se remonta a Verona, la ciudad de Romeo Montesco y Julieta Capuleto, de Dante, Pisano, Tiziano, Bellini y Paolo Cagliari. Se empeña en creer que estamos emparentados de algún modo con estas lumbreras, pese a mis vanos intentos de recordarle que Bellini, Pisano y Tiziano en todo caso influyeron en la Escuela de Verona, pero eran de Venecia, y que el poeta Dante era florentino, exiliado tras el triunfo de los güelfos negros y obligado a deambular de ciudad en ciudad, siendo Verona poco más que una mera parada en su camino hacia Ravenna. En realidad, nuestros antepasados directos fueron obreros ferroviarios o granjeros, personas humildes que emigraron a este país hace dos generaciones.

Con mi bolso blanco en la mano, me sumergí con gusto en la tarde estival. Las aceras estaban repletas de transeúntes que iban o volvían de almorzar, y mientras aguardaba en la esquina a que cambiara la luz del semáforo, me volví instintivamente hacia las dos figuras que salían del restaurante chino que había en la acera de enfrente. Bill Boltz, el fiscal del distrito de Richmond, se estaba poniendo las gafas de sol y parecía enzarzado en una apasionada discusión con Norman Tanner, secretario de Seguridad Pública. Por un instante Boltz dirigió su mirada hacia mí, pero no me devolvió el saludo. Tal vez no me vio. No volví a saludarlo. A continuación, desaparecieron entre el intenso flujo de rostros anónimos y pies apresurados.

Cuando el semáforo se puso en verde tras una interminable espera, crucé la calle, y al pasar por delante de una tienda de informática me acordé de Lucy. Entré y encontré algo que sin duda le iba a gustar, no era un videojuego, sino una guía didáctica completa de historia, con arte, música y preguntas. El día anterior habíamos alquilado un patín para dar un paseo por el pequeño lago del parque. Lucy provocó un choque contra la fuente para empaparme con una lluvia tibia y yo me sorprendí salpicándola en represalia, como una cría. Les dimos migas de pan a los gansos y chupamos cucuruchos de helado con sabor a uva hasta que las lenguas nos quedaron azules. El jueves por la mañana regresaría a Miami y no volvería a verla hasta Navidad, si es que volvía a verla este año.

Eran las 12.45 cuando entré en el vestíbulo del Instituto Forense, o IF, como se le llamaba. Benton Wesley había llegado con quince minutos de antelación, y se encontraba sentado en el sofá, leyendo *The Wall Street Journal*.

—Espero que traiga algo de beber en ese bolso —dijo jocosamente mientras doblaba el periódico y buscaba su portafolios.

—Vinagre de vino. Le va a encantar.

—Cualquier cosa me sirve... qué mas da. Hay días en los que estoy tan desesperado que me imagino que la fuente de agua potable que hay en la puerta de mi oficina está llena de ginebra.

—Me parece un desperdicio de imaginación.

—De ningún modo. Sepa que es la única fantasía de la que estoy dispuesto a hablar delante de una dama.

Wesley era el encargado de diseñar los perfiles de los sospechosos para el FBI y se desempeñaba en la delegación de Richmond, aunque, a decir verdad, pasaba muy poco tiempo allí. Cuando no estaba viajando, solía estar en la Academia Nacional de Quantico dando clases de investigación de asesinato, y colaborando en lo posible para que el PDDV dejara atrás su inestable adolescencia. PDDV es la sigla de *Programa para la Detención de Delincuentes Violentos*. Uno de los conceptos más innovadores del PDDV era la creación de equipos regionales, que consistía en la estrecha colaboración de un diseñador de perfiles perteneciente al departamento y un detective de homicidios experimentado. El Departamento de Policía de Richmond llamó al PDDV tras el segundo caso de estrangulamiento. Además de sargento detective de la brigada de homicidios de Richmond, Marino era el compañero del equipo regional de Wesley.

—He llegado antes de tiempo —se disculpó Wesley, mientras me seguía por el pasillo—. Vengo directamente del dentista. No me importa que coma mientras charlamos.

—A mí sí me importa —respondí.

Su rostro inexpresivo se iluminó con una tímida sonrisa cuando reparó en el error.

—Claro, se me olvida que usted no es el doctor Cagney. Él solía tener galletas de queso en el escritorio de la morgue. En medio de una autopsia se tomaba un momento para picar algo. Era increíble.

Entramos en un cuarto tan pequeño que en realidad era prácticamente un armario, había una nevera, una máquina de Coca-Cola y una cafetera.

—Suerte que no se contagió la hepatitis o el sida —comenté.

—Sida —repitió Wesley riendo—. Eso habría sido justicia poética.

Como mucha de la *gente bien* que conozco, el doctor Cagney era famoso por su homofobia recalcitrante.

—«No es más que otro maricón», decía, según tengo entendido, cuando tenía que examinar a alguna persona con una tendencia determinada.

—Sida... —Wesley seguía regodeándose con la idea mientras yo metía la ensalada en la nevera—. Cómo me hubiera gustado oír las explicaciones que habría tenido que dar a ese respecto.

Poco a poco me fui encariñando con Wesley. Cuando lo conocí tuve mis reservas. A primera vista, lograba que una creyera en los estereotipos. Era un agente del FBI de la cabeza a la punta de sus zapatos Florsheim, con aquellas facciones afiladas y un cabello prematuramente cano que sugería una actitud apacible y cordial pero que en realidad no existía. Era delgado y fuerte, parecía un abogado con aquel traje color caqui de corte impecable y corbata de seda azul con un estampado de cachemir. No recuerdo haberlo visto ni una sola vez con una camisa que no fuera blanca y no estuviera ligeramente almidonada.

Tenía un máster en psicología y había sido director de un instituto de Dallas antes de ingresar en FBI, donde empezó como agente de campo, después pasó a ser infiltrado clandestino dentro de la Mafia y terminó donde había empezado, en cierto sentido. Los expertos en diseño de perfiles son académicos, pensadores, analistas. A veces hasta pienso que son magos.

Con sendas tazas de café en la mano, salimos del cuarto, doblamos a la izquierda y entramos en la sala de reuniones. Marino se encontraba sentado frente a la mesa alargada y revisaba un voluminoso archivo. Fue una pequeña sorpresa. Por alguna razón, había dado por sentado que llegaría tarde.

Antes de que tuviera tiempo siquiera para acercarme una silla, lanzó un lacónico anuncio.

—Hace un minuto pasé por serología. Pensé que podría interesarle saber que Matt Petersen es A positivo y no secretor.

Wesley le dirigió una mirada penetrante.

—¿Es ese marido del que me hablaste?

—Sí. No secretor. Igual que el tipo que atacó a estas mujeres.

—El veinte por ciento de la población es no secretora —señalé objetivamente.

—Sí —aceptó Marino—. Dos de cada diez.

—O aproximadamente cuarenta y cuatro mil personas en una ciudad del tamaño de Richmond. Veintidós mil son varones —añadí.

Marino encendió un cigarrillo y me miró bizqueando por encima de la llama de su encendedor Bic.

—¿Sabe una cosa, doctora? —el cigarrillo se sacudía con cada sílaba—. Me está usted empezando a parecer una maldita abogada defensora.

Media hora más tarde me encontraba sentada a la cabecera de la mesa, con un hombre a cada lado. Desplegadas ante nosotros se hallaban las fotografías de las cuatro mujeres asesinadas.

Ésta era la parte de la investigación que resultaba más difícil y la que más tiempo llevaba: trazar el perfil del asesino, trazar el perfil de las víctimas, y luego volver a trazar el del asesino.

Wesley estaba describiéndolo. Era lo que mejor hacía, con frecuencia acertaba asombrosamente a la hora de interpretar las emociones presentes en la escena del crimen, que en los casos que nos atañían era de furia fría y calculada.

—Estoy suponiendo que es blanco —estaba diciendo—. Pero no pondría en juego mi reputación. Cecile Taylor era negra, y la mezcla interracial en la elección de la víctima no se da con frecuencia, a menos que el asesino esté sufriendo una rápida pérdida de facultades.

Tomó una fotografía de Cecile Taylor. Era una joven de piel oscura que derrochaba vida y trabajaba como recepcionista en una empresa de inversiones situada en el norte de la ciudad. Al igual que Lori Petersen, estaba atada, estrangulada, y su cuerpo desnudo yacía sobre la cama.

—Pero cada vez hay más últimamente —continuó—. Ésa es la tendencia, un aumento de los ataques sexuales en los que el atacante es negro y la mujer blanca, lo contrario no es nada frecuente, es decir, hombres blancos que violan y matan a mujeres negras. Las prostitutas son la excepción —echó una mirada inexpresiva al conjunto de fotografías—. Estas mujeres no eran prostitutas ni mucho menos. Supongo que si lo hubieran sido —murmuró—, lo tendríamos un poco más fácil.

—Sí, pero ellas no —retrucó Marino.

Wesley no sonrió.

—Al menos habría existido un nexo que le daría sentido, Pete. La selección —meneó la cabeza— es extraña.

—¿Y qué nos puede decir Fortosis? —preguntó Marino, refiriéndose al psiquiatra forense que había revisado los casos.

—No mucho que digamos —replicó Wesley—. Hablé brevemente con él esta mañana. No se compromete demasiado. Creo que el asesinato de esta doctora le ha hecho replantearse un par de cosas. Pero sigue convencido de que el asesino es blanco.

El rostro de mis sueños invadió mi mente, aquel rostro blanco sin facciones.

—Probablemente tenga entre veinticinco y treinta y cinco años —prosiguió Wesley mirando su bola de cristal—. Los crímenes no están acotados a ninguna localidad en particular, por tanto, cuenta con algún medio de transporte. Un coche, no una moto ni un camión ni una camioneta. Creo que esconde su vehículo en algún sitio que no llame la atención y hace el resto del camino a pie. Su coche es un modelo anticuado, probablemente americano, de un color oscuro, sencillo, como beige o gris. Nada fuera de lo corriente, en otras palabras, la clase de coche que conducen los agentes de policía cuando van de paisano.

No quería dárselas de gracioso. Esta clase de asesinos suele sentir cierta fascinación por el trabajo policial, llegan al punto de imitarlos. La típica conducta de un psicópata después del crimen es involucrarse en la investigación. Quiere colaborar con la policía, hacer sugerencias y comentarios, ayudar a los equipos de socorro en la búsqueda de un cuerpo que él mismo arrojó en algún lugar del bosque. Es la clase de tipo que no vacilaría en dejarse caer por la Orden Fraternal de la Policía a beber jarras de cerveza con los agentes que no están de servicio.

Existe la hipótesis de que al menos el uno por ciento de la población es psicópata. Genéticamente, estos individuos son intrépidos, proclives a utilizar a los demás y supremos manipuladores. En su lado bueno, son espías extraordinarios, héroes de guerra, generales condecorados con cinco estrellas, ricos empresarios y James Bonds. En el malo, son la maldad personificada: Nerón, Hitler, Richard Speck, Ted Bundy, personas antisociales pero clínicamente sanas que comenten atrocidades por las que no sienten remordimiento ni culpa alguna.

—Es un solitario —siguió diciendo Wesley—, y las relaciones íntimas lo ponen en un aprieto, aunque puede pasar por un ser agradable y hasta encantador ante sus conocidos. No mantiene una relación cercana con nadie. Es la clase de persona que se liga a una mujer en un bar, tiene relaciones sexuales con ella y le resultan frustrantes y sumamente insatisfactorias.

—Me lo vas a decir a mí —comentó Marino con un bostezo.

—Seguramente obtiene mucha más satisfacción de la pornografía violenta, las revistas policiacas, el sadomasoquismo —siguió elaborando Wesley—, y es probable que alimentara fantasías sexuales violentas mucho antes de empezar a convertirlas en realidad. El plano de la realidad tal vez comenzara a aflorar cuando espiaba las ventanas de los apartamentos en los que viven mujeres solas. El cuadro se hace cada vez más real. A continuación vienen las violaciones, la violencia va en aumento hasta culminar en muerte. La escalada continúa y él se vuelve más brutal y abusivo con cada víctima. La violación deja de ser la motivación. Lo es el asesinato. El asesinato ya no le resulta suficiente. Tiene que ser cada vez más sádico.

Con el brazo extendido, por el que asomaba el borde almidonado del puño de su camisa blanca, cogió las fotografías de Lori Petersen. Las revisó lentamente, una por una, con el rostro impasible. Las apartó con un leve movimiento, y se volvió hacia mí.

—En mi opinión, es evidente que en este caso, el de la doctora Petersen, el asesino introdujo elementos de tortura, ¿es una suposición acertada?

—En efecto —repliqué.

—¿Qué? ¿Romperle los dedos? —Marino formuló la pregunta como deseando provocar una discusión—. La mafia hace cosas así. Los asesinos sexuales, por lo general, no. La víctima tocaba el violín, ¿no? Romperle los dedos parece algo personal. Como si el tipo la conociera.

—Aquellos libros de cirugía que tenía en el escritorio —dije con toda la calma que pude reunir—, el violín… tampoco tenía que ser un genio para averiguar algunos datos de sus actividades.

—Otra posibilidad —señaló Wesley—, es que los dedos rotos y las costillas fracturadas sean lesiones producidas mientras se defendía.

—No lo son —le aseguré—. Nada me hizo suponer que forcejeó con él.

Marino volvió sus ojos inexpresivos y poco amistosos hacia mí.

—¿Ah, no? Qué curioso. ¿A qué se refieren con eso de lesiones producidas mientras se defendía? Según su informe, estaba llena de contusiones.

—Un buen ejemplo de lesiones de este tipo —sostuve su mirada—, son las uñas rotas, arañazos o contusiones en zonas de las manos y los brazos que habrían quedado expuestas si la víctima hubiera intentado protegerse de los golpes. Las heridas de la víctima no guardan relación con eso.

—Entonces, estamos todos de acuerdo —resumió Wesley—. Esta vez fue más violento.

—La palabra es brutal —se apresuró a corregir Marino, como queriendo recalcar la atrocidad—. De eso estoy hablando. El caso de Lori Petersen es diferente de los otros tres.

Reprimí la furia que sentía. Las primeras tres víctimas habían sido atadas, violadas y estranguladas, ¿Acaso eso no era brutal? ¿Era preciso que también tuvieran los huesos rotos?

—Si se produce otro asesinato —predijo Wesley sombrío—, va a haber signos más pronunciados de violencia y tortura. Este tipo mata porque para él es una compulsión, un intento de satisfacer alguna necesidad. Cuanto más lo hace, más apremiante es la necesidad y más frustrado queda él, con lo cual, la urgencia es cada vez más imperiosa. Se está insensibilizando día a día y le resulta cada vez más difícil saciarse. La sensación de saciedad es sólo transitoria. A los pocos días, o semanas, la tensión va creciendo hasta que elige su próximo objetivo, lo acecha y vuelve a hacerlo. Los intervalos entre cada asesinato se hacen cada vez más cortos. Puede que termine por salir y matar a todo el que se le ponga por delante, como Bundy.

Estaba pensando en la pauta cronológica. El primer asesinato fue el diecinueve de abril; el segundo, el diez de mayo; el tercero, el treinta y uno de mayo. El de Lori Petersen fue hace una semana, el siete de junio.

El resto de lo que dijo Wesley era más o menos previsible. El asesino provenía de un «hogar destrozado» y tal vez su madre abusara de él, tanto a nivel físico como emocional. Cuando estaba con la víctima actuaba dominado por la ira, que a su vez estaba indisolublemente ligada al deseo sexual.

Tenía un cociente intelectual que superaba la media, era obsesivo-compulsivo, muy organizado y meticuloso. Podía ser proclive a pautas de conducta obsesivas, a fobias o rituales tales como el orden, la limpieza, la dieta, cualquier cosa que le alimentara la sensación de controlar cuanto le rodeaba.

Tenía un empleo probablemente humilde: mecánico, operario, obrero de la construcción o cualquier otra ocupación relacionada con el trabajo manual.

Advertí que el rostro de Marino se congestionaba por momentos. Miraba a su alrededor con impaciencia.

—Para él —decía Wesley—, lo mejor es la fase previa, fantasear con el plan, el impulso ambiental que activa dicha fantasía. ¿Dónde estaba la víctima cuando él se fijó en ella?

No lo sabíamos. Tal vez ni ella misma lo supiera, en el caso de que viviera para contarlo. Puede que fuera un encuentro tan borroso y oscuro como las sombras del camino. Él la divisó en alguna parte. Quizá en un centro comercial, tal vez ella iba en su coche y se detuvo en un semáforo.

—¿Qué lo incentivó? —prosiguió Wesley—. ¿Por qué esta mujer en particular?

Una vez más, no lo sabíamos. Sólo sabíamos una cosa: todas las víctimas eran vulnerables porque vivían solas. O él creía que vivían solas, como Lori Petersen.

—A mí me suena al típico americano.

El cáustico comentario de Marino nos dejó paralizados.

Sacudió la ceniza y se inclinó agresivamente hacia delante.

—A ver, todo esto es muy bonito. Pero yo no tengo la menor intención de ser ninguna Dorothy recorriendo el camino de adoquines dorados. No todo nos conduce a Ciudad Esmeralda, ¿de acuerdo? Decimos que es fontanero, o algo así, ¿no? Bien, Ted Bundy era un estudiante de derecho, y hace un par de años apareció en Washington un violador en serie que resultó ser dentista. Por todos los diablos, el estrangulador de Green Valley que anda suelto en esas tierras de frutas y nueces bien podría ser un boy-scout, a juzgar por lo que sabemos.

Marino iba acercándose a lo que tenía en mente. Yo me lo estaba esperando.

—Quiero decir, ¿quién puede afirmar que no es un estudiante? Puede ser incluso un actor, un tipo creativo con la imaginación desbordada. Un asesinato sexual no es tan distinto a cualquier otro, más allá de quién lo haya cometido, a menos que a la comadreja le dé por beber sangre o cortar a la gente en pedazos y asarla... y esta comadreja en particular no es ninguna hermanita de la caridad. Si quieren mi opinión, esta clase de asesinatos sexuales dan un perfil muy parecido entre sí porque, salvo raras excepciones, las personas son personas. Ya sean médicos, abogados o caciques indios. Todos piensan y hacen las mismas malditas cosas, desde que los trogloditas arrastraban a las mujeres del cabello.

Wesley tenía la mirada perdida. Lentamente, se volvió hacia Marino.

—¿A dónde quieres ir a parar, Pete? —preguntó en voz baja.

—¡Ahora mismo te digo dónde diablos quiero llegar! —tenía la barbilla adelantada y las venas del cuello le sobresalían como cuerdas—. Toda esta maldita cháchara de quién da el perfil y quién no es una pérdida de tiempo. Me importa un rábano. Lo que tenemos es un tipo que escribe una obscena disertación sobre sexo y violencia, caníbales y homosexuales. Tiene una sustancia brillante en las manos que parece la misma en todos los cuerpos. Sus huellas están en el cadáver de su mujer y en un cuchillo que hay escondido en uno de los cajones, cuchillo que también tiene esa sustancia brillante en el mango. Llega a su casa todos los fines de semana precisamente a la hora en que se suceden los asesinatos. Pero no. ¡Nada que ver! No puede ser él, ¿no? ¿Y por qué no? Porque no es de la clase trabajadora. No es lo bastante roñoso.

Wesley volvía a tener la mirada perdida. Mi mirada recayó sobre las fotografías desplegadas ante nosotros, fotografías a color de mujeres que jamás, ni en sus más terribles pesadillas, habrían pensado que podía sucederles algo semejante.

—Bien, permítanme presentarles a este muchacho —la parrafada no tenía visos de terminar—. Éste es Matt, el niño bonito; lo que sucede es que no es precisamente tan impoluto como la nieve. Cuando subí a buscar el informe de serología, pasé por la oficina de Vander para ver si había encontrado algo más. Las huellas de Petersen ya estaban en el archivo, ¿verdad? ¿Saben por qué? —me miró fijamente—. Les diré por qué. Vander lo averiguó, hizo su trabajo con los aparatitos. Matt, el niño bonito, fue arrestado hace seis años, en Nueva Orleáns. Fue el verano anterior a que terminara la universidad, mucho antes de conocer a esta cirujana. Seguramente, ella jamás se enteró.

—¿Se enteró de qué? —preguntó Wesley.

—Se enteró de que su adorable amante actor estuvo acusado de violación, de eso mismo.

Nadie dijo nada durante largo rato.

Wesley jugueteaba con la pluma Mont Blanc sobre la mesa, apretando los dientes. Marino no respetaba las reglas del juego. No estaba compartiendo la información que tenía. Nos esperaba agazapado con esa información como si se tratara de un juicio y Wesley y yo fuéramos los abogados defensores.

—Si Petersen fue realmente acusado de violación —dijo al fin—, lo habrán absuelto.

—O se retiraron los cargos —dije yo.

Los ojos de Marino me enfilaron como si fueran sendos cañones de revólver.

—Claro, ¿Y cómo lo sabe? Yo todavía no he revisado los antecedentes.

—Una universidad como Harvard, sargento Marino, no suele aceptar convictos.

—Si es que se enteran.

—Es verdad —concedí—. Si es que se enteran. Me cuesta creer que no lleguen a enterarse, si los cargos siguen en pie.

—Lo mejor será que lo averigüemos —fue todo lo que dijo Wesley.

Marino se incorporó de súbito y se marchó. Supuse que habría ido al baño.

Wesley actuaba como si no hubiera habido nada fuera de lo común en el estallido de Marino ni en ninguna otra cosa.

—¿Qué novedades tenemos de Nueva York, Kay? —preguntó con toda tranquilidad—. ¿Llegó algo del laboratorio?

—Los análisis de ADN llevan su tiempo —contesté—. No les enviamos nada hasta después del segundo caso. Supongo que pronto recibiré los resultados. En cuanto a los dos últimos, el caso de Cecile Taylor y el de Lori Petersen, nos pondremos ya en el mes que viene, como muy temprano.

Wesley siguió exhibiendo su talante de «aquí no pasa nada».

—En los cuatro casos, el individuo es no secretor. Eso al menos lo sabemos.

—Sí. Eso lo sabemos.

—En realidad no tengo la menor duda de que se trata del mismo asesino.

—Ni yo tampoco —coincidí.

No se dijo nada más en un buen rato.

Nos quedamos sentados, aguardando con tensión el regreso de Marino, sus crispadas palabras todavía nos resonaban en el oído. Yo sudaba y sentía los latidos de mi corazón.

Supongo que Wesley se dio cuenta, por la expresión de mi rostro, de que no quería tener nada más que ver con Marino, que lo había relegado al olvido que tengo reservado para todos aquellos que considero imposibles, desagradables y profesionalmente peligrosos.

—Tiene que entenderlo, Kay —me dijo.

—Bueno, pues no lo entiendo.

—Es un buen detective, uno de los mejores.

No hice comentarios.

Permanecimos en silencio.

La furia que sentía me hacía bullir la sangre. Sabía que debía contenerme, pero no había manera de detener las palabras que pugnaban por salir.

—¡Por lo que más quiera, Benton! Estas mujeres merecen todo nuestro esfuerzo. Una metedura de pata puede llevarnos a que haya otra víctima. ¡No quiero que Marino eche todo a perder porque tiene algún problema!

—No lo va a hacer.

—Ya lo está haciendo —bajé la voz—. Le ha echado la soga al cuello a Matt Petersen, lo que quiere decir que ha dejado de buscar.

Marino, a Dios gracias, tardaba en regresar. Los músculos de la mandíbula de Wesley empezaban a relajarse. No me miró a los ojos.

—Todavía no descarto a Petersen. No puedo hacerlo. Sé que matar a su esposa no encaja con los otros tres asesinatos, pero Petersen es un caso especial. Piensa en Gacy. No tenemos idea del número de personas que mató. Treinta y tres niños. Posiblemente fueron cientos.

Desconocidos, todos ellos desconocidos para él. Entonces mata a la madre, la corta en pedazos y los esparce por el basurero...

No daba crédito a lo que oía. Me estaba endilgando una de sus lecciones destinadas a los «jóvenes agentes», parloteaba como un adolescente a quien le sudaban las palmas de las manos en su primera cita.

—Cuando Chapman atacó a Lennon, llevaba consigo *El guardián entre el centeno*. Reagan fue tiroteado por un idiota obsesionado con una actriz. Son patrones. Tratamos de anticiparnos. Pero no siempre podemos. No siempre es predecible.

A continuación comenzó a recitar estadísticas. Hace veinte años, el esclarecimiento de los homicidios rondaba el noventa y cinco o noventa y seis por ciento. En la actualidad era del setenta y cuatro por ciento, e iba en disminución. Había más asesinatos de desconocidos, a diferencia de los crímenes pasionales, etcétera, etcétera. Apenas le escuchaba.

—...Matt Petersen me preocupa, para decirle la verdad, Kay —hizo una pausa.

Ahora sí que tenía toda mi atención.

—Es un artista. Los psicópatas son los Rembrandt de los asesinos. Es un actor. No sabemos qué papeles ha desempeñado en sus fantasías. No sabemos si las está haciendo realidad. No sabemos si no tiene una inteligencia diabólica. La muerte de su esposa puede haber sido con fines prácticos.

—¿Cómo que fines prácticos?

Lo miré con una expresión de total incredulidad, y desvié los ojos hacia las fotografías tomadas a Lori

Petersen en la escena del crimen. Vi su rostro, cubierto por una máscara de agonía, los cables eléctricos, tensos como las cuerdas de un violín, atándole los brazos y cortándole el cuello. Estaba viendo todo lo que ese monstruo le había hecho. ¿Fines prácticos? No era verdad lo que estaba oyendo.

—Me refiero a que tal vez haya necesitado librarse de ella, Kay —explicó Wesley—. Por ejemplo, si sucedió algo que la hiciera sospechar de él por la muerte de las tres primeras mujeres, tal vez Petersen sintió pánico y decidió matarla. ¿Cómo puede hacerlo sin despertar sospechas? Haciendo que su muerte sea parecida a las de las otras.

—Ya he oído todo esto —dije llanamente—. De boca de su compañero.

Sus palabras eran acompasadas y medidas, como las pulsaciones de un metrónomo.

—Todos los escenarios son posibles, Kay. Debemos tenerlos en cuenta.

—Desde luego que sí. Y me parece bien, siempre que Marino tenga en cuenta todos los escenarios posibles y no use anteojeras porque está obsesionado o tiene un problema.

Wesley echó una mirada a la puerta abierta.

—Pete tiene sus prejuicios —dijo en tono casi inaudible—. No se lo voy a negar.

—Mejor será que me diga cuáles son.

—Baste decir que cuando la dirección decidió que era un buen candidato para un equipo de PDDV, hicimos algunas averiguaciones de sus antecedentes. Sé dónde creció, cómo se crió. Hay cosas de las que no te recuperas jamás. Te marcan para toda la vida. Es así.

No me estaba diciendo nada que no me hubiera imaginado. Marino se había criado en un barrio mísero y peligroso. Se sentía incómodo en presencia del tipo de personas que siempre lo habían hecho sentir incómodo. Ni las animadoras de los equipos escolares ni las reinas de cualquier festejo popular habían reparado en él jamás porque no encajaba en aquel ambiente, porque su padre tenía mugre bajo las uñas, porque era «vulgar».

Ya había escuchado una y mil veces estas lacrimógenas historias de policías. La única ventaja que el tipo tiene en la vida es que es grandote y blanco, de modo que decide hacerse aún más grandote y más blanco portando una pistola y una insignia.

—No debemos justificarnos, Benton —dije brevemente—. No justificamos a los criminales porque hayan tenido infancias tortuosas. No debemos usar el poder que se nos ha conferido para castigar a aquellos que nos recuerdan nuestras propias infancias tortuosas.

No era que careciera de compasión. Entendía perfectamente de dónde provenía Marino. Su rencor no me era desconocido. Lo había sentido muchas veces al enfrentarme con un acusado en el tribunal. No importaba lo convincentes que pudieran ser las pruebas, si el acusado era apuesto, atildado y vestía un traje de doscientos dólares, un jurado compuesto por doce hombres y mujeres trabajadores no creía, en el fondo de sus corazones, que fuera culpable.

En los últimos tiempos yo ya me creía prácticamente cualquier cosa de cualquiera. Pero sólo si había pruebas palpables. ¿Estaba Marino buscando esas pruebas? ¿Buscaba algo, en realidad?

Wesley apartó la silla y se puso de pie para desperezarse.

—Pete tiene sus arranques. Ya te acostumbrarás. Lo conozco desde hace años —fue hasta la puerta y miró a derecha y a izquierda—. ¿Dónde diablos se ha metido?, dicho sea de paso. ¿Se habrá caído por el inodoro?

Wesley dio por terminada su deprimente tarea en mi oficina, y desapareció en la soleada tarde de los vivos, donde otras actividades criminales exigían su atención y su tiempo.

Habíamos dado por perdido a Marino. No tenía ni idea de dónde había ido, pero al parecer, su viaje al baño lo había llevado fuera del edificio. No tuve oportunidad de hacer demasiadas conjeturas porque Rose apareció en la puerta que comunicaba su oficina con la mía justo cuando estaba guardando bajo llave las carpetas en mi escritorio.

Por su ominosa pausa y la expresión sombría de su rostro, supe de inmediato que iba a decirme algo que yo no tenía ganas de escuchar.

—Doctora Scarpetta, Margaret ha estado buscándola y me pidió que se lo dijera apenas saliese de la reunión.

No pude ocultar mi impaciencia. Abajo había autopsias que hacer e innumerables llamadas telefónicas que responder. Tenía bastante trabajo como para mantener ocupada a media docena de personas y no quería que agregaran nada más a la lista.

Me extendió una pila de cartas para firmar observándome por encima de sus gafas de leer, como una auténtica directora de escuela.

—Está en su oficina —añadió—, y no creo que el asunto pueda esperar.

Rose no me lo iba a decir y, aunque lo cierto es que no podía reprochárselo, me sentí molesta. Creo que estaba al tanto de lo que sucedía en todo el ámbito del sistema, pero era propio de su estilo derivarme a la fuente en lugar de informarme directamente. La verdad era que solía evitar ser portadora de malas noticias. Supongo que lo había aprendido por las malas, después de trabajar la mayor parte de su vida con Cagney, mi antecesor en el cargo.

La oficina de Margaret estaba en la mitad del pasillo. Era un pequeño cuarto de espartana sobriedad con paredes de hormigón pintadas del mismo insípido color *creme-de-menthe* que el resto del edificio. El suelo de baldosas verdes siempre parecía polvoriento, por mucho que lo barrieran, y desparramados por el escritorio y por cualquier superficie disponible había hojas impresas de ordenador. La librería estaba atestada de manuales de instrucciones, cables de impresora, cintas de repuesto y cajas de disquetes. No había ningún toque personal: ni fotografías, ni pósters ni adornitos. No sé cómo lograba vivir en ese revoltijo impersonal, pero nunca he visto ninguna oficina de un analista de sistemas que no fuera así.

Margaret estaba de espaldas a la puerta mirando el monitor. Tenía un manual de programación abierto sobre el regazo. Cuando entré giró la silla y la corrió hacia un costado. Tenía una expresión tensa; su corto cabello negro estaba revuelto como si se hubiera pasado los dedos por él y sus ojos oscuros parecían distraídos.

—He estado en una reunión casi toda la mañana —lanzó de entrada—. Cuando regresé, después de almorzar, me encontré con esto en la pantalla.

Me extendió una hoja impresa. En ella había varios comandos SQL, que eran los que permitían consultar la base de datos. Al principio contemplé la hoja con la mente en blanco. Se había ejecutado la orden de «describir» en la planilla del caso, y la mitad superior de la página estaba llena de nombres dispuestos en columnas. Debajo había varias posibilidades derivadas de la orden «seleccionar». La primera solicitaba el número de caso que tenía como apellido «Petersen» y como nombre de pila, «Lori». Debajo estaba la respuesta: «No se ha encontrado ningún archivo». La segunda solicitaba el número de caso y el nombre de pila de todos los difuntos cuyos informes estuvieran registrados en nuestra base de datos y se apellidaran «Petersen».

El nombre de Lori Petersen no estaba incluido en la lista porque su caso estaba guardado en mi escritorio. Todavía no se lo había entregado a los empleados que se encargaban de ingresarlo.

—¿Qué me quieres decir, Margaret? ¿No fuiste tú quien tecleó estas órdenes?

—¿Yo? En absoluto —replicó enérgicamente—. Tampoco lo hizo ninguno de los administrativos. Les habría resultado imposible.

Logró atrapar toda mi atención.

—El viernes por la tarde, cuando me fui —siguió diciendo para explicarme—, hice lo que hago siempre al finalizar el día. Dejé el ordenador en modo de respuesta para que pudieras acceder desde casa si surgía la necesidad.

No hay forma de que nadie usara mi ordenador porque no se puede utilizar cuando se encuentra en modo de respuesta, a menos que se haga desde otro ordenador y se llame a través de un módem.

Tenía sentido. Las terminales de la oficina estaban conectadas en red al ordenador de Margaret, al que llamábamos «servidor». No estábamos conectados al ordenador principal del Departamento de Sanidad y Servicios Humanos que quedaba en la acera de enfrente, pese a las continuas presiones de su director para que lo hiciéramos. Me había negado, y seguiría haciéndolo, porque nuestra base de datos es extremadamente delicada. Muchos de los casos están en investigación criminal. Tener toda esa información metida en un ordenador central, compartida por docenas de organismos del DSSH, era exponerse a crear un colosal problema de seguridad.

—Yo no llamé desde casa —dije.

—Ni por un momento pensé que lo habías hecho —dijo ella—. No sé por qué ibas a teclear estos comandos. Tú mejor que nadie sabes que el caso de Lori Petersen no se ha ingresado todavía. Ha sido otra persona. Ni es uno de los administrativos ni tampoco es ninguno de los médicos. Salvo tu ordenador y el de la morgue, todos los demás son terminales tontas.

Una terminal tonta, me recordó Margaret, es casi lo que su propio nombre sugiere: una unidad sin cerebro que consiste en un monitor y un teclado. Las terminales tontas del departamento estaban subordinadas al servidor de la oficina de Margaret. Cuando el servidor estaba desactivado o bloqueado, o cuando se encontraba en modo de respuesta, todas las terminales tontas quedaban también desactivadas o bloqueadas. O sea, habían quedado desactivadas desde el viernes… justo antes del asesinato de Lori Petersen.

La intrusión en la base de datos había tenido que llevarse a cabo durante el fin de semana o ese mismo día muy temprano.

Alguien, una persona de afuera, había conseguido entrar.

Esta persona tenía que estar familiarizada con la base de datos correlativa que utilizábamos. Recordé que era una de las más conocidas, se podía aprender con facilidad. El número de acceso era el de la extensión de Margaret, que figuraba en el listín del DSSH. Si tenías un ordenador con un paquete de programas de comunicaciones y un módem compatible, y sabías que Margaret era la analista de sistemas, podías probar su número y establecer la conexión. Pero eso era todo lo que se podía hacer. No había acceso a ninguno de los archivos de la oficina ni a la base de datos. Ni siquiera se podía acceder al buzón de correo electrónico sin conocer los nombres de los usuarios o sus contraseñas.

Margaret contemplaba la pantalla a través de sus gafas ahumadas. Tenía el entrecejo ligeramente fruncido, y se mordisqueaba el pulgar.

Acerqué una silla y me senté.

—Pero ¿cómo? ¿Y el nombre del usuario y la contraseña? ¿Cómo es posible que alguien tuviera acceso a esa información?

—Eso es lo que me desorienta. Sólo lo sabemos unos cuantos, doctora Scarpetta. Usted, yo, los otros médicos y los que ingresan los datos. Y nuestros nombres de

124

usuario y contraseñas son distintos de los que asigné a los distritos.

Aunque los otros distritos de mi dependencia estaban informatizados con una red exactamente igual a la nuestra, conservaban su propia base de datos y no tenían acceso en línea a la de la oficina central. No era probable (en realidad, no lo creía posible), que ninguno de los delegados de los otros departamentos fuera el responsable.

Hice una pobre sugerencia.

—Tal vez alguien se puso a hacer la prueba y tuvo suerte.

Margaret meneó la cabeza.

—Casi imposible. Bien lo sé yo, que lo he intentado alguna vez cuando cambio la contraseña del correo electrónico de algún usuario y luego no recuerdo cuál es. A los tres intentos, el ordenador pierde la paciencia y desconecta la línea telefónica. Y además, a esta versión de la base de datos no le gustan las conexiones ilegales. Si detecta demasiados intentos de acceso al SQL o a una tabla, se crea un error de contexto, se alteran la alineaciones de los indicadores y se destruye la base de datos.

—¿Y no podía estar la contraseña en otro lugar? —pregunté—. En otro lugar del ordenador, por ejemplo, donde pudieran descubrirla. ¿Y si esa persona fuera otro programador...?

—No funcionaría —respondió con seguridad—. He tenido sumo cuidado. Existe una tabla de sistemas en la que figuran los nombres de usuarios y las contraseñas, pero sólo se puede acceder a ella si se sabe lo que se está haciendo. Y de todas maneras no tiene importancia porque borré esa tabla hace mucho tiempo para evitar esta clase de problemas.

Guardé silencio.

Margaret me observaba a hurtadillas, buscando en mi expresión algún signo de desagrado, o algún brillo en mis ojos que le indicara que estaba enojada o la culpaba por lo sucedido.

—¡Es horrible! —explotó—. ¡Cómo puede ser! No tengo ninguna pista, ni sé lo que ha hecho esta persona. Para colmo, el DBA no funciona.

—¿No funciona?

El DBA, o administrador de la base de datos, era una licencia otorgado a ciertos elegidos, como Margaret o yo misma, que confería autoridad para acceder a todas las tablas y hacer lo que se quisiera con ellas. Que el DBA no funcionara era como si la llave de la puerta de mi casa no encajara.

—¿Cómo que no funciona?

Era cada vez más difícil mantener la calma.

—Eso es lo que digo. Que no funciona. No he podido entrar a ninguna de las tablas. Por alguna extraña razón, la contraseña no es válida. He tenido que reconectar la licencia.

—¿Cómo ha podido suceder algo así?

—No lo sé —cada vez estaba más incómoda—. ¿Crees que será mejor cambiar todas las autorizaciones, por razones de seguridad, y asignar nuevas contraseñas?

—Ahora no —repliqué automáticamente—. Nos limitaremos a dejar el caso de Lori Petersen fuera del ordenador. Quienquiera que sea esta persona, al menos no encontró lo que buscaba.

Me levanté de la silla.

—En esta ocasión, no.

Me quedé paralizada, contemplándola.

Dos manchas rosadas afloraban a sus mejillas.

—No sé. No tengo manera de saber si esto ha sucedido con anterioridad porque la función eco siempre ha estado desconectada. Estos comandos que ves aquí —me señaló la hoja impresa— son la repetición, o el eco, de los comandos tecleados en el ordenador que se conectó con éste. Siempre dejo apagada la función eco para evitar que, si llamas desde casa, nada de lo que hagas quede registrado en esta pantalla. El viernes tenía mucha prisa. Quizá lo dejé activado sin darme cuenta, o lo activé después. No lo recuerdo, pero lo cierto es que estaba activado. Supongo que al menos eso es bueno… —agregó a regañadientes.

Nos dimos la vuelta al mismo tiempo.

Rose estaba en la puerta.

De nuevo la misma expresión… ¡No, otra vez no!

Aguardó hasta que yo saliera al pasillo.

—El forense de Colonial Heights está por la línea uno. Un detective de Ashlands, por la dos. Y la secretaria del director del DSSH acaba de llamar…

—¿Qué? —la interrumpí. La última frase era la única que realmente había escuchado—. ¿La secretaria de Amburgey?

Me entregó varias hojas color rosa con mensajes telefónicos.

—El director quiere verla —me informó.

—¿Para qué, por el amor de Dios?

Si me volvía a decir que tenía que enterarme de los detalles por mi cuenta, iba a perder los estribos.

—No lo sé —respondió Rose—. La secretaria no me lo dijo.

6

No podía quedarme sentada. Tenía que ponerme en acción y distraerme antes de perder la compostura.

Alguien había entrado en el ordenador del departamento y Amburgey quería verme en menos de dos horas. No era probable que fuera una simple invitación para tomar el té.

De modo que me dispuse a efectuar la ronda de pruebas. Por lo general, esto consistía en dejar constancia escrita de todas las pruebas recogidas en los diversos laboratorios del piso arriba. Otras veces pasaba simplemente para ver cómo marchaban mis casos, como el buen doctor que controla a sus pacientes. En este momento, mi actividad no era más que una sigilosa y desesperada peregrinación.

El Instituto de Ciencias Forenses era una colmena, un panal de cubículos ocupados por equipos de laboratorio y personas de bata blanca y gafas protectoras de plástico.

Cuando traspasé la puerta, algunos científicos me saludaron con una sonrisa y un ligero movimiento de cabeza. La mayoría no levantó la vista, demasiado preocupados con lo que cada uno estaba haciendo como para prestar atención a cualquiera que pasase. Yo pensaba en Abby Turnbull y en otros periodistas que no despertaban mis simpatías.

¿Acaso algún periodista ambicioso le habría pagado a un pirata informático para acceder a nuestra base de datos?

¿Hace cuánto tiempo vendría sucediendo?

No me di cuenta siquiera de haber entrado en el laboratorio de serología hasta que mis ojos no se posaron de pronto en sus negras encimeras llenas de cubetas, tubos de ensayo y quemadores Bunsen. En los estantes de las vitrinas había bolsas con pruebas y frascos de productos químicos, y en el medio de la habitación había una mesa alargada, sobre la que se encontraban las mantas y las sábanas de la cama de Lori Petersen.

—Llegas justo a tiempo —me saludó Betty—. Si quieres tener un ataque de acidez estomacal, estás en el sitio indicado.

—No, gracias.

—Yo ya lo estoy sufriendo —agregó—. ¿Por qué ibas a ser tú inmune?

Cercana a su jubilación, Betty era una mujer de cabello gris acerado, facciones marcadas y ojos pardos que podían ser impenetrables o tímidamente sensibles; dependía de que uno se tomara o no el trabajo de llegar a conocerla. Me cayó bien desde el primer momento en que la vi. La jefa de serología era meticulosa, y de una lucidez tan afilada como un bisturí. En su vida privada era una entusiasta observadora de pájaros y una pianista consumada que nunca se había casado, ni lo lamentaba. Me recordaba a la hermana Marta, mi monja preferida de la escuela parroquial de Santa Gertrudis.

Tenía las mangas de la bata arremangadas hasta el codo y los guantes puestos. En su zona de trabajo había tubos de ensayo con hisopos de algodón y un equipo de recopilación de pruebas físicas que contenía una carpeta de cartulina con portaobjetos y sobres con muestras de cabello del caso de Lori Petersen. La carpeta de portaobjetos, los sobres y los tubos de ensayo estaban identificados con unas etiquetas generadas por ordenador y marcadas con mis iniciales, fruto de otro de los programas de Margaret.

Recordé vagamente los rumores que corrían en un encuentro académico reciente. En las semanas que siguieron a la muerte súbita del alcalde de Chicago, se produjeron alrededor de noventa intentos de intrusión en el ordenador del forense que llevaba el caso. Se creía que los responsables eran periodistas en busca de los resultados de la autopsia y toxicológicos.

¿Quién había sido? ¿Quién había entrado en mi ordenador?

¿Y por qué?

—Algo se va adelantando —me decía Betty.

—¿Cómo?… —le dirigí una sonrisa intentando disculparme.

—Esta mañana hablé con el doctor Glassman —repitió—. Han adelantado mucho con las muestras de los otros dos casos, esperamos tener los resultados en un par de días.

—¿Ya le has enviado las muestras de los dos últimos casos?

—Acaban de salir —dijo mientras destapaba una frasco color marrón—. El amigo Bo las va a entregar en mano…

131

—¿*El amigo Bo?* —la interrumpí.

—O «el agente amistoso», como lo conoce la tropa. Así se llama. Amigo Bo. El honor de los Boy Scouts. Vamos a ver, Nueva York está a unas seis horas en coche. Calculo que las entregará en el laboratorio a última hora de la tarde. Me parece que lo echaron a suertes.

La miré sin comprender.

—¿A suertes? —repetí.

¿Qué querría Amburgey? Tal vez sentía la curiosidad de saber cómo marchaban las pruebas de ADN. Era la obsesión de todo el mundo, últimamente.

—Los policías —explicó Betty— con esto de ir a Nueva York… Algunos no han estado nunca.

—Para la mayoría, una vez será más que suficiente —comenté distraída—. Espera a que intenten cambiar de carril o encontrar lugar para aparcar.

Claro que también podía haberme mandado un memorando por correo electrónico si quería preguntarme algo de los exámenes de ADN, o cualquier otra cosa. Eso era lo que solía hacer Amburgey. Era lo que siempre había hecho hasta ahora.

—Bah, eso es lo de menos. Nuestro Bo nació y se crió en Tennessee y no va a ninguna parte sin su pipa.

—No se la habrá llevado a Nueva York, espero.

La que hablaba con ella era sólo mi boca. El resto de mí estaba en otra parte.

—Bah —volvió a decir—. Su capitán se lo dijo, le habló de las leyes de armas que tienen allí, en Yanquilandia. Cuando vino a recoger las muestras sonreía de oreja a oreja y palmeaba lo que supongo que sería una cartuchera que llevaba bajo la chaqueta. Tiene uno de esos revólveres tipo John Wayne con un cañón de quince centímetros. Estos tipos y sus armas... Es tan freudiano que aburre.

Mi inconsciente recordaba los casos conocidos de jóvenes, prácticamente niños, que habían logrado entrar en la base de datos de grandes empresas y bancos.

En mi casa, bajo el teléfono del escritorio, hay un módem que me permite acceder al ordenador de aquí. Era zona prohibida, estrictamente vedada. Lucy había comprendido la extrema gravedad de intentar acceder a la base de datos del departamento. Le estaba permitido hacer cualquier otra cosa, a pesar de mi reparo interior y de la poderosa sensación de territorialidad que conlleva el hecho de vivir sola.

Recordé el periódico vespertino que Lucy encontró debajo del cojín del sofá. Recordé la expresión de su rostro cuando me interrogó sobre el asesinato de Lori Petersen, y recordé también la lista de los números de teléfono de mis colaboradores, incluido el de Margaret, pegada en el tablero de corcho que tenía sobre el escritorio de casa.

Advertí que Betty no había dicho nada desde hacía rato. Me miraba con extrañeza.

—¿Te sientes bien, Kay?

—Lo siento —volví a decir, esta vez acompañado de un suspiro.

Guardó silencio por un instante y después me habló con delicadeza.

—Ya, todavía no hay un solo sospechoso. A mí también me angustia.

—Es difícil pensar en otra cosa —dije, aunque en realidad llevaba cerca de una hora sin reparar en ello, pese a que hubiera tenido que dedicarle toda la atención. Me reprendí en silencio.

—Bueno, detesto decírtelo, pero los análisis de ADN no sirven de nada si no se atrapa a alguien de carne y hueso.

—Hasta que lleguemos a la época dorada en la que las huellas genéticas se almacenen en una base de datos como se hace con las huellas digitales —murmuré.

—Eso no ocurrirá mientras la ACLU* tenga algo que decir al respecto.

¿Pero es que hoy no había nadie que dijera algo positivo? Desde la base del cráneo, una poderosa jaqueca pugnaba por abrirse camino en mi cabeza.

—No deja de ser extraño —dijo mientras dejó caer unas gotas de fosfato ácido de naftilo en unos circulitos de papel de filtro blanco—. Alguien tiene que haber visto a este tipo en alguna parte, digo yo. No es invisible. No aparece por arte de magia en las casas de estas mujeres, tiene que haberlas visto en algún momento para fijarse en ellas y seguirlas hasta su casa. Si merodea por parques o centros comerciales, o lugares por el estilo, tiene que haber alguien que haya reparado en él, vamos, digo yo.

—Si alguien vio algo, no estamos enterados. Desde luego, no será porque no llamen —añadí—. Tengo entendido que el teléfono directo de Vigilancia del Delito de Barrio no deja de sonar mañana, tarde y noche. Pero parece que de momento no hay resultados.

* Unión por las Libertades Civiles de Estados Unidos. (N. de la T.)

—Ya, mucho ruido y pocas nueces.

—Eso mismo.

Betty siguió trabajando. Esta fase de los análisis era relativamente simple. Tomaba los hisopos de los tubos de ensayo que yo le había enviado, los humedecía con agua e impregnaba el papel de filtro con ellos. Dispuestos en pequeños grupos, los rociaba primero con unas gotas de fosfato ácido de naftilo y después agregaba sal de diazonio B. Si había fluido seminal en la muestra, la mancha del papel de filtro se teñía de un color violáceo en cuestión de segundos.

Observé la selección de círculos de papel. Casi todos estaban adquiriendo ese tono violáceo.

—¡Ese malnacido! —dije.

—Falló el tiro.

Comenzó a describir lo que veíamos.

—Estos hisopos corresponden a la parte posterior de los muslos —señaló—. La reacción ha sido inmediata. En cambio, con los hisopos anales y vaginales, la reacción fue más lenta, pero no me sorprende. Los fluidos corporales de ella interfieren con los análisis. Además, los hisopos bucales también son positivos.

—¡Ese malnacido! —repetí en voz baja.

—Sin embargo, los que tomaste del esófago son negativos. Evidentemente, los residuos más sustanciales de líquido seminal se quedaron fuera del cuerpo. Vuelve a fallar. El patrón es casi idéntico a los de Brenda, Patty y Cecile.

Brenda era la primera víctima. Patty, la segunda, Cecile la tercera. Me sorprendió la nota de familiaridad en la voz de Betty al referirse a las mujeres estranguladas.

De algún modo, ya eran como de la familia. En vida nunca nos habíamos cruzado con ellas, y sin embargo ahora las conocíamos bien.

Mientras Betty volvía a insertar el cuentagotas en el frasco marrón, me dirigí hacia un microscopio que había en una encimera cercana, miré por la lente y comencé a mover el tubo sobre la muestra. Iluminadas por la luz polarizada se veían varias fibras multicolores, lisas y con bordes rizados, con ondulaciones a intervalos irregulares. Las fibras no eran ni de origen animal ni artificiales.

—¿Son estas las que recogí del cuchillo? —casi ni quería preguntarlo.

—En efecto. Es algodón. Que no te confundan los tonos rosados, ni los verdes ni los blancos que estás viendo. Las telas suelen teñirse con una combinación de colores indetectables a simple vista.

El camisón que cubría a Lori Petersen era de algodón, un algodón amarillo claro.

Ajusté la lente.

—Y no habrá ninguna posibilidad de que provenga de algún papel de trapo de algodón, o algo así, ¿no? Parece que Lori usaba este cuchillo como abridor de cartas.

—No, Kay. Ya he analizado una muestra de fibras del camisón. Coinciden con las fibras que recogiste de la hoja del cuchillo.

Era el discurso de un testigo experto. Coincidente por aquí, razonable por allá. El camisón de Lori se cortó con el cuchillo de su esposo. Habrá que ver a Marino cuando reciba el informe de laboratorio, pensé. Maldición.

—También te puedo afirmar sobre la marcha que las fibras que estás viendo no son las mismas que algunas de las que se encontraron en el cuerpo y en el marco de la ventana por la que, según la policía, entró el asesino —siguió explicando Betty—. Esas son oscuras, negras y azul marino con algo de rojo, una mezcla de algodón y poliéster.

La noche que vi a Matt Petersen llevaba una camisa blanca que parecía de algodón y que, casi con seguridad, no contenía fibras negras ni azul marino ni rojas. También llevaba unos pantalones vaqueros, la mayoría de los vaqueros son de algodón.

Era muy improbable que las fibras que Betty acababa de mencionar fueran de él, a menos que se cambiara de ropa antes de que llegara la policía.

—Sí, claro, Petersen no es ningún estúpido —me imaginaba la voz de Marino—. Desde el caso de Wayne Williams medio mundo sabe que las fibras pueden usarse para crucificar a una persona.

Salí y llegué hasta el final del pasillo. Doblé a la izquierda, y me metí en el laboratorio donde se analizan las marcas de herramientas y armas de fuego, con sus encimeras y mesas llenas de pistolas, rifles, machetes, escopetas y armas UZI, todas etiquetadas como pruebas y esperando el día de su presentación ante el tribunal. En los escritorios había cartuchos de revólveres y escopetas diseminados, y atrás, en un rincón, un tanque de acero galvanizado lleno de agua que se utilizaba para analizar los tiros. Flotando en el agua plácidamente había un patito de goma.

Frank, un tipo enjuto y nervudo, de pelo cano, retirado del departamento de criminología del Ejército, se hallaba inclinado sobre el microscopio de comparación.

Cuando entré, volvió a encender su pipa y no me dijo nada que yo deseara escuchar.

No había nada que saber de la tela metálica que habían cortado en la ventana de Lori Petersen. La malla era sintética, y por lo tanto inservible para encontrar marcas de herramientas o siquiera la dirección del corte. No sabíamos si se había hecho desde dentro o desde fuera de la casa porque el plástico, a diferencia del metal, no se dobla.

La diferencia era importante, me habría interesado mucho. Si hubiera podido comprobarse que la tela metálica se había cortado desde dentro de la casa, todas las suposiciones quedaban descartadas. Significaría que el asesino no la había cortado para entrar sino para salir de la casa de los Petersen. Significaría, con gran probabilidad, que las sospechas de Marino sobre el esposo eran correctas.

—Todo lo que puedo decirte —dijo Frank, exhalando volutas de humo aromático—, es que es un corte limpio, hecho con una herramienta afilada, como una navaja o un cuchillo.

—¿Tal vez el mismo instrumento utilizado para cortarle el camisón?

Frank se quitó las gafas, distraído, y comenzó a limpiarlas con un pañuelo.

—Para cortarle el camisón también se utilizó una herramienta afilada, pero no puedo decirte si fue la misma que se utilizó para cortar la ventana. Ni siquiera la puedo clasificar, Kay. Pudo ser un estilete. O tal vez un sable, o unas tijeras.

Los cables de electricidad y el cuchillo de supervivencia contaban otra historia.

Basándose en una comparación microscópica, Frank tenía buenas razones para creer que los cables habían sido cortados con el cuchillo de Matt Petersen. Las marcas de la hoja eran compatibles con las que había en varias puntas de los cables. Marino, volví a pensar sombríamente. Este tipo de pruebas circunstanciales no significarían gran cosa si el cuchillo hubiera estado a la vista, o cerca de la cama, en lugar de escondido en la cómoda de Matt Petersen.

Yo seguía viendo mi propio escenario. El asesino vio el cuchillo en el escritorio de Lori y decidió utilizarlo. ¿Pero por qué lo escondió después? Además, si utilizó el cuchillo para cortar el camisón de Lori y los cables eléctricos, los hechos no se habían sucedido como yo los imaginaba.

Según lo veía yo, el asesino entró en el dormitorio de Lori con su propio instrumento cortante, cuchillo o lo que fuera, el mismo que usó para cortar la tela metálica de la ventana. Si fue así, ¿por qué no lo usó también para cortar el camisón y los cables? ¿Cómo es que terminó utilizando el cuchillo de supervivencia? ¿Lo vio en el escritorio nada más entrar en la habitación?

No lo creo. El escritorio no estaba cerca de la cama, y además la habitación estaba a oscuras. No pudo haber visto el cuchillo.

No pudo haberlo visto hasta que encendió la luz, y para entonces, lo más probable es que Lori estuviera ya sometida, con el cuchillo del asesino al cuello. ¿Por qué iba a interesarle al asesino el cuchillo de supervivencia que había en el escritorio? No tenía sentido.

A no ser que algo lo hubiera interrumpido.

A no ser que hubiera sucedido algo que le creara problemas y tuviera que alterar su ritual, a no ser que un hecho inesperado lo obligara a cambiar el curso de los hechos.

Frank y yo le dimos vueltas al asunto.

—Eso es dar por sentado que el asesino no es el marido —dijo Frank.

—Sí. Es dar por sentado que el asesino es un desconocido. Tiene sus pautas, su *modus operandi*. Pero cuando está con Lori, algo lo pilla desprevenido.

—Algo que ella hace…

—O dice —repliqué antes de sugerir nada—. Quizá dijo algo que lo detuvo.

—Puede ser —parecía escéptico—. Tal vez logró entretenerlo el tiempo suficiente como para ver el cuchillo en el escritorio y que en ese momento se le ocurriera utilizarlo. Pero, en mi opinión, es más probable que el cuchillo lo viera antes, esa misma noche, porque ya estuviera dentro de la casa cuando llegó Lori.

—No. No lo creo.

—¿Por qué no?

—Porque Lori estuvo un rato en casa antes de ser atacada.

Lo había pensado mucho.

Lori regresó del hospital a casa en coche, abrió la puerta, entró y, una vez dentro, volvió a echar la llave. Fue a la cocina y dejó su mochila en la mesa. Después picó algo de comer. El contenido de su estómago indicaba que había ingerido varias galletas de queso poco antes de ser atacada. El alimento apenas había empezado a ser digerido. El terror que sintió al ser atacada le pudo cortar

140

la digestión por completo. Es un mecanismo de defensa del organismo. La digestión se interrumpe para permitir que la sangre fluya hacia las extremidades en lugar de ir hacia el estómago y de esta forma el animal se prepare para la huida o la lucha.

Sólo que a ella no le había resultado posible luchar. Ni tampoco había tenido la posibilidad de huir a ninguna parte.

Después de picar algo, salió de la cocina y se fue al dormitorio. La policía había descubierto que tenía la costumbre de tomar los anticonceptivos por la noche, antes de acostarse. En el baño principal hallaron la caja y vieron que faltaba la pastilla correspondiente al viernes. Lori se tomó la pastilla, tal vez se lavó los dientes y la cara, después se puso el camisón y colocó la ropa con esmero en una silla. Creo que ya estaba acostada cuando la atacó, al poco rato. Puede que el asesino hubiera estado vigilando la casa en la oscuridad, oculto entre los árboles, o los arbustos. Quizá esperó hasta que se apagaron las luces, hasta que supuso que ya estaría durmiendo. O tal vez la había observado con anterioridad y sabía con exactitud a qué hora solía llegar a casa y a qué hora se iba a la cama.

Recordé las mantas de la cama. Estaban desarregladas, como si se hubiera tapado con ellas, no había otra prueba de forcejeos en ningún otro lugar de la casa.

Había otra cosa que también me venía a la mente.

El olor que Matt Petersen mencionó, ese olor dulzón, a sudor.

Si el asesino tenía un olor peculiar y pronunciado, seguro que se percibía dondequiera que él fuese. Habría quedado flotando en el dormitorio, caso de haberse escondido en él cuando Lori llegó a casa.

Lori era médico.

Los olores suelen indicar enfermedades e intoxicaciones. Los médicos aprenden a ser sensibles a los olores, tan sensibles que a menudo yo misma soy capaz de decir que la víctima bebió poco antes de morir de un disparo o apuñalada sólo por el olor de la sangre en la escena del crimen. Un contenido gástrico, o la misma sangre, que huela a macarrones rancios o a almendras puede indicar la presencia de cianuro. Si el aliento de un paciente huele a hojas mojadas puede indicar tuberculosis...

Lori Petersen era médico, como yo.

Si hubiera percibido un olor extraño nada más entrar en su dormitorio, no se habría desvestido ni habría hecho ninguna otra cosa hasta averiguar el origen de aquel olor.

Cagney no tenía mis preocupaciones. Había ocasiones en las que me sentía acosada por el espíritu de mi antecesor, al que nunca conocí. Era como el recordatorio de un poderío y una invulnerabilidad que yo jamás ostentaría. En un mundo sin caballerosidad él era un caballero sin hidalguía que utilizaba su cargo como un penacho, y creo que una parte de mí lo envidiaba.

Tuvo una muerte súbita. Cayó muerto literalmente mientras cruzaba la alfombra del cuarto de estar para encender el televisor y ver el partido de la Super Bowl. En el silencio previo al amanecer de un lunes plomizo, se convirtió en sujeto de su propia especialidad, con el rostro cubierto por una toalla y la sala de autopsias cerrada

142

a todo el mundo, excepto a los médicos que debían examinarlo. Nadie tocó su oficina en tres meses. Estaba exactamente igual a como la había dejado, aunque supongo que Rose habría vaciado los ceniceros.

Lo primero que hice al llegar a Richmond fue vaciar su sanctasanctórum y deshacerme de los resabios de su último ocupante, incluso del imponente retrato de Cagney vestido con su toga académica e iluminado con una luz de museo, detrás de su formidable escritorio. Fue relegado al departamento de patología del Colegio Médico de Virginia, al igual que toda una biblioteca llena de recuerdos macabros que supuestamente recopilamos los médicos forenses, aunque la mayoría no lo hacemos.

Su oficina, que ahora es la mía, estaba bien iluminada, y tenía una moqueta azul cobalto. Las paredes estaban decoradas con cuadros de escenas de la campiña inglesa y otras imágenes igualmente civilizadas. Yo tenía pocos objetos personales, el único toque de morbosidad era una reconstrucción facial en arcilla de un niño asesinado cuya identidad siempre fue un misterio. Le había puesto un jersey que le colgaba del cuello y lo había colocado en un fichero, desde donde contemplaba la puerta abierta con sus ojos de plástico, en triste y silenciosa espera de que alguien lo llamara por su nombre.

Mi lugar de trabajo era discreto, cómodo pero con aire profesional, mis efectos personales eran deliberadamente sobrios y anodinos. Aunque ante mí misma adoptara la presuntuosa actitud de que prefería que se me considerara una profesional antes que una leyenda viviente, secretamente abrigaba mis dudas.

Todavía sentía la presencia de Cagney en el lugar.

Todo el mundo me lo recordaba constantemente a través de historias que con el correr del tiempo se volvían apócrifas. Casi nunca usaba guantes cuando hacía una autopsia. Solía llegar al lugar del crimen comiendo su almuerzo. Salía de caza con los policías, organizaba barbacoas con los jueces y el director que había antes en el DSSH se mostraba con él obsequiante y servil porque Cagney lo intimidaba hasta el terror.

En comparación, mi imagen quedaba desdibujada, aunque sabía que esas comparaciones se hacían todo el tiempo. Las únicas cacerías y barbacoas a las que era invitada eran los tribunales y las ruedas de prensa en las que el blanco era yo y las brasas ardían bajo mis pies. Si el primer año del doctor Alvin Amburgey al frente de la dirección del Departamento de Sanidad y Servicios Humanos servía como muestra, los tres siguientes prometían ser un verdadero infierno. Invadía mi territorio siempre que le venía en gana. Controlaba todo lo que yo hacía. No había semana que no recibiera un insolente mensaje electrónico de él pidiéndome información estadística o exigiéndome que le explicara por qué el índice de homicidios seguía en aumento mientras que otras clases de delitos mostraban una leve disminución, como si, por alguna razón, yo tuviera la culpa de que en Virginia las personas se mataran unas a otras.

Lo que jamás había hecho era convocarme a una reunión improvisada.

Hasta entonces, cuando teníamos que hablar de algo, si no me mandaba un memorando me enviaba a alguno de sus ayudantes. No me cabía duda de que su intención no era darme palmaditas en la espalda y felicitarme por el buen trabajo que estaba haciendo.

Miré distraídamente todo lo que había en mi escritorio, tratando de encontrar algo con que ir armada: archivos, un anotador, un sujetapapeles. Por algún motivo, la idea de entrar allí con las manos vacías me hacía sentir desnuda.

Vacié los bolsillos de la bata para deshacerme de todos los desperdicios que solía ir coleccionando durante el día y decidí guardarme un paquete de cigarrillos, o «palitos cancerígenos», como se sabía que los llamaba Amburgey, y salí a la calle a última hora de la tarde.

Amburgey reinaba en la acera de enfrente, en el piso veinticuatro del edificio Monroe. Por encima de él no había nadie, salvo alguna paloma que anidara en el tejado. La mayoría de sus esbirros trabajaban en las distintas delegaciones del Departamento de Sanidad y Servicios Humanos, ubicadas en los pisos inferiores. Nunca había visto su despacho. Nunca me había invitado.

El ascensor abrió sus puertas en un amplio vestíbulo en el que la recepcionista estaba cómodamente instalada detrás de un escritorio en forma de U que se alzaba sobre una extensa moqueta de color maíz. Era una pelirroja pechugona de apenas veinte años que, cuando alzó la vista del ordenador y con cierto desenfado me dedicó una sonrisa estudiada, casi me pareció que me iba a preguntar si tenía reserva y si necesitaba un botones que me llevara el equipaje.

Le dije quién era, algo que no provocó en ella el mínimo gesto de reconocimiento.

—Tengo una cita a las cuatro con el director —añadí.

La joven repasó su agenda electrónica.

—Por favor, póngase cómoda, señora Scarpetta —dijo alegremente—. El doctor Amburgey la verá en seguida.

Me acomodé en un sofá de cuero color beige, recorrí con la mirada las relucientes mesitas de cristal sobre las que había revistas y centros de flores de seda. No había ni un solo cenicero, y además vi dos carteles en sitios diferentes que decían «Gracias por no fumar».

Pasaron los minutos.

La pelirroja bebía agua Perrier con una pajita y parecía muy ocupada tecleando en su ordenador. En un momento se le ocurrió que debía ofrecerme algo de beber. Lo rechacé con una sonrisa y sus dedos volvieron a volar sobre el teclado. El ordenador se quejó con un fuerte pitido, y la joven suspiró, como si acabara de recibir malas noticias de su contable.

Los cigarrillos me pesaban en el bolsillo, y tuve la tentación de ir al baño de señoras para encender uno.

A las cuatro y media sonó el teléfono.

—Puede pasar, señora Scarpetta —anunció, con la misma sonrisa jovial y vacía.

Con la dignidad ultrajada y decididamente de mal humor, «la señora» Scarpetta tomó al pie de la letra aquellas palabras.

La puerta de su despacho se abrió con un suave «clic» del picaporte giratorio de bronce, y de inmediato se pusieron de pie tres hombres, de los que yo sólo esperaba ver a uno. Junto a Amburgey se hallaban Norman Tanner y Bill Boltz, cuando le tocó a éste último estrecharme la mano lo miré directamente a los ojos hasta que, incómodo, tuvo que apartar la mirada.

Yo me sentía dolida y algo enfadada. ¿Por qué no me había dicho que estaría allí? ¿Por qué no había sabido nada de él desde que nos cruzáramos brevemente en casa de Lori Petersen?

Amburgey me saludó con una inclinación de cabeza que más parecía una despedida.

—Le agradezco que haya venido —me dijo con el entusiasmo de un juez de faltas aburrido.

Era un hombrecillo de mirada huidiza, cuyo último destino había sido Sacramento, donde había acumulado tantas costumbres de la costa oeste que ya casi resultaba imperceptible su origen de Carolina del Norte. Era hijo de un granjero, de lo que no se enorgullecía en absoluto. Tenía predilección por las corbatas estrechas con alfiler de plata, que usaba casi religiosamente con traje oscuro de raya diplomática, y en el anular de la mano derecha ostentaba un pedazo de anillo de plata con una turquesa incrustada. Sus ojos eran de un gris acerado como el hielo, y se le destacaban los afilados huesos del cráneo bajo la fina piel. Era prácticamente calvo.

Habían acercado al escritorio un sillón orejero color marfil, que aparentemente estaba destinado a mí. El cuero crujió y Amburgey se instaló detrás del escritorio, del que había oído hablar pero nunca había visto. Era una inmensa obra de arte en madera de palisandro, profusamente tallada, muy antigua y muy china.

Tras él se abría una ventana descomunal que ofrecía una amplia vista de la ciudad. Desde allí, el río James parecía una lejana cinta plateada, y el barrio sur, un colorido mosaico.

Con un sonoro chasquido, Amburgey abrió un maletín negro de piel de avestruz y sacó de él un bloc amarillo con las hojas llenas de su apretada y retorcida caligrafía. Tenía un esquema de lo que iba a decir. Nunca hacía nada sin el apoyo de sus apuntes.

—No me cabe duda de que tiene plena conciencia del malestar público que han provocado los recientes estrangulamientos —dijo, dirigiéndose a mí.

—Soy consciente, sí.

—Ayer por la tarde, Bill, Norm y yo tuvimos una reunión de urgencia, por así decirlo. Discutimos unos cuantos asuntos, y créame si le digo qué lo publicado en los periódicos el sábado por la tarde y el domingo por la mañana no fue un tema menor, doctora Scarpetta. Como sabrá, en este cuarto y trágico estrangulamiento, el de la joven médico, la difusión de la noticia escapó a nuestro control.

No lo sabía, pero no me sorprendió.

—Sin duda, le habrán querido sacar todo tipo de información —siguió diciendo Amburgey imperturbable—. O cortamos esto de raíz, o nos veremos enfrentados a un verdadero pandemónium. Ésta es una de las cosas que discutimos ayer.

—Si logra cortar las muertes de raíz —dije igualmente imperturbable—, merecerá usted el Premio Nobel.

—Como es natural, ése es nuestro objetivo prioritario —dijo Boltz, que se había desabrochado la chaqueta oscura y recostado en la silla—. Tenemos a los policías trabajando a destajo, Kay. Pero todos coincidimos en que, de momento, si hay una cosa que debemos controlar es este tipo de filtraciones a la prensa. Los artículos de los periódicos están aterrorizando a los ciudadanos y, además, el asesino aprovecha para enterarse de todo lo que estamos haciendo.

—Totalmente de acuerdo.

Mis defensas se elevaban como un puente levadizo, e inmediatamente lamenté lo que dije a continuación.

—Pueden estar seguros de que de mi departamento no salió ninguna declaración que no fuera la obligatoria en referencia la causa y el modo.

Había respondido a una acusación que todavía no me habían hecho y mi instinto jurídico se atormentó ante tamaña estupidez. Si me habían convocado para acusarme de indiscreción, hubiera tenido que obligarlos, al menos a Amburgey, a plantear sin ambages una cuestión tan injuriosa. Sin embargo, lo que había hecho era lanzar la señal de estar dándome a la fuga, y darles pie a que me persiguieran.

—Bueno, bueno —comentó Amburgey, sus ojos claros y hostiles se cruzaron brevemente con los míos—, acaba usted de poner sobre el tapete una cuestión que, a mi juicio, necesita un análisis más detenido.

—Yo no he puesto nada sobre el tapete —repliqué con calma controlada—. Me limito a explicar un hecho para dejar constancia.

Tras un ligero golpecito en la puerta, hizo su entrada la recepcionista pelirroja con la bandeja del café y la habitación se transformó de golpe en una escena muda. Ella, que no pareció advertir el denso silencio reinante, se desvivía para que no nos faltara nada, revoloteando alrededor de Boltz como la niebla. Puede que no fuera el mejor fiscal del distrito que la ciudad conociera, pero era, sin duda alguna, el más apuesto, uno de esos pocos rubios con quienes el paso del tiempo se muestra benevolente. No estaba perdiendo el cabello ni la condición física, las finas arrugas en los extremos de los ojos eran la única señal de que se acercaba a los cuarenta.

—Todos sabemos que la policía se va de la lengua a veces —señaló Boltz cuando la chica se hubo marchado, sin dirigirse a nadie en particular—. Norm y yo hemos tenido una charla con los altos mandos. Nadie parece saber exactamente de dónde proviene la filtración.

Traté de dominarme. ¿Qué esperaban? ¿Que uno de los agentes, en connivencia con Abby Turnbull o cualquier otro, confesara: «Sí, lo lamento, el que se ha ido de la lengua soy yo»?

Amburgey arrancó una hoja del bloc.

—Por ahora, la información filtrada por «fuentes médicas» ha sido citada diecisiete veces en los periódicos desde el último asesinato, doctora Scarpetta. Esto me preocupa bastante. Evidentemente, los detalles más sensacionalistas como las ataduras, la confirmación del ataque sexual, la forma en que entró el asesino, dónde fueron encontrados los cuerpos y el hecho de que se están realizando análisis de ADN han sido atribuidos a esta «fuente médica» —alzó la vista y me miró—. ¿Debo suponer que estos detalles son correctos?

—No del todo. Ha habido alguna que otra inexactitud.

—¿Por ejemplo…?

No quería decírselo. No quería hablar con él de los casos. Pero tenía derecho hasta a los muebles de mi

150

oficina, si le daba la gana. Yo debía rendirle cuentas a él. Él no le rendía cuentas a nadie, más que al gobernador.

—Por ejemplo —respondí— el primer caso. Los periódicos dijeron que Brenda Steppe tenía atado al cuello un cinturón de tela color canela. Lo cierto es que la estrangularon con unas medias de nailon.

Amburgey anotaba todo lo que yo decía.

—¿Qué más? —preguntó.

—En el caso de Cecile Taylor, se dijo que le sangraba el rostro y que toda la ropa de cama estaba manchada de sangre. En el mejor de los casos, es una exageración. No tenía desgarros ni heridas de esa naturaleza. Le salía un poco de fluido sanguinolento por la nariz y por la boca. Una reacción post mortem.

—Estos detalles —me preguntó Amburgey sin dejar de escribir—, ¿se mencionaron en los informes del MF-1?

Tuve que tomarme un momento para recobrar la compostura. Ya vislumbraba a dónde quería llegar. El MF-1 era el informe inicial del médico forense. El médico que respondía a la llamada se limitaba a escribir lo que veía y lo que la policía le informaba. Los detalles no eran totalmente ajustados a la realidad porque el forense convocado se hallaba siempre inmerso en la confusión del momento y la autopsia aún no se había llevado a cabo.

Para colmo, estos forenses de instrucción no son especialistas. Son médicos que ejercen la profesión en sus consultas privadas, prácticamente voluntarios que reciben como pago cincuenta dólares por caso y tienen que salir de la cama en plena noche, o ver sus fines de semana arruinados a causa de los innumerables accidentes automovilísticos, suicidios y homicidios. Estos hombres y mujeres prestan un servicio a la comunidad, son soldados rasos. Su función primordial consiste en determinar si el caso merece una autopsia, escribir un informe y sacar muchas fotografías. Aun en el caso de que uno de mis forenses confundiera un par de medias con un cinturón color canela, la cosa no pasaba a mayores. Los forenses que trabajaban para mí no hablaban con la prensa.

Amburgey insistió.

—Me refiero a lo del cinturón de tela color canela y la ropa de cama manchada de sangre... Me gustaría saber si fue mencionado en el MF-1.

—Del modo en que la prensa hablaba de ello, no —repliqué con firmeza.

—Todos sabemos lo que hace la prensa —señaló Tanner con ligereza—. Toma una semillita y hace de ella una montaña.

—Miren —dije mirando a los tres hombres que me rodeaban—, si lo que insinúan es que uno de mis forenses de instrucción está pasando información referente a los casos, puedo decirles con toda certeza que se equivocan de punta a punta. No es así. Conozco a los dos médicos que acudieron a los dos primeros crímenes. Son forenses de Richmond desde hace años y su conducta ha sido siempre irreprochable. Al tercer y al cuarto crimen asistí yo en persona. La información no sale de mi departamento. Los detalles, todos, tal vez han sido divulgados por cualquiera de los que estaban presentes. Algún integrante del equipo de socorro, por ejemplo.

Amburgey se movió ligeramente en su silla y el cuero emitió un crujido.

—Ya me he ocupado de eso. Los equipos de socorro fueron tres. En ninguno de los cuatro crímenes estuvo presente ningún auxiliar sanitario.

—Las fuentes anónimas suelen ser una mezcla de fuentes —dije llanamente—. Una «fuente médica» bien puede haber sido una combinación de lo que dijo algún integrante del equipo de socorro, lo que dijo un agente de la policía y lo que el periodista vio o escuchó mientras aguardaba fuera de la casa, donde se encontró el cuerpo.

—Es cierto —Amburgey asintió con la cabeza—. Y, además, no creo que ninguno de nosotros piense que las filtraciones provengan del departamento de medicina forense... al menos no de manera intencionada.

—¿Cómo que intencionada? —exploté—. ¿Insinúa usted que la filtración puede proceder de mi departamento aunque sin mala intención?

Cuando estaba a punto de responder, en tono de superioridad moral, que todo esto era un disparate, enmudecí de golpe.

Una oleada de calor comenzó a subirme por el cuello mientras lo recordaba con repentina sencillez. La base de datos. Un intruso había accedido a ella. ¿Se estaría refiriendo a eso? ¿Cómo podía haberse enterado?

Amburgey siguió hablando como si no me hubiera oído.

—Las personas hablan, los empleados hablan. Les cuentan a sus familias, a sus amigos, en la mayoría de los casos no pretenden causar ningún daño. Pero nadie sabe dónde se detiene la bola de nieve. Tal vez, en el escritorio de algún periodista. Estamos analizando el caso con objetividad, removiendo cielo y tierra. No podemos dejar de hacerlo. Como comprenderá, parte de la información filtrada puede provocar serios perjuicios para la investigación.

—Ni el alcalde ni las autoridades municipales aprecian demasiado este tipo de revelaciones —agregó Tanner lacónicamente—. El índice de homicidios ya le ha dado a Richmond muy mala fama. Las crónicas sensacionalistas de un asesino en serie en los telediarios nacionales son lo que más perjudica a la ciudad. Todos estos nuevos hoteles que se están construyendo dependen del turismo, de los grandes congresos. Nadie quiere ir a una ciudad en la que su vida pende de un hilo.

—No, es verdad —coincidí con frialdad—. Ni tampoco a nadie le gustaría pensar que lo que más le preocupa al alcalde respecto a estos asesinatos sea que son poco oportunos, un engorro o un obstáculo para el turismo.

—Kay —argumentó serenamente Boltz—, nadie insinúa nada tan ofensivo.

—Por supuesto que no —se apresuró a corroborar Amburgey—. Pero debemos enfrentar la cruda realidad, y lo cierto es que es mucho lo que bulle bajo la superficie. Si no manejamos la situación con extremo cuidado, mucho me temo que podemos enfrentarnos a un estallido considerable.

—¿Estallido? ¿De qué? —pregunté con cautela, y automáticamente miré a Boltz.

Tenía el rostro tenso. La expresión de sus ojos mostraba una emoción contenida.

—Este último asesinato es un barril de pólvora —me dijo a regañadientes—. Hay en el caso de Lori Petersen ciertas cosas de las que nadie habla. Cosas que, a

Dios gracias, la prensa todavía no conoce. Pero es cuestión de tiempo. Alguien lo terminará por descubrir, y si nosotros no tomamos la delantera en el manejo de la situación, a la sombra y con la mayor sensatez, puede llegar a volar por los aires.

Tanner tomó el relevo con una expresión sombría en su cara larga, con forma de farol.

—La municipalidad corre el riesgo de, bueno, terminar en un juicio —desvió la mirada hacia Amburgey, que le indicó con un gesto que prosiguiera—. Sucedió algo muy desafortunado, sabe usted. Aparentemente, Lori Petersen llamó a la policía poco después de llegar del hospital el sábado de madrugada. Nos enteramos por uno de los operadores que estaba de turno en ese momento. A la una menos cinco de la madrugada, un operador del 911 recibió una llamada. La residencia de los Petersen apareció en pantalla, pero la línea quedó inmediatamente desconectada.

—Como recordará haber visto en la escena del crimen —me dijo Boltz—, había un teléfono en la mesilla de noche con el cable arrancado de la pared. Nuestra presunción es que la doctora Petersen se despertó cuando el asesino ya estaba dentro de su casa. Cogió el teléfono y logró marcar el 911 antes de que él le impidiera seguir. Su dirección apareció en la pantalla del ordenador. Así fue. Nadie dijo nada. Las llamadas de esta naturaleza que recibe el 911 se derivan a los policías que están en la calle. Nueve de cada diez veces se trata de algún chiflado, o niños que juegan con el teléfono. Pero no hay forma de saberlo. No hay forma de saber si la persona está sufriendo un infarto, o una agresión. Puede que su vida esté en peligro. Por lo tanto, el operador tiene el deber de otorgar máxima prioridad a la llamada. Luego la envía por radio a las unidades de la calle sin demora, y asigna a un agente para que pase por la casa y al menos verifique que todo está bajo control. Pero esto no se hizo. Cierto operador del 911, que ya ha sido separado de su cargo, otorgó a la llamada una prioridad de cuarto nivel.

—Aquella noche hubo mucha acción en la calle —terció Tanner—. Muchos radiomensajes. Cuantas más llamadas hay, más fácil resulta atribuirles menor importancia de la que se les daría en otras circunstancias. El problema es que una vez que se les asigna una prioridad, no hay manera de volver atrás. El asignador de tareas se limita a ver los números que tiene en pantalla. No conoce la naturaleza de las llamadas hasta que no accede a ellas. No va a atender primero una llamada clasificada como cuatro cuando tiene que asignar un montón de ellas con prioridad uno, dos y tres a los policías en la calle.

—No cabe duda de que el operador metió la pata —dijo suavemente Amburgey—. Pero creo que es un error comprensible.

Yo estaba sentada tan erguida y tensa que apenas respiraba.

Boltz volvió a tomar la palabra en un tono sin inflexiones.

—Transcurrieron más de cuarenta y cinco minutos hasta que un coche patrulla llegó a la casa de los Petersen. El agente dice que enfocó el reflector hacia la fachada. Las luces estaban apagadas y todo parecía estar «en orden», según sus propias palabras. En ese instante, recibió una llamada alertándolo de una pelea doméstica que iba de mal en peor, y se fue hacia allá a toda prisa. A los pocos minutos, parece que el señor Petersen llegó a su casa y se encontró con el cuerpo de su esposa.

Los hombres continuaban hablando, dando explicaciones. Se hicieron referencias a Howard Beach, a un apuñalamiento en Brooklyn en el cual hubo muertos por negligencia de la policía.

—Los tribunales de Washington D.C, Nueva York, han dictaminado que no se pueden presentar cargos contra un gobierno por no proteger eficientemente a sus ciudadanos de los actos criminales.

—No importa lo que haga o deje de hacer la policía.

—Nos da lo mismo. Podemos ganar en un juicio, si llega a haberlo, pero de todos modos sería una derrota por la mala imagen que nos crearíamos.

Yo apenas oía una palabra de todo esto. Por mi mente se cruzaban toda una serie de imágenes espantosas. La llamada al 911, el hecho de que fuera frustrada, me hizo verlo todo.

Sabía lo que había sucedido.

Al terminar el turno de la sala de urgencias, Lori Petersen estaba agotada y su marido le había dicho que esa noche llegaría un poco más tarde que de costumbre. De modo que se fue a la cama, tal vez pensando en dormir un rato hasta que él llegara…como solía hacer yo cuando era residente y esperaba a que Tony llegara de la biblioteca de Derecho de Georgetown. Se despertó al oír que había alguien en la casa, tal vez el sonido de los pasos que recorrían el pasillo rumbo al dormitorio. Confusa, pronunció el nombre de su esposo.

Nadie le respondió.

En aquel instante de negro silencio que debió de parecerle una eternidad, se dio cuenta de que había alguien en la casa, y que no era Matt.

Presa del pánico, encendió la lámpara de la mesilla de noche para poder marcar el número de teléfono.

Cuando logró marcar el 911, el asesino ya la había alcanzado. Arrancó el cable de la pared antes de que Lori pudiera pedir socorro.

Puede que le arrancara el auricular de la mano, o que le gritara, o quizá ella comenzó a suplicarle. Lo cierto es que lo habían interrumpido, lo habían desconcertado momentáneamente.

El asesino montó en cólera. Puede que le pegase. Tal vez fue entonces cuando le fracturó las costillas. Lori se dobló en dos por el dolor y él miró enloquecido a su alrededor. La lámpara estaba encendida. Veía todo lo que había en el dormitorio. Entonces vio el cuchillo de supervivencia que había en el escritorio.

El asesinato se pudo prevenir. ¡Se habría podido evitar!

Si a la llamada se le hubiera otorgado máxima prioridad, si la hubieran asignado inmediatamente por radio, un agente habría aparecido en su domicilio en cuestión de minutos. Habría visto que la luz del dormitorio estaba encendida, el asesino no podía cortar los cables y atar a su víctima a oscuras. Puede que el agente se apeara del coche y oyera algo. Al menos se habría tomado la molestia de iluminar con el reflector la parte trasera de la casa, y ver la tela metálica cortada, la mesa de *picnic* y la ventana abierta. El ritual del asesino llevaba su tiempo. ¡El policía hubiera podido entrar antes de que la mataran!

Tenía la boca tan seca que tuve que beber varios sorbos de café antes de poder hablar.

—¿Quién está enterado de esto?

—Nadie habla de ello, Kay —me respondió Boltz—. Ni siquiera lo sabe el sargento Marino. O, por lo menos, dudo mucho que lo sepa. No estaba de servicio cuando la llamada se asignó por radio. Lo llamaron a su casa cuando un agente de uniforme llegó al lugar del crimen. Se ha corrido la voz en el departamento. Los policías que saben lo ocurrido tienen instrucciones de no hablar del tema con nadie.

Sabía lo que aquello significaba. Si alguien se iba de la lengua, el tipo volvería a dirigir el tráfico o lo relegarían al mostrador de la sala de uniformes.

—La única razón por la que la estamos poniendo al tanto de esta desafortunada situación —dijo Amburgey eligiendo las palabras con sumo cuidado—, es que usted necesita conocer los antecedentes para entender las medidas que nos hemos visto obligados a tomar.

Me enderecé acusando cierta tensión y lo miré fijamente. Estábamos por llegar al meollo de la cuestión.

—Anoche tuve una conversación con el doctor Spiro Fortosis, el psiquiatra forense, que ha tenido la gentileza de compartir sus observaciones con nosotros. También he comentado los casos con el FBI. La opinión de los expertos en esta clase de asesinos es que la publicidad exacerba el problema. Estos asesinos gozan con eso. Se excitan, se sobreexcitan cuando leen noticias de lo que han hecho. Los impulsa a actuar.

—No podemos coartar la libertad de prensa —le recordé sin miramientos—. No tenemos control sobre lo que publican los periodistas.

—Sí que lo tenemos —Amburgey estaba mirando por la ventana—. No pueden publicar gran cosa si no les damos gran cosa. Por desgracia, ya les hemos dado demasiado —una pausa—. O, por lo menos, alguien lo ha hecho.

No estaba segura de hacia dónde apuntaba Amburgey, pero los indicios, sin lugar a dudas, me señalaban a mí.

—Los detalles sensacionalistas —prosiguió—, o sea, las filtraciones de las que hemos hablado, han dado lugar a unos relatos espeluznantes, muy gráficos y con grandes titulares. Según la experta opinión del doctor Fortosis esto puede haber incitado al asesino a volver a atacar de inmediato. La publicidad lo excita, lo pone bajo una presión increíble. La necesidad lo azuza y busca alivio eligiendo una nueva víctima. Como ya sabe, no ha transcurrido más que una semana entre los asesinatos de Cecile Taylor y Lori Petersen...

—¿Han hablado de esto con Benton Wesley? —lo interrumpí.

—No ha sido necesario. Hablé con Susling, uno de sus colegas de la Unidad de Ciencias Conductistas de Quantico. Es una autoridad en la materia; tiene varias publicaciones sobre el tema.

Gracias a Dios. No soportaba la idea de que Wesley hubiera estado varias horas sentado en la sala de reuniones de mi departamento sin mencionar nada de lo que me estaban contando. Se va a indignar como yo, pensé. El director se estaba entrometiendo en la investigación. Obstaculizaba la labor de Wesley, la de Marino y la mía para hacerse con el mando de la situación.

—La probabilidad de que el tratamiento sensacionalista del tema, azuzado por comentarios desaprensivos y por filtraciones —siguió diciendo Amburgey—, así como el hecho de que la municipalidad pueda ser demandada por el desafortunado asunto del 911, nos obliga a tomar medidas drásticas, doctora Scarpetta. De ahora en adelante, toda la información que se brinde al público se canalizará a través de Norm o de Bill mientras dure la investigación policial. Y de su departamento no saldrá, nada a menos que yo lo autorice. ¿Está claro?

Nunca había habido ningún problema con mi departamento, y él lo sabía. Jamás habíamos buscado notoriedad, y yo siempre había sido circunspecta cuando se trataba de dar información a la prensa.

¿Qué iban a pensar los periodistas —o cualquiera— cuando se les dijera que debían dirigirse al director del Departamento de Sanidad y Servicios Humanos para obtener una información que históricamente había provenido de mi departamento? En los cuarenta y dos años de vida del Instituto de Medicina Forense de Virginia no había sucedido jamás. Amordazándome de esta manera se podía creer que me habían quitado autoridad por no ser digna de confianza.

Miré a mi alrededor. Todos rehuyeron mi mirada. Boltz apretaba la mandíbula con firmeza y contemplaba abstraído su taza de café. Se negó a ofrecerme siquiera una sonrisa tranquilizadora.

Amburgey volvió a consultar sus notas.

—La más agresiva es Abby Turnbull, lo que no es ninguna novedad. No gana premios por su pasividad.

Después se dirigió a mí.

—¿Son amigas?

—Pocas veces logra sortear a mi secretaria.

—Entiendo.

Pasó otra página con la mayor naturalidad.

—Es peligrosa —se sumó Tanner—. El *Times* forma parte de una de las cadenas más importantes del país. Tienen su propia agencia de noticias.

—Bueno, no cabe duda de que la señorita Turnbull es la que está haciendo más daño. Los demás periodistas se limitan a copiar sus informes y a difundir a los cuatro vientos todo el material —señaló Boltz pausadamente—. Lo que tenemos que averiguar es de dónde diablos obtiene la información.

Entonces se dirigió a mí.

—Sería sensato considerar todas las posibilidades. Por ejemplo, ¿quién tiene acceso a sus archivos, Kay?

—Se envían copias a la fiscalía y a la policía —respondí con serenidad: Tanner y él eran precisamente la fiscalía y la policía.

—¿Y qué me dice de las familias de las víctimas?

—Hasta ahora no he recibido ninguna petición de los familiares y, en todo caso, se los derivaría a usted.

—¿Y las compañías de seguros?

—Sí lo solicitan. Pero a raíz del segundo homicidio di instrucciones a mis empleados de no enviar ningún

162

informe, salvo a su departamento y a la policía. Los informes son provisionales. He intentado mantenerlos fuera de circulación todo lo posible.

—¿Alguien más? —preguntó Tanner—. ¿Qué me dice del departamento de Estadísticas Vitales? ¿No solían guardar en la unidad central de su delegación los datos de su departamento, así como las copias de todos los informes del MF-1 y de las autopsias?

Me quedé perpleja y no pude responder de inmediato. Tanner se había preparado bien para la reunión. No había motivos para que estuviera al tanto de todos aquellos detalles tan domésticos.

—Dejamos de enviar informes al departamento de Estadísticas Vitales desde que informatizamos el servicio —le informé—. Obtienen nuestros datos cuando comienzan a elaborar el informe anual...

Tanner me interrumpió con una insinuación que tuvo el efecto de una pistola apuntándome.

—En tal caso, sólo nos queda el ordenador de su departamento —se puso a revolver lentamente el café en su taza de plástico—. Supongo que tendrá usted un acceso sumamente restringido a la base de datos.

—Esa iba a ser mi siguiente pregunta —murmuró Amburgey.

La pregunta era de lo más inoportuna.

Casi deseé que Margaret no me hubiera dicho nada de aquella intrusión.

Estaba desesperada, tratando de pensar una respuesta por todos los medios, pero una sensación de pánico se apoderó de mí. Si las filtraciones no hubieran tenido lugar, ¿habrían atrapado antes al asesino y, por lo tanto, esta prometedora y joven cirujana ahora estaría viva? ¿Y si las «fuentes médicas» anónimas no fueran una persona, sino el ordenador de mi departamento?

Creo que fue uno de los peores momentos de mi vida, pero no tuve más remedio que confesar.

—A pesar de todas las precauciones, parece que alguien ha entrado en nuestra base de datos. Acabamos de descubrir hoy la prueba de que alguien ha intentado acceder al caso de Lori Petersen. Ha sido en vano porque todavía no habíamos ingresado su caso en el ordenador.

Por unos instantes, nadie dijo nada.

Encendí un cigarrillo. Amburgey lo contempló con desagrado.

—Pero los primeros tres casos sí están ingresados —dijo finalmente.

—Así es.

—¿Está segura de que no fue ninguno de sus empleados, o quizá el jefe de alguno de los distritos?

—Estoy casi segura.

Otra pausa.

—¿Es posible que esta persona, quienquiera que sea, lo haya hecho ya con anterioridad?

—No tenemos la certeza de que no haya sucedido antes. Solemos dejarlo, por sistema, en modo de respuesta para que tanto Margaret como yo podamos acceder fuera de hora. No tenemos idea de cómo ha podido el intruso enterarse de la contraseña.

—¿Cómo han descubierto ustedes la violación? —Tanner parecía desconcertado—. Dice que lo han descubierto hoy. Cabe pensar que si hubiera sucedido anteriormente, lo habrían descubierto.

—Mi analista de sistemas lo descubrió porque dejó la función eco activada sin darse cuenta. Los comandos figuraban en pantalla. De otro modo jamás nos habríamos enterado.

Los ojos de Amburgey lanzaron un destello y su rostro fue adquiriendo un color rojo furioso. Recogió distraídamente un abrecartas de esmalte y deslizó el pulgar por el filo romo durante lo que pareció un rato interminable.

—Bueno —decidió—, supongo que será mejor que echemos un vistazo a su pantalla. Veamos a qué clase de información puede haber accedido este individuo. Puede que no tenga nada que ver con lo que salió en los periódicos. Estoy seguro de que lo podremos constatar. También quiero revisar los cuatro casos de estrangulamiento, doctora Scarpetta. Me acosan a preguntas. Necesito saber con exactitud todos los detalles.

Me sentí indefensa. No podía hacer nada. Amburgey estaba usurpando mis dominios, quería meter mano en los asuntos delicados y privados que se manejan en mi oficina para someterlos a un escrutinio burocrático. La idea de que él interviniera en estos casos, contemplara las fotografías de estas mujeres brutalmente asesinadas me hacía temblar de ira.

—Puede usted revisarlos en el edificio de enfrente. No se pueden fotocopiar, ni tampoco pueden salir de mi oficina —agregué con frialdad—. Por razones de seguridad, se entiende.

—Los veremos ahora mismo —echó un vistazo a su alrededor—. ¿Bill, Norm?

Los tres se pusieron de pie. Mientras salíamos, Amburgey le dijo a la recepcionista que ya no regresaría a la oficina. Ella siguió a Boltz con la mirada hasta que desapareció por la puerta.

7

Bajo el cálido sol de la tarde, aguardamos a que se produjera un claro en el tránsito de la hora punta y cruzamos la calle a paso ligero. Nadie hablaba. Yo iba unos pasos por delante para conducirlos hasta la parte trasera del edificio. A esa hora, la entrada principal estaría ya cerrada.

Los dejé en la sala de reuniones y fui a buscar los archivos que tenía guardados bajo llave en un cajón del escritorio. Oí a Rose revolver papeles en el cuarto de al lado. Ya eran más de las cinco y todavía no se había ido. Me supuso un ligero consuelo. Se había retrasado porque intuía que aquella reunión en el despacho de Amburgey me iba a suponer un mal trago.

Cuando regresé a la sala de reuniones, los tres hombres habían arrimado las sillas. Me senté frente a ellos, fumando tranquilamente y desafiando en silencio a Amburgey a que me pidiera que me retirase. No lo hizo. Por lo tanto, me quedé.

Pasó otra hora.

Se oía el ruido de los papeles, de las hojas de los informes según las iban pasando, hacían comentarios y observaciones en voz baja. Desplegaron las fotografías en la mesa como en un juego de naipes. Amburgey se afanaba en tomar apuntes con su esmerada y melindrosa caligrafía. En un momento dado, varias carpetas se resbalaron del regazo de Boltz y quedaron desparramadas por el suelo.

—Yo los recojo —se ofreció Tanner sin mucho entusiasmo, echando la silla al costado.

—Ya los tengo.

Boltz parecía disgustado cuando empezó a recoger los papeles diseminados por debajo de la mesa y alrededores. Tanto él como Tanner fueron lo bastante considerados como para ordenarlos por sus respectivos números de expediente mientras yo los contemplaba sin decir nada. Entre tanto, Amburgey seguía escribiendo, como si nada hubiera pasado.

Los minutos parecían horas. Yo permanecía inmóvil.

A veces me formulaban alguna pregunta. La mayor parte del tiempo, se limitaban a mirarlo todo y hablar entre sí, como si yo no existiera.

A las seis y media nos trasladamos a la oficina de Margaret. Me senté frente al ordenador, desactivé el modo de respuesta y al instante apareció ante nosotros la pantalla de los casos, una agradable creación azul y naranja que Margaret había diseñado. Amburgey echó un vistazo a sus notas y me dictó el número de caso de Brenda Steppe, la primera víctima.

Introduje el número y apreté la tecla de interrogación. Casi de inmediato, apareció el caso en pantalla.

Lo que se veía, en realidad, eran más de media docena de tablas conectadas entre sí. Los hombres comenzaron a revisar la información que llenaba la zona naranja y me miraban cada vez que era necesario avanzar la página.

Dos páginas más adelante, todos lo vimos al mismo tiempo.

En el apartado titulado «Vestimenta, efectos personales, etcétera» se detallaba todo lo que había sobre el cuerpo de Brenda Steppe, incluidas las ataduras. Escrito en inmensas letras negras, se leía: «Cinturón de tela color canela alrededor del cuello».

Amburgey se inclinó hacia mí y sin decir nada recorrió el dedo por la pantalla.

Abrí la carpeta del caso de Brenda Steppe y les señalé que eso no era lo que yo había dictado en el informe de la autopsia, y que en el papel de mi informe figuraba «un par de medias color carne alrededor del cuello».

—Sí —dijo Amburgey, apelando a mi memoria—, pero mire el informe del equipo de socorro. Allí figura anotado un cinturón de tela color canela, ¿o no?

Localicé a toda prisa la hoja del informe del equipo de socorro, y la revisé. Tenía razón. El auxiliar sanitario, al describir lo que había visto, mencionaba que la víctima estaba atada con cables de electricidad en las muñecas y los tobillos, y tenía «un artículo similar a un cinturón, de color canela» alrededor del cuello.

—A lo mejor, cuando una de sus empleadas tecleaba los datos de su informe —sugirió Boltz, como si intentara ayudarme—, vio el informe del equipo de socorro e introdujo lo del cinturón por error … en otras palabras, no advirtió que era incompatible con lo que usted había dictado en la autopsia.

—No es probable —objeté—. Mis empleadas saben que los datos sólo deben ser los de la autopsia, los informes de laboratorio y el certificado de defunción.

—Pero es posible —terció Amburgey—, porque el cinturón se menciona. Está en el informe.

—Por supuesto que es posible.

—Entonces también es posible —decidió Tanner—, que la fuente de este cinturón color canela citado en el informe fuera su ordenador. Que tal vez un periodista haya estado accediendo a la base de datos, o que se lo haya encargado a alguien. Publicó un dato erróneo porque había un error en la base de datos de este departamento.

—O recibió la información del auxiliar que anotó el cinturón en su informe —respondí yo.

Amburgey se puso de espaldas al ordenador.

—Confío en que tomará medidas para mantener la confidencialidad de los archivos del departamento. Dígale a la chica que se ocupa de su ordenador que cambie la contraseña. Haga lo que haya que hacer, doctora Scarpetta. Y espero un informe suyo por escrito sobre la cuestión.

Se dirigió a la salida, pero vaciló un instante antes de volverse a dirigir a mí.

—Se entregarán copias a quien corresponda —terminó por decirme—, y veremos si no hay que tomar medidas adicionales.

Dicho esto, se marchó. Tanner salió tras él.

Cuando todo a mi alrededor parece derrumbarse, me da por cocinar.

Hay quien, tras una dura jornada, sale a aporrear una pelota de tenis o se destroza las articulaciones en una clase de gimnasia. Tengo una amiga en Coral Gables que se escapa a la playa con su tumbona y quema el estrés al sol con una novela de pornografía blanda que ni en sueños se habría permitido leer en su esfera profesional: es juez de tribunal de distrito. Muchos de los policías que conozco ahogan sus penas con cerveza en el bar de la Hermandad Policial.

Nunca he sido muy amante de los deportes y no hay ninguna playa decente a una distancia razonable. Emborracharse nunca me ha solucionado nada. La cocina es un permiso que nunca tengo tiempo de otorgarme, y aunque la cocina italiana no es mi único amor, siempre ha sido la que mejor se me da.

—Utiliza la parte más fina del rallador —le dije a Lucy por encima del ruido del agua que corría en el fregadero.

—¡Es que está muy duro! —se quejó ella, resoplando de fastidio.

—El parmesano reggiano es duro si está muy curado. Y ten cuidado con los nudillos, ¿me oyes?

Terminé de lavar pimientos verdes, champiñones y cebolla, los sequé y los coloqué en la tabla de picar. En un fogón de la cocina ya hervía a fuego lento la salsa que hice el verano anterior con tomates, albahaca, orégano y ajo machacado. Siempre tengo una buena reserva en el congelador para estos casos. Sobre un papel de cocina había dejado una salchicha de Lugano para que escurriera junto a otras servilletas de papel en las que había carne magra ya dorada. Una masa rica en gluten descansaba en la encimera bajo un paño de cocina húmedo, y, desmenuzada en un cuenco, tenía la mozzarella de búfala

171

que había comprado en mi tienda favorita de Nueva York, todavía en salmuera. A temperatura ambiente, este tipo de queso es tan suave como la mantequilla, y derretido se deshace en deliciosas.

—Mamá siempre utiliza salsas de lata y les echa un montón de porquerías —dijo Lucy, casi sin resuello—. O compra las que ya vienen preparadas en la tienda.

—¡Eso es horrible! —comenté, y lo decía en serio—. ¿Cómo puede comer eso? —empecé a cortar las verduras—. Tu abuela habría preferido dejarnos morir de hambre antes de hacer algo así.

A mi hermana nunca le había gustado cocinar, jamás he entendido por qué. Muchos de los momentos más felices de nuestra infancia transcurrieron alrededor de la mesa. Cuando nuestro padre todavía estaba bien, se sentaba en la cabecera y con toda ceremonia nos servía platos repletos de *spaghetti*, *fettuccini* o, los viernes, *frittata*. Por pobres que fuéramos, siempre había en casa comida y vino en abundancia. Para mí era una fiesta llegar del colegio y ser recibida por aquellos olores deliciosos y los ruidos sugerentes que venían de la cocina.

Era deprimente y una falta de respeto a la tradición que Lucy no supiera nada de todas estas cosas. Me imaginaba que la mayoría de los días, cuando llegaba de la escuela, se encontraba con una casa silenciosa e indiferente en la que la cena era una penosa obligación que se aplazaba hasta el último momento. Mi hermana nunca debió haber sido madre. Mi hermana nunca debió haber sido italiana.

Me unté las manos con aceite de oliva y comencé a amasar con mucha fuerza, hasta que me dolieron los pequeños músculos de los brazos.

—¿Sabes girarla, como hacen en la tele?

Lucy dejó de hacer lo que estaba haciendo y me miró con los ojos muy abiertos.

Le hice una demostración.

—¡Guau!

—No es muy difícil —sonreí mientras la masa se desparramaba lentamente por mis puños—. El secreto consiste en meter bien los dedos para que no se le hagan agujeros.

—Déjame probar.

—No has terminado de rallar el queso —le recordé con fingida severidad.

—¡Por favor, tía Kay!

Se bajó del taburete y se acercó. Tomé sus manos entre las mías, las unté con aceite de oliva y le cerré los puños. Me sorprendió comprobar que sus manos eran casi tan grandes como las mías. Cuando era un bebé, sus puños eran del tamaño de dos nueces. Me acuerdo cómo los extendía hacia mí cuando iba a verla, cómo me aferraba el dedo índice y sonreía, mientras una extraña y maravillosa calidez me inundaba el pecho. Le coloqué la masa sobre los puños y la ayudé a girarla con torpeza.

—¡Cada vez se agranda más! —exclamó—. ¡Qué diver!

—La masa crece por la fuerza centrífuga… es parecido a como hacían antes el cristal. ¿Has visto alguna vez esas ventanas antiguas de cristal ondulado?

Asintió.

—El cristal tenía que girar en un disco grande y plano…

Las dos alzamos la vista al oír el crujido de la gravilla bajo las ruedas de un coche que entraba en casa. Cuando vimos que era un Audi blanco el humor de Lucy comenzó a decaer de inmediato.

—Vaya —dijo con tristeza—. Es él.

Bill Boltz estaba ya saliendo del coche, no sin antes sacar dos botellas de vino que había en el asiento del pasajero.

—Ya verás como te cae muy bien —le dije, mientras acomodaba la masa en un recipiente hondo—. Tiene muchas ganas de conocerte, Lucy.

—Es tu novio.

Me lavé las manos.

—Simplemente hacemos cosas juntos, y además trabajamos juntos…

—¿No está casado?

Lo observaba mientras recorría la entrada de casa camino a la puerta.

—Su mujer se murió el año pasado.

—Ah —pausa—. ¿Cómo se murió?

Le di un beso en la cabeza y salí de la cocina para abrir la puerta. No era todavía momento de responder una pregunta semejante. No sabía cómo se lo podía tomar.

—¿Te estás recuperando?

Bill sonrió y me dio un beso fugaz.

Cerré la puerta.

—Eso intento.

—Espera a que hayas bebido un par de copas de este mágico brebaje —dijo, sosteniendo en alto las dos botellas como si fueran trofeos de caza—. Son de mi bodega particular… ya verás cómo te gusta.

174

Le toqué el brazo y me siguió hasta la cocina.

Lucy estaba otra vez rallando queso en su taburete y nos daba la espalda. Ni siquiera se volvió cuando entramos.

—¿Lucy?

Siguió rallando.

—¿Lucy? —me acerqué con Bill—. Éste es el señor Boltz. Bill, te presento a mi sobrina.

Lucy interrumpió su labor con desgana y me miró a los ojos.

—Me he raspado el nudillo, tía Kay, ¿lo ves? —levantó la mano izquierda. Le sangraba un poco.

—Vaya por Dios. Voy a buscar una tirita...

—Se me ha caído un poco de sangre en el queso —añadió, de pronto al borde de las lágrimas.

—Me parece que vamos a tener que llamar a una ambulancia —anunció Bill, que logró sorprenderla cuando la sacó en volandas del taburete entrelazando los brazos bajo sus muslos. La niña quedó sentada en una posición sumamente ridícula y graciosa—. Rerrrrr... RERRRRRRR...

Bill imitaba el sonido de una sirena mientras la llevaba hasta el fregadero.

—Tres-uno-seis, esto es una urgencia... tenemos una niña preciosa con un nudillo sangrante —ahora fingía que hablaba con un asignador de tareas—. Por favor, avisen a la doctora Scarpetta, que se presente rápidamente con una tirita...

Lucy se retorcía de risa. Por el momento, el nudillo pasó al olvido, y se quedó mirando a Bill con abierta admiración mientras éste descorchaba una botella de vino.

—Tienes que dejarla respirar —le explicó amablemente a Lucy—. ¿Ves? Dentro de una hora, más o menos, estará mejor. En la vida, el tiempo lo suaviza todo.

—¿Puedo tomar un poco?

—Bueno, eso ya… —dijo él con exagerada formalidad—. Por mí no hay problema, si tu tía Kay está de acuerdo. Pero no nos gustaría que empezaras a decir tonterías.

Yo estaba dando los últimos toques a la pizza en silencio, cubriendo la masa con la salsa, y colocándole encima los trozos de carne, las verduras y el parmesano. Por último, cubrí todo con la mozzarella desmenuzada, y la metí en el horno. En seguida, el intenso aroma del ajo fue inundando la cocina, y, mientras Lucy y Bill charlaban y reían, preparé la ensalada y puse la mesa.

Tardamos en cenar, la copa de vino que se tomó Lucy resultó de lo más positivo. Cuando comencé a quitar la mesa se le cerraban los ojos y estaba más que dispuesta a acostarse, pese a sus pocas ganas de despedirse de Bill, que se había ganado incondicionalmente su corazón.

—Ha sido asombroso —le dije a Bill después de acostarla, cuando los dos quedamos sentados a la mesa de la cocina—. No sé cómo lo has conseguido. Estaba preocupada por su reacción…

—Pensaste que me iba a ver como un rival —esbozó una leve sonrisa.

—Pongámoslo así. Su madre comienza y termina relaciones sin descanso con casi cualquier cosa que lleve pantalones.

—Lo que significa que no le dedica mucho tiempo a su hija —volvió a llenar las dos copas.

—Por decirlo con delicadeza.

—Una verdadera lástima. Es un personaje, más inteligente que el demonio. Habrá heredado tu cerebro —dijo tomando un sorbo lentamente—. ¿Qué hace todo el día mientras tú estás trabajando?

—Está con Berta. Se pasa casi todo el tiempo en mi estudio, aporreando el ordenador.

—¿Con los juegos?

—No juega casi. Creo que sabe más de esta máquina maldita que yo. La última vez que la observé estaba programando en Basic y reorganizando mi base de datos.

Bill se puso a contemplar su copa de vino.

—¿Puedes utilizarlo para conectarte con el de tu oficina? —preguntó finalmente.

—¡Ni lo menciones!

—Bueno —me miró—. No te vendría mal. Quizá es lo que espero.

—Lucy no haría una cosa semejante —dije acalorada—. Y no entiendo por qué dices que no me vendría mal si fuera cierto.

—Porque sería mejor que hubiera sido tu sobrina de diez años que un periodista. Te quitarías a Amburgey de encima.

—Nada me lo sacará de encima —rezongué.

—Es cierto —comentó secamente—. Su único motivo para levantarse por las mañanas es fastidiarte todo lo que pueda.

—Si te soy sincera, te diré que estoy empezando a creer que así es.

Amburgey fue designado para el cargo en plena campaña de protesta de la comunidad negra de la ciudad,

177

que acusaba a la policía de permanecer indiferente ante los delitos de homicidio, a no ser que las víctimas fueran blancas. Al poco tiempo, mataron a tiros a un concejal negro en su propio coche, y tanto Amburgey como el alcalde consideraron, supongo, un buen gesto de relaciones públicas presentarse a la mañana siguiente en la morgue sin previo aviso.

Quizá la cosa no habría resultado tan mal si Amburgey me hubiera hecho alguna que otra pregunta mientras yo hacía la autopsia y después se hubiera limitado a cerrar la boca. Pero el médico se dejó influir por el político y sintió el impulso irrefrenable de hacer una declaraciones rotundas a los periodistas que aguardaban fuera del edificio, diciendo algo así como que «la profusión de perdigonadas» en la parte superior del pecho del concejal «revela que lo mataron a quemarropa con una escopeta de caza». Cuando más tarde los periodistas me interrogaron, les expliqué, con toda la diplomacia, que la «profusión» de aquellos agujeros en el pecho eran en realidad marcas de la terapia médica, producidas cuando los auxiliares de urgencias le insertaron agujas de ancho calibre en las arterias subclavias para hacerle una transfusión de sangre. La herida letal del concejal era la de un proyectil de bajo calibre alojado en la base del cráneo.

Los periodistas se dieron un festín con el error de Amburgey.

—El problema es que es un médico hecho en la práctica —le dije a Bill—. Sabe lo justo como para creerse un experto en medicina forense y pensar que puede llevar mi departamento mejor que yo, cuando muchas de sus observaciones no son más que pura mierda.

—Y tú cometiste el error de señalárselas.

—¿Y qué querías que hiciera? ¿Darle la razón y que los demás crean que soy tan incompetente como él?

—O sea, que no es más que un simple caso de celos profesionales —dijo él, encogiéndose de hombros—. A veces pasa.

—Mira, Bill, yo no sé qué es. ¿Cómo demonios se explican estas cosas? La mitad de lo que hacemos o sentimos no tiene la menor lógica. En lo que a mí respecta, puede que le recuerde a su madre.

Mi cólera iba creciendo con renovada intensidad, y por la expresión del rostro de Bill, me di cuenta de que lo estaba mirando con furia.

—¡Eh! —protestó, alzando la mano—. No te enfades conmigo. Yo no tengo nada que ver.

—Bien que estabas ahí esta tarde, ¿no?

—¿Y qué esperabas? ¿Qué les dijera a Amburgey y a Tanner que no podía asistir a la reunión porque estoy saliendo contigo?

—Claro que no podías decirles eso —acepté dolida—. Pero a lo mejor yo quería que lo hicieras. Tal vez esperaba que le dieras a Amburgey un puñetazo, o algo así.

—No hubiera sido mala idea. Pero me parece que no me hubiera favorecido nada en época de elecciones. Además, seguro que dejarías que me pudriera en la cárcel. Ni siquiera me pagarías la fianza.

—Depende de cuánto fuese.

—Ah, claro.

—¿Por qué no me lo dijiste?

—¿Decirte qué?

179

—Que iba a haber esa reunión. Seguro que lo sabías desde ayer.

Tal vez desde antes, estuve a punto de decir, ¡por eso no me llamaste en todo el fin de semana! Pero me contuve y me quedé mirándolo, muy nerviosa.

Bill volvía a examinar su copa de vino. Tras una pausa, respondió.

—Me pareció inútil avisarte. Lo único que habría logrado era preocuparte, y tenía la impresión de que la reunión era una mera formalidad.

—¿Una mera formalidad? —lo miré con incredulidad—. Amburgey me ha amordazado, se ha pasado la mitad de la tarde poniendo mi departamento patas arriba. ¿A eso lo llamas tú mera formalidad?

—Estoy seguro de que en parte lo hizo por lo que le dijiste de tu ordenador, Kay. Y ayer yo no sabía nada de eso. Ni tú misma lo sabías ayer, qué demonios.

—Entiendo —dije fríamente—. Nadie lo sabía hasta que yo lo solté.

Silencio.

—¿Qué insinúas?

—Que me parece demasiada casualidad haber descubierto la intrusión pocas horas antes de que él me convocara a su oficina. Se me ocurrió la peregrina idea de que quizá él supiera…

—Puede que sí.

—Ahora sí que me tranquilizo.

—De todas maneras, es discutible —siguió diciendo Bill—. ¿Pero qué importancia tiene que Amburgey estuviera al tanto de la violación cuando llegaste esta tarde a su oficina? Tal vez alguien habló de más… tu analista de sistemas, por ejemplo. Y el rumor se difundió hasta el piso veinticuatro —se encogió de hombros—. Sólo sirvió para darle otro motivo de preocupación, ¿es así, o no? Y además tú no metiste la pata, si eso es lo que te importa, porque tuviste la lucidez de decir la verdad.

—Siempre digo la verdad.

—No siempre —dijo con picardía—. Mientes por sistema cuando se trata de nosotros … mientes por omisión…

—Así que seguramente lo sabía —lo interrumpí—. Lo único que quiero es oír que tú no.

—No, yo no lo sabía —me miró fijamente—. Te lo juro. Si me hubiera enterado de algo, te habría puesto sobre aviso, Kay. Habría corrido hasta la cabina telefónica más cercana…

—Y te habrías abalanzado, como Superman.

—O sea —murmuró—, que ahora te burlas de mí.

Se hizo el ofendido, que era un papel muy suyo y muy infantil. Bill tenía muchos personajes y los representaba todos a la perfección. A veces me resultaba muy difícil creer que estuviera tan loco por mí. ¿Será otro de sus personajes?

Creo que era el principal protagonista de las fantasías de la mitad de las mujeres de la ciudad, y su jefe de campaña era lo bastante astuto como para sacar ventaja de ello. Su fotografía se exhibía en restaurantes y sobre los escaparates de las tiendas, se habían clavado en los postes telefónicos de prácticamente todas las calles de la ciudad. ¿Quién podía resistirse a aquel rostro? Su belleza era apabullante, el cabello veteado de un rubio pajizo, la piel siempre bronceada por las muchas horas semanales que pasaba en su club de tenis. No era difícil quedarse mirándolo sin el menor reparo.

—No me estoy burlando de ti —dije con cansancio—. De veras, Bill. Y no empecemos a pelearnos.

—Por mí, no.

—Es que estoy mal. No sé lo que tengo que hacer.

Al parecer, Bill ya había pensado en eso.

—Sería útil descubrir quién está accediendo a tu base de datos —hizo una pausa—. O, mejor aún, poder probarlo.

—¿Probarlo? —lo miré con recelo—. ¿Me estás diciendo que tienes un sospechoso?

—Pero no me baso en ningún hecho concreto.

—¿Quién? —encendí un cigarrillo.

Paseó la mirada por la cocina.

—Abby Turnbull está a la cabeza de mi lista.

—Pensé que me ibas a decir algo que yo no pudiera deducir por mí misma.

—Lo digo en serio, Kay.

—Ya, es una periodista muy ambiciosa, ¿y qué? —dije irritada—. Francamente, Bill, estoy empezando a cansarme de oír hablar tanto de ella. No es tan poderosa como todo el mundo cree.

Bill apoyó la copa de vino sobre la mesa con un ruido destemplado.

—¡Cómo que no! —replicó, mirándome a los ojos—. Esa mujer es una maldita víbora. Ya sé que es una periodista ambiciosa y todo ese cuento. Pero es peor de lo que nadie se imagina. Es perversa, manipuladora y extremadamente peligrosa. La muy perra no se detendría ante nada.

Su vehemencia me dejó tan desconcertada que no pude decir nada. No era su talante utilizar términos tan cáusticos para describir a nadie. Sobre todo a alguien a quien, según creía yo, apenas conocía.

—¿Recuerdas el artículo que escribió de mí hace cosa de un mes?

Hace poco, al *Times* le llegó el momento de escribir al fin el artículo de rigor del nuevo fiscal del Estado de Virginia en Richmond. Resultó un artículo largo que apareció en la edición dominical, y no recordaba los detalles de lo que había escrito Abby Turnbull, salvo que me había parecido insólitamente insulso, teniendo en cuenta la autora.

—Por lo que recuerdo, era inofensivo. No saliste desfavorecido, ni tampoco lo contrario —le respondí.

—Eso tiene una explicación —me replicó—. Sospecho que no fue algo que ella quisiera escribir, precisamente.

No se refería a que el encargo le resultara aburrido. Había algo más, y mis nervios volvieron a acusar la tensión.

—La sesión que tuve con ella fue un horror. Se pasó todo el día conmigo. Iba en mi coche, de reunión en reunión, hasta me acompañó a la tintorería. Ya sabes cómo son estos periodistas. Te siguen hasta el baño si los dejas. Bueno, digamos que ya mediada la noche, las cosas tomaron un giro desafortunado y desde luego imprevisto.

Calló un instante para ver si entendía la situación.

La entendía muy bien, demasiado bien.

Sin dejar de mirarme con cierta tensión, siguió contándome.

—No me dio tregua. Salimos de la última reunión a eso de las ocho. Insistió en que fuéramos a cenar. Pagaba el periódico, ¿entiendes? Y además tenía que hacerme un par de preguntas para redondear el reportaje. En cuanto salimos del aparcamiento del restaurante dijo que no se sentía bien. Que el vino le había sentado mal, o algo así. Quiso que la llevara a su casa, en lugar de llevarla a la redacción del periódico, donde había dejado su coche. Y eso fue lo que hice. La llevé a casa. Cuando paré delante de su puerta, se me tiró encima. Fue horrible.

—¿Y? —pregunté, como si no me importara en absoluto.

—Y no supe manejar la situación. Creo que la humillé sin proponérmelo. Desde entonces no deja de acosarme.

—¿Qué? No me digas que te llama todo el día, o te envía cartas amenazantes…—no me lo tomaba muy en serio. Pero tampoco me esperaba oír lo que dijo a continuación.

—Toda esta basura que ha estado escribiendo. La posibilidad de que tal vez proceda de tu ordenador. Puede que te parezca una locura, pero creo que sus motivos son personales.

—¿Te refieres a las filtraciones? ¿Estás insinuando que accede a mi base de datos y escribe todos esos detalles morbosos sólo para mortificarte?

—Si estos casos llegan a juicio, ¿quién diablos sale perjudicado?

Guardé silencio. Lo miraba sin dar crédito a lo que oía.

—Yo. Yo sería el fiscal. Este tipo de casos tan sensacionalistas y escabrosos se suelen perder por culpa de toda esta basura que publican los periódicos, y nadie va a mandarme flores ni tarjetas de agradecimiento. No te quepa duda de que ella lo tiene clarísimo, Kay. Me lo quiere cargar a mí, eso es lo que quiere.

—Bill —dije bajando el tono de voz—, su trabajo consiste en ser una periodista agresiva, en publicar todo lo que logra averiguar. No se te olvide que sólo se pierden estos casos si la única prueba es una confesión. Y si eso sucede, la defensa lo obligará a cambiar de opinión, retirará lo dicho hasta ahora argumentando que el tipo es psicótico y que conoce los asesinatos al detalle sólo por lo que ha leído en los periódicos. Dirán que imaginó que cometía los crímenes, vendrán con esos cuentos. El monstruo que está matando a estas mujeres no va a entregarse ni va a confesar nada.

Vació la copa de un trago y volvió a llenarla.

—Tal vez la policía lo considere sospechoso y le haga hablar. A lo mejor es así como sucede. Y puede que sea lo único que lo vincule a los crímenes. No hay ninguna prueba que apunte a nada...

—¿Qué no hay pruebas? —lo interrumpí. No podía haber oído bien. ¿Acaso el vino le nublaba la razón?—. Ha ido dejando cantidades ingentes de fluido seminal. Si lo atrapan, el ADN lo va a condenar...

—Sí, claro, claro. En Virginia, los análisis de ADN sólo se han presentado en un juicio un par de veces. Hay pocos precedentes, muy pocas condenas en todo el país... y no hay ninguna de ellas que no se haya recurrido. Trata de explicarle a un jurado de Virginia que el tipo es culpable porque así lo dice el ADN. Con suerte, llegan a saber cómo se deletrea ADN y nada más. Cualquiera que tenga un cociente intelectual superior a cuarenta se expone a que la defensa encuentre algún motivo para excluirlo. Con eso tengo que lidiar semana tras semana…

—Bill…

—¡Qué asco! —comenzó a pasear por la cocina, de un lado a otro—. Bastante difícil es ya lograr una condena por mucho que cincuenta personas juren que le vieron apretar el gatillo. La defensa se las apañará para traer innumerables testigos que conseguirán embarrar las aguas y confundirlo todo sin remedio. Tú mejor que nadie sabes muy bien lo complicado que es probar el ADN.

—Bill, yo le he explicado al jurado cosas así de difíciles más de una vez.

Empezó a decir algo pero se contuvo. Con la mirada perdida en la profundidad de la cocina, dio un nuevo sorbo de vino.

Cayó sobre nosotros un silencio denso y pesado. Si el resultado de los juicios dependía tan sólo de los resultados de los análisis de ADN, yo pasaba a ser un testigo clave de la acusación. No sería la primera vez que sucedía pero no recordaba que nunca le hubiera preocupado tanto a Bill.

Esta vez era distinto.

—¿De qué se trata? —me obligué a preguntarle—. ¿Estás incómodo por nuestra relación? ¿Piensas que alguien puede descubrirla y acusarnos de que también nos acostamos juntos profesionalmente… que puedan acusarme de amañar los resultados para favorecer al fiscal?

Me miró ruborizado.

—No estoy pensando en eso, para nada. Es verdad que salimos juntos, ¿y qué? Hemos ido a cenar, a veces al teatro …

No le hizo falta terminar la frase. Nadie estaba enterado de lo nuestro. Por lo general, venía a mi casa, o nos íbamos a algún lugar apartado, como Williamsburg o Washington D.C., donde no era probable que nos encontráramos con nadie que pudiera reconocernos. A mí me preocupaba más que a él que el público nos viera juntos.

¿O acaso había algo más, algo mucho más cáustico?

No éramos amantes, no del todo, y esto creaba una sutil pero insoslayable tensión entre ambos.

Creo que los dos éramos muy conscientes de la fuerte atracción que sentíamos mutuamente, pero habíamos evitado por todos los medios hacer nada al respecto hasta hacía unas semanas. Después de un juicio que no terminó hasta última hora de la tarde, me invitó a tomar una copa como si tal cosa. Fuimos a un restaurante cercano al tribunal y tras el segundo whisky nos fuimos a mi casa. Fue así de repentino, adolescente en su intensidad, con una lujuria tan tangible como el fuego. El matiz de prohibición que existía no hizo más que aumentar el frenesí, pero cuando estábamos en la penumbra del sofá de mi cuarto de estar, de pronto sentí pánico.

Su voracidad era abrumadora. Brotó de él como una explosión, y me arrojó en el sofá sin caricias previas, invadiéndome. En ese preciso instante tuve la imagen vívida de su mujer desplomada en la cama, sobre las almohadas de raso azul celeste, como una bonita muñeca de tamaño natural, con la parte delantera de la bata mancha-da de rojo oscuro y una pistola automática de nueve milí-metros a escasos centímetros de su flácida mano derecha.

Yo había acudido al lugar del suicidio sabiendo tan sólo que, al parecer, la mujer del candidato a fiscal del distrito se había suicidado. Por aquel entonces todavía no conocía a Bill. Examiné a su mujer. Tuve, literalmen-te, su corazón en mis manos. Las imágenes, todas, apare-cieron ante mis ojos en la penumbra de mi cuarto de es-tar meses más tarde.

Me aparté. Nunca le expliqué el verdadero motivo, aunque en el transcurso de los días su insistencia era ca-da vez más intensa. Nuestra mutua atracción seguía in-tacta, pero entre ambos se había levantado un muro. Yo era incapaz de derribarlo o escalarlo, por mucho que lo deseara.

No estaba prestando atención a lo que me decía.

—...y además, no veo cómo podrías alterar los re-sultados de las pruebas de ADN, a menos que se tratara de una conspiración en la que estuvieran involucrados el laboratorio privado que los realiza y la mitad del depar-tamento forense...

—¿Qué? —pregunté, estupefacta—. ¿Alterar los resultados de las pruebas de ADN?

—No me estás escuchando —protestó con impa-ciencia.

—Bueno, se me ha escapado algo, eso está claro.

—Estoy diciendo que nadie puede acusarte de alte-rar nada, eso es lo que quiero decir. De manera que nuestra relación no tiene nada que ver con lo que estoy pensando.

—Muy bien.

—Lo que pasa es que… —vaciló.

—¿Qué es lo que pasa? —pregunté. Al ver que volvía a apurar la copa, añadí:

—Bill, tienes que conducir…

Lo desestimó con un gesto.

—¿Qué quieres decir? —insistí—. Dime.

Apretó los labios, sin mirarme. Lentamente, fue soltándolo.

—Es sólo que no sé lo que pensarán de ti los miembros del jurado.

Si me hubiera abofeteado con la mano abierta no habría quedado más aturdida.

—Dios Santo… Tú sabes algo. ¿Qué? ¡¿Qué?! ¿Qué está tramando ese hijo de puta? ¿Va a despedirme por el maldito asunto del ordenador, eso es lo que te ha dicho?

—¿Amburgey? No está tramando nada. Por Dios, Kay, no le hace falta. Si al final culpan a tu departamento de haber filtrado información y la gente termina creyendo que los artículos sensacionalistas son la razón de que el asesino ataque cada vez con más frecuencia, tu cabeza estará en la picota. La masa necesita echarle la culpa a alguien. Que mi testigo principal tenga un problema de credibilidad o de mala fama es un lujo que no me puedo permitir.

—¿Era esto lo que tú y Tanner discutíais tan acaloradamente después de almorzar? —estaba al borde de las lágrimas—. Os vi en la acera, saliendo del Pekín…

Un largo silencio. Él también me había visto, pero había fingido lo contrario. ¿Por qué? ¡Porque seguramente estaban hablando de mí!

—Estábamos hablando de los casos —respondió, evasivo—, de un montón de cosas.

Yo estaba tan furiosa, tan dolida, que preferí no decir nada. No confiaba en mi reacción.

—Mira, Kay —dijo con cansancio, mientras se aflojaba la corbata y se desabrochaba el primer botón de la camisa— no ha salido bien. No era mi intención terminar así. Te lo juro por Dios. Ahora estás disgustada, y yo también. Lo siento.

Mi silencio era pétreo.

Respiró hondo.

—Lo que sucede es que tenemos verdaderos motivos para preocuparnos y deberíamos tratar de solucionarlos juntos. Te estoy pintando los peores escenarios para estar preparados, ¿me entiendes?

—¿Qué esperas que haga, exactamente? —sopesé cada una de las palabras para que no me flaqueara la voz.

—Piensa las cosas cinco veces antes de actuar. Es como el tenis. Cuando uno está deprimido o nervioso hay que jugar con sumo cuidado. Concentrarse en cada golpe. No apartar ni un segundo los ojos de la pelota.

Sus analogías tenísticas a veces me sacaban de quicio. Pero en aquel momento me parecieron un buen ejemplo.

—Siempre pienso lo que hago —repliqué con irritación—. No hace falta que me digas cómo tengo que hacer mi trabajo. No tengo fama de perder muchos tantos.

—Pero ahora es crucial. Abby Turnbull es puro veneno. Creo que nos tiene en la mira. A los dos. Sin dar la cara, utilizándote a ti o al ordenador de tu departamento para perjudicarme a mí. Le importa un comino si para ello pisotea la justicia. Si los casos explotan, explotamos tú y yo también, nos ponen de patitas en la calle. Así de sencillo.

Tal vez estaba en lo cierto, pero a mí me resultaba sumamente difícil aceptar que Abby Turnbull fuera tan malvada. Lo normal era pensar que si tenía aunque sólo fuera una gota de sangre en las venas querría que el asesino rindiera cuentas en la justicia. No podía imaginarme que fuera a utilizar el brutal asesinato de cuatro jóvenes mujeres como pieza de sus maquinaciones vengativas, si es que era culpable de urdir maquinaciones vengativas, cosa de la que no estaba convencida.

Estuve a punto de decirle a Bill que exageraba, que su desafortunado encuentro con ella le había obnubilado temporalmente el juicio, pero algo me lo impidió.

No quería hablar más del asunto.

Me daba miedo.

Algo me intranquilizaba. Bill había esperado hasta este momento para decírmelo. ¿Por qué? Aquel encuentro se dio hace varias semanas. Si ella nos quería tender un trampa, si era tan peligrosa para los dos, ¿por qué no me lo había contado antes?

—Creo que lo que te hace falta es una buena noche de descanso —dije en voz baja—. Me parece que lo mejor sería borrar esta conversación, por lo menos ciertas partes, y seguir adelante como si nunca hubiera ocurrido.

Se apartó de la mesa.

—Tienes razón, estoy echo polvo. Y tú también. Me da mucha rabia, esto no era lo que yo quería —volvió a decir—. Vine aquí a darte ánimos. Me sabe muy mal…

Siguió disculpándose mientras recorríamos el pasillo. Antes de llegar a abrir la puerta, me besó y reconocí el vino en su aliento, sentí el calor de su cuerpo. Mi respuesta fue inmediata, como siempre, un escalofrío de urgente deseo mezclado con miedo que me recorría la columna vertebral como una corriente eléctrica. Contra mi voluntad, me aparté de él.

—Buenas noches —murmuré.

Era una sombra en la penumbra que avanzaba hacia su coche, con el perfil iluminado por la tenue luz interior cuando abrió la puerta y se metió en él. Yo permanecí en la puerta, inmóvil, hasta mucho tiempo después de que los rojos faros del coche desaparecieran tras los árboles, dejando la calle desierta.

8

El interior del Plymouth Reliant plateado de Marino era todo lo caótico y mugriento que habría imaginado... caso de haberle dedicado al tema un solo pensamiento.

En el suelo del asiento trasero había una caja vacía de pollo frito, bolsas y servilletas arrugadas del Burger King, y varios vasos de plástico con manchas de café. El cenicero desbordaba, y colgado del espejo retrovisor un desodorante de ambiente con forma de pino, resultaba tan eficaz como un ambientador en un basurero. Por todas partes había polvo, migas y pelusas, y el parabrisas era prácticamente opaco por el humo de cigarrillo.

—¿Alguna vez lo lleva a lavar? —pregunté mientras me ajustaba el cinturón de seguridad.

—No, ya he desistido. Sí, me lo asignaron a mí, pero no es mío. No me permiten llevármelo a casa por la noche, ni los fines de semana, ni nada. Si me pongo a lavarlo y encerarlo, gastando media botella de Armor para la tapicería, ¿qué pasa? Que algún patán lo usa cuando yo no estoy de servicio y me lo encuentro así, como lo ve ahora. No falla. Después de un tiempo empecé a ahorrarles la molestia. Ahora lo ensucio yo mismo.

La radio policial emitía leves crujidos, mientras la luz parpadeaba al pasar de canal en canal. Marino salió del aparcamiento que hay detrás de mi edificio. No había sabido nada de él desde el lunes, cuando se marchó abruptamente de la sala de reuniones. Era miércoles, última hora de la tarde, y un rato antes se había presentado repentinamente en la puerta de mi despacho anunciándome su intención de llevarme a dar «un pequeño paseo».

El «paseo» resultó ser una visita retrospectiva a los lugares de los hechos. El objetivo, por lo que pude inferir, era que me hiciera un mapa mental de todos ellos. No pude negarme. La idea era buena. Pero era lo último que esperaba de él. ¿Desde cuándo contaba conmigo, a menos que no tuviera más remedio?

—Hay algunas cosas que debe saber —me dijo mientras ajustaba el espejo lateral.

—Ya entiendo. Supongo que eso significa que de no haber accedido a acompañarlo en su «pequeño paseo» nunca me habría contado estas cosillas que debo saber, ¿no es así?

—Piense lo que quiera.

Aguardé pacientemente a que volviera a poner el encendedor del coche en el enchufe. Se tomó su tiempo para acomodarse tras el volante.

—Tal vez le interese saber —empezó a decir—, que ayer sometimos a Petersen a una prueba con el detector de mentiras, y la comadreja la superó. Muy bonito, pero eso no lo deja fuera de toda sospecha. Se puede superar si uno es de esos psicóticos capaz de mentir con la misma facilidad con que otros respiran. Es un actor.

Probablemente diría que es el mismo Cristo crucificado estando en una iglesia sin que le suden las manos y con el pulso más firme que el suyo y el mío.

—No dejaría de ser insólito —dije—. Es muy difícil, si no imposible, engañar a un detector de mentiras, sea quien sea el sujeto.

—Pero ha sucedido. Por eso no se admite como prueba en un juicio.

—No, no llego al extremo de afirmar que es infalible.

—La cuestión es —siguió diciendo—, que no tenemos motivos probables para detenerlo, ni siquiera para prohibirle que abandone la ciudad. De modo que lo tengo bajo vigilancia. Lo que estamos haciendo es tratar de saber a qué se dedica en sus horas libres. Por ejemplo, qué hace por las noches. Tal vez se meta en el coche y salga a recorrer distintos barrios, para estudiar el terreno.

—¿No ha regresado a Charlottesville?

Marino tiró la ceniza por la ventanilla.

—Ahora está por aquí; alega que está demasiado mal como para regresar. Se mudó a un apartamento de la Avenida Freemont; dice que no puede pisar la casa después de lo que pasó. Creo que terminará vendiéndola. No porque necesite el dinero —se dio la vuelta para mirarme y por un instante me enfrenté a mi propia imagen distorsionada, reflejada en los espejos de sus gafas de sol—. Resulta que la esposa tenía un seguro de vida de lo más apañado. Petersen va a engordar su fortuna con doscientos de los grandes. Supongo que se dedicará a escribir sus obras de teatro y no tendrá que preocuparse por ganarse la vida.

No hice ningún comentario.

—Y supongo que se nos escapó el detalle de la denuncia por violación el verano que terminó la secundaria.

—¿Ha investigado el tema? —sabía que sí, de lo contrario no lo habría mencionado.

—Parece que estaba haciendo una obra de teatro en Nueva Orleans y cometió el error de tomarse demasiado en serio a una de sus admiradoras. Hablé con el policía que investigó el caso. Según él, Petersen era el protagonista de alguna obra de ésas y esta chica del público se volvió loca por él. Iba a verlo todas las noches, le dejaba notas, en fin, lo de siempre. Un día decidió ir a buscarlo al camerino y terminaron recorriendo los bares del barrio francés. Al rato, lo único que se sabe es que la chica llama a la policía a las cuatro de la mañana, completamente histérica, afirmando que la habían violado. Petersen queda en una situación comprometida porque las pruebas dan positivo y el examen de fluidos indica que se trata de un no secretor, precisamente como él.

—¿El caso fue a juicio?

—El maldito jurado lo absolvió. Petersen reconoció haber tenido relaciones sexuales en el apartamento de ella. Pero dijo que fue de común acuerdo, que ella lo había provocado. La chica estaba bastante magullada, incluso tenía marcas en el cuello. Pero nadie pudo averiguar la antigüedad de esas marcas, ni si el que las había causado era Petersen al forcejear con ella. ¿Quiere que le diga algo? El gran jurado no le echa cuentas a un tipo así. Lo único que ven es que trabaja en una obra de teatro y que la chica fue quien empezó todo este asunto. Petersen todavía tenía las notas que ella le mandaba al camerino, una prueba fehaciente de que la chica estaba loca por él. Y fue de lo más convincente al explicar que ella ya tenía los moratones cuando estuvo con él, y que incluso ella misma le había contado que varios días antes se había peleado con un tipo al que tenía intenciones de abandonar. Nadie le podía reprochar nada a Petersen. La chica no tenía una moral muy recomendable, y una de dos, o era tonta del bote, o cometió un error al abrirse de piernas, por decirlo así, y provocar todo este numerito.

—Esa clase de casos —comenté en voz baja—, son casi imposibles de probar.

—Bueno, nunca se sabe. Pero también es casualidad —agregó en un tono displicente para el que no estaba preparada—, que Benton me llamara la otra noche para decirme que el ordenador central de Quantico encontró un paralelismo con el *modus operandi* de quien sea que esté atacando a estas mujeres.

—¿Dónde?

—En Waltham, Massachussets —respondió, volviéndose para mirarme—. Fue hace dos años, precisamente cuando Petersen estaba terminando sus estudios en Harvard, que queda más o menos a treinta kilómetros al este de Waltham. En los meses de abril y mayo, dos mujeres fueron violadas y estranguladas en sus apartamentos. Las dos vivían solas en apartamentos de la planta baja, las dos fueron atadas con cinturones y cables de electricidad. Parece que el asesino entró en ambos casos por una ventana que no tenía el cerrojo echado. Los dos crímenes tuvieron lugar en fines de semana. Son la fotocopia de lo que está sucediendo aquí.

—¿Cesaron los asesinatos cuando Petersen se licenció y se trasladó aquí?

—No exactamente —reconoció—. Ese verano hubo otro más que Petersen no pudo haber cometido porque ya estaba viviendo aquí y su esposa acababa de entrar a trabajar en el Colegio Médico de Virginia. Pero en este tercer caso hubo algunas diferencias. La víctima era una adolescente, y vivía a unos veinte kilómetros del lugar donde se cometieron los otros dos. No vivía sola; convivía con un tipo que en aquel momento se encontraba fuera de la ciudad. La policía pensó que su muerte podía ser una imitación: algún canalla leyó en los periódicos los detalles de los otros dos asesinatos y se le ocurrió la idea. Tardaron una semana en hallar su cuerpo, y, para entonces, su estado de descomposición era tan avanzado que no hubo la más leve esperanza de encontrar líquido seminal. No se pudo tipificar al asesino.

—¿Y la tipificación de los primeros dos casos?

—No secretor —dijo lentamente, mirando fijamente hacia delante.

Silencio. Me obligué a recordar que había millones de hombres en todo el país que eran no secretores, y que los crímenes sexuales suceden todos los años en casi todas las ciudades importantes. Pero el paralelismo era abrumador.

Habíamos entrado en una calle angosta, bordeada de árboles, que atravesaba un barrio nuevo surgido de una reciente subdivisión, en el que todas las casas de estilo campestre se parecían entre sí y sugerían espacios reducidos y construcción barata. Aquí y allá se veían carteles de compañías inmobiliarias, varias de las casas todavía estaban en obras. La mayoría de los jardines estaban recién sembrados, y en ellos había jóvenes cerezos silvestres y otros árboles frutales.

Dos calles más abajo, a mano izquierda, se alzaba la pequeña casa gris en la que había sido asesinada Brenda Steppe hacía menos de dos meses. No se había alquilado ni vendido. La mayoría de las personas que buscan casa para instalarse no es muy dada a la idea de vivir en un lugar donde alguien ha sido brutalmente asesinado. En los jardines delanteros de las dos casas lindantes había sendos carteles que rezaban «Se vende».

Aparcamos en la puerta y nos quedamos allí sentados en silencio, con las ventanillas bajadas. Había pocas farolas de alumbrado, advertí. De noche sería un lugar muy oscuro, y si el asesino tenía cuidado y llevaba ropa oscura, nadie lo vería.

—Entró por detrás, por la ventana de la cocina —dijo Marino—. Se supone que aquella noche Brenda Steppe llegó a casa a las nueve, o nueve y media. Encontramos la bolsa de la compra en el cuarto de estar. Lo último que compró tenía marcada la hora por el ordenador de la caja registradora: 20.50. El caso es que llegó a casa y se puso a preparar la cena. Ese fin de semana hacía calor, y deduzco que dejó abierta la ventana para airear la cocina. Sobre todo si pensamos que lo que se hizo fueron hamburguesas con cebolla.

Asentí con la cabeza, recordando el contenido del estómago de Brenda Steppe.

—Cuando se fríe carne picada y cebolla la cocina suele llenarse de humo y de olor. Al menos eso es lo que pasa en mi maldito cuchitril. En el cubo de la basura que está debajo del fregadero, encontramos el envoltorio de la carne picada, un frasco vacío de salsa para spaghetti y cáscaras de cebolla, además de una sartén en remojo llena de grasa —calló un instante y agregó algo más con aire pensativo—. Es curioso pensar que lo que eligió para cocinar la llevó a morir asesinada ¿no?, tal vez si se hubiera hecho una cazuela de atún, un bocadillo o algo así, no habría dejado la ventana abierta.

Ésa era la conjetura predilecta de los investigadores de homicidios: ¿Qué habría pasado si...? ¿Qué habría pasado si la persona no hubiera decidido salir a comprar un paquete de cigarrillos a una tienda en la que dos ladrones armados tenían encerrado al dependiente en la trastienda? ¿Qué habría pasado si a alguien no se le hubiera ocurrido salir a vaciar la caja del gato justo cuando andaba cerca un recluso escapado de la cárcel? ¿Qué habría pasado si alguien no hubiera tenido una riña con su amante, tras la cual se metió en el coche y salió furioso en el preciso momento que otro conductor borracho tomaba la curva en dirección contraria?

—¿Se da cuenta de que la autopista de peaje queda a menos de un kilómetro de aquí? —preguntó Marino.

—Sí. Y en la esquina, justo antes de que usted doblara para entrar en este barrio, está el hipermercado Safeway —recordé—. Puede que él dejara el coche en el aparcamiento y que hiciera el resto del camino a pie.

—Sí, el Safeway —comentó con cierto enigma—. Cierra a medianoche.

Encendí otro cigarrillo y pensé en la máxima que sostenía que un buen detective ha de pensar como las personas que salen a buscar víctimas.

—¿Qué habría hecho usted —le pregunté— si estuviera en su lugar?

—¿Si estuviera en qué lugar?

—En el lugar del asesino.

—Depende de si se trata de un artista mugriento como Matt Petersen, o ese maníaco suyo, normal y corriente, que sale a buscar mujeres para después estrangularlas.

—El último —dije sin inflexiones—. Supongamos que el último.

Me miró a modo de provocación y se echó a reír de manera algo grosera.

—No lo ha entendido, doctora. Tendría que haberme preguntado si había alguna diferencia. Porque no la hay. Lo que trato de decirle es que en cualquiera de los dos casos habría actuado más o menos igual, más allá de quién sea yo o a qué dedique las horas del día, las horas en las que trabajo y actúo como todo el mundo. Cuando me pongo a ello, soy un criminal más de los que hacen estas cosas, o lo van a hacer. Sea médico, abogado o jefe indio.

—Continúe.

Así lo hizo.

—Todo empieza en el momento en que la veo por primera vez y tengo contacto con ella en alguna parte. Puede que vaya a su casa a venderle algo o a repartir flores, y cuando sale a abrir la puerta escucho esa vocecilla en mi cabeza que me dice «Es ésta». También puede que esté trabajando en una construcción de los alrededores y la vea ir y venir sola. Me concentro en ella. Tal vez la siga una semana, me dedique a conocerla, a familiarizarme con sus hábitos todo lo posible. Por ejemplo, si las luces quedan encendidas significa que todavía está levantada, si están apagadas, que se ha ido a dormir, cómo es su coche, ese tipo de cosas.

—¿Y por qué ella? De entre todas las mujeres del mundo, ¿por qué ella precisamente?

Reflexionó brevemente.

—Porque ella despierta algo en mí.

—¿Por el aspecto físico?

Siguió pensando.

—Puede ser. Pero tal vez sea su actitud. Es una mujer que trabaja. Tiene una casa bonita, lo que implica que es lo bastante lista como para ganarse la vida dignamente. A veces, las mujeres profesionales son altaneras. Quizá no me agradó la forma en que me trató. Quizá ofendió mi virilidad, como si yo no estuviera a su altura o algo así.

—Todas las víctimas eran profesionales —dije—. Pero, bueno, la mayoría de las mujeres que viven solas trabajan —añadí.

—Correcto. Y yo voy a saber si vive sola, me voy a asegurar bien, o al menos creo asegurarme bien. Le voy a ajustar las cuentas, voy a enseñarle quién lleva los pantalones. Llega el fin de semana y me dan ganas de hacerlo. Así que me subo al coche, tarde, después de medianoche. Ya he recorrido la zona, tengo todo planeado. Sí, podría dejar el coche en el aparcamiento del Safeway, pero el problema es que ya es muy tarde y estará vacío, con lo cual, mi coche llamaría la atención como el carbón en la nieve. Sin embargo, resulta que en la misma esquina del supermercado hay una gasolinera de la Exxon. Ahí dejaría yo el coche. ¿Por qué? Porque cierra a las diez, y en una estación de servicio uno sí se espera ver coches a altas horas de la noche, que están ahí para ser reparados al día siguiente. Nadie sospechará, ni siquiera la policía, que es la que más me preocupa. Si algún policía ve mi coche en un aparcamiento vacío puede examinarlo y llamar al registro de vehículos para saber de quién es.

Describió todos los movimientos con escalofriante detalle. Vestido con ropa oscura, caminaría por el barrio amparado en las sombras. Al llegar a la dirección indicada, la adrenalina comenzaría a bombear al ver que la mujer, cuyo nombre probablemente no conocería, estaba en casa. Su coche estaba adentro. Todas las luces, salvo la de la entrada, estaban apagadas. La mujer se había acostado.

Se tomaría su tiempo. Permanecería oculto mientras evaluaba la situación. Miraría a su alrededor, asegurándose de que nadie lo hubiera visto, y después iría hasta la parte trasera de la casa, donde un brote de confianza y seguridad se apoderaría de él. Desde la calle era invisible, las casas estaban muy apartadas y tenían todas las luces apagadas, nadie andaba rondando por ahí. Si miraba hacia atrás, era una boca de lobo.

Se acercaría con sigilo a las ventanas y advertiría de inmediato que una estaba abierta. No tendría más que deslizar la hoja del cuchillo por el borde de la tela metálica y aflojar el pestillo desde adentro. En cuestión de segundos, habría quitado la tela metálica, que descansaría sobre el césped. Después abriría la ventana, entraría y se colaría en la penumbra de la cocina, donde resaltarían las siluetas de los muebles y los electrodomésticos.

—Una vez dentro —siguió diciendo Marino—, me quedaría quieto un momento, permanecería a la escucha. Cuando me asegurara de no oír nada, saldría al pasillo y empezaría a buscar su cuarto. En una casa tan pequeña —se encogió de hombros—, no hay demasiadas posibilidades. Encontraría en seguida el dormitorio y escucharía su respiración mientras duerme. Para ese momento ya tendría puesto algo que me cubriría la cabeza, por ejemplo un pasamontañas...

—¿Para qué molestarse? —le pregunté—. Ella no va a vivir para identificarlo.

—Para no dejar rastro de mi cabello. No soy estúpido. Seguramente tengo libros de medicina forense que leo en la cama, y ya he memorizado todos los códigos policiales. No hay posibilidad alguna de que nadie encuentre pelos míos sobre el cuerpo de la víctima ni en ninguna otra parte.

—Si usted es tan listo —ahora era yo quien lo provocaba—, ¿cómo es que no le preocupa el ADN? ¿No lee los periódicos?

—Bueno, no pienso usar ningún maldito condón. Y usted no me va a identificar como sospechoso porque soy más escurridizo que una rata. Si no hay sospechosos, no hay comparaciones que valgan, por lo que esa tontería suya del ADN no valdrá un pepino. Los pelos son algo más personales. Piénselo bien, tal vez no quiera que usted sepa si soy blanco o negro, rubio o pelirrojo.

—¿Y las huellas digitales?

Marino me sonrió.

—Guantes, querida. Los mismos que usa usted cuando examina a mis víctimas.

—Matt Petersen no llevaba guantes. Si los hubiera utilizado, no habríamos encontrado sus huellas en el cuerpo de su esposa.

—Si Matt es el asesino —se apresuró a decir—, no tenía que preocuparse por la posibilidad de dejar sus huellas en su propia casa, es de suponer que estarán por todas partes —una pausa—. Lo cierto es que estamos buscando a una comadreja. Lo cierto es que Matt es, de hecho, una comadreja. Lo cierto es que no es la única comadreja del mundo… hay una detrás de cada arbusto. Lo cierto es que, en realidad, no tengo ni idea de quién demonios mató a su mujer.

Vi el rostro de mis sueños, el rostro blanco sin facciones. El sol que pegaba sobre el parabrisas era cálido, pero yo no lograba entrar en calor.

—El resto es como usted seguramente imagina —continuó Marino—. No quiero sobresaltarla. Rodeo la cama con cuidado y la despierto poniéndole una mano sobre la boca y el cuchillo en la garganta. Probablemente no lleve revólver porque si ella se resiste y el arma se dispara tal vez yo resulte herido, incluso antes de hacer lo que me llevó hasta ahí. Eso es lo que más me importa. Todo tiene que salir tal como lo planeé, de lo contrario, monto en cólera. Tampoco puedo correr el riesgo de que alguien escuche los disparos y llame a la policía.

—¿Le dice algo a la mujer? —le pregunté, aclarándome la garganta.

—Le hablo en voz baja y le digo que si grita la mato. Se lo digo una y otra vez.

—¿Qué más? ¿Qué más le dice?

—Probablemente, nada más.

Marino metió la marcha atrás y dio la vuelta. Eché una última mirada a la casa en la que había sucedido lo que Marino acababa de describir, al menos yo creía que había sucedido exactamente así. Mientras lo relataba, era capaz de visualizarlo. No parecía una conjetura, sino el testimonio de un testigo. Una confesión despojada de emociones, sin ningún remordimiento.

Comenzaba a formarme una opinión diferente de Marino. No era lento. No era estúpido. Me parece que lo soportaba menos que nunca.

Nos dirigimos hacia la zona este. El sol se filtraba entre las hojas de los árboles, y la hora punta estaba en su apogeo. Durante un buen rato nos vimos atrapados en el lento flujo de automóviles ocupados por hombres y mujeres anónimos que salían de sus trabajos. Al mirar aquellos rostros que pasaban junto a nosotros me sentí ajena, como si no perteneciera al mismo mundo en el que vivían los demás. Ellos pensaban en la cena, quizá en la carne que pondrían en la parrilla, en sus hijos, en el amante que pronto iban a ver, o en algún hecho ocurrido durante el día.

—Dos semanas antes de su muerte, el servicio de correo postal le entregó un paquete. Ya hemos hablado con el tipo que lo entregó. Todo normal —dijo—. Y poco antes, recibió la visita de un fontanero. También lo investigamos. Nada. Hasta ahora, no hemos descubierto nada que sugiera que ningún trabajador de ningún servicio, ni ningún repartidor, sea la misma persona en los cuatro casos. Ni un solo nexo en común. Ninguna coincidencia ni similitud en lo que se refiere al trabajo de las víctimas.

Brenda Steppe era profesora de quinto grado en la Escuela Elemental Quinton, no muy lejos de donde vivía. Se había mudado a Richmond hacía cinco años, y poco tiempo antes había roto su compromiso con un entrenador de fútbol. Era una pelirroja rellenita, chispeante y de buen carácter. Según sus amigos y su ex novio, salía a correr varios kilómetros al día y no fumaba ni bebía.

Probablemente supiera yo más cosas sobre ella que su propia familia de Georgia. Era una devota bautista que iba a la iglesia todos los domingos y a las cenas de los miércoles por la noche. Tocaba la guitarra y dirigía el coro juvenil en los retiros espirituales. Destacaba en lengua inglesa, que era precisamente lo que enseñaba en la escuela. Para relajarse, su pasatiempo favorito, además de correr, era la lectura, y ese viernes por la noche, antes de apagar la luz, parece que leía a Doris Betts.

—Lo que me desconcertó —me dijo Marino—, es algo que descubrí hace poco, un posible nexo entre Lori Petersen y ella. Brenda Steppe fue atendida en la sala de urgencias del Colegio Médico de Virginia hace aproximadamente seis semanas.

—¿Por qué motivo? —pregunté sorprendida.

—Un accidente de tráfico sin importancia. Tuvo un choque cuando salía de su casa marcha atrás, ya de noche. No fue nada grave. Ella misma llamó a la policía, les dijo que se había golpeado la cabeza y que estaba un poco mareada. Le enviaron una ambulancia. Quedó en observación unas horas en la sala de urgencias y le hicieron radiografías. No fue nada.

—¿La atendieron mientras Lori Petersen estaba de guardia?

—Eso es lo mejor, tal vez nuestro único acierto hasta ahora. Hablé con el supervisor. Esa noche Lori Petersen estaba de guardia. Estoy investigando a todos los que estaban por allí, enfermeros, médicos, todos. Hasta ahora, nada, salvo la idea grotesca de que las dos mujeres pueden haberse conocido sin tener la menor idea de que en este preciso momento sus respectivos asesinatos estarían siendo analizados por usted y por su atento servidor.

La idea me atravesó como una descarga eléctrica de bajo voltaje.

—¿Qué me dice de Matt Petersen? ¿Alguna posibilidad de que hubiera estado en el hospital aquella noche, visitando tal vez a su esposa?

—Dice que estaba en Charlottesville —respondió Marino—. Era miércoles, entre las nueve y media y las diez de la noche.

El hospital podía ser, ciertamente, un nexo, pensé. Cualquiera que trabaje allí y tenga acceso a los informes pudo conocer a Lori Petersen, y haber visto a Brenda Steppe, cuya dirección estaría anotada en la planilla de guardia.

Le sugerí a Marino que investigara a fondo a todos los que trabajaron en el Colegio Médico de Virginia la noche en que Brenda Steppe fue atendida.

—Total, sólo serán unas cinco mil personas —replicó él—. Y, por lo que sabemos, puede que el desgraciado que la mató también fuera atendido aquella noche en urgencias. Así que también estoy barajando esa posibilidad, pero hasta el momento no parece muy prometedora. La mitad de los pacientes atendidos aquella noche eran mujeres. La otra mitad eran viejos carcamales con ataques cardíacos y un par de ladrones de coches a los que pillaron cuando se estaban dando a la fuga. No lo lograron, aún están en coma. Miles de personas entraron y salieron, además, entre usted y yo, el control que llevan allí deja mucho que desear. Puede que jamás sepa quién estuvo. Jamás sabremos si alguien de la calle se metió a dar una vuelta por ahí. A lo mejor el tipo es una especie de buitre que merodea por los hospitales buscando víctimas... enfermeras, médicos, mujeres jóvenes con problemas leves —se encogió de hombros—. Puede que sea repartidor de una floristería y entre y salga constantemente de los hospitales.

—Ya lo ha mencionado dos veces —comenté—. Lo del reparto de flores.

Un nuevo encogimiento de hombros.

—Mire, sepa usted que antes de hacerme policía, estuve trabajando de repartidor en una floristería algún tiempo. Casi todas las flores que se envían van dirigidas a mujeres. Si yo me dedicara a buscar mujeres para matarlas, repartiría flores.

Lamenté el comentario.

—Dicho sea de paso, fue así como conocí a mi esposa. Le entregué un hermoso ramo para enamorados, de claveles rojos y blancos, con un par de rosas blancas. Lo enviaba algún cretino con el que estaba saliendo. Yo la dejé más impactada que las flores, el gesto que había tenido su novio sirvió, como ve, para dejarlo fuera de combate. Esto fue en Jersey, un par de años antes de trasladarme a Nueva York e ingresar en el cuerpo de policía.

Empecé a contemplar seriamente la posibilidad de no volver a aceptar flores nunca más en mi vida.

—Es algo que me ronda la cabeza. Quienquiera que sea, tiene un oficio que lo pone en contacto con mujeres. Así de simple.

Pasamos de largo el centro comercial Eastland, y tomamos un desvío a la derecha.

Al poco tiempo, ya habíamos dejado atrás el intenso tráfico y nos deslizábamos con soltura por las colinas de Brookfield, o Las Colinas, como generalmente se las llamaba. El barrio se alzaba sobre una elevación que bien podía pasar por una colina. Es una de las zonas más antiguas de la ciudad y en los últimos diez años se ha puesto de moda entre los jóvenes profesionales. Las calles están flanqueadas por hileras de casas, algunas en ruinas y apuntaladas, la mayoría primorosamente restauradas con balcones de hierro forjado de intrincado diseño y ventanas con vidrieras de colores. Unas calles más al norte, el barrio de Las Colinas se transforma en un barrio de mala muerte, y más allá se están construyendo una serie de viviendas de protección oficial.

—Algunos de estos chamizos se venden por cien de los grandes —comentó Marino, aminorando la marcha—. Yo no las querría ni regaladas. He visto algunas por dentro. Increíble. Ni por asomo vendría yo a vivir aquí. También viven muchas mujeres solas. Una locura. Una verdadera locura.

Yo había estado observando el cuentakilómetros. La casa de Patty Lewis estaba a diez kilómetros y medio del lugar donde vivía Brenda Steppe. Los barrios eran tan diferentes, tan alejados uno del otro, que no atiné a imaginar nada que pudiera relacionarse con la situación geográfica de los dos crímenes. Aquí también había varias obras en construcción, como en el barrio de Brenda, pero no era probable que las empresas o los obreros fueran los mismos.

La casa de Patty Lewis tenía a los lados otras dos construcciones similares. Era una bonita casa de piedra arenisca con una vidriera de colores sobre la puerta de entrada, de color rojo. Tenía tejado de pizarra y una barandilla de hierro forjado recién pintado rodeaba el porche. En la parte trasera había un jardín amurallado cubierto de enormes magnolias.

Había visto las fotografías de archivo. Viendo la graciosa elegancia de esta casa de fin de siglo, resultaba difícil aceptar que en su interior hubiera ocurrido una atrocidad semejante. Patty descendía de una antigua familia adinerada del Valle de Shenandoah, y supuse que por esa razón podía permitirse el lujo de vivir allí. Era una escritora independiente que, tras años de lucha con la máquina de escribir, se acercaba a la etapa en que las cartas de rechazo no eran ya más que malos recuerdos del pasado. La primavera pasada la revista *Harper's* había publicado un cuento suyo y en otoño iba a publicar una novela. Sería una edición póstuma.

Marino me recordó que el asesino, una vez más, había entrado por una de las ventanas, en este caso la que daba al dormitorio de Patty, a la que se accedía por el patio trasero.

—Es la del final, en la segunda planta —me informó.

—¿Su teoría es que el tipo trepó por esa magnolia que hay junto a la casa, se subió al techo del porche y luego entró por aquella ventana?

—Es más que una teoría —replicó él—. Estoy seguro. No pudo hacerlo de otra forma, a menos que tuviera una escalera. Es más que posible trepar por el árbol, llegar el techo del porche y estirarse para alcanzar la ventana. Lo sé porque yo mismo lo intenté para ver si se podía. Lo hice sin ningún problema. Lo único que hace falta es tener fuerza en las extremidades superiores para aferrarse al borde del techo desde aquella rama gruesa del árbol —me la señaló—, y darse impulso.

La casa de piedra arenisca tenía ventiladores de techo, pero no aire acondicionado. Según una amiga de Patty que vivía fuera de la ciudad y venía a visitarla varias veces al año, ella solía dormir con la ventana del dormitorio abierta. Para decirlo en pocas palabras, se trataba de elegir entre sentirse cómoda o sentirse segura. Ella había elegido lo primero.

Marino giró el volante ciento ochenta grados y nos dirigimos hacia el noreste.

Cecile Tyler vivía en Ginter Park, el barrio residencial más antiguo de Richmond. En él se alzan descomunales casas victorianas de tres plantas, rodeadas por galerías lo bastante anchas como para patinar por ellas, con torreones y aleros de bordes festoneados. En los jardines abundan las magnolias, los robles y los rododendros. Las hojas de parra trepan por las columnas de los porches y por las pérgolas de la parte de atrás. Imaginaba sombríos cuartos de estar tras pesados cortinajes, descoloridas alfombras orientales, elaborados muebles y cornisas y todo tipo de adornos en cualquier rincón. No me habría gustado vivir en un lugar así. Me producía la misma claustrofobia sobrecogedora que me provocaban los ficus y el heno.

La de Cecile era una casa de ladrillo de dos plantas, modesta en comparación con las de sus vecinos. Quedaba a poco más de nueve kilómetros de la de Patty Lewis. A la luz del agonizante sol de la tarde, el techo de pizarra brillaba como el plomo. Las puertas y las contraventanas, desnudas, estaban lijadas y seguían a la espera de la mano de pintura que Cecile habría dado de haber vivido lo bastante.

El asesino entró por la ventana del sótano que había detrás de un seto de boj, en el ala norte de la casa. Tenía la cerradura rota y esperaba, como todo el resto de la casa, a ser reparada.

Cecile era una mujer negra muy hermosa, se acababa de divorciar de un dentista que actualmente vivía en Tidewater. Trabajaba como recepcionista en una agencia de contratación y estudiaba en la Universidad, en el turno de noche, para licenciarse en empresariales. La última vez que la vieron con vida fue el viernes pasado, a las diez de la noche, aproximadamente tres horas antes de su muerte, según mis cálculos. Esa noche había cenado con una amiga en un restaurante mejicano de los alrededores y al salir se fue directamente a casa.

Su cuerpo fue hallado al día siguiente, el sábado por la tarde. Había planeado salir de compras con su amiga. El coche de Cecile estaba dentro de la casa, y, al ver que no respondía el teléfono ni abría la puerta, su amiga se preocupó y espió por las cortinas entreabiertas de la ventana del dormitorio. Con toda probabilidad, la visión de Cecile desnuda y atada en la cama desordenada quedaría grabada en su mente para siempre.

—Bobbi —dijo Marino—. Es blanca, ¿lo sabía?

213

—¿La amiga de Cecile? —yo había olvidado su nombre.

—Sí. Bobbi. La joven adinerada que encontró el cuerpo de Cecile. Siempre andaban juntas. Bobbi tiene un Porsche rojo; es una rubia, impresionante, que trabaja como modelo. Pasaba mucho tiempo en casa de Cecile, y a veces se quedaba hasta la madrugada. Si quiere saber mi opinión, creo que se entendían. Se queda uno atónito. Vamos, que me cuesta entenderlo. Tan despampanantes, las dos, que los ojos se te salen de las órbitas. Cabe pensar que tendrían un regimiento de hombres detrás…

—Tal vez ahí tenga la respuesta —dije, molesta—. Si es que sus sospechas son fundadas.

Marino sonrió con malicia. Volvía a provocarme.

—Bueno, lo que yo pienso —continuó—, es que tal vez el asesino merodeaba por el barrio y una noche vio a Bobbi cuando se subía a su Porsche rojo. A lo mejor pensó que vivía aquí. O puede que decidiera seguirla cuando iba rumbo a la casa de Cecile.

—¿Y que mató a Cecile por error, porque creía que era Bobbi la que vivía aquí?

—Es sólo una hipótesis. Como le he dicho, Bobbi es blanca. Las otras víctimas eran blancas.

Guardamos silencio unos instantes para contemplar la casa.

La mezcla interracial seguía inquietándome también a mí. Tres mujeres blancas y una negra. ¿Por qué?

—Otra de mis conjeturas —dijo Marino—, es que el asesino tuviera varias candidatas para cada homicidio, como si eligiera a la carta, y terminara escogiendo la que

214

resultase más accesible. No deja de ser curioso que cada vez que decide matar a alguna de ellas, la ventana no tuviera el cerrojo echado, o estuviera abierta, o rota. Lo que yo creo es que o es una circunstancia fortuita, en la que él sale a recorrer las calles en busca de cualquiera que parezca estar sola y cuya casa tenga fácil acceso, o bien tiene ya una lista de mujeres con sus respectivas direcciones y sale a hacer su recorrido nocturno casa por casa hasta dar con una que le resulta viable.

A mí no me cuadraba.

—Yo creo que acechó a cada una de estas mujeres deliberadamente —repliqué—, que eran blancos específicos. Quizá hizo la ronda previamente y, o no estaban en casa, o se encontró con que las ventanas estaban cerradas. Puede que tenga la costumbre de frecuentar el lugar donde vive la víctima que le toca y atacarla cuando se presenta la oportunidad.

Marino se encogió de hombros considerando la idea.

—Patty Lewis fue asesinada varias semanas después que Brenda Steppe, y además, la semana anterior a su muerte, se había ido a ver a una amiga que vivía fuera de la ciudad. Es posible que él lo intentara el fin de semana y no la encontrara en casa. Bien. Quizá fue así. ¿Quién sabe? A las tres semanas ataca a Cecile Tyler. Pero a Lori Petersen la mata exactamente una semana después … ¿Por qué? Quizá tuvo suerte a la primera. La ventana estaba abierta porque al marido se le olvidó cerrarla. Puede que hubiera establecido alguna clase de contacto con Lori Petersen pocos días antes y, si la ventana no hubiera estado abierta aquel fin de semana, lo habría vuelto a intentar el fin de semana siguiente.

—El fin de semana —dije—. Eso parece muy importante para él, tiene que hacerlo el viernes por la noche o durante la madrugada del sábado.

Marino asintió con la cabeza.

—Eso está claro. Lo tiene muy calculado. Yo creo que el tipo trabaja de lunes a viernes y que dispone del resto del fin de semana para recuperarse tras sus hazañas. Seguramente, también lo hace por otro motivo. Es una manera de tenernos en ascuas. Llega el viernes y sabe que toda la ciudad, personas como usted y como yo, nos ponemos más nerviosas que un gato en medio de la autopista.

Vacilé un instante y decidí abordar el tema.

—¿Cree usted que su rutina va *in crescendo*? ¿Qué los asesinatos son ahora más frecuentes porque cada vez está más enardecido, tal vez por toda la publicidad que se ha creado?

Tardó en responder.

—Es un maldito adicto, doctora —dijo finalmente, muy serio—. Una vez que empieza, no puede parar.

—¿Está diciendo que la publicidad no influye en su forma de actuar?

—No —replicó—. No es eso lo que digo. Lo suyo es pasar inadvertido y cerrar la boca, y es probable que si los periodistas no se lo pusieran tan condenadamente fácil no estaría tan tranquilo. Ese tipo de sensacionalismo es un regalo del cielo. No tiene que esforzarse en absoluto. Los periodistas lo premian de ese modo, se lo dan todo hecho. Ahora bien, si nadie escribiera nada se sentiría frustrado, tal vez más temerario. Al cabo del tiempo, puede que empezara a enviar notas o a hacer llamadas telefónicas, cualquier cosa con tal de llamar la atención de los periodistas. Y, quién sabe, tal vez cometería una imprudencia fatal.

Nos quedamos un rato en silencio.

De pronto, Marino me pescó con la guardia baja.

—Parece que ha estado usted hablando con Fortosis —me dijo.

—¿Por qué lo dice?

—Por todo ese cuento de ir *in crescendo*, y que la prensa lo enardece, y que por tanto su compulsión se acelera.

—¿Eso es lo que él le ha dicho?

Se quitó las gafas de sol distraídamente y las apoyó en el salpicadero. Cuando me miró, adevrtí que en sus ojos había un ligero destello de furia.

—No. Pero se lo dijo a un par de santos de mi devoción. Boltz es uno. Tanner, el otro.

—¿Cómo lo sabe?

—Porque tengo mis soplones en el departamento, doctora, del mismo modo que los tengo en la calle, de modo que sé en todo momento qué se traen entre manos y a dónde quieren ir a parar… con suerte.

Guardamos silencio. El sol se había ocultado tras los techos y en los jardines y las calles las sombras eran cada vez más alargadas. Marino acababa de abrir un resquicio en la puerta que abría la posibilidad de la mutua confianza. Él sabía todo. Estaba diciéndome que lo sabía. No sabía si atreverme a empujar esa puerta un poco más.

—Boltz, Tanner y demás gerifaltes están muy molestos por las filtraciones a la prensa —dije con cautela.

—Es como si les diera un ataque de nervios porque llueve. Son cosas que pasan. Sobre todo si nuestra «querida Abby» vive en la misma ciudad.

Esbocé una sonrisa amarga. Qué bien. Le cuentas tus secretos a nuestra «querida Abby» Turnbull y a ella le falta tiempo para publicarlos en el periódico.

—Esa mujer es un problema —siguió diciendo—. Tiene línea directa al verdadero corazón del departamento. Me da la impresión de que el jefe no va a ningún lado sin que ella se entere.

—¿Quién le pasa información?

—Digamos que tengo mis sospechas, pero aún no he llegado a reunir material suficiente.

—Sabrá que alguien ha estado metiéndose en la base de datos del ordenador de mi departamento, ¿no? —dije, como si el asunto fuera de público conocimiento.

Me miró fijamente.

—¿Desde cuándo?

—No lo sé. Hace días alguien accedió y trató de abrir el caso de Lori Petersen. Lo descubrimos de milagro... un error involuntario de mi analista de sistemas originó que los comandos del pirata informático aparecieran en pantalla.

—¿Dice usted que a lo mejor alguien lleva meses metiéndose en su base de datos sin que usted se entere?

—Eso es.

Se quedó callado, con una expresión dura en el rostro.

—¿Eso altera sus sospechas? —presioné.

—Hum —masculló.

—¿Eso es todo? —le pregunté exasperada—. ¿No tiene nada más que decir?

—No. Salvo que las llamas le deben de estar llegando ya al culo ¿Amburgey lo sabe?

—Sí.

—Tanner también, supongo.

—También.

—Hum —volvió a decir—. Supongo que eso explica algunas cosas.

—¿Cómo qué? —mi paranoia crecía por momentos, y sabía que Marino se percataba de que tenía los pelos de punta—. ¿Qué cosas?

No me contestó.

—Por Dios, Marino, ¿qué cosas? —insistí.

Lentamente se volvió hacia mí.

—¿De veras quiere saberlo?

—Claro que sí —la firmeza de mi voz ocultaba el miedo, que rápidamente se estaba convirtiendo en pánico.

—Bueno, se lo diré de esta forma: si Tanner se enterase de que usted y yo hemos salido a dar una vuelta esta tarde, seguramente me quitaría la credencial.

Lo miré con abierta perplejidad.

—¿De qué está hablando?

—Verá, esta mañana me crucé con él en el cuartel general. Me llamó aparte para charlar un poco, y me dijo que tanto él como la plana mayor están dispuestos a tomar medidas drásticas en el asunto de las filtraciones. También me dijo que no abriera el pico respecto a la investigación. ¡Como si hiciera falta decírmelo! Pero añadió algo más que en aquel momento no llegué a entender. Resumiendo, que no debo comentar con nadie de su departamento, refiriéndose a usted, nada de lo que pase de aquí en adelante.

—¿Qué...?

—Ni cómo progresa la investigación ni qué es lo que pensamos —prosiguió—. Se supone que no podemos cruzar ni una sola palabra con usted. Las órdenes de Tanner son que nos limitemos a recoger la información médica que usted nos facilite, pero que nosotros no le demos ni la hora. Dijo que el ambiente está viciado y que la única forma de terminar con ello de raíz es no cruzar palabra con nadie, salvo con quienes han de estar enterados para poder trabajar en los casos.

—¡Exactamente! —exploté—. Y eso me incluye a mí. Estos casos entran en mi jurisdicción, ¿o es que todos lo han olvidado de golpe?

—No se sulfure —dijo en voz baja, mirándome—. Aquí estamos, ¿no?

—Sí —concedí más tranquila—. Aquí estamos.

—Lo que es a mí, me importa un carajo lo que diga Tanner. Puede que esté nervioso por el lío de su ordenador. No querrá que la policía cargue con las culpas de haber pasado información confidencial por línea directa en el departamento de medicina forense.

—Por favor...

—Tal vez sea por otro motivo —murmuró para sus adentros.

Cualquiera que fuese el motivo, no tenía intenciones de decírmelo.

Metió la primera con brusquedad y arrancamos rumbo al río, hacia Berkeley Downs, en la zona sur.

Transcurrieron diez, quince, veinte minutos (no tenía conciencia clara de la hora), sin mediar palabra entre los dos. Me quedé ahí sentada, sumida en un silencio descorazonador, contemplando el camino que pasaba volando por mi ventanilla. Era como ser el blanco de una broma de mal gusto o de una conspiración de la cual todo el mundo estaba enterado, menos yo. La sensación de aislamiento se me estaba haciendo intolerable. El temor que todo ello me inspiraba era tan acusado que ya dudaba hasta de mi sano juicio, de mi capacidad y de mis facultades. Creo que no estaba segura de nada.

Lo único que podía hacer era contemplar los despojos de lo que hace apenas unos días era un futuro profesional envidiable. Ahora la responsabilidad de las filtraciones recaía en mi departamento. Mis intentos de modernización habían socavado mis propios parámetros inflexibles de confidencialidad.

Hasta Bill dudaba ya de mi credibilidad. Ahora resulta que los policías tenían órdenes de no hablar conmigo. Esto no iba a detenerse hasta verme convertida en el chivo expiatorio de todas las atrocidades provocadas por estos asesinatos. Seguramente Amburgey no tuviera más alternativa que apartarme del cargo, siempre y cuando no optara directamente por despedirme.

Marino me estaba mirando.

Apenas me había percatado de que se había desviado de la carretera y aparcado.

—¿A qué distancia está? —le pregunté.

—¿De qué?

—De donde acabamos de estar, de la casa de Cecile.

—Exactamente a once kilómetros y medio —contestó sin siquiera mirar el cuentakilómetros.

A la luz del día me resultaba difícil reconocer la casa de Lori Petersen.

Parecía vacía y deshabitada, cubierta ya por la pátina del abandono. A la sombra, el revestimiento exterior de madera blanca tenía un aspecto sucio y las contraventanas eran de un azul desvaído. Las azucenas que crecían bajo las ventanas de la fachada estaban pisoteadas, probablemente por los policías que habían rastreado el lugar a fondo en busca de pruebas. Parte de la cinta amarilla usada para circunscribir la escena del crimen seguía pegada a la puerta, y en medio del césped crecido había una lata de cerveza que algún desconsiderado había arrojado por la ventanilla del coche.

Era la típica casa modesta y pulcra de la clase media norteamericana, el tipo de casa que prolifera en todas las ciudades pequeñas del país y en todos los barrios no muy extensos. Era el lugar donde las personas iniciaban su lucha por la vida, y al cual regresaban para pasar sus últimos años: profesionales jóvenes, parejas jóvenes, y finalmente, ancianos ya jubilados cuyos hijos son mayores y ya no viven en casa.

Era casi exacta a la casa de los Johnson, también con aquel revestimiento de madera blanca, donde yo tenía alquilada una habitación cuando estudiaba medicina en Baltimore. Al igual que Lori Petersen, yo también había vivido en una suerte de retiro del mundo, extenuante. Salía de casa al amanecer y a menudo no regresaba hasta la noche del día siguiente. La supervivencia consistía en un sinfín de libros, laboratorios, exámenes, turnos de guardia y en conservar la energía física y emocional para poder llevar todo eso adelante. Nunca se me habría ocurrido, como nunca se le ocurrió a Lori, que un desconocido pudiera decidir quitarme la vida.

—¡Eh!

Súbitamente advertí que Marino me estaba hablando.

—¿Está usted bien, doctora? —me preguntó con curiosidad.

—Perdone. No he oído lo que ha dicho.

—Le he preguntado que qué le parece. Ahora ya se ha hecho un mapa mental. ¿Qué piensa?

—Pienso que las muertes no tienen nada que ver con los lugares donde vivían —respondí abstraída.

Ni se mostró de acuerdo ni discrepó. Tomó el micrófono de mano y le dijo al agente de la sala de radio que ahí terminaban sus horas de servicio por hoy. El paseo había terminado.

—Diez-cuatro, siete-diez —le respondió la voz chirriante en tono jactancioso—. Dieciocho horas cuarenta y cinco minutos, cuidado con el sol, no se deslumbre; mañana a la misma hora tocarán nuestra canción…

Que no era más que sirenas, disparos y choques entre vehículos, deduje.

Marino soltó un bufido.

—En mis tiempos, si se te ocurría decir un simple «sí», en lugar del riguroso diez-cuatro, el inspector te daba una patada en el culo.

Cerré brevemente los ojos y me froté las sienes.

—Ya no es lo que era —se quejó—. Claro que, ya nada es lo que era.

9

La luna, un globo de cristal lechoso, asomaba entre las copas de los árboles que poblaban las calles tranquilas de mi barrio.

Las ramas más frondosas arrojaban sombras negras junto a la calzada, y el pavimento salpicado de mica resplandecía bajo el haz luminoso de mis faros delanteros. El aire era diáfano y agradablemente cálido, ideal para los descapotables o para ir con las ventanillas bajadas. Yo conducía con las puertas cerradas, las ventanillas subidas y la ventilación al mínimo.

Una noche de tales características, que antaño me habría parecido de lo más cautivadora, ahora me resultaba inquietante.

No podía dejar de recordar las imágenes del día, como no podía dejar de ver la luna. Me tenían ensimismada y no me daban tregua. Veía aquellas casas, tan discretas, en zonas de la ciudad ajenas entre sí. ¿Cómo las había elegido? ¿Y por qué? No era una elección al azar. Estaba convencida. Tenía que haber algún elemento común a todos los casos y volvía una y otra vez al residuo brillante que habíamos encontrado en los cuerpos. Sin ningún fundamento, yo tenía la firme convicción de que aquel brillo era el eslabón perdido que vinculaba al asesino con cada una de sus víctimas.

Mi intuición llegaba hasta ahí. Cuando intentaba dar un paso más, me quedaba con la mente en blanco. ¿Sería aquel brillo la clave que nos permitiría saber dónde vivía? ¿Estaría relacionado con alguna profesión o pasatiempo que le proporcionaba un primer contacto con las mujeres que después asesinaba? O, más raro aún, ¿acaso era algo inherente a las propias mujeres?

Tal vez se trataba de una sustancia que las víctimas tenían en sus casas, o incluso en el cuerpo, o en sus respectivos lugares de trabajo. Quizá fuera algo que le habían comprado al propio asesino. Sólo Dios lo sabía. No podíamos analizar todos los objetos de la casa de una persona, ni de su oficina ni de cualquier otro sitio muy frecuentado, sobre todo si no teníamos ni idea de lo que estábamos buscando.

Guié el coche hasta la entrada de casa.

Berta abrió la puerta principal antes de que yo hubiera aparcado. Me esperó bajo la luz del porche con los brazos en jarras y la cartera colgando de la muñeca. Sabía lo que aquello significaba: no veía el momento de marcharse. No quería ni pensar en lo que Lucy le habría hecho.

—¿Cómo ha ido? —le pregunté al llegar a la puerta.

Berta sacudió la cabeza.

—Un horror, doctora Kay. ¡Esa niña es un diablo! ¡Cielo Santo! No sé qué demonios le ha picado. Se ha portado desastrosamente mal.

Era la gota que colmaba el vaso de aquel día extenuante. Lucy iba de mal en peor. En gran parte, era mi culpa. No había sabido tratarla. O tal vez era que la había tratado, sin más, y eso era la mejor forma de exponer el problema.

Como no estaba acostumbrada a hablar a los niños con la misma franqueza y naturalidad que, con relativa impunidad, utilizaba con los adultos, no la había interrogado respecto a la intrusión del ordenador, ni siquiera lo había mencionado. Lo que sí había hecho el lunes por la noche, cuando se fue Bill, era desconectar el módem de mi estudio y guardarlo en el armario de mi dormitorio.

Pensé que Lucy se imaginaría que me lo había llevado al centro para repararlo o algo por el estilo, si es que llegaba a advertir su ausencia. La noche anterior no había mencionado la desaparición del módem, si bien es cierto que estaba decaída, con mirada ausente y dolida cuando la sorprendí mirándome a mí en lugar de la película que había puesto en el vídeo.

Mi actuación se basaba en la pura lógica. Si cabía la mínima posibilidad de que fuera Lucy la que había entrado en el ordenador del departamento, la eliminación del módem evitaría que lo volviese a hacer, por lo que yo no tendría que acusarla de nada y nos ahorraríamos una dolorosa escena que sin duda empañaría el recuerdo de su visita. Y si la violación se repetía, quedaría demostrado que Lucy no era la culpable, si alguna vez se ponía en duda.

Todo esto pese a saber de sobra que las relaciones humanas no se basan en la razón, así como las rosas de mi jardín no se abonan a base de discursos. Sé que buscar refugio tras el muro del intelecto y el raciocinio es una retirada egoísta hacia la autoprotección a expensas del bienestar de otra persona.

Lo que yo había hecho era tan inteligente que resultaba una verdadera estupidez.

Recordé mi propia infancia, lo mucho que detestaba los malabares que mi madre acostumbraba a hacer cuando se sentaba al borde de mi cama y respondía a las preguntas que yo le hacía respecto a mi padre. Al principio me decía que tenía «un bicho», una cosa que «se le metía en la sangre» y le provocaba frecuentes recaídas. O que estaba luchando contra algo que «una persona de color», o «algún cubano», le había contagiado en su almacén. O bien, que «trabaja demasiado y termina agotado, Kay». Mentiras.

Mi padre padecía leucemia linfática. Se la diagnosticaron antes de que yo empezara la primaria. Hasta que no cumplí los doce años, y él ya había pasado de tener linfocitosis de fase cero a anemia de fase tres, no me dijeron que se estaba muriendo.

Les mentimos a los niños aunque no nos hayamos creído las mentiras que nos decían cuando teníamos su misma edad. No sé por qué lo hacemos. No sé por qué lo había hecho yo con Lucy, cuya agudeza mental era como la de cualquier adulto.

A las ocho y media nos encontrábamos sentadas a la mesa de la cocina. Ella jugueteaba con un batido de leche, y yo me había servido un vaso de whisky más que necesario. Sus cambios de conducta eran inquietantes, y yo tenía los nervios de punta.

Toda su rebelión había desaparecido, su despliegue de mal genio y sus reproches por mis ausencias se habían replegado. No logré alegrarla ni animarla, ni siquiera cuando le dije que Bill iba a venir a casa, justo a tiempo para darle las buenas noches. Apenas mostró un fugaz destello de interés. No se movió, no respondió y rehuyó mi mirada.

—Estás demacrada, como si estuvieras enferma —murmuró finalmente.

—¿Cómo lo sabes? No me has mirado ni una sola vez desde que llegué.

—¿Y qué?, estás demacrada.

—Bueno, pues no estoy enferma —respondí—. Estoy simplemente agotada.

—Cuando mamá está cansada no parece enferma —dijo, casi en tono acusador—. Sólo parece enferma cuando se pelea con Ralph. Odio a Ralph. Es un cabeza de chorlito. Cuando viene a casa le hago jugar a las palabras ocultas porque sé que no da una. Es tonto del culo, un cabeza de chorlito.

No la regañé por su lenguaje. No dije una palabra.

—Así que —insistió—, te has peleado con tu Ralph.

—No conozco a ningún Ralph.

—Ah —frunció el entrecejo—. Apuesto a que el señor Boltz está enfadado contigo.

—No lo creo.

—Te digo que sí. Está enfadado porque yo estoy aquí...

—¡Lucy! ¡Eso es ridículo! A Bill le caes muy bien.

—¡Ja! Está enfadado porque mientras yo esté en casa no puede hacerlo.

—Lucy... —le dije en tono de advertencia.

—Es por eso. ¡Ja! Está enfadado porque no puede quitarse los pantalones.

—Lucy —dije con severidad—. ¡Basta ya!

Al fin me dirigió la mirada y me quedé atónita al ver la rabia que había en sus ojos.

—¿Ves? ¡Lo sabía! —rió con malicia—. Y a ti te encantaría que yo no estuviera para no ser un obstáculo. Así él no tendría que volverse a su casa por la noche. A mí me da igual, para que lo sepas. Me importa un rábano. ¡Mamá se acuesta con sus novios todo el tiempo, y a mí qué!

—Lucy, ¡yo no soy tu madre, entérate de una vez!

Le tembló el labio inferior como si le hubiera dado una bofetada.

—¡Yo no he dicho que lo fueras! ¡Además, no me gustaría que lo fueras! ¡Te odio!

Permanecimos ahí sentadas, inmóviles.

Me quedé aturdida por un instante. No atinaba a recordar que nadie me hubiera dicho que me odiaba, aunque fuera verdad.

—Lucy… —balbuceé. Tenía un nudo en el estómago. Estaba mareada—. No quise decir eso. Lo que quise decir es que no soy como tu mamá, ¿entiendes? Somos muy diferentes. Siempre hemos sido diferentes. Pero eso no significa que no te quiera mucho.

No respondió.

—Yo sé que no me odias.

Siguió sumida en un obstinado silencio.

Me levanté con torpeza para volver a llenarme el vaso. Por supuesto que no me odiaba en serio. Los niños dicen eso todo el rato sin que realmente lo sientan. Traté de recordar. Jamás le dije a mi madre que la odiaba. Creo que en mi fuero interno lo pensé, por lo menos cuando era pequeña, por sus mentiras y porque cuando perdí a mi padre, la perdí también a ella. Su muerte la consumió como la enfermedad consumió a mi padre. No le quedó una gota de calidez para brindarnos ni a Dorothy ni a mí.

Le había mentido a Lucy. Yo también estaba consumida, no por la muerte sino por los muertos. Todos los días luchaba por la justicia. Pero, ¿qué justicia había para una niña viva que no se sentía amada? Dios Santo, Lucy no me odiaba pero si lo hacía tal vez no podía reprochárselo. Regresé a la mesa y abordé el tema prohibido con toda la delicadeza que pude.

—Supongo que me ves preocupada porque lo estoy, Lucy. ¿Sabes una cosa?, alguien ha entrado en la base de datos del ordenador del departamento.

Se quedó en silencio, a la espera.

Bebí un sorbo de whisky.

—No sé si esta persona llegó a ver algo de importancia, pero si pudiera explicar cómo sucedió o quién lo hizo, me quitaría una losa de encima.

Siguió sin decir nada.

Apreté un poco más las clavijas.

—Si no llego hasta el fondo de la cuestión, Lucy, me puedo buscar muchos problemas.

Eso pareció inquietarla.

—¿Por qué te buscarías problemas?

—Porque —le expliqué con calma— la base de datos de mi oficina es muy delicada, y hay muchas personas importantes del Ayuntamiento y del Gobierno que están muy preocupadas por la información que de alguna manera llega a los periódicos. Hay quienes piensan que esa información puede proceder de mi departamento.

—Ah.

—Si un periodista, se las ingenió como fuera para acceder, por ejemplo…

—¿Información sobre qué?

—Sobre los casos recientes.

—¿El asesinato de la doctora?

Asentí con la cabeza.

Silencio.

—Por eso desapareció el módem, ¿no, tía Kay? —dijo entonces con irritación—. Lo quitaste porque pensaste que yo había hecho algo malo.

—Yo no pienso que hayas hecho nada malo, Lucy. Si te conectaste con el ordenador del estudio, sé que no lo hiciste con mala intención. No te reprocho que seas curiosa.

Me miró con los ojos llenos de lágrimas.

—Quitaste el módem porque ya no confías en mí.

No supe qué responderle. No podía mentirle, y decirle la verdad era reconocer mi falta de confianza en ella.

Lucy había perdido todo interés en su batido de leche, permanecía inmóvil mordiéndose el labio inferior, con la vista clavada en la mesa.

—Desconecté el módem porque no sabía si habías sido tú —le confesé—. Me equivoqué. Debería haberte preguntado. Pero tal vez estaba dolida. Me dolía pensar que podías haber traicionado nuestra confianza.

Me miró durante largo rato. Parecía extrañamente complacida, casi feliz.

—¿Quieres decir que si hago algo malo te haría daño? —preguntó, como si esto le confiriera alguna clase de poder o la confirmación que ansiaba con desesperación.

—Sí. Porque te quiero mucho, Lucy —dije, y creo que fue la primera vez que se lo decía tan claramente—. No tenía la menor intención de herir tus sentimientos, igual que tú no querías herir los míos. Lo siento.

—Está bien.

Revolvió su batido de leche y la cuchara tintineó contra el borde del vaso.

—Además, ya sabía que lo habías escondido —exclamó alegremente—. No puedes ocultarme nada, tía Kay. Lo vi en tu armario. Lo busqué cuando Berta estaba preparando el almuerzo. Y lo encontré en el estante, junto a tu revólver del 38.

—¿Cómo supiste que era un 38? —pregunté sin pensar.

—Porque Andy tenía un 38. Andy era el anterior a Ralph. Andy lleva un 38 en el cinturón. Aquí —dijo, señalándose la parte de atrás de la cintura—. Tiene una casa de empeños y por eso lleva siempre un 38. Siempre me lo enseñaba y me decía cómo funcionaba. Le sacaba las balas y me dejaba dispararle al televisor. ¡Bang! ¡Bang! ¡Es genial! ¡Bang! ¡Bang! —simuló dispararle al frigorífico—. Me caía mejor que Ralph, pero mamá se cansó de él, supongo.

¿Era esto lo que la esperaba mañana, cuando la enviara de nuevo a casa? Empecé a endilgarle un sermón acerca de las armas de fuego y a recitarle toda la perorata de que no son juguetes y que pueden herir a las personas: En ésas estaba cuando sonó el teléfono.

—Ah, es verdad—se acordó Lucy cuando me puse de pie para atender—. Llamó la abuela antes de que llegaras. Dos veces.

Era la última persona con la que deseaba hablar en ese momento. Por mucho que intentara disimular mi estado de ánimo, siempre se las arreglaba para percibirlo y no dejarme en paz.

—Te noto deprimida —dijo cuando no habíamos pronunciado más de dos frases.

—Es cansancio —la misma cantinela de siempre.

La veía como si la tuviera delante. Estaría sin duda metida en la cama, sentada, con varias almohadas en la espalda y el televisor a bajo volumen. Yo heredé la tez de mi padre. Mi madre es morena, con un cabello negro, ahora blanco, que le enmarca el rostro redondo y regordete, unos ojos grandes y castaños ocultos tras las gruesas gafas.

—Cómo no vas a estar cansada —se lanzó—, si lo único que haces es trabajar. ¡Y además, con esas atrocidades de Richmond! Ayer salió un artículo en el *Herald*, Kay. En mi vida he visto cosa igual. No lo he visto hasta esta misma tarde, la señora Martínez ha venido a casa y me lo ha traído. Ya no recibo el periódico dominical. ¡Estoy harta de todos esos suplementos y cupones y anuncios! Es tan enorme que ni me molesto. La señora Martínez me lo ha traído porque sales en una fotografía.

Solté un gruñido.

—Te diré que no te habría reconocido si no supiera que eras tú. La foto no es muy clara, y además es de noche, pero debajo figura tu nombre, eso está claro. Y no llevabas gorro, Kay. Daba la impresión de que estaba lloviendo, o de que había mucha humedad y la noche era desagradable, y tú sin gorro. Con todos los que yo te he tejido en mi vida, pero nada, tú ni te molestas en ponerte uno de los gorros que te hizo tu madre para que no pescar una neumonía…

—Mamá…

Ella seguía hablando

—¡Mamá!

Aquella noche no podía soportarlo, era superior a mis fuerzas. Ya podía ser Maggie Thatcher que mi madre seguiría siempre tratándome como si fuera una niña de cinco años que no tiene sabe ni protegerse de la lluvia.

A continuación vino la retahíla de preguntas acerca de mi dieta y de las horas de sueño.

Le cambié de tema abruptamente.

—¿Cómo está Dorothy?

Vaciló.

—Bueno, por eso mismo te llamo.

Me acerqué una silla y me senté. La voz de mi madre se elevó una octava, y procedió a contarme que Dorothy se había ido a Nevada… para casarse.

—¿Por qué a Nevada? —pregunté como una tonta.

—¡Eso quisiera saber yo! Ya me explicarás a santo de qué tu única hermana va y conoce a una persona que trabaja en algo de libros, con quien sólo se ha comunicado por teléfono, y de pronto llama a su madre desde el aeropuerto y le dice que está a punto de salir hacia Nevada para casarse. Ya me explicarás cómo es posible que mi hija haga una cosa así. ¿Crees que tiene macarrones en lugar de sesos…?

—¿A qué se dedica él, qué es eso de los libros? —eché una mirada a Lucy. Me miraba con ojos afligidos.

—No lo sé. Dijo algo de un ilustrador, supongo que hace los dibujos para sus libros. Estuvo en Miami hace

234

unos días para asistir a un congreso y se encontró con Dorothy para hablar de su actual proyecto, o algo así. No me preguntes más. Se llama Jacob Blank, es judío, ya verás. Claro que Dorothy no me lo dijo, lógicamente. ¿Cómo le va a decir a su madre que se casa con un judío que no conozco, que le dobla la edad y que encima hace dibujitos de niños, por todos los santos?

Ni siquiera le pregunté nada más.

Mandar a Lucy a su casa en medio de una nueva crisis familiar era inconcebible. Sus visitas, sus ausencias de casa, ya se habían prolongado más de lo previsto otras veces, cada vez que Dorothy tenía que ir a algún lado para asistir a un encuentro editorial o un viaje de investigación, o alguna de sus numerosas «charlas sobre libros» que siempre la retenían mucho más de lo que nadie habría pensado. Lucy se quedaba con la abuela hasta que la escritora errante volvía a casa al fin. Puede que hubiéramos aprendido a aceptar estos lapsos de irresponsabilidad escandalosa. ¿Pero qué era eso de escaparse? Dios Santo.

—¿No ha dicho cuándo piensa volver? —le di la espalda a Lucy y bajé la voz.

—¿Qué? —exclamó mi madre audiblemente—. ¿Decirme a mí algo así? ¿Cómo va a decirle algo así a su madre? ¡Por el amor de Dios, Kay! ¿Cómo es posible que vuelva a hacer una cosa así? ¡Él le dobla la edad! Armando también le doblaba la edad, ¡y mira cómo terminó! Cae muerto junto a la piscina antes de que Lucy supiera montar en bicicleta…

Tardé un buen rato en calmarle el ataque de histeria. Después de colgar, me quedé sola bajo la lluvia radiactiva posterior a la bomba.

No se me ocurrió ninguna manera de suavizar las noticias.

—Tu madre se ha ido unos días, Lucy. Se ha casado con el señor Blank, el que hace las ilustraciones de sus libros…

Se quedó inmóvil como una estatua. Extendí los brazos para abrazarla.

—Ahora están en Nevada…

La silla cayó hacia atrás con estrépito y golpeó la pared por el ímpetu de Lucy al apartarse de mí y salir corriendo hacia su cuarto.

¿Cómo ha podido mi hermana hacerle esto? Estaba segura de que yo jamás se lo iba a poder perdonar. Esta vez no. Bastante mal lo pasamos cuando se casó con Armando. Acababa de cumplir dieciocho años. Se lo advertimos. La tratamos de disuadir por todos los medios. Él prácticamente no hablaba inglés, podía ser su padre, y teníamos muchas reservas respecto a su fortuna, el Mercedes, el Rolex de oro y el fastuoso apartamento frente al mar que poseía. Como muchas de las personas que aparecen en Miami por arte de magia, llevaba un tren de vida que no tenía explicación lógica.

Maldita Dorothy. Ella sabe muy bien el trabajo que tengo, sabe perfectamente lo exigente e implacable que puede llegar a ser. ¡Sabía que yo había dudado en aceptar que Lucy viniera justo en este momento, a raíz de los tres casos! Pero ya estaba planeado, y Dorothy desplegó toda su seducción y sus encantos para convencerme.

—Si te resulta demasiado complicado, Kay, me la vuelves a mandar y ya está. Después vemos cuándo nos viene mejor —había dicho con toda la dulzura—. En serio. ¡Está deseando verte! Es de lo único que habla desde hace días. Te adora, Kay. Un auténtico caso de veneración al héroe, si es que alguna vez he presenciado alguno.

Lucy estaba sentada muy erguida al borde de la cama, con la vista clavada en el suelo.

—Ojalá se maten en un accidente de avión —fue lo único que me dijo mientras la ayudaba a ponerse el pijama.

—No lo dices en serio, Lucy —le doblé bajo la barbilla la colcha estampada con margaritas—. Puedes quedarte aquí conmigo algún tiempo. Eso estaría bien, ¿no?

Cerró los ojos con fuerza y volvió el rostro hacia la pared.

Sentí la lengua seca y pesada. No había palabras que pudieran aliviar su dolor, así que me quedé junto a ella mirándola, sin poder hacer nada. Me acerqué, vacilante, y comencé a frotarle la espalda. Poco a poco su desconsuelo fue menguando, y finalmente su respiración adquirió el ritmo profundo y acompasado del sueño. Le di un beso en la cabeza y cerré la puerta con cuidado.

Antes de llegar a la cocina oí que Bill entraba con el coche.

Abrí la puerta antes de que tocase el timbre.

—Lucy está dormida —susurré.

—Ah —susurró también, siguiéndome el juego—. Qué lástima. Habrá pensado que no valía la pena esperarme levantada...

De pronto se dio la vuelta siguiendo la dirección de mi mirada atónita. Por la curva aparecieron unos faros que se apagaron en el mismo instante en que un coche, que no alcancé a identificar, frenó en seco. Después puso marcha atrás y se alejó a toda velocidad. El motor se quejaba audiblemente.

Rodeó los árboles y su veloz partida provocó un revuelo de guijarros y grava.

—¿Esperabas a alguien? —murmuró Bill escudriñando la oscuridad.

Sacudí lentamente la cabeza.

Echó una mirada a su reloj y me empujó suavemente hacia el vestíbulo.

Cada vez que Marino venía al Instituto Forense, lograba sacar de quicio a Wingo, probablemente el mejor técnico de autopsias que jamás haya tenido, y sin duda el más vulnerable.

—... Sí. Es lo que se llama «encuentros en la fase *Ford*» —decía Marino a voz en grito.

Un agente barrigón que había llegado al mismo tiempo que él volvió a soltar una risotada.

El rostro de Wingo enrojeció de rabia. Siguió adelante con la tarea de enchufar la sierra Stryker en el cable eléctrico amarillo que colgaba sobre la mesa de acero inoxidable.

—No les haga caso —masculléentre dientes, con las manos empapadas de sangre hasta la muñeca.

Marino intercambió miradas con el agente y yo me preparé para oír el próximo acto de burla obscena.

Wingo era muy sensible, tal vez demasiado, por su propio bien, y en ocasiones me preocupaba. Se identificaba con las víctimas a tal extremo que más de una vez lloraba ante los casos más desgarradores.

Aquella mañana habíamos presenciado una de las crueles ironías del destino. La noche anterior, en la zona rural de un condado vecino, una mujer joven que había estado en un bar fue atropellada alrededor de las dos de la madrugada cuando regresaba andando a su casa. El coche siguió su camino sin detenerse. El agente acababa de descubrir entre sus efectos personales un papelito de los que traen las galletas de la suerte que decía: «Tendrá un encuentro que cambiará el curso de su vida».

—O puede que estuviera «buscando al señor Capó desesperadamente»... —Cuando yo ya estaba a punto de perder los estribos, la voz de Marino quedó ahogada por el rugido de la sierra, parecido al del torno del dentista pero más intenso, y Wingo se dispuso a trepanar el cráneo de la difunta. El aire se llenó de un desagradable polvillo de hueso y tanto Marino como el agente se alejaron hacia el otro extremo de la sala, donde se estaba llevando a cabo la autopsia del último homicidio con arma de fuego que había habido en Richmond.

Cuando la sierra se detuvo y la tapa del cráneo se retiró, interrumpí mi tarea para realizar una rápida inspección del cerebro. No había hemorragias subdurales ni subaracnoideas...

—No tiene ninguna gracia —señaló Wingo iniciando así su habitual letanía indignada—, pero es que ninguna. ¿Cómo pueden reírse de una cosa así...?

La mujer tenía el cuero cabelludo lacerado, pero nada más. Lo que le había causado la muerte eran las múltiples fracturas de pelvis. El golpe recibido en las nalgas había sido tan violento que tenía la rejilla delantera del vehículo marcada en la piel con suma claridad. No era un vehículo de baja altura lo que la había atropellado, como podía ser un coche deportivo. Tal vez fue un camión.

—Seguramente lo guardó porque para ella era importante, como si quisiera creérselo. A lo mejor por eso mismo fue al bar. A lo mejor fue a buscar a la persona que había esperado toda su vida. Era el «encuentro». Y lo que encontró fue a un conductor borracho que la mandó a criar malvas en una fosa.

—Wingo —dije cansinamente, mientras empezaba a tomar fotografías—, será mejor que dejes de imaginar tantas cosas.

—No lo puedo evitar...

—Pues tienes que aprender a evitarlo.

Dirigió su mirada dolida hacia el lugar donde estaba Marino, quien nunca se daba por satisfecho hasta lograr sacarlo de sus casillas. Pobre Wingo. La mayoría de los integrantes del turbulento mundo de las fuerzas del orden se desconcertaban con él. No se reía de sus bromas ni disfrutaba especialmente con las batallitas que contaban, y, para ser más específicos era, digamos, diferente.

Alto y de físico ágil, llevaba su negro cabello muy rapado en las sienes, con una especie de cresta y una colita rizada en la nuca. Era de una belleza delicada que acompañaba con ropa suelta de diseño y zapatos europeos de cuero, parecía un modelo. Hasta sus delantales azules, que él mismo compraba y lavaba, tenían un estilo elegante. No coqueteaba con nadie. No le molestaba que una mujer le dijera lo que tenía que hacer. El aspecto que yo pudiera tener bajo la bata de laboratorio o con mis austeros trajes sastre jamás le había despertado el menor interés. Me había acostumbrado tanto a la comodidad de su compañía que cuando por accidente entraba en el vestuario mientras yo me estaba cambiando de ropa, apenas advertía su presencia.

Supongo que si me hubiese cuestionado sus preferencias sexuales cuando lo entrevisté para el puesto, hace ya unos meses, habría tenido más reparo en contratarlo, aunque no me gustase reconocerlo.

Me resultaba fácil catalogarlo de esta forma porque aquí venían a parar los peores estereotipos imaginables: travestis con senos postizos y caderas con relleno, homosexuales que en pleno ataque de celos mataban a sus amantes, o pederastas de los que acechan en los parques y en las salas de videojuegos, que terminaban acuchillados por racistas homófobos. Estaban también los presos con sus tatuajes obscenos y las macabras historias de las celdas, donde sodomizaban a cualquier cosa que tuviera dos piernas, y degenerados que ofrecían sus servicios en bares y baños públicos sin que les importara lo más mínimo a quién contagiaban el sida.

Wingo no encajaba en ese panorama. Wingo era simplemente Wingo.

—¿Puede seguir usted desde aquí?

Con visible enojo, comenzó a enjuagarse la sangre de las manos enguantadas.

—Ya termino yo —repliqué distraída mientras tomaba la medida de un gran desgarrón del mesenterio.

Wingo se acercó a un armario y empezó a sacar vaporizadores de desinfectante, trapos y demás útiles de limpieza. Luego se colocó un par de auriculares pequeños, encendió el grabador que llevaba sujeto al cinturón de la bata y por un rato se aisló del mundo.

A los quince minutos se dispuso a limpiar el pequeño frigorífico que almacenaba las pruebas recogidas en la sala de autopsias durante el fin de semana. Vagamente advertí que sacaba algo del interior y lo examinaba con detenimiento.

Cuando se acercó a mi mesa, llevaba los auriculares colgando del cuello como un collar, la expresión de su rostro era de inquietud y perplejidad. En la mano llevaba una pequeña carpeta de cartón que contenía portaobjetos y procedía de uno de los equipos de recopilación de pruebas.

—Doctora Scarpetta —dijo tras un leve carraspeo—, esto estaba dentro del frigorífico.

No explicó nada más.

No hacía falta.

Sentí que se me hacía un nudo en el estómago y dejé el bisturí. En la etiqueta de la carpeta figuraba el número del caso, el nombre y la fecha de la autopsia de Lori Petersen, cuyas pruebas se habían entregado, todas, hacía ya cuatro días.

—¿Has encontrado esto en el frigorífico?

Tenía que tratarse de un error.

—Al fondo, en el estante inferior —vaciló un instante—. No están sus iniciales —añadió—. Es decir, no se las puso.

Tenía que haber alguna explicación.

—Por supuesto que no las puse —respondí con brusquedad—. Sólo había un equipo de recopilación de pruebas en ese caso, Wingo.

Según lo decía, la duda empezó a avivarse en mi interior como una llama agitada por el viento. Traté de recordar.

Había guardado las muestras de Lori Petersen en el frigorífico durante el fin de semana, junto con las muestras de todos los casos del sábado. Recordaba muy bien haber firmado personalmente la entrega de las muestras al laboratorio el lunes por la mañana, entre ellas, una carpeta de cartón con varios portaobjetos impregnados de muestras anales, orales y vaginales. Estaba segura de haber utilizado una sola carpeta de portaobjetos. Jamás entregaba una carpeta así, sin más; iba siempre metida en una bolsa de plástico que también contenía los hisopos, los sobres con cabellos, los tubos de ensayo y todo lo demás.

—No sé de dónde habrá salido eso —le dije, tal vez con demasiada obcecación.

Incómodo, Wingo pasó su peso de un pie al otro y desvió la mirada. Yo sabía lo que estaba pensando. Había metido la pata y detestaba ser él quien me lo señalara.

La amenaza siempre había estado latente. Wingo y yo la habíamos enfrentado en innumerables ocasiones, desde que Margaret cargó el ordenador de la sala de autopsias con el programa de rotulación y clasificación.

Antes de iniciar cualquier caso, los patólogos tenían que ir hasta ese ordenador y teclear la información del difunto cuya autopsia iban a llevar a cabo. De inmediato se generaba toda una sucesión de etiquetas para cada una de las muestras que se pudieran recoger, tales como sangre, bilis, orina, contenido estomacal, y el equipo de recopilación de pruebas físicas. Nos ahorraba mucho tiempo, era un procedimiento perfectamente aceptable, siempre y cuando el médico no cometiera ningún error a la hora de pegar la etiqueta correspondiente en el tubo adecuado y no se olvidara de estampar sus iniciales.

Sólo había un detalle de esta admirable automatización que siempre me había puesto nerviosa. Era inevitable que sobraran etiquetas, porque, por regla general, no se tomaban todas las muestras posibles, máxime si los laboratorios estaban sobrecargados de trabajo y contaban con poco personal. Yo, por ejemplo, no enviaba muestras de las uñas para rastrear una prueba si el difunto era un octogenario que había muerto de infarto de miocardio mientras cortaba el césped.

¿Qué hacer con las etiquetas sobrantes? No era cuestión de dejarlas por ahí porque podrían ir a parar al tubo de ensayo que no correspondía. Casi todos los médicos las rompían. Yo tenía por costumbre archivarlas en la carpeta del caso. Era una manera rápida de saber qué pruebas se habían realizado y cuáles no, y cuántos tubos de esto o de aquello se habían enviado arriba.

Wingo había cruzado la sala y estaba hojeando las páginas del registro de la morgue. Advertí la mirada de Marino desde el otro lado de la sala mientras aguardaba a que le entregaran las balas de su caso de homicidio. Vino hacia mí precisamente cuando Wingo regresaba.

—Aquel día tuvimos seis casos —me recordó Wingo, como si Marino no estuviera—. Era sábado. Lo recuerdo muy bien. Había muchas etiquetas en el mostrador. Tal vez una de ellas…

—No —afirmé alzando la voz—. Eso es imposible. Yo no dejé ninguna etiqueta sobrante dando vueltas por ahí. Estaban con mis papeles de trabajo, sujetas a mi tablilla con un sujetapapeles...

—Mierda —intervino Marino con sorpresa mirando por encima de mi hombro—. ¿Es lo que me estoy imaginando?

Me saqué los guantes a toda prisa, le quité a Wingo la carpeta de las manos y rasgué la cinta adhesiva con la uña del pulgar. Dentro había cuatro portaobjetos, tres de los cuales estaban claramente impregnados con alguna sustancia, pero les faltaban las letras que siempre hacíamos a mano, «O», «A» o «V», para saber qué muestras eran. No había ninguna identificación, salvo la etiqueta del ordenador que figuraba en la carpeta.

—¿No será que puso usted la etiqueta pensando que lo iba a utilizar y después cambió de idea, o algo así? —sugirió Wingo.

No respondí en seguida. ¡No me acordaba!

—¿Cuándo abrió el frigorífico por última vez? —le pregunté.

Se encogió de hombros.

—La semana pasada, tal vez el lunes hizo una semana, cuando tuve que sacar el material que los médicos iban a necesitar. Yo no vine el lunes. Ésta es la primera vez que lo abro esta semana.

Poco a poco recordé que Wingo se había tomado el lunes libre. Yo misma había sacado las pruebas de Lori Petersen del frigorífico antes de hacer la ronda de entrega de pruebas en el piso de arriba. ¿Se me habría pasado por alto esta carpeta? ¿Será que estoy tan cansada y trastornada que mezclé sus pruebas con las de los otros cinco casos que habíamos tenido aquel día? De ser así, ¿cuál era la carpeta de portaobjetos que en realidad pertenecía a su caso: la que yo había entregado arriba, o ésta? No daba crédito a lo que estaba pasando. ¡Yo, que siempre he sido tan cuidadosa!

Casi nunca llevaba la bata fuera de la morgue. Sólo en contadas ocasiones. Ni siquiera cuando había un simulacro de incendio. A los pocos minutos, los empleados del laboratorio me miraban con curiosidad mientras cruzaba a paso ligero el tercer piso enfundada en mi bata verde manchada de sangre. Betty se encontraba en su sobrecargada oficina haciendo una pausa para tomar un café. Al verme entrar se quedó helada.

—Tenemos un problema —dije sin preámbulos.

Betty miró la carpeta y la etiqueta que tenía puesta.

—Wingo encontró esto hace unos minutos cuando limpiaba el frigorífico.

—Dios mío —fue todo lo que dijo.

Mientras la seguía hasta el laboratorio de serología fui explicándole que no recordaba en absoluto haber etiquetado dos equipos de recopilación de pruebas en el caso de Lori y que no tenía idea de lo que había podido suceder.

Betty se puso un par de guantes, sacó unos frascos de un armario y trató de tranquilizarme.

—Creo que las que me mandaste son las correctas, Kay. Los portaobjetos coincidían con los hisopos, con todo lo que enviaste. Todo correspondía a un no secretor, los resultados eran consistentes. Seguro que ésta es alguna otra muestra de más que no recuerdas haber tomado.

Una nueva oleada de dudas. ¿Había utilizado sólo una carpeta de portaobjetos, o no? ¿Podría jurarlo? El sábado anterior era un borrón en mi memoria. No era capaz de recordar todos mis pasos con certeza.

—Me imagino que no hay hisopos en ésta, ¿no? —me preguntó Betty.

—Ninguno —contesté—. Sólo la carpeta de portaobjetos. Es lo único que ha encontrado Wingo.

Se quedó pensativa.

—Veamos qué tenemos aquí —colocó los portaobjetos bajo la lente del microscopio de fase, y tras un largo silencio, dijo—: Son células escamosas, grandes, lo que significa que la muestra puede ser oral o vaginal, pero no anal. Pero —levantó la vista— no veo ningún resto de esperma.

—¡Dios! —rezongué.

—Vamos a probar otra vez —respondió.

Abrió un paquete de hisopos esterilizados, los humedeció con agua y los hizo girar suavemente sobre cada una de las sustancias colocadas en los portaobjetos, tres en total. A continuación pasó los hisopos por unos circulitos de papel de filtro blanco.

Sacó los cuentagotas y empezó a verter con destreza varias gotas de fosfato ácido de naftilo en el papel de filtro. Luego añadió la sal de diazonio B. Nos quedamos observando, a la espera del primer indicio de color violáceo.

Pero no hubo reacción. Permanecieron como estaban, seguían siendo las mismas manchitas húmedas que no dejaban de atormentarme. Continué con la mirada fija en ellas pese a que ya había transcurrido el breve lapso que las muestras necesitan para reaccionar, como si con ello las obligara a dar positivo en la prueba de líquido seminal. Quería creer que éste era un archivo adicional. Quería creer que sí había utilizado dos equipos de recopilación de pruebas para el caso de Lori y que simplemente no lo recordaba. Quería creer cualquier cosa, salvo lo que empezaba a ser cada vez más evidente.

Los portaobjetos que Wingo había encontrado no pertenecían al caso de Lori. No era posible.

El impasible rostro de Betty me dio a entender que ella también estaba preocupada aunque tratara por todos los medios de no demostrarlo.

Sacudí la cabeza.

—Pues no parece que pertenezcan al caso de Lori —tuvo que admitir al fin—. Haré lo posible por agruparlos, desde luego. Veré si hay presencia de corpúsculos de Barr y esas cosas.

—Sí, Betty, por favor —aspiré con fuerza.

—Los fluidos que aislé de los del asesino coinciden con las muestras de sangre de Lori —siguió diciendo, a modo de consuelo—. No tienes por qué preocuparte. Yo no tengo ninguna duda con respecto a la primera carpeta que enviaste...

—Pero el dilema está servido—dije con abatimiento.

¡Cómo disfrutarían los abogados! Dios Santo. Les encantaría. Tendrían a todo el jurado dudando acerca de si aquellas eran, en efecto, las muestras de Lori, ni siquiera los tubos de sangre se salvarían. Tendrían a todo el jurado preguntándose si las muestras enviadas a Nueva York para realizar las pruebas de ADN eran las adecuadas o no. ¿Quién podía afirmar que no provenían de algún otro cadáver?

—Aquel día tuvimos seis casos, Betty —dije con un hilo de voz temblorosa—. En tres de ellos hubo que hacer equipos de recopilación de pruebas porque podían ser agresiones sexuales.

—¿Sólo había mujeres?

—Sí —murmuré—. Todas eran mujeres.

Tenía grabado en la mente lo que me había dicho Bill el miércoles por la noche, estresado y con la lengua suelta por el alcohol. ¿Qué pasaría con aquellos casos si se ponía en tela de juicio mi credibilidad? No sólo enturbiaría el caso de Lori, sino todos los demás. Estaba acorralada, absolutamente acorralada y sin salida. No podía fingir que este archivo no existía. Existía. Y ello significaba que no podría jurar ante un juez que la cadena de pruebas estaba intacta.

No había una segunda oportunidad. No podía volver a tomar muestras y empezar de cero. Las muestras de Lori ya habían sido entregadas en mano al laboratorio de Nueva York. Su cuerpo embalsamado había sido enterrado el martes. Una exhumación, ni hablar. No sería beneficiosa para nadie. Sería, eso sí, un acontecimiento de lo más sensacionalista que despertaría gran expectación. Todo el mundo querría saber por qué.

Betty y yo desviamos simultáneamente la mirada hacia la puerta en cuanto entró Marino.

—Se me acaba de ocurrir una idea un tanto extraña, doctora.

Guardó silencio por un instante, la expresión de su rostro era severa. Después miró los portaobjetos y el papel de filtro que había en la encimera.

Lo miré aturdida.

—Yo que usted, le llevaría este equipo de pruebas a Vander. Puede que usted se lo olvidara en el frigorífico, sí. O puede que no.

Una sensación de alarma me atravesó el cuerpo antes del sobresalto que provocó la comprensión de aquellas palabras.

—¿Qué? —pregunté mirándolo como si estuviera loco—. ¿Insinúa que alguien lo ha puesto allí?

—Lo único que le digo es que considere todas las posibilidades —dijo encogiendo de hombros.

—¿Quién?

—No tengo ni idea.

—¿Pero cómo? ¿Cómo lo habrían hecho? Hace falta acceder a la sala de autopsias y después al frigorífico. Además tiene una etiqueta…

Las etiquetas. Comenzaba a recordar. Las etiquetas de ordenador que sobraron de la autopsia de Lori. Estaban dentro de la carpeta de su caso. Nadie había tocado ese carpeta, salvo yo… y Amburgey, Tanner y Bill.

El lunes por la noche, cuando los tres hombres abandonaron mi oficina, las puertas principales estaban cerradas con candado y cadena. Todos tuvieron que salir por la morgue. Amburgey y Tanner lo hicieron primero, Bill un poco después.

La sala de autopsias estaba cerrada con llave, pero el frigorífico de libre acceso no. Teníamos que dejarlo así para que el personal de los servicios fúnebres y los equipos de socorro pudieran entregar los cadáveres después de hora. La sala del frigorífico tiene dos puertas: una que da al pasillo y otra que conduce directamente a la sala de autopsias. ¿Acaso alguno de los hombres había pasado por ahí para entrar en la sala de autopsias? Sobre un estante cercano a la primera de las mesas había toda una provisión de equipos, entre ellos, docenas de los de recopilación de pruebas físicas. Wingo siempre tenía los estantes bien provistos.

Cogí el teléfono y le dije a Rose que abriera con llave el cajón de mi escritorio y sacara la carpeta del caso de Lori Petersen.

—Dentro tiene que haber unas cuantas etiquetas de pruebas —le dije.

Mientras ella lo comprobaba, traté de recordar. Tendría que haber seis, tal vez siete, y no porque yo no hubiera tomado muchas muestras, sino porque precisamente tomé tantas —prácticamente el doble de lo habitual—, que tuve que imprimir dos series de etiquetas informatizadas. Las que sobraron tenían que ser las del corazón, los pulmones, el riñón y otros órganos, y una adicional que correspondería al equipo de recopilación de pruebas físicas.

—¿Doctora Scarpetta? —dijo la voz de Rosa, que ya había vuelto—. Aquí las tengo.

—¿Cuántas hay?

—A ver… cinco.

—¿De qué son?

—Corazón, pulmón, bazo, bilis e hígado.

—Ninguna más.

—No, ninguna más.

—¿Seguro que no está la del equipo de pruebas físicas?

Una pausa.

—Seguro. Sólo hay estas cinco.

Intervino Marino.

—Yo creo que si usted pegó la etiqueta en este equipo de pruebas, tendría que tener sus huellas.

—Si tenía los guantes puestos, no —dijo Betty, que observaba todo estupefacta.

—No suelo llevar guantes cuando me pongo a etiquetar —murmuré—. Siempre hay sangre. Los guantes estarían muy manchados.

—De acuerdo —siguió Marino—. Así que no llevaba guantes, y Dingo estaba...

—Wingo —lo corregí irritada—. Se llama Wingo.

—Bueno, como se llame —Marino se dio la vuelta dispuesto a marcharse—. Lo que quiero decir es que si tocó ese equipo de pruebas con las manos desnudas, habrá dejado sus huellas.

Ya desde el vestíbulo, añadió algo más.

—No debería haber ninguna otra.

10

No había huellas de ninguna otra persona. Las únicas huellas que podían identificarse en la carpeta eran las mías.

Había también algunas manchas… y algo tan absolutamente inesperado que por un momento olvidé por completo el desdichado motivo por el que había ido a ver a Vander.

Vander bombardeaba la carpeta con el rayo láser y el cartón se iluminaba como un cielo nocturno tachonado de estrellas.

—Esto es una locura —se maravilló Vander, por tercera vez.

—La maldita sustancia debe de haber salido de mis manos —dije con incredulidad—. Wingo llevaba guantes. Betty, también…

Vander encendió la luz cenital y meneó la cabeza repetidas veces.

—Si usted fuese un hombre, sugeriría a la policía que la sometiera a un interrogatorio.

—No te lo reprocharía.

—Vuelve a pensar en lo que estuviste haciendo esta mañana, Kay —dijo muy concentrado—. Hemos de tener la certeza de que el residuo proviene de ti. De ser así, tendríamos que replantearnos todas nuestras presunciones sobre los casos de estrangulamiento, sobre el brillo que hemos encontrado...

—No —le interrumpí—. No puedo haber dejado ningún residuo en los cuerpos, Neils. En ningún momento dejé de llevar guantes. Sólo me los saqué cuando Wingo encontró el equipo de pruebas. Toqué la carpeta con las manos desnudas.

—¿Y qué me dices de los aerosoles para el pelo, o los cosméticos? —insistió—. ¿Algo que suelas usar?

—Imposible —repetí—. El residuo no aparece en los otros cuerpos. Sólo en los casos de estrangulamiento.

—Tienes razón.

Nos quedamos pensando.

—¿Y Betty, y Wingo? ¿Llevaban guantes al manipular este archivo? —quería asegurarse.

—Sí, por eso no salen sus huellas.

—De modo que no es probable que el residuo provenga de sus manos.

—Tiene que haber salido de las mías. A menos que lo haya tocado otra persona.

—¿Sigues pensando que puede haber otra persona que lo colocara en el frigorífico para inculparte? —parecía escéptico—. Las únicas huellas que han salido son las tuyas, Kay.

—Pero qué me dice de las manchas, Neils. Pueden ser de cualquiera.

Por supuesto que podían ser de cualquiera. Pero sabía que Vander no lo creía.

—¿Qué estabas haciendo justo antes de subir? —me preguntó.

—La autopsia de una mujer atropellada por un vehículo que se dio a la fuga.

—¿Y después?

—Wingo me trajo la carpeta de los portaobjetos y se la llevé directamente a Betty.

Echó una mirada a mi bata manchada de sangre.

—Y llevabas los guantes puestos —observó.

—Claro, me los quité cuando Wingo me trajo el archivo, como ya te he dicho…

—Los guantes tenían talco.

—No creo que sea eso.

—Probablemente no, pero al menos podríamos empezar por ahí.

Volví a la sala de autopsias para buscar otro par idéntico de guantes de látex. Minutos después, y tras romper la envoltura, Vander los volvió del revés y disparó el rayo láser sobre ellos.

Ni un leve destello. El talco no reaccionó, tampoco lo esperábamos. Ya habíamos analizado varios polvos cosméticos que sacamos de las distintas escenas del crimen en los casos de estrangulamiento con la esperanza de identificar la sustancia brillante. Todo ellos tenían base de talco y ninguno reaccionó.

Las luces volvieron a encenderse. Yo fumaba y pensaba. Trataba de visualizar cada uno de mis movimientos desde el momento en que Wingo me mostró la carpeta hasta que llegué a la oficina de Vander. Cuando Wingo se acercó con ella en la mano, yo estaba examinando las arterias coronarias. Dejé el bisturí, me quité los guantes y abrí la carpeta para ver los portaobjetos. Fui hasta el fregadero, me lavé las manos apresuradamente, y me las sequé con una toalla de papel. A continuación subí a ver a Betty. ¿Toqué algo en su laboratorio? No lo recordaba.

Era lo único que acertaba a pensar.

—¿Podría ser el jabón que utilicé abajo cuando me lavé las manos? —pregunté a Vander.

—No es probable —respondió él de inmediato—. Sobre todo si te enjuagaste bien. Si el jabón que utilizas a diario reaccionara aun después de enjuagarte, encontraríamos constantemente el brillo este en todos los cuerpos y en todas las prendas de vestir. Estoy casi seguro de que el residuo proviene de una sustancia granulosa, alguna especie de polvo. El jabón que tienes abajo es un desinfectante líquido, ¿me equivoco?

Lo era, pero no era el que yo había utilizado. Tenía demasiada prisa como para volver al vestuario y lavarme con el desinfectante rosado que se guardaba en frascos junto a los lavabos. Fui al que me quedaba más cerca, el de la sala de autopsias, donde había una jabonera llena del mismo jabón en polvo, granulado y grisáceo, que se utilizaba en el resto del edificio. Era barato. Era lo que el Estado compraba al por mayor. No tenía idea de su contenido. Era casi inodoro y no se disolvía ni hacía espuma. Era como lavarse con arena mojada.

Al final del pasillo había un baño de mujeres. Salí un momento y regresé con un puñado del polvo grisáceo. Vander apagó las luces y volvió a encender el láser.

El jabón enloqueció y empezó a despedir destellos de luz blanca fluorescente.

—Dios mío de mi vida...

Vander estaba entusiasmado. Yo no compartía aquel entusiasmo. Deseaba con ansia saber el origen del residuo que habíamos encontrado en los cuerpos. Pero jamás, ni en mis más locas fantasías, se me hubiera ocurrido pensar que podía ser una sustancia que hubiera en todos los baños de mi propio edificio.

Todavía no estaba convencida. ¿Eran mis manos el origen del residuo hallado en la carpeta? ¿Y si no era así?

Hicimos las pruebas correspondientes.

Los expertos en armas de fuego realizan por sistema una serie de disparos de prueba para determinar distancia y trayectoria. Vander y yo llevamos adelante toda una batería de pruebas de lavado de manos para determinar con cuánta minuciosidad tenía uno que enjuagarse para que el láser no detectara aquel residuo.

Vander se frotó vigorosamente con el polvo, se enjuagó bien y se secó cuidadosamente con una toalla de papel. El láser provocó uno o dos destellos, nada más. Yo intenté repetir mi propio lavado haciendo exactamente los mismos movimientos que había hecho abajo. El resultado fue un enjambre de destellos que en seguida se trasladaron a la encimera, a la manga de la bata de Vander y a todo lo que yo tocara. Como es obvio, cuanto más tocaba, menos destellos me quedaban en las manos.

Volví al baño de señoras y regresé de inmediato con una taza de café llena de jabón en polvo. Nos lavamos una y otra vez. Las luces se apagaban y se encendían, el láser emitía destellos sin cesar hasta que toda la zona del fregadero parecía una vista aérea de Richmond por la noche.

Observamos un fenómeno interesante. Cuanto más nos lavábamos y nos secábamos, más destellos se acumulaban. Se nos metían bajo las uñas, se nos adherían a las muñecas y a los puños de las batas. Se extendían por la ropa, por el cabello, por el rostro, por el cuello… por todo lo que tocábamos. Después de cuarenta y cinco minutos de lavados experimentales, nuestro aspecto era corriente bajo la luz normal. Pero bajo el rayo láser parecíamos un árbol de Navidad.

—¡Mierda! —exclamó Vander en la oscuridad del laboratorio. Era un exabrupto que nunca le había oído proferir—. ¿Has visto una cosa así alguna vez? Este malnacido tiene que ser un maniático de la limpieza. Para dejar tanto brillo, debe lavarse las manos veinte veces por día.

—Si es que este jabón en polvo es, efectivamente, la respuesta —le recordé.

—Claro, claro.

Recé para que los científicos de arriba hicieran el milagro. Sin embargo, lo que ni ellos ni nadie podía determinar, pensé, era el origen del residuo de la carpeta… ni cómo había ido a parar al frigorífico.

Mi ansiosa vocecilla interior volvía a importunarme.

«No eres capaz de aceptar que cometiste un error», me reprendí a mí misma. «No eres capaz de afrontar la verdad. Olvidaste etiquetar este equipo de recopilación de pruebas, y el residuo proviene de tus propias manos».

¿Y si no era así? ¿Y si el panorama era mucho más siniestro? ¿Y si alguien había colocado alevosamente el sobre dentro del frigorífico para inculparme y el residuo brillante provenía de las manos de esa persona y no de las mías? Era una idea extraña, el veneno de una imaginación desbocada.

De momento, habíamos hallado un residuo similar en los cuerpos de cuatro mujeres asesinadas.

Sabía que Wingo, Betty, Vander y yo habíamos tocado la carpeta. Las únicas personas que también podrían haberla tocado eran Tanner, Amburgey o Bill.

El rostro de Bill apareció ante mis ojos. Sentí una sensación desagradable y escalofriante al repasar mentalmente la tarde del lunes. Durante la reunión con Amburgey y Tanner, Bill se había mostrado distante. Fue incapaz de mirarme siquiera, como tampoco lo hizo más tarde, cuando se pusieron a examinar los casos en la sala de reuniones de mi oficina.

Volví a ver las carpetas cayéndose del regazo de Bill al suelo y causando un verdadero caos. Tanner se ofreció de inmediato a recogerlas. Su ofrecimiento fue automático. Pero fue Bill quien recogió todos los papeles, incluidas las etiquetas sobrantes. Luego Tanner y él volvieron a ordenarlo todo. ¡Qué fácil habría sido cortar una de las etiquetas y metérsela en el bolsillo…!

Después, Amburgey y Tanner salieron juntos, pero Bill se quedó conmigo. Nos quedamos charlando diez o quince minutos en la oficina de Margaret. Estuvo muy cariñoso y me aseguró que un par de copas y una velada juntos me calmarían los nervios.

Se marchó mucho antes que yo y salió del edificio solo, sin que nadie lo viera…

Aparté las imágenes de mi mente, y me negué a ver nada más. Aquello era una atrocidad. Estaba perdiendo el control de mis actos. Bill nunca haría algo semejante. En primer lugar, porque no ganaba nada con ello. No acertaba a imaginar en qué podía beneficiarle semejante acto de sabotaje. Lo único que lograba con aquellos portaobjetos sin etiquetar era perjudicar precisamente los casos que él iba a tener que representar en un juicio, si es que se llegaba a tal extremo. No sólo estaría tirando piedras contra su propio tejado sino que sería prácticamente un acto suicida.

¡Necesitas culpar a alguien porque no puedes reconocer que tal vez hayas metido la pata!

Estos casos de estrangulamiento eran los más difíciles con los que me había enfrentado en todos los años de carrera y el temor a no poder con ellos me dominaba. Quizá estaba perdiendo mi estilo metódico y racional de hacer las cosas. Quizá estaba cometiendo errores.

—Tenemos que analizar la composición de este material —decía Vander.

Como si de pronto fuéramos consumidores concienzudos, necesitábamos con urgencia encontrar una caja de ese jabón y leer los componentes.

—Voy a mirar en los baños de señoras —fue mi iniciativa.

—Y yo en el de los de hombres.

Resultó ser una verdadera búsqueda entre los basureros.

Después de entrar y salir de todos los baños de señoras del edificio, se me iluminó la mente y busqué a Wingo. Una de sus tareas era llenar todas las jaboneras de la morgue. Me dijo que fuera al armario del encargado de mantenimiento, varias puertas más allá de mi oficina. Allí, sobre uno de los estantes altos, junto a un montón de trapos de limpieza, había una caja gris de tamaño industrial que contenía jabón de manos Borawash.

El componente principal era bórax.

Con un simple vistazo a mis libros de consulta de química me enteré de por qué el jabón en polvo se iluminaba como un árbol de Navidad. El bórax es un compuesto de boro, una sustancia cristalina que a altas temperaturas conduce la electricidad como si fuera un metal. Sus usos industriales van desde la fabricación de cerámicas, vidrios especiales, polvos para lavar y desinfectantes, hasta la manufactura de abrasivos y combustibles para cohetes.

Curiosamente, un gran porcentaje del suministro mundial de bórax procede de las minas del Valle de la Muerte.

Llegó la noche del viernes y pasó de largo. Marino no llamó.

A las siete de la mañana del día siguiente ya había aparcado el coche detrás de mi edificio, y con cierto desasosiego comencé a revisar el registro de la oficina de la morgue.

No habría sido necesaria esta confirmación. Lo sabía muy bien. Sabía que yo habría sido de las primeras personas en enterarse. No había ingresado ningún cadáver inesperado, pero aquel silencio no presagiaba nada bueno.

No podía quitarme de encima la sensación de que otra mujer estaba a la espera de mis servicios, que iba a suceder de nuevo. Seguía esperando la llamada de Marino.

A las siete y media Vander me llamó desde su casa.

—¿Alguna novedad? —me preguntó.

—Si la hay te llamaré al instante.

—Está bien, me quedaré cerca del teléfono.

El láser estaba en el piso de arriba, en su laboratorio, colocado en un carrito y listo para ser trasladado a la sala de rayos X si era necesario. Yo me había reservado la primera mesa de autopsias, y el día anterior, a última hora de la tarde, Wingo la había fregado hasta dejarla como un espejo, también había colocado junto a ella dos carritos con toda suerte de instrumentos quirúrgicos imaginables, además de un recipiente de recogida de pruebas. Tanto la mesa como los carritos seguían intactos.

Los dos únicos casos eran una sobredosis de cocaína en Fredericksburg, y un accidente en el condado de James City en el que una persona resultó ahogada.

Poco antes del mediodía, Wingo y yo estábamos solos, terminando metódicamente el trabajo de la mañana.

Sus zapatillas rechinaron sobre los azulejos mojados del suelo cuando apoyó el estropajo contra la pared.

—Dicen que anoche tuvieron a cien policías haciendo horas extra —me comentó.

Yo seguí llenando el certificado de defunción.

—Esperemos que sirva de algo.

—Si yo fuera ese tipo, sí me serviría —comenzó a lavar con la manguera la sangre de la mesa—. Si el tipo se atreve a aparecer es que está loco. Uno de los agentes me ha dicho que están parando a todo el mundo por la calle. Si te ven deambular tarde, te paran. Y si ven un coche aparcado a altas horas de la noche en algún lugar, le toman la matrícula.

—¿Qué agente? —alcé los ojos para mirarlo. Aquella mañana no habíamos tenido ningún caso de

Richmond, ni tampoco había venido ningún agente—. ¿Qué policía te lo ha dicho?

—Uno de los que trajeron al ahogado.

—¿Del condado de James City? ¿Y cómo sabía él lo que pasaba anoche en Richmond?

Wingo me contempló con curiosidad.

—El hermano es policía de esta ciudad.

Me di la vuelta para que no viera mi irritación. Ya eran muchos lo que hablaban por hablar. ¿Un agente cuyo hermano era policía en Richmond le soltó esto a Wingo, a un perfecto desconocido? ¿Qué más decían por ahí? Demasiada verborrea. Demasiada. Yo ya interpretaba hasta el más inocente comentario con recelo, sospechaba de todo y de todos.

—Lo que yo creo es que el tipo está cohibido —seguía diciendo Wingo—. Está aguardando a que todo esto se calme un poco —guardó silencio mientras el agua aporreaba la mesa—. O eso, o anoche atacó y aún nadie ha encontrado el cuerpo.

No hice ningún comentario. Cada cosa que decía me irritaba más.

—Por otra parte, no sé —su voz quedaba amortiguada por el ruido del agua—. Cuesta creer que lo haya vuelto a intentar. Demasiado arriesgado, pienso. Pero hay teorías que dicen que estos tipos se vuelven con el tiempo francamente temerarios. Como si quisieran desafiar a todo el mundo, cuando lo cierto es que lo que desean es que los atrapen. No pueden controlarse, piden a gritos que alguien los detenga…

—Wingo… —le dije en tono de advertencia.

Al parecer, no me escuchó y siguió adelante.

—Tiene que padecer alguna enfermedad. Y él lo sabe. Estoy más que seguro. Tal vez esté pidiendo que alguien lo salve de sí mismo…

—¡Wingo! —alcé la voz y giré la silla. Wingo había cerrado el grifo, pero ya era tarde. Las palabras salieron de mi garganta y resonaron con estrépito en el silencio de la sala vacía…— ¡No quiere que lo atrapen!

Abrió la boca, sorprendido por mi inesperada explosión.

—Bueno, bueno… No era mi intención molestarla, doctora Scarpetta. Yo…

—¡No estoy molesta! —exclamé—. Pero estos malnacidos no quieren que los atrapen, ¿está claro? No está enfermo, ¿está claro? Es antisocial, es malvado, y hace esto porque le da la gana, ¿está claro?

Las zapatillas de Wingo volvieron a rechinar levemente mientras él se acercaba al fregadero a coger una esponja para empezar a secar los extremos de la mesa. Evitó mi mirada.

Me quedé mirándolo abatida.

No desvió la vista de lo que estaba haciendo.

Me sentí mal.

—¿Wingo? —dejé el escritorio—. ¿Wingo? —se me acercó a regañadientes y le toqué levemente el brazo—. Lo siento. La verdad es que no tengo ningún motivo para enojarme así con usted.

—No se preocupe —respondió, el malestar que percibí en sus ojos me abrumó—. Sé por lo que está pasando. Con todo lo que ha sucedido, además. Me sienta fatal. Me paso el día pensando qué puedo hacer. Con todo lo que le está cayendo encima…y a mí no se me ocurre cómo ayudarla. Lo único que querría, en fin, desearía con toda mi alma es poder hacer algo…

¡De modo que era eso! No es que le hubiera herido al tratarlo así, sino que había logrado preocuparlo aún más. Wingo estaba preocupado por mí. Sabía que yo estaba desquiciada últimamente, que acusaba tal tensión que en cualquier momento podía resquebrajarme. Tal vez todo el mundo se daba cuenta. Las filtraciones, la violación del ordenador, los portaobjetos sin etiquetar… Quizá ya a nadie sorprendería que al final me acusaran de incompetente.

—Se veía venir —dirían—. Se estaba desquiciando.

Lo cierto era que no estaba durmiendo bien. Aunque tratara de relajarme, mi mente era una máquina que no se podía desconectar. Seguía funcionando sin cesar hasta que el cerebro se me recalentaba y los nervios zumbaban como cables de alta tensión.

La noche anterior, en un intento de animar a Lucy, la había llevado a cenar y después al cine. No dejé de pensar un solo instante que en cualquier momento podía sonarme el bíper mientras estábamos en el restaurante y ya dentro del cine controlaba a cada rato que las pilas estuvieran cargadas. No confiaba en el silencio.

A las tres de la tarde había dictado dos informes de autopsias y liquidado una pila de dictados. Cuando sonó el teléfono ya estaba metiéndome en el ascensor. Salí corriendo a mi oficina y descolgué violentamente el auricular.

Era Bill.

—¿Nuestro plan sigue en pie?

No pude decir que no.

—Sí, claro, me muero de ganas —respondí con un entusiasmo que no sentía en absoluto—. Aunque no creo que mi compañía sea digna de lanzar bengalas.

—Pues entonces no habrá bengalas.

Abandoné la oficina.

Otro día soleado, aunque más cálido. El césped que rodeaba el edificio empezaba a mostrar parches amarillentos y de camino a casa escuché por la radio que la cosecha de tomates estaba a punto de perderse si no llovía. La primavera que vivíamos era peculiar e inestable. Tras unos cuantos días de sol y viento, aparecía de la nada un temible ejército de negros nubarrones avanzando por el cielo. Los rayos causaban cortes de energía en toda la ciudad y la lluvia caía a raudales. Era como arrojar un cubo lleno de agua en la cara de un sediento: sucedía con demasiada rapidez como para que alcanzara a beber una sola gota.

Más de una vez me han asombrado ciertos paralelismos que se dan en la vida. Mi relación con Bill no era demasiado diferente al clima. Él irrumpía con su belleza casi feroz, y yo descubrí que lo único que quería era una lluvia mansa y tranquila que saciara la sed de mi corazón. Ansiaba verlo esa noche, pero al mismo tiempo no lo deseaba.

Llegó puntual, como siempre. El coche apareció a las cinco en punto.

—Es bueno y es malo —comentó cuando nos encontrábamos en el patio trasero encendiendo las brasas de la barbacoa.

—¿Malo? No lo dirás en serio, Bill.

El sol nos iluminaba desde un ángulo agudo y todavía calentaba, pero las nubes que cruzaban veloces por delante nos arrojaban intervalos sucesivos de sombra y luz blanca. El viento había arreciado, y el aire cargado presagiaba cambios.

Bill se secó la frente con la manga de la camisa y me miró con los ojos entrecerrados. Una ráfaga de viento inclinó los árboles y una servilleta de papel salió volando por el patio.

—Malo, Kay, porque su inactividad puede significar que se ha ido de la zona.

Nos alejamos de las brasas y dimos un sorbo de cerveza directamente de la botella. No toleraba la idea de que el asesino hubiera cambiado de zona. Lo quería aquí. Por lo menos, ya estábamos acostumbrados a lo que hacía. El temor que me atormentaba era que empezara a actuar en otras ciudades donde los casos serían investigados por detectives y forenses que no supieran lo que nosotros ya sabíamos. Nada perjudicaba más una investigación que la superposición de jurisdicciones. La policía defendía su territorio con gran recelo. No hay investigador que no quiera ser protagonista del arresto y que no piense que está más capacitado para el caso que nadie. Se llega al punto de creer que el caso le pertenece en exclusiva.

Supongo que yo no estaba exenta de esta conducta posesiva. Era como si las víctimas estuvieran bajo mi tutela y su única esperanza de justicia residiera en que el asesino fuera atrapado y juzgado aquí. A las personas sólo se les puede acusar de un número limitado de asesinatos, por lo tanto, una condena en otro lugar anularía la posibilidad de juzgarlo aquí. La idea era espeluznante. Como si las muertes de las mujeres de Richmond hubieran sido apenas un ensayo, un precalentamiento absolutamente en vano. Puede que todo lo que a mí me estaba ocurriendo también fuera en vano.

Bill roció el carbón con más combustible. Se apartó de la parrilla y me miró con el rostro arrebatado por el calor.

—¿Cómo va el asunto del ordenador? ¿Alguna novedad?

Vacilé. No tenía sentido ser evasiva. Bill sabía muy bien que no había acatado las órdenes de Amburgey y no había cambiado la contraseña ni tomado medida alguna para «proteger», según sus palabras, la información. El lunes pasado Bill estaba conmigo cuando activé el modo de respuesta y volvía a conectar la función eco, como si estuviera invitando al pirata informático a intentarlo una vez más, que era precisamente lo que estaba haciendo.

—No parece que hayan vuelto a entrar, si te refieres a eso.

—Qué curioso —murmuró, y bebió un nuevo sorbo de cerveza—. No tiene mucho sentido. Cabría pensar que el intruso quiere acceder al caso de Lori Petersen.

—Su caso no está en el ordenador —le recordé—. He decidido no introducir nada nuevo mientras los casos se matengan en fase activa de investigación.

—O sea, que no figura en el ordenador. ¿Pero cómo va a saberlo ella si antes no echa un vistazo?

—¿Cómo que «ella»?

—Ella, él… quien sea.

—Bueno, ella, él o quien sea ya ha entrado una vez y no ha logrado encontrar ningún archivo con el caso de Lori Petersen.

—Así y todo, sigue sin tener mucho sentido, Kay —insistió—. Ahora que lo pienso, en realidad no tiene sentido que nadie lo haya intentado. Cualquiera que sepa un poco de introducción de datos tiene que saber que un caso cuya autopsia se realizó un sábado no puede estar en la base de datos el lunes.

—El que no arriesga, no gana —murmuré.

Me encontraba tensa con Bill, incapaz de relajarme ni de abandonarme a lo que debería haber sido una agradable velada.

En la cocina se estaban macerando unos buenos pedazos de carne y una botella de vino tinto se oreaba en la encimera. Lucy preparaba la ensalada de muy buen humor, teniendo en cuenta que no habíamos tenido ninguna noticia de su madre, que sabe Dios dónde estaría con su ilustrador. Lucy parecía contenta. En sus fantasías, había empezado a creer que no se marcharía nunca de casa y me inquietaba comprobar que en varias oportunidades había deslizado lo bonito que sería todo «cuando el señor Boltz» y yo «nos casáramos».

Tarde o temprano me tocaría estrellar sus sueños contra la dura roca de la realidad. Ella tendría que volver a su casa en cuanto su madre regresara a Miami, y Bill y yo no nos íbamos a casar.

Me puse a mirarlo como si fuera por primera vez. Bill se había quedado pensativo, contemplando el carbón ardiente con la cerveza entre las manos y el gesto distraído. El vello de los brazos y las piernas brillaba como el polen a la luz del sol. Lo veía a través de un velo de humo y calor que iba en aumento, y me pareció un símbolo de la distancia que crecía entre los dos.

¿Por qué se había matado su mujer con el revólver de él? ¿Era una simple cuestión práctica, tal vez por ser lo que tenía más a mano para quitarse de en medio? ¿O fue su manera de castigarlo por pecados que yo ignoraba?

Su esposa se había disparado un tiro en el pecho sentada en la cama... en la cama de los dos. Aquel lunes por la mañana apretó el gatillo tan sólo unas horas, tal vez minutos, después de hacer el amor con él. El equipo de recogida de pruebas que se elaboró había dado positivo en el análisis de esperma. Cuando la examiné en la misma escena del suicidio, su cuerpo todavía exhalaba un tenue vestigio de su perfume. ¿Qué fue lo último que le dijo Bill antes de irse a trabajar?

—Tierra llamando a Kay...

Volví a enfocar la mirada. Bill estaba observándome.

—¿Adónde te habías ido? —me preguntó mientras me deslizaba el brazo por la cintura. Sentí su aliento pegado a mi mejilla—. ¿Me llevas?

—Estaba pensando...

—¿En qué? No me lo digas, en el departamento... Decidí soltarlo.

—Bill, faltan unos papeles de una de las carpetas que Amburgey, Tanner y tú revisasteis el otro día...

La mano con la que me frotaba la espalda quedó inmóvil. Percibí su crispación en la presión de los dedos.

—¿Qué papeles?

—No estoy del todo segura —respondí nerviosa.

No me atrevía a ser más específica. No me atrevía a mencionar la etiqueta del equipo de pruebas que faltaba del archivo de Lori Petersen.

—Sólo me preguntaba si no habrías visto que alguien, por error, recogía algo…

Retiró el brazo con brusquedad.

—¡Joder! ¿Es que no puedes quitarte esos puñeteros casos de la mente por una maldita noche? —exclamó.

—Bill…

—Basta, Kay ¿entiendes? —se metió las manos en los bolsillos de su pantalón corto sin mirarme—. ¡Por Dios, Kay, me vas a volver loco! ¡Están muertas! ¡Las mujeres están muertas! ¡Muertas! ¡Entérate de una vez! Tú y yo estamos vivos. La vida continúa. O por lo menos se supone que continúa. Si no dejas de obsesionarte por estos casos, van a acabar contigo… o con nosotros.

Sin embargo, mientras Bill y Lucy charlaban de temas triviales durante la cena, mi atención siguió atrapada en el teléfono. Seguía esperando que sonara. Seguía esperando una llamada de Marino.

De madrugada, cuando al fin sonó, la lluvia azotaba mi casa y yo dormía intranquila, tenía sueños fragmentados, preocupantes.

Busqué el auricular a tientas.

No me respondió nadie.

—Dígame —repetí, mientras encendía la luz.

Se oía un televisor de fondo, el murmullo de unas voces distantes pronunciando frases que no alcancé a discernir y colgué el auricular con el corazón en un puño, consternada.

Ya era lunes, las primeras horas de la tarde. Me encontraba revisando los informes preliminares de las pruebas de laboratorio que los expertos realizaban arriba.

Le habían otorgado prioridad a los casos de estrangulamiento. Todo lo demás (niveles de alcohol en sangre, drogas y barbitúricos callejeros) estaba momentáneamente suspendido. Cuatro destacados científicos se afanaban en rastrear una sustancia brillante que podía proceder de un jabón en polvo, muy barato, que se utilizaba en los baños públicos de la ciudad.

Los informes preliminares no eran lo que se dice alentadores. Hasta el momento, ni siquiera podíamos decir gran cosa de la muestra conocida, el jabón Borawash que usábamos en el edificio. Contenía aproximadamente un veinticinco por ciento de un «elemento inerte, un abrasivo», y un setenta y cinco por ciento de borato sódico. Lo sabíamos porque los expertos químicos del fabricante nos lo habían dicho. El examen con el microscopio electrónico no arrojaba un resultado tan seguro. Bajo este microscopio, tanto el borato sódico como el carbonato y el nitrato de sodio, por ejemplo, se veían iguales, es decir, como simple sodio. Los vestigios de aquel residuo brillante también se veían como sodio. Era tan poco específico como decir que una sustancia contiene rastros de plomo, que está en todas partes, en el aire, en el suelo, en la lluvia. Jamás hacíamos la prueba del plomo en los residuos de disparos de armas de fuego porque un resultado positivo no significa nada.

En otras palabras, no todo lo que reluce es bórax.

Los rastros encontrados en los cadáveres de las víctimas podían ser otra cosa, por ejemplo, nitrato de sodio, que se utiliza para hacer desde fertilizantes hasta dinamita. O podía ser un carbonato cristalino, utilizado para el revelado de fotografía. Teóricamente, el asesino podía trabajar en un cuarto oscuro, un vivero o en una granja. ¿Cuántas sustancias contienen sodio? Sabe Dios.

Vander analizaba otros compuestos de sodio con el láser para ver si brillaban. Era una manera rápida de descartar elementos de nuestra lista.

Mientras tanto, a mí se me ocurrían otras ideas. Quería averiguar qué otras instituciones encargaban jabón Borawash en todo el área metropolitana de Richmond, además del Departamento de Sanidad y Servicios Humanos. De modo que llamé al distribuidor de Nueva Jersey. Me atendió una secretaria que me pasó con ventas, donde me comunicaron con administración y de ahí con el centro de procesamiento de datos, quienes a su vez me pasaron con relaciones públicas, donde me volvieron a conectar con administración.

Allí me vi envuelta en una discusión.

—Nuestra lista de clientes es confidencial. No estoy autorizada a hacerla pública. ¿Qué clase de médico es usted?

—Soy médico forense —medí cada palabra—. Habla la doctora Scarpetta, jefe del departamento de medicina forense de Virginia.

—Ah. Ustedes son los que otorgan la licencia médica…

—No. Investigamos muertes.

Una pausa.

—¿Quiere decir que es usted juez de instrucción?

No tenía sentido explicarle que no, que yo no era juez de instrucción. Los jueces de instrucción son oficiales electos que no suelen ser patólogos forenses. En algunos estados uno puede ser el encargado de una gasolinera y resultar elegido juez de instrucción. Dejé que creyera que estaba en lo cierto, lo que no hizo más que empeorar las cosas.

—No entiendo. ¿Insinúa usted que el Borawash puede ser letal? Eso es imposible. Que yo sepa, no es tóxico, en absoluto. Jamás hemos tenido problemas de esa naturaleza. ¿Alguien lo ha ingerido? Voy a tener que pasarle al supervisor…

Le expliqué que habíamos hallado una sustancia que podía ser Borawash en varias escenas de crímenes relacionados, pero que el jabón no tenía nada que ver con las muertes y que la posible toxicidad del mismo no era de mi incumbencia. Le dije que, de ser necesario, podía conseguir una orden judicial, lo que no haría más que hacerle perder tiempo a él y a mí. Oía el tecleo de un ordenador.

—Creo que esto es lo que usted quiere, señora. Tenemos una lista de setenta y tres nombres, todos los clientes de Richmond.

—Sí, le agradecería que me la enviara cuanto antes. Pero si puede, léamela por teléfono, por favor.

Con rotunda falta de entusiasmo, comenzó a leerla, lo que no sirvió de mucho. No reconocí casi ninguna empresa, a excepción del Departamento de Vehículos Motorizados, el mercado central de la ciudad, y, desde luego, el Departamento de Sanidad y Servicios Humanos. En conjunto, habría probablemente unos diez mil empleados, desde oficiales de juzgados a defensores públicos o fiscales, desde la jefatura de policía en su totalidad hasta mecánicos y empleados de garajes. Entre toda esta muestra de ciudadanos se encontraba el señor Nadie y su manía por la limpieza.

Poco después de las tres acababa de regresar a mi oficina con una taza de café cuando Rose me llamó por el intercomunicador y me pasó una llamada.

—Lleva muerta un buen rato —dijo Marino.

Agarré el bolso y salí de la oficina.

11

Según Marino, la policía todavía no había logrado dar con ningún vecino que hubiera visto a la víctima durante el fin de semana. Una compañera de trabajo la había llamado el sábado y el domingo pero no obtuvo respuesta. Al ver que el lunes no se presentó como siempre a dar su clase de la una, la amiga llamó a la policía. Un agente fue hasta el domicilio, se dirigió a la parte trasera y vio una de las ventanas del tercer piso abierta de par en par. La víctima compartía la casa con una persona que, al parecer, no se encontraba en la ciudad.

La casa estaba a poco más de un kilómetro del centro, en las inmediaciones de la Universidad Estatal de Virginia, una institución de gran extensión y crecimiento descontrolado que contaba con veinte mil alumnos. Las actividades de gran parte de las facultades que conformaban la universidad se desarrollaban en casonas victorianas restauradas y en edificios de piedra rojiza situados a lo largo de Main West. Los cursos de verano estaban en pleno apogeo y por la calle circulaba un buen número de estudiantes en bicicleta o a pie. Se instalaban en las pequeñas mesas de las terrazas de los restaurantes a tomar café, con los libros amontonados junto a los codos, mientras charlaban con sus amigos y disfrutaban de la soleada tibieza de una agradable tarde de junio.

Henna Yarborough tenía treinta y un años y enseñaba periodismo en la escuela de radiodifusión de la universidad, según me dijo Marino. Había llegado desde Carolina del Norte el otoño anterior. No sabíamos nada más de ella, salvo que estaba muerta, y lo había estado desde hacía varios días.

El lugar estaba lleno de policías y periodistas.

El tránsito avanzaba lentamente frente al edificio de tres pisos de ladrillo rojo con una bandera azul y verde hecha a mano ondeando en la entrada. En las ventanas había maceteros llenos de geranios rosados y blancos, y el techo de pizarra azul acerado mostraba un diseño floral de estilo Art Nouveau en amarillo claro.

La calle estaba tan congestionada que me vi obligada a dejar el coche a casi media manzana de distancia y no se me escapó el hecho de que los periodistas se mostraron menos acosadores que de costumbre. Casi ni se inmutaron cuando pasé frente a ellos. No me pusieron sus cámaras ni micrófonos pegados a la cara. Su actitud tenía cierto aire militar: rígidos, callados, visiblemente incómodos, como si percibieran que se trataba de un nuevo caso de estrangulamiento. La número cinco. Cinco mujeres como cualquiera, como las esposas o las amantes de muchos de ellos, que habían sido torturadas y asesinadas.

Un agente uniformado levantó la cinta amarilla que impedía el acceso a la puerta principal, situada al final de unos escalones de granito muy gastados. Entré en un vestíbulo poco iluminado, y subí los tres pisos por una escalera de madera. En el rellano me encontré con el jefe de policía, varios oficiales de alto rango, detectives y agentes. También estaba Bill junto a una puerta abierta, mirando hacia el interior de la habitación. Sus ojos se cruzaron brevemente con los míos. Tenía el rostro lívido.

Apenas me fijé en él cuando me detuve en la puerta a contemplar el pequeño cuarto inundado con el penetrante hedor a carne humana en descomposición, que no se parece a ningún otro olor conocido. Marino me daba la espalda. Estaba de cuclillas, abriendo los cajones de una cómoda y revolviendo con cierta habilidad los montones de ropa doblada con esmero.

Sobre la cómoda había frascos de perfume, cremas humectantes, un cepillo para el cabello y una caja de rulos eléctricos. A la izquierda de la cómoda había un escritorio contra la pared sobre el que reposaba una máquina de escribir eléctrica entre un maremágnum de papeles y libros. En el estante de arriba había más libros, también los había amontonados en el suelo de madera dura. La puerta del lavabo estaba entreabierta y la luz interior, apagada. No había alfombras ni adornos, ni fotografías ni cuadros en las paredes, como si el cuarto no llevara mucho tiempo habitado, o como si su estancia fuera sólo transitoria.

A mi derecha había una cama individual. Alcancé a ver de lejos las sábanas desordenadas y una mata de cabello oscuro y enredado. Mirando muy bien dónde pisaba, me acerqué a ella.

Tenía el rostro vuelto hacia mí, pero estaba tan hinchado, tan inflamado por la descomposición, que no pude saber qué aspecto tenía en vida, salvo que era blanca y tenía un cabello castaño oscuro que le llegaba a los hombros. Estaba desnuda, acostada sobre el costado izquierdo, con las piernas recogidas y las manos fuertemente atadas en la espalda. Al parecer, el asesino había utilizado los cordones de las persianas venecianas. Los nudos, la forma que tenían, eran ya de una familiaridad escalofriante. Tenía una colcha azul marino arrojada sobre las caderas, de una manera que aún rezumaba un desprecio frío e indiferente. Caído en el suelo, a los pies de la cama, había un pijama de verano. La parte de arriba estaba abrochada y desgarrada desde el cuello hasta el borde inferior, los pantalones estaban rasgados por los costados.

Marino atravesó lentamente la habitación y se detuvo junto a mí.

—Subió por la escalera —me dijo.

—¿Qué escalera?

Había dos ventanas. La que él estaba mirando estaba abierta, y era la más próxima a la cama.

—En la pared exterior de ladrillos —me explicó—, hay una vieja escalera de incendios de hierro. Por ahí entró. Los peldaños están oxidados. Parte del óxido se desprendió y quedó en el alféizar, seguramente lo tenía en la suela de sus zapatos.

—Y salió de la misma manera —deduje en voz alta.

—No estoy seguro, pero parecería que sí. La puerta de abajo estaba cerrada con llave. Tuvimos que forzarla. Pero afuera —añadió volviendo a fijar la vista en la ventana—, la hierba está alta debajo de la escalera. No hay ninguna huella. El sábado por la noche llovió a cántaros, lo que no nos ayuda nada.

—¿Este lugar tiene aire acondicionado?

Sentía un hormigueo en la piel, el cuarto estaba húmedo y caluroso, saturado de putrefacción.

—No. Ni tampoco ventiladores. Ni uno.

Se secó la cara arrebolada con la mano. El cabello le caía como hilos grisáceos sobre la frente sudorosa y tenía los ojos, inyectados en sangre, rodeados por una aureola oscura. Por su aspecto, parecía que no se hubiera acostado ni cambiado de ropa en una semana.

—¿La ventana tenía el cerrojo echado? —le pregunté.

—Ninguna lo tenía… —una expresión de asombro se apoderó de su rostro cuando los dos nos volvimos hacia la puerta al mismo tiempo—. ¿Qué demonios…?

Una mujer gritaba en el vestíbulo, dos pisos más abajo. Se oía el ruido de pisadas y voces masculinas que discutían.

—¡Fuera de mi casa! ¡Dios mío…! ¡Fuera de mi casa he dicho, hijos de puta! —gritaba la mujer.

Marino pasó a mi lado con decisión y sus pasos resonaron con estrépito en la escalera de madera. Le oí cruzar una palabra con alguno de ellos y los gritos cesaron casi de inmediato. Las voces destempladas se convirtieron en un murmullo.

Me dispuse a efectuar el examen externo del cuerpo. Tenía la misma temperatura que la habitación, y el rigor mortis ya había pasado. El cadáver se había puesto frío y rígido inmediatamente después de la muerte, luego la temperatura exterior subió y lo mismo hizo la del cuerpo. Finalmente, la rigidez abandonó el cuerpo, como si el impacto inicial de la muerte se desvaneciera con el tiempo.

No me hizo falta apartar demasiado la colcha para ver lo que había debajo. Por un instante, se me detuvo la respiración, lo mismo que el corazón. Con cuidado volví a poner la colcha en su lugar y me quité lentamente los guantes. No había nada que pudiera hacer con ella aquí. Nada.

Cuando oí que Marino volvía por la escalera, me di la vuelta para decirle que se asegurara de que el cuerpo fuera a la morgue envuelto en la colcha. Pero las palabras se me atascaron en la garganta. Me limité a mirarlo, el estupor me había dejado sin habla.

En la puerta, junto a él, se encontraba Abby Turnbull. Por el amor de Dios, ¿En qué estaba pensando? ¿Se había vuelto loco? Abby Turnbull, la periodista estrella, el tiburón que lograba que el de la película pareciera un inofensivo pececillo.

Entonces advertí que iba con sandalias, unos vaqueros azules y una camisa blanca de algodón por fuera de los pantalones. No llevaba maquillaje. Tampoco tenía grabador ni cuaderno, sólo llevaba un bolso grande de lona. Miraba la cama con ojos muy abiertos. Tenía el rostro contorsionado por el horror.

—¡No, Dios mío! —se tapó la boca con la mano.

—Es ella, entonces —dijo Marino en voz baja.

Abby se acercó a la cama, sin dejar de mirar.

—Dios mío. Henna. ¡Dios mío…!

—¿Éste era su cuarto?

—Sí. Sí. Por favor…, Dios mío…

Con un gesto de cabeza, Marino le indicó a un agente que yo no alcanzaba a ver que acompañara a Abby Turnbull abajo. Oí las pisadas en la escalera y sus gemidos.

—¿Sabe lo que está haciendo? —pregunté en voz baja a Marino.

—Por supuesto. Siempre sé lo que hago.

—¿La que gritaba era ella? —insistí, y torpemente agregué—: ¿Le gritaba a la policía?

—No. Boltz acababa de bajar. Le gritaba a él.

—¿A Boltz? —no podía pensar.

—No se lo puedo reprochar —comentó—. Es su casa. Cómo le voy a reprochar que no quiera encontrarse con la casa llena de gente pululando que encima le prohíbe la entrada…

—¿Boltz? —volví a preguntar, como una idiota—. ¿Boltz le dijo que no podía entrar?

—Y otro par de tipos —se encogió de hombros—. Va a ser duro tratar con ella. Está completamente fuera de sí —volvió la vista a la mujer que yacía sobre la cama, y algo destelló en sus ojos—. Esta mujer era su hermana.

El sol inundaba un cuarto de estar lleno de plantas. Estaba en el segundo piso, y habían hecho reformas recientes, bastante caras. El suelo de madera estaba cubierto casi en su totalidad por una alfombra india con diseños geométricos celestes y verdes sobre fondo blanco y los muebles eran blancos, con ángulos rectos y pequeños almohadones en colores pastel. En las paredes encaladas colgaba una envidiable colección de grabados de estilo abstracto, firmados por Gregg Carbo, afamado artista de Richmond. No era una habitación funcional, sospeché que Abby la había diseñado sin pensar en nadie más que en sí misma. Una imponente y gélida guarida que reflejaba éxito y falta de sentimentalismo, un estilo muy parecido a lo que yo siempre había pensado de su creadora.

Hecha un ovillo en una esquina del sofá de cuero blanco, fumaba nerviosamente un largo cigarrillo muy fino. Nunca había visto a Abby de cerca, y tenía un aspecto tan peculiar que resultaba impactante. Sus ojos eran asimétricos, uno ligeramente más verde que el otro, y los labios gruesos no parecían pertenecer al mismo rostro que la prominente y fina nariz. El cabello, castaño, ligeramente entrecano, apenas le llegaba a los hombros. Tenía pómulos altos. La piel formaba finas arrugas alrededor de los ojos y la boca. Era esbelta y de piernas largas. Tenía más o menos mi edad, tal vez unos años menos.

Tenía la mirada fija y vidriosa de un ciervo asustado. El agente se marchó y Marino cerró la puerta con suavidad.

—Créame que lo siento mucho Sé lo difícil que es… —empezó a decir Marino, apelando a las frases de rigor. Con tranquilidad le explicó la importancia de que contestara todas las preguntas y recordara con el mayor detalle posible todo lo relacionado con su hermana, sus hábitos, sus amigos, lo que solía hacer. Abby permaneció sentada, en silencio y con un rostro inexpresivo. Me senté frente a ella.

—Tengo entendido que no se encontraba usted en la ciudad —dijo Marino.

—Así es —le tembló la voz y se estremeció como si tuviera frío—. Me fui el viernes por la tarde a una reunión en Nueva York.

—¿Qué clase de reunión?

—Un libro. Estoy negociando el contrato de un libro. Tenía una reunión con mi agente. Me alojé en casa de un amigo.

El grabador colocado en la mesa de café de cristal rebobinó en silencio. Abby lo miraba como una autómata.

—¿Y tuvo algún contacto con su hermana mientras estuvo en Nueva York?

—La llamé anoche para decirle a qué hora llegaba el tren —aspiró con fuerza—. No respondió y eso me desconcertó, supongo. Después pensé que habría salido a algún lado. No volví a llamar cuando llegué a la estación de tren. Sabía que esta tarde tenía clase. Cogí un taxi. No tenía ni idea de lo ocurrido. Hasta que no llegué y vi los coches, la policía...

—¿Hace cuánto tiempo que su hermana vivía con usted?

—El año pasado se separó de su marido. Necesitaba un cambio, disponer de tiempo para pensar. Le dije que viniera aquí. Le dije que podía vivir conmigo hasta que se organizara o decidiera volver con él. Eso fue en otoño. Finales de agosto. Vino a vivir aquí en agosto y empezó a trabajar en la universidad.

—¿Cuándo la vio por última vez?

—El viernes por la tarde —elevó el tono de voz y luego se quebró—. Me llevó a la estación—. Tenía los ojos bañados en lágrimas.

Marino sacó un pañuelo arrugado del bolsillo trasero del pantalón y se lo alcanzó.

—¿Tiene idea de cuáles eran sus planes para el fin de semana?

—Trabajar. Me dijo que se iba a quedar en casa para trabajar preparando las clases. Que yo sepa, no tenía otros planes. Henna no era muy sociable, tenía un par de buenas amigas, también profesoras. Necesitaba preparar varias clases y me dijo que el sábado iría a hacer la compra. Nada más.

—¿Y dónde hacía la compra? ¿En qué tienda?

—No tengo ni idea. Pero da igual. Sé que no fue. El policía que estaba aquí hace un minuto me llevó a la cocina. Henna no fue a la compra. La nevera está igual de vacía que cuando me marché. Debió de suceder el viernes por la noche. Como las otras. Yo en Nueva York todo el fin de semana y ella aquí. Aquí, y así.

Nadie dijo nada por un instante. Marino paseó la mirada por el cuarto de estar con expresión indescifrable. Abby encendió un cigarrillo con manos temblorosas y se volvió hacia mí.

Ya sabía lo que me iba a preguntar antes de que saliera una palabra de su boca.

—¿Es igual que las otras? Sé que ya la ha observado —vaciló, intentando recobrarse. Parecía una tormenta violenta a punto de estallar—. ¿Qué le hizo el asesino?

Me descubrí dándole la consabida respuesta de «No puedo decirle nada hasta que la haya examinado bajo una luz adecuada».

—¡Por el amor de Dios, es mi hermana! —gritó—. ¡Quiero saber todo lo que le hizo ese animal! ¡Dios mío! ¿Sufrió? Por favor, dígamelo, dígame que no sufrió...

La dejamos llorar con hondos sollozos y gemidos de angustia descarnada. Su dolor la transportaba más allá de los límites alcanzables para todo ser humano. Nos quedamos inmóviles. Marino la contemplaba con ojos fijos e inescrutables.

En situaciones como ésta me odiaba a mí misma. Actuaba como la consumada profesional fría y aséptica que no se conmovía ante el dolor ajeno. ¿Qué esperaba que dijera? ¡Por supuesto que Henna había sufrido! Cuando lo vio dentro de su dormitorio, cuando cayó en la cuenta de lo que le iba a pasar, el terror, tanto peor después de haber leído en los periódicos los escalofriantes relatos escritos por su propia hermana sobre las otras víctimas. Y el dolor, el dolor físico.

—Muy bien. Ya sé que no me lo van a decir.

Abby se puso a hablar con frases breves y entrecortadas.

—Ya sé cómo va esto. No me lo van a decir. Es mi hermana. Y ustedes no me lo van a decir. Se guardan todos los ases en la manga. Ya lo sé. ¿Y para qué? ¿Cuántas mujeres más tienen que morir en manos de ese hijo de puta? ¿Seis? ¿Diez? ¿Cincuenta? Puede que entonces la policía haga algo, ¿no?

Marino siguió mirándola sin inmutarse.

—No culpe a la policía, señorita Turnbull. Estamos de su lado, tratando de ayudar.

—¡Sí, claro! —lo interrumpió—. ¡Ustedes y su ayuda! ¡No será por la ayuda que recibí la semana pasada! ¿Dónde mierda estaban entonces?

—¿La semana pasada? ¿A qué se refiere en concreto?

—Me refiero al indeseable que me siguió todo el camino, del periódico a casa —exclamó—. Lo tuve encima todo el tiempo, me seguía por todas partes. En un momento, me detuve en una tienda para ver si me libraba de él. Salí veinte minutos más tarde, y allí estaba. ¡El maldito coche de antes! ¡No dejaba de seguirme! Al llegar a casa llamé de inmediato a la policía. ¿Y qué hicieron? ¡Nada! Un agente apareció a las dos horas, ¿se da cuenta? ¡dos horas!, para ver si todo estaba en orden. Le hice una descripción, hasta le di el número de matrícula. ¿Se hizo algo al respecto? Nada, para que lo sepa. A mí no me dijeron nada. ¡Es ese cerdo del coche quien ha hecho esto a mi hermana! Está muerta. La han asesinado. ¡Y todo porque a uno de sus agentes no le dio la gana de tomarse la molestia!

Marino la observaba con gran interés.

—¿Cuándo fue eso, exactamente?

—El martes, creo —dijo titubeando—. El martes de la semana pasada. Tarde, tal vez a las diez o diez y media de la noche. Me quedé en la sala de redacción hasta tarde porque tenía que terminar una nota...

Marino estaba desorientado.

—Corríjame si me equivoco, pero pensé que trabajaba usted en el turno de noche, de seis de la tarde a dos de la madrugada, más o menos.

—Aquel martes me sustituyó un colega. Yo tuve que ir temprano, durante el día, a terminar un trabajo que los editores querían para la siguiente edición.

—De acuerdo —dijo Marino—. En cuanto al coche, ¿cuándo la empezó a seguir?

—No lo sé con seguridad. No me di cuenta hasta varios minutos después de haber salido del aparcamiento. Puede que estuviera esperándome. A lo mejor me vio en alguna parte, no lo sé. Pero no se me despegaba del parachoques, con las luces largas encendidas. Disminuí la velocidad con la esperanza de que me pasara. Pero él también disminuyó la velocidad. Aceleré. Lo mismo. No podía quitármelo de encima. Decidí entrar en Farm Fresh. No quería que me siguiera hasta casa, pero eso fue lo que hizo. Supongo que pasó de largo y después volvió. Me debió de esperar en el aparcamiento o en alguna calle cercana. Aguardó hasta que saliera, y arrancó.

—¿Está segura de que era el mismo coche?

—Un Cougar negro, nuevo. Estoy completamente segura. Tengo un contacto en el registro de vehículos y le pedí que buscara el número de la matrícula, ya que los policías no se tomaban la molestia. Era un coche alquilado. Tengo la dirección de la agencia que se lo alquiló y el número de matrícula anotado, por si le interesa.

—Sí, me interesa —respondió Marino.

Abby rebuscó en su bolso de lona y encontró un papelito doblado. Se lo extendió a Marino con manos temblorosas.

Marino le echó un vistazo y se lo guardó en el bolsillo.

—¿Y después qué pasó? El coche la siguió. ¿La siguió hasta su casa?

—No me quedaba otra. Tampoco iba a pasarme toda la noche conduciendo. No podía hacer absolutamente nada. Vio dónde vivía. Entré en casa y fui directa al teléfono. Supongo que él siguió su camino. Cuando miré por la ventana no lo vi por ninguna parte.

—¿Había visto ese mismo coche alguna otra vez?

—No lo sé. No es la primera vez que veo Cougars negros. Pero no puedo decir si era ese coche en particular.

—¿Alcanzó a ver al conductor?

—Estaba demasiado oscuro y él iba detrás. Pero adentro del coche había una sola persona. Él, el conductor.

—¿Era un hombre? ¿Está segura?

—Lo único que vi fue una silueta grande, una persona de cabello corto, ¿contento? Por supuesto que era un hombre. Fue algo espantoso. Estaba sentado muy erguido, mirándome directamente a la nuca. Una silueta que me miraba. Pegado al parachoques. Al llegar se lo dije a Henna. Le conté lo que me había sucedido. Le dije que tuviera cuidado, que estuviera alerta a un Cougar negro y que si veía un coche así cerca de casa llamara al 911. Henna estaba al tanto de lo que ocurría en la ciudad. Los asesinatos. Hablamos bastante. ¡Dios mío! ¡No me lo puedo creer! ¡Lo sabía! ¡Le dije que no dejara las ventanas abiertas! ¡Que tuviera cuidado!

—De modo que tenía la costumbre de dejar una o dos ventanas sin cerrojo, incluso abiertas del todo.

Abby asintió con la cabeza y se enjugó las lágrimas.

—Siempre ha dormido con la ventana abierta. Aquí hay veces que hace mucho calor. Estaba decidida a poner aire acondicionado; iba a instalarlo en julio. Yo me mudé poco antes de que ella llegara. En agosto. Había que hacer muchas cosas y, total, en seguida llegaría el otoño, el invierno. ¡Dios! Se lo dije mil veces. Pero siempre estaba distraída, en su mundo. Ajena a todo. No logré metérselo en la cabeza. Como tampoco conseguí nunca que se ajustara el cinturón de seguridad. Era mi hermana pequeña. Nunca le gustó que le dijera lo que tenía que hacer. Le resbalaba todo, como si ni siquiera las escuchara. Se lo había dicho. Le había contado todo lo que está pasando, le hablé de los crímenes. No sólo de los asesinatos, sino de las violaciones, los robos, todo. Y se impacientaba. No quería ni oír hablar del asunto. Lo único que me decía era: «Ay, Abby, tú sólo ves las atrocidades.

¿No podemos hablar de otra cosa?». Yo tengo un revólver. Le dije que lo dejara junto a su cama cuando yo no estuviese. Pero no lo quería ni tocar. No había forma. Me ofrecí a enseñarle a disparar, a comprarle uno propio. Pero no hubo forma. ¡No hubo forma! ¡Y ahora, esto! ¡Se fue! ¡Dios mío! Todo lo que usted quiere que le cuente de ella, de sus hábitos y demás ¡no tiene la menor importancia!

—Sí que la tiene. Todo tiene importancia.

—¡No tiene importancia porque yo sé que el asesino no la buscaba a ella! ¡Ni siquiera sabía de su existencia! ¡Era a mí a quien buscaba!

Silencio.

—¿Qué le hace pensar eso? —preguntó Marino con toda la calma.

—Si era el del coche negro, sé que me buscaba a mí. Ni siquiera importa quién sea, yo soy la que ha escrito artículos sobre él. Ha visto mi firma en el periódico. Sabe quién soy.

—Puede ser.

—¡A mí! ¡Me buscaba a mí!

—Puede que el objetivo fuera usted —dijo Marino con la mayor naturalidad—. Pero no podemos estar seguros, señorita Turnbull. Creo que debemos considerar todas las posibilidades, tal vez vio a su hermana en alguna parte, quizá en el campus o en un restaurante o alguna tienda. A lo mejor no sabía que ella vivía con alguien, sobre todo si la seguía cuando usted estaba trabajando, si la siguió de noche y la vio entrar cuando usted no estaba en casa, quiero decir. Puede que no tuviera la menor idea de que usted fuera su hermana. ¿Frecuentaba su hermana algún lugar, un restaurante, un bar, cualquier sitio?

Abby volvió a enjugarse las lágrimas, tratando de recordar.

—Hay un *delicatessen* en Ferguson, a dos pasos de la escuela. La Escuela de Radiodifusión. Almorzaba allí una o dos veces por semana, creo. No iba a los bares. De vez en cuando comíamos juntas en Angela's, en la zona sur, pero siempre íbamos juntas, nunca fue sola. Supongo que iría a otros lugares, tiendas, quiero decir. No sé. No sé en qué ocupaba cada minuto del día.

—Dice usted que se mudó en agosto. ¿Alguna vez se ausentó, se fue de fin de semana, hizo algún viaje o algo parecido?

—¿Por qué? —estaba desconcertada—. ¿Cree que alguien la siguió, alguien de fuera?

—Lo único que quiero saber es cuándo estaba aquí y cuándo no, nada más.

—El jueves pasado fue a Chapel Hill a ver a su marido y a una amiga —dijo ella, estremecida—. Se fue casi toda la semana. Regresó el miércoles. Las clases empezaban hoy, el primer día de los cursos de verano.

—¿El marido ha venido aquí alguna vez?

—No —respondió con cansancio.

—¿Hay antecedentes de que fuera brusco con ella, tal vez violento…?

—¡No! —exclamó ella—. ¡Jeff no ha sido! ¡Los dos querían separarse para probar! ¡No había entre ellos la menor animadversión! El cerdo que lo ha hecho es el mismo que viene haciéndolo con las otras.

Marino desvió la mirada hacia el grabador que había colocado en la mesa. Una lucecita roja parpadeaba. Buscó en el bolsillo de la chaqueta, y se puso de mal humor.

—Tengo que salir un minuto a buscar algo en el coche.

Nos dejó a solas en la luminosidad de aquel cuarto de estar blanco.

Un largo e incómodo silencio se instaló entre las dos antes de que ella me mirara.

Tenía los ojos muy enrojecidos y el rostro hinchado.

—¡Cuántas veces he tratado de hablar con usted! —dijo en tono amargo y desconsolado—. Y ahora, aquí estamos. Con esto. Seguramente, se alegrará en secreto. Sé muy bien la opinión que tiene de mí. Creerá que me lo tengo merecido. Acabo de recibir una dosis de lo que sienten las personas sobre las que escribo. Justicia poética.

El comentario me dolió en el alma.

—Abby, no se lo merece —le dije con sinceridad—. Jamás le desearía esto a nadie.

Con los ojos clavados en sus manos cerradas en puño, siguió hablando.

—Por favor, cuídela. Por favor. Es mi hermana. Dios mío. Por favor, cuide de Henna…

—Le prometo que lo haré…

—¡No consienta que ese tipo se salga con la suya! ¡No lo consienta!

No supe qué decir.

Alzó los ojos hacia mí, y me sorprendí al ver el terror que reflejaban.

—Ya no entiendo nada. No entiendo lo que está pasando. Todo lo que se dice. Y ahora esto. Yo lo he intentado. Intenté enterarme, intenté enterarme por usted. Y ahora, esto. ¡Ya no sé quiénes somos nosotros ni quiénes ellos!

—Me parece que no la comprendo, Abby —dije con calma—. ¿Qué es lo que quiso saber por mí?

—Una noche, a principios de semana —hablaba muy rápido—. Quise hablar con usted. Pero estaba con él...

Comenzaba a recordar.

—¿Qué noche? —pregunté sin ánimo.

Parecía confusa, como si le costara recordar.

—El miércoles —dijo finalmente—. El miércoles por la noche.

—¿Fue a mi casa el miércoles por la noche, ya tarde, y se marchó a toda velocidad, sin bajarse del coche? ¿Por qué?

—Tenía... —balbuceó—, tenía compañía.

Bill. Recordé que ambos permanecimos de pie, iluminados por la farola del porche. Se veía con claridad, además su coche estaba estacionado en el camino de entrada. Era ella. Fue Abby la que vino aquella noche a mi casa y me vio con Bill, pero esto no explicaba su reacción. ¿Por qué sintió pánico? Apagó las luces del coche y salió disparada marcha atrás, como si se tratara de un reflejo de terror visceral.

—Las investigaciones —siguió diciendo—. Me han contado cosas. Rumores. La policía no puede hablar con usted. Nadie puede hablar con usted. Algo salió mal, y por eso todas las llamadas se transfieren a Amburgey. ¡Tenía que preguntárselo! Y ahora se comenta que usted metió la pata en la serología de la cirujana... en el caso de Lori Petersen. Que su departamento arruinó la investigación y que de no haber sido por esto, a estas alturas ya habrían capturado al asesino... —estaba enfadada e insegura. Me miraba con ojos desorbitados—. ¡Tengo que saber si es verdad. ¡Tengo que saberlo! ¡Tengo que saber qué va a pasar con mi hermana!

¿Cómo se había enterado del asunto del equipo de pruebas mal etiquetado? Betty no podía habérselo contado. Sin embargo, Betty había terminado los análisis serológicos de los portaobjetos, y las copias de su informe, todas las copias de todos los informes de laboratorio, se enviaban directamente a Amburgey. ¿Habría sido él quien le informara a Abby? ¿O alguien de su departamento? ¿Se lo habría dicho a Tanner? ¿Se lo había dicho a Bill?

—¿Dónde oyó esos rumores?

—Oigo todo tipo de rumores constantemente —le tembló la voz.

Miré su rostro acongojado, su cuerpo derrumbado por el dolor, por el horror.

—Abby —le dije con serenidad—, sé que oye un montón de cosas. También sé que la mayoría no son ciertas. O aunque tengan un ápice de verdad, la interpretación es errónea y tal vez deba preguntarse por qué le cuentan esas cosas, cuál es el verdadero motivo de la persona.

Vaciló.

—Lo único que quiero saber es si es verdad lo que oí. Si su departamento ha cometido un error.

No sabía qué contestar.

—Lo voy a averiguar de una manera u otra, se lo aseguro. Se lo digo de antemano. No me subestime, doctora Scarpetta. La policía ha cometido errores mayúsculos. No crea que no lo sé. La pifió conmigo, cuando ese maldito cerdo me siguió hasta mi casa. Y la pifiaron con Lori Petersen, cuando marcó el 911 y no acudió nadie hasta una hora después. ¡Cuando ya estaba muerta!

No pude disimular mi asombro.

—¡Cuando todo esto estalle —continuó, con los ojos llenos de lágrimas, de ira—, la plana de gobernantes entera va a maldecir el día en que nací! ¡Lo van a pagar muy caro! Y yo voy a asegurarme de que así sea, ¿quiere saber por qué?

Yo seguía mirándola, sin habla.

—¡Porque a todos estos figurones no les importa un rábano que violen y asesinen a las mujeres! Los mismos hijos de puta que investigan los casos salen por la noche y se meten a ver películas en las que violan, estrangulan y apuñalan a mujeres. A ellos les excita. Les gusta verlo en las revistas. Fantasean con ello. Seguramente se les pone dura mirando las fotografías de los crímenes. ¡Policías! Hacen chistes, ¿se da cuenta? Los oigo. ¡Oigo sus risotadas en la escena del crimen, en la sala de urgencias de los hospitales!

—No lo hacen por burlarse de nadie —tenía la boca seca—. Es una forma de sobrellevarlo.

Se oyeron pasos por la escalera.

Abby echó una mirada furtiva hacia la puerta y revolvió en su bolso hasta encontrar una tarjeta, en la que anotó un número.

—Por favor. Si hay algo que pueda decirme después de… después de que termine con lo suyo… —aspiró una bocanada de aire—… ¿me podrá llamar? —me dio la tarjeta—. Es el número de mi busca. No sé dónde voy a estar. En esta casa no, al menos una temporada. Puede que nunca.

Marino ya había regresado.

Abby fijó en él su mirada furiosa.

—Sé lo que va a preguntarme —le dijo apenas cerró la puerta—. Y la respuesta es no. No había ningún hombre en la vida de Henna, nadie de Richmond. No estaba saliendo con nadie, no se estaba acostando con nadie.

Sin hacer comentarios, Marino puso un casete nuevo en el grabador y lo puso en marcha

Alzó la vista lentamente en su dirección.

—¿Y en la suya, señorita Turnbull?

Se le cortó la respiración.

—Tengo una relación íntima —dijo, tartamudeando—, con una persona de Nueva York. Aquí, nadie. Sólo tengo relaciones laborales.

—Entiendo. ¿Y cuál es, exactamente, su definición de relación laboral?

—¿Qué quiere decir? —tenía los ojos dilatados por el miedo.

Marino se quedó pensativo unos instantes.

—Lo que me pregunto —dijo finalmente, como si tal cosa—, es si es usted consciente de que el «cerdo» que la siguió la otra noche hasta su casa, en realidad ha estado vigilándola desde hace varias semanas. El tipo del Cougar negro. Bueno, es un policía, de paisano, de la brigada anti-droga.

Abby lo contempló sin dar crédito a sus palabras.

—Ya lo ve —prosiguió Marino lacónicamente—, por eso a nadie le preocupó su llamada, señorita Turnbull. Le sorprende, ¿no? De haberme enterado yo, sí que me habría preocupado, téngalo por seguro... porque se supone que el tipo tenía que ser más hábil. Si la está siguiendo, no se trata de que usted lo advierta, a eso me refiero.

Cada palabra que pronunciaba adquiría un tono más glacial, eran como acero afilado.

—Lo que ocurre es que a este policía en particular usted no le agrada demasiado. Cuando me fui al coche hace un minuto lo llamé por radio para que me contara su versión. Reconoce que la estuvo hostigando con premeditación, que aquella noche perdió un poco los estribos cuando la seguía.

—¿Pero se puede saber qué es esto? —gritó Abby, con un espasmo de pánico—. ¿Estaba acosándome sólo por ser periodista?

—Bueno, el asunto es un poco más personal, señorita Turnbull —Marino se encendió un cigarrillo con tranquilidad—. ¿Recuerda el artículo que usted publicó hace un par de años en el que relataba aquel escándalo del agente de la brigada anti-droga que se metió en un tema de contrabando y terminó enganchado a la cocaína? Seguro que lo recuerda. El tipo terminó metiéndose la pistola en la boca y se voló la tapa de los sesos. Se acuerda, ¿no? Ese policía era el compañero del que la otra noche la siguió. Pensé que su interés personal lo motivaría a hacer un buen trabajo. Parece que se le fue un poco de las manos...

—¿Cómo? ¿Qué usted...? —exclamó Abby con incredulidad— ¿Usted le pidió que me siguiera? ¿Por qué?

—Se lo voy a decir. Ya que parece que mi amigo no jugó bien su mano, la farsa ha terminado. Tarde o temprano se habría enterado de que es policía. Lo mejor será poner las cartas sobre la mesa aquí y ahora, delante de la doctora, ya que, en cierto modo, también le concierne a ella.

Abby me miró desesperada. Marino, con deliberada lentitud, sacudió la ceniza.

—Sucede que el departamento de medicina forense está que arde por culpa de esas supuestas filtraciones a la prensa —dijo tras aspirar otra bocanada—, es decir, a usted, señorita Turnbull. Alguien se ha metido clandestinamente en la base de datos del ordenador del departamento. Amburgey le está retorciendo el pescuezo a la doctora, aquí presente, le está creando un montón de problemas y lanzando todo tipo de acusaciones. Yo tengo otra opinión. Creo que las filtraciones no tienen nada que ver con el ordenador. Lo que creo es que alguien está accediendo al ordenador para hacernos creer que la información procede de allí y disfrazar así el hecho de que la única base de datos violada es la que hay entre las dos orejas de Bill Boltz.

—¡Eso es una locura!

Marino siguió fumando, sin quitarle los ojos de encima. Disfrutaba viendo su azorada reacción.

—¡Yo no tengo absolutamente nada que ver con ninguna violación de ningún ordenador! —explotó Abby—. ¡Aunque supiera cómo hacerlo, jamás haría una cosa así! ¡No me lo puedo creer! Mi hermana está muerta… ¡Dios mío…! —tenía los ojos desorbitados y bañados en lágrimas—. ¡Por el amor de Dios! ¿Qué tiene que ver todo esto con Henna?

—Mire, señorita Turnbull, yo ya no sé qué o quién tiene que ver con nada —dijo Marino con frialdad—. Lo que sí sé es que parte de lo que usted ha escrito no es de dominio público. Hay alguien de adentro que está cantando, cantándole a usted, para ser más precisos. Alguien está embarrando la investigación entre bastidores, sin que se note. Y yo me pregunto por qué alguien haría una cosa así, a menos que tenga algo que ocultar o algo que ganar.

—No sé a dónde quiere ir a parar…

—Verá —la interrumpió—, simplemente, me parece un poco extraño que hace más o menos cinco semanas, justo después del segundo estrangulamiento, usted le hiciera un amplio reportaje a Bill Boltz, al estilo «un día en la vida de…». Una verdadera semblanza del chico de oro predilecto de la ciudad. Pasaron juntos todo un día, ¿me equivoco? Resulta que justamente esa noche yo estaba por ahí y los vi salir de Franco's a eso de las diez. Los policías somos entrometidos, sobre todo si no tenemos nada mejor que hacer, ya sabe, si en la calle no pasa nada. Y me dio por seguirlos…

—Basta —susurró ella, sacudiendo la cabeza de lado a lado—. ¡Basta!

Marino siguió adelante como si nada.

—Boltz no la dejó en el periódico. La llevó hasta su casa, y cuando volví a pasar por allí, varias horas después… ¡bingo! El lujoso Audi blanco seguía allí, y todas las luces de la casa estaban apagadas. ¿Qué le parece? Y a continuación comienzan a aparecer todo tipo de jugosos detalles en sus artículos. Sospecho que ésa es su definición de «relaciones laborales».

Abby temblaba de pies a cabeza, se había cubierto el rostro con las manos. No pude mirarla. Ni tampoco a

Marino. Estaba tan conmocionada, tan descolocada, que apenas si reparé en la injustificada crueldad de atacarla ahora con eso, después de todo lo que había pasado.

—No me acosté con él —la voz le temblaba tanto que casi ni podía hablar—. No lo hice. No quería. Él... se aprovechó de mí.

—Bueno —resopló Marino.

Ella alzó brevemente los ojos y los cerró.

—Estuve todo el día con él. La última reunión a la que asistimos no terminó hasta las siete de la tarde. Le propuse cenar juntos, le dije que invitaba el periódico. Fuimos a Franco's. Tomé una copa de vino, una nada más. Me empecé a sentir aturdida, todo me daba vueltas. Casi ni recuerdo salir del restaurante. Lo último que recuerdo es que me subí a su coche, que me cogía la mano y me decía que nunca lo había hecho con una periodista de sucesos. No recuerdo nada de lo que sucedió aquella noche. A la mañana siguiente me desperté temprano. Aún no se había marchado...

—Por cierto —Marino apagó el cigarrillo—. Y, a todo esto, ¿dónde estaba su hermana durante todo este episodio?

—Aquí. En su dormitorio, supongo. No me acuerdo. No importa. Nosotros estábamos abajo. En el cuarto de estar. En el sofá, en el suelo, no me acuerdo... ¡Ni sé si ella se llegó a enterar!

Marino parecía indignado.

—No me lo podía creer —prosiguió Abby al borde de la histeria—. Estaba aterrada, descompuesta, como si me hubieran intoxicado. Lo único que se me ocurre es que deslizase algo en mi copa cuando me levanté para ir al baño en determinado momento de la cena. Sabía que me tenía atrapada. Sabía que no acudiría a la policía. ¿Quién me habría creído si hubiese llamado diciendo que el fiscal general del Estado de Virginia había hecho algo semejante? ¡Nadie! ¡Nadie me habría creído!

—En eso tiene razón —le dijo él—. Como sabemos, es un tipo apuesto. No le hace falta echarle nada en la bebida a una mujer para que ésta caiga rendida a sus pies.

—¡Es una basura! —gritó ella—. ¡Seguramente lo ha hecho mil veces y siempre se salió con la suya! ¡Me amenazó, me dijo que si decía una sola palabra me haría quedar como una fulana, que me arruinaría la carrera!

—¿Y después, qué? —preguntó Marino—. ¿Le entró la culpabilidad y comenzó a pasarle información?

—¡No! ¡No he vuelto a tener nada que ver con ese malnacido! ¡Si llego a encontrarme a menos de tres metros de él soy capaz de volarle la tapa de los sesos! ¡Ninguna información de la que manejo procede de él!

No podía ser cierto.

Lo que Abby decía. No podía ser cierto. Intentaba rechazar aquellas afirmaciones. Eran espantosas, pero aclaraban muchas cosas, pese a que en mi fuero interno tratara de negarlas por todos los medios.

Abby tuvo que reconocer el Audi blanco de Bill nada más verlo. Por eso sintió pánico al verlo en la entrada de mi casa. Aquel mismo día, cuando vio que aún estaba en su casa, lo había echado a patadas porque no soportaba su presencia.

Bill me había advertido que Abby sería capaz de cometer cualquier bajeza, que era vengativa, oportunista y peligrosa. ¿Por qué me dijo eso? ¿Por qué? ¿Estaba preparando el terreno para su defensa en previsión de que ella decidiera acusarlo?

Bill me había mentido. No había rechazado las supuestas insinuaciones de Abby cuando la llevó a su casa después de la entrevista. Su coche todavía estaba ahí a la mañana siguiente...

Me cruzaron por la cabeza las imágenes de las escasas ocasiones en las que Bill y yo habíamos estado a solas, en el sofá de mi cuarto de estar. Me asqueaba el recuerdo de su repentina agresión, de aquella fuerza bruta que yo había atribuido al exceso de whisky. ¿Era su lado oscuro? ¿Acaso sólo obtenía placer sometiendo a la mujer? ¿Avasallándola?

Cuando yo llegué al lugar del crimen él ya estaba allí. No me extraña que se hubiera presentado con tanta rapidez. Su interés iba más allá de lo profesional. No se limitaba a hacer su trabajo. Estoy segura de que reconoció la dirección de Abby. Probablemente fue el primero en saber quién vivía allí. Quería verlo con sus propios ojos, comprobarlo.

Puede que incluso abrigara la esperanza de que la víctima fuera Abby. Así se esfumaría el temor de que llegara este momento, de que Abby hablara.

Permanecí sentada, inmóvil, concentrada en poner una expresión pétrea. No podía permitir que se me notara. La desgarradora incredulidad. La desolación. Dios mío, que no se me note.

Un teléfono comenzó a sonar en otra habitación. Sonaba y sonaba, pero nadie atendía.

Se oyeron pasos por la escalera, el ruido del metal golpeando los escalones de madera y el zumbido de las radios transmitiendo interferencias ininteligibles. Los camilleros ya subían la camilla al tercer piso.

Abby trató de encender un cigarrillo con manos temblorosas, pero de pronto lo arrojó al cenicero junto a la cerilla, ya encendida.

—Si es cierto que dio la orden de que me siguieran… —bajó la voz, era como si su rencor fuera llenando más y más la habitación— y si su objetivo era ver si estaba saliendo con él, si me acostaba con él para conseguir información, entonces sabrá que lo que estoy diciendo es cierto. Después de aquella noche no he vuelto a acercarme a ese hijo de puta.

Marino no dijo una sola palabra.

Su silencio era la respuesta.

Abby no había vuelto a estar con Bill desde entonces.

Instantes después, mientras los camilleros bajaban la camilla, Abby se apoyó en el marco de la puerta y se aferró a él con visible desesperación. Vio pasar el bulto blanco que era el cuerpo de su hermana y se quedó contemplando a los camilleros que se la llevaban hasta perderlos de vista, con el rostro transformado en una pálida máscara de dolor.

Enmudecida por la emoción, le apreté suavemente el brazo y salí tras la estela de aquella incomprensible pérdida. El hedor había quedado flotando en la escalera y cuando salí a la deslumbrante luz del sol, por un instante ésta me cegó.

12

La carne de Henna Yarborough, húmeda después de repetidos enjuagues, relucía como el mármol blanco bajo la luz del techo. Me hallaba sola en la morgue con ella, suturando los últimos tramos de la incisión en forma de Y, una costura ancha que iba desde el pubis hasta el esternón y se bifurcaba en el pecho.

Antes de marcharse, Wingo se había ocupado de la cabeza. La tapa del cráneo estaba en su sitio exacto, la incisión que rodeaba la parte de atrás del cuero cabelludo había quedado cerrada y completamente cubierta por el cabello, pero la marca alrededor del cuello parecía una quemadura provocada por la fricción de una cuerda. Tenía el rostro morado y abotargado, y ni mis esfuerzos ni los de los empleados de la compañía funeraria lograrían modificarlo.

Oí el sonido destemplado del timbre de la entrada. Levanté los ojos hacia el reloj. Eran algo más de las nueve de la noche.

Corté el hilo con un bisturí, la cubrí con una sábana y me quité los guantes. Advertí que Fred, el guarda de seguridad, hablaba con alguien en el pasillo. Coloqué el cuerpo sobre una camilla y me dirigí hacia el frigorífico.

Cuando salí y cerré tras de mí la enorme puerta de acero, Marino estaba apoyado contra el escritorio de la morgue, fumándose un cigarrillo.

En silencio, me vio recoger pruebas y tubos llenos de sangre y ponerle mis iniciales.

—¿Encontró algo que yo deba saber?

—La causa de la muerte fue asfixia por estrangulamiento, debida a la cuerda que le rodeaba el cuello —dije mecánicamente.

—¿Alguna pista? —dejó caer la ceniza en el suelo.

—Unas cuantas fibras...

—Bueno —me interrumpió—, pues le diré que yo tengo un par de cosas.

—Me parece muy bien —dije yo en el mismo tono—, pero yo quiero salir de aquí de una vez.

—Sí, doctora. Lo mismo que yo. Estaba pensando en dar un paseo.

Interrumpí mi labor y lo miré. El pelo húmedo le colgaba por la calva, tenía la corbata floja y la camisa blanca de manga corta tenía la espalda muy arrugada, como si hubiera estado mucho tiempo sentado en el coche. Atada bajo el brazo izquierdo, llevaba la cartuchera beige con su revólver de cañón largo. A la cruda luz de la morgue su aspecto era casi amenazante, con aquellos ojos profundamente hundidos en las órbitas y los músculos de los maxilares contraídos.

—Creo que será mejor que venga conmigo —agregó en tono monocorde—. Así que voy a esperar que termine con sus cosas y llame a casa.

¿Llamar a casa? ¿Cómo sabía que en mi casa había alguien a quien yo debía llamar? Nunca le había mencionado a mi sobrina. Nunca le había mencionado a Berta. En lo que a mí respecta, el asunto no era de su maldita incumbencia, ni siquiera el hecho de tener una casa.

Estaba a punto de decirle que no tenía la menor intención de dar ningún paseo con él, cuando la dura expresión de sus ojos me paralizó.

—Está bien —musité—. De acuerdo.

Siguió fumando, apoyado contra el escritorio. Crucé la sala y entré en el vestuario. Me lavé la cara en el lavabo, me quité la camisa verde y me quedé con la falda y la blusa. Estaba tan distraída que abrí el armario buscando la bata de laboratorio sin darme cuenta de lo que estaba haciendo. No necesitaba la bata. La agenda, la cartera y la chaqueta estaban arriba, en mi oficina.

Lo recogí todo y seguí a Marino hasta el coche. Abrí la puerta del pasajero y la luz interna no se encendió. Subí, me senté y busqué el cinturón de seguridad. Antes tuve que sacudir del asiento algunas migas y una servilleta de papel sucia.

Marino salió del aparcamiento marcha atrás, sin cruzar una sola palabra. La luz de la radio parpadeaba pasando de un canal a otro, mientras los asignadores de tareas transmitían llamadas que a Marino no parecían interesarle y que yo casi nunca comprendía. Los policías tienen la costumbre de mascullar en el micrófono. Algunos parece que se lo comen.

—Tres-cuarenta-y-cinco, diez-cinco, uno-sesenta-y-nueve por canal tres.

—Uno-sesenta-nueve, cambio.

—¿Estás libre?

—Diez-diez. Diez-diecisiete ocupado.

—Avísame cuando estés a diez-veinticuatro.

—Diez-cuatro.

—Cuatro-cincuenta-y-uno.

—Cuatro-cincuenta-y-uno X.

—Diez-veinte-ocho en Adam Ida Lincoln uno-siete-cero…

Las llamadas se sucedían unas a otras y los tonos de alerta resonaban como el bajo de un órgano eléctrico. Marino conducía en silencio. Así cruzamos el centro de la ciudad, las tiendas ya habían bajado las persianas de acero al término de la jornada. Las luces verdes y rojas de neón de los escaparates anunciaban vistosamente casas de empeños, reparación de calzado y restaurantes baratos. El Sheraton y el Marriott estaban tan iluminados que parecían dos grandes buques, pero había pocos coches o peatones por las calles; tan sólo algún que otro grupo de busconas apoyadas en las esquinas. El blanco de sus ojos nos siguió al pasar por delante.

No me di cuenta de dónde íbamos hasta poco después. Al llegar a Winchester Place aminoramos la marcha a la altura del 498, la casa de Abby Turnbull. El edificio era una mole oscura, la bandera, una lánguida sombra que ondeaba con desgana sobre la entrada. No había ningún coche en la entrada. Abby no estaba en casa. Me pregunté dónde se alojaría.

Lentamente, Marino dobló por el angosto callejón que había entre el edificio de piedra arenisca y la casa de al lado. El coche traqueteó sobre los surcos de la calzada y los faros delanteros cabeceaban arriba y abajo iluminando las oscuras paredes laterales de las casas, los cubos de basura encadenados a postes, botellas rotas y otros desperdicios. Tras avanzar unos seis metros por ese pasaje claustrofóbico, Marino se detuvo y apagó el motor y las luces. A la izquierda estaba el patio trasero de la casa de Abby, una angosta franja de césped rodeada por alambrado con un cartel que decía: «CUIDADO CON EL PERRO», un perro que bien sabía yo que no existía.

Marino encendió el reflector del coche, y el haz de luz barrió la oxidada escalera de incendios. Todas las ventanas estaban cerradas. Los cristales emitían oscuros destellos. El asiento del coche crujió al moverse Marino para recorrer con la luz todo el patio vacío.

—Adelante —dijo Marino—. Quiero saber si está pensando lo mismo que yo.

Señalé lo obvio.

—El cartel. El cartel del alambrado. Si el asesino hubiera creído que tenía un perro, se lo habría pensado dos veces. Ninguna de sus víctimas tenía perro. De haberlo tenido, seguramente seguirían vivas.

—Bingo.

—Además —seguí diciendo—, sospecho que usted ha llegado a la conclusión de que el asesino debía saber que el cartel no significaba nada, que Abby, o Henna, no tenían perro. ¿Cómo lo sabría?

—En efecto. Cómo lo sabría… —repitió lentamente Marino—, a menos que tuviera una buena razón para ello.

No dije nada.

Metió el encendedor del coche.

—Quizá ya había estado antes en la casa.

—No creo…

—Deje de hacerse la tonta, doctora —dijo en voz baja.

Yo también saqué mis cigarrillos. Las manos me temblaban.

—Lo estoy viendo. Y creo que usted también. Veo a un tipo que ya ha estado dentro de la casa de Abby Turnbull. No sabe que está la hermana, pero sí sabe que no hay ningún maldito perro. Y la señorita Turnbull no le agrada demasiado porque sabe algo que no quiere que nadie, ni una sola persona de este mundo maldito, se entere.

Hizo una pausa. Percibí su mirada, pero me negué a mirarlo ni a abrir la boca.

—Él ya logró lo que quería, hizo con ella lo que quiso, ¿sí? Tal vez no pudo evitarlo porque tiene alguna clase de compulsión, algún tornillo flojo, por llamarlo de alguna forma. Pero le preocupa. Le preocupa que ella lo cuente. Mierda. Es una maldita periodista, ni más ni menos. Es más, le pagan por contar secretos sucios de la gente. Lo que él hizo va a salir a la luz.

Volvió a mirarme y yo permanecí muda como una piedra.

—¿Qué hace? Decide liquidarla y que parezca otro asesinato más de la serie. El único problemita es que no sabe de la existencia de Henna. Tampoco sabe dónde queda exactamente el dormitorio de Abby, porque cuando estuvo en la casa no pasó del cuarto de estar. De modo que al irrumpir en la casa la noche del viernes, se mete en el dormitorio de Henna por error. ¿Por qué? Porque es el que tiene las luces encendidas, porque Abby no está en la ciudad. Pero bueno, ya es demasiado tarde. Ya se ha comprometido. Ahora tiene que seguir adelante. La mata…

—No puede haber hecho algo así —traté de impedir que me temblara la voz—. Boltz no sería capaz. No es un asesino, por el amor de Dios.

Silencio.

Tras un breve instante, Marino volvió a mirarme con lentitud y sacudió la ceniza del cigarrillo.

—Qué curioso. Yo no he mencionado ningún nombre, pero ya que usted lo ha hecho, tal vez podríamos hablar del tema, ahondar un poco más.

Volví a guardar silencio. Sentí que todo esto empezaba a superarme y que se me hacía un nudo en la garganta. Me negué a llorar. ¡Maldita sea! ¡Todo menos que Marino me viera llorar!

—Escúcheme, doctora —dijo en un tono mucho más reposado—. No es mi intención enloquecerla ¿me entiende? Sé bien que lo que haga usted en su vida privada no es asunto mío ¿de acuerdo? Los dos son adultos, sin compromisos y actúan por libre voluntad. Pero lo sé todo. He visto el coche de él en la entrada de su casa…

—¿Mi casa? —repetí, perpleja—. ¿Qué…?

—Yo ando por toda esta maldita ciudad. Usted vive en la ciudad, ¿me equivoco? Conozco su furgoneta. Conozco su maldito domicilio, y conozco el Audi blanco del señor Boltz. Y sé que en las repetidas ocasiones que lo he visto en su casa estos últimos meses, no estaba allí para tomarle declaración precisamente…

—De acuerdo. Puede que no. Y coincido en que no es asunto suyo.

—Bueno, pues resulta que sí lo es —arrojó la colilla por la ventanilla y encendió otro cigarrillo—. En este momento sí lo es en vista de lo que le ha hecho a la señorita Turnbull. Y eso me lleva a preguntarme qué otras cosas habrá podido hacer.

—El caso de Henna es prácticamente igual a los otros —le dije con frialdad—. No tengo ninguna duda de que fue asesinada por el mismo hombre.

—¿Qué me dice de las muestras de los hisopos?

—Betty va a analizarlas mañana a primera hora. No sé…

—Bueno, le ahorraré la molestia, doctora. Boltz es no secretor. Creo que usted también lo sabe, y lo sabe desde hace meses.

—Hay millares de hombres no secretores en esta ciudad. Que yo sepa, hasta usted podría serlo.

—Sí —dijo cortante—, que usted sepa, podría serlo. Pero el hecho es que no lo sabe, doctora, y que en cambio sí sabe que Boltz lo es. El año pasado, cuando le hizo la autopsia a su mujer, usted elaboró el equipo de pruebas físicas y encontró esperma, esperma del marido. Allí lo dice, en el informe del laboratorio. El tipo con el que había tenido relaciones sexuales antes de quitarse la vida es un no secretor. Qué demonios, hasta yo lo recuerdo. Estuve en el lugar de los hechos, ¿ se acuerda?

No respondí.

—Cuando entré en ese dormitorio y la vi, sentada en la cama, con su elegante camisoncito y un gran boquete en el pecho, no pensaba en descartar ninguna posibilidad. Lo que primero se me viene siempre a la cabeza es un asesinato. El suicidio es lo último de la lista, porque si no piensas en seguida en un asesinato, después ya es demasiado tarde. El único error que cometí entonces fue no hacerle a Boltz un perfil de sospechoso. Me pareció todo tan claro tras los exámenes que usted llevó a cabo que di el caso por resuelto. A lo mejor me equivoqué. En aquellos momentos tenía sobrados motivos para sacarle sangre y cerciorarme de que el esperma que ella tenía dentro era suyo. Él dijo que sí, que habían tenido relaciones sexuales a primera hora de aquella mañana. Lo dejé correr. No le pedí nada. Y ahora ni siquiera puedo preguntarle. No tengo ningún motivo que lo justifique.

—La sangre no es lo único que cuenta —dije como una tonta—. Si es A positivo, o B positivo, guiándonos por el sistema de grupos sanguíneos Lewis, no se puede afirmar que sea no secretor... hace falta analizar la saliva...

—Ya. Sé muy bien cómo se hace el grupo de pruebas de un sospechoso, ¿no cree? Pero da igual. Sabemos que lo es, ¿me equivoco?

No dije nada.

—Sabemos que el hombre que mató a estas mujeres es un no secretor. Y sabemos que Boltz conoce todos los detalles de los crímenes, los conoce tan bien que podría atacar a Henna de forma que parezca como los demás.

—Bueno, elabore un grupo de pruebas y nosotros le haremos los análisis de ADN —señalé enojada—. Adelante. Así saldrá usted de dudas.

—Sí. Tal vez lo haga. Tal vez lo haga pasar por el rayo láser para ver si reluce.

Apareció ante mí la imagen del residuo brillante en el equipo de pruebas mal etiquetado. ¿Serán mis manos el origen de tal residuo? ¿Y si Bill se lavara las manos con jabón Borawash de forma rutinaria?

—¿Encontró partículas brillantes en el cuerpo de Henna? —me preguntó Marino.

—En el pijama. Y en las mantas de la cama también.

Ninguno de los dos cruzamos palabra por unos instantes.

—Es el mismo hombre —concluí—. Sé los resultados que tengo. Es el mismo hombre.

—Ya. Puede ser. Pero no me tranquiliza en absoluto.

—¿Está seguro de que lo que dijo Abby era cierto?

—Pasé por la oficina de Boltz a última hora de la tarde.

—¿Ha ido a verlo? ¿A ver a Boltz? —balbuceé.

—Claro que sí.

—¿Y le ha servido para confirmarlo? —estaba alzando la voz.

—Sí —desvió la mirada hacia mí—. Digamos que algo así.

No dije nada. Me daba miedo abrir la boca.

—Negó todo, por supuesto, y se puso hecho una furia. Habló de denunciarla por difamación, en fin, la cantinela de siempre. Pero no lo hará. No va a armar ningún barullo porque está mintiendo, y yo lo sé, y él sabe que yo lo sé.

Vi que deslizaba la mano hacia la parte superior del muslo izquierdo y de pronto sentí pánico. ¡La grabadora!

—Si está haciendo lo que yo creo … —le espeté.

—¿Qué? —preguntó sorprendido.

—Si tiene la grabadora encendida…

—¡Óigame! —protestó—. Me estaba rascando, ¿o es que no puedo? Por todos los diablos, cachéeme. Desnúdeme y revise, si eso le tranquiliza.

—No le alcanzaría todo el oro del mundo para pagarme.

Se echó a reír. Le había causado verdadera gracia.

—¿Quiere que le diga la verdad? —prosiguió—. Ahora me pregunto qué le sucedió en realidad a su esposa.

Tragué con dificultad.

—No hubo nada sospechoso en los resultados de las pruebas físicas. Tenía residuos de pólvora en la mano derecha...

—Eso no lo dudo —me interrumpió—. Apretó el gatillo, seguro, pero tal vez ahora sepamos por qué, ¿no? Quizá Boltz lleve años haciendo esto. Y ella lo descubrió.

Puso el motor en marcha y encendió las luces. Traqueteando por el callejón entre las casas, salimos a la calle.

—Mire —no estaba dispuesto a dejar el tema—. No pretendo entrometerme. Mejor dicho, no es lo que yo entiendo por diversión, entiéndame. Pero usted es quien lo conoce, doctora. Se han estado viendo, ¿no?

Un travesti recorría la acera. La falda amarilla revoloteaba en torno a sus piernas musculosas, los falsos pechos altos y firmes, los falsos pezones, erectos bajo la ceñida blusa blanca. Sus ojos vidriosos nos siguieron cuando pasamos a su lado.

—Se han estado viendo, ¿no? —repitió.

—Sí —mi voz era apenas perceptible.

—¿Y qué me dice del viernes pasado por la noche?

Al principio no logré recordar. No podía pensar. El travesti se dio la vuelta lánguidamente y se alejó.

—Llevé a mi sobrina a cenar y al cine.

—¿ Fue con ustedes?

—No.

—¿Sabe dónde estuvo el viernes por la noche?

Negué con la cabeza.

—¿No la llamó ni nada?

—No.

Silencio.

—Mierda —murmuró, frustrado—. Si hubiera sabido entonces lo que ahora sé, me habría pasado por la casa, ver dónde diablos estaba. Maldita sea.

Silencio.

Arrojó la colilla por la ventanilla y encendió otro. Fumaba uno tras otro.

—Veamos, ¿cuánto hace que sale con él?

—Varios meses. Desde abril.

—¿Sabe si salía también con otras mujeres, o sólo con usted?

—No creo que saliera con nadie más. No lo sé. Es obvio que es mucho lo que ignoro de él.

Marino insistió en su interrogatorio, implacable, como una apisonadora.

—¿No advirtió nunca nada? Me refiero a alguna rareza.

—No entiendo lo que quiere decir —sentía la lengua estropajosa. Arrastraba las palabras como si me estuviera quedando dormida.

—Alguna rareza —repitió—. En lo que se refiere al sexo.

No dije nada.

—¿Alguna violencia con usted? ¿La forzó? —calló un instante—. ¿Cómo es Boltz? ¿Es el animal que describió Abby Turnbull? ¿Lo ve haciendo algo así, como lo que le hizo a ella?

Oía a Marino y no lo oía. Los pensamientos iban y venían, como la marea, como si fluctuara entre la conciencia y la inconsciencia.

—...agresiones, digo. ¿Era agresivo? ¿Advirtió algo extraño...?

Las imágenes. Bill. Sus manos apretándome, arrancándome la ropa, empujándome con fuerza hacia el sofá.

—...los tipos así tienen un modelo de conducta. No es sexo lo que en realidad buscan. Tienen que tomarlo por asalto, someter, conquistar...

Era de lo más brusco. Me hacía daño. Me metió la lengua en la boca. Yo no podía respirar. No era él. Se había transformado, era otra persona.

—No importa un carajo que sea guapo y lo tenga cuando le dé la gana, ¿me entiende? Los tipos así son dementes, eso es lo que son. DEMENTES...

Como Tony, cuando se emborrachaba y se enfadaba conmigo.

—...Lo que yo digo, no es más que un maldito violador, doctora. Ya sé que no quiere oírlo. Pero, por todos los demonios, es así. Me da la impresión de que sí ha advertido alguna rareza...

Bebía demasiado. Bill bebía más de la cuenta, y entonces aún era peor...

—...ocurre con mucha frecuencia. Ni se imagina la de informes que recibo, jóvenes que llaman para contárnoslo dos meses después. Al final se arman de valor y se lo cuentan a alguien. Tal vez alguna amiga las convence de que hablen. Banqueros, hombres de negocios, políticos.

Conocen a una nenita en un bar, la invitan a una copa y le meten dentro un poco de clorhidrato ¡Bum! Cuando despierta, lo único que sabe es que tiene a la bestia metida en su propia cama y la sensación de haber sido arrollada por un camión...

Jamás habría hecho una cosa así conmigo. Me apreciaba. Yo no era un simple objeto, ni una desconocida... O tal vez conmigo se cuidaba más. Yo sé demasiado. Jamás habría logrado salirse con la suya, sabía que el asunto no quedaría así.

—...esos sapos logran ocultarlo años y años. Algunos toda la vida. Se van a la tumba con más agujeros en el cinturón que «Jack, el matador de gigantes».

Nos habíamos detenido en un semáforo en rojo. No tenía ni idea de cuánto tiempo llevábamos así, sin movernos.

—La referencia es correcta, ¿no? El tipo ése que mataba moscas y hacía un agujero en el cinturón por cada una...

La luz parecía un deslumbrante ojo rojo.

—¿Nunca le ha hecho nada a usted, doctora? ¿No la ha violado alguna vez?

—¿Cómo? —me volví lentamente hacia él. Marino tenía la vista clavada al frente. Su rostro tenía un color pálido que se destacaba bajo el resplandor rojizo de la luz del semáforo.— ¿Cómo? —volví a preguntar. El corazón me taladraba el pecho.

El semáforo se puso verde, y nos volvimos a poner en marcha.

—¿La ha violado alguna vez? —inquirió Marino, como si yo fuera una desconocida, una más de esas «nenitas» que lo llamaban para confesar.

Sentí que la sangre se me agolpaba en el cuello.

—¿Nunca la ha lastimado, ni ha intentado sofocarla, algo por el estilo…?

No pude contener la furia ni un minuto más. Veía destellos luminosos, como si algo se estuviera extinguiendo. Quedé enceguecida mientras la sangre me palpitaba en la cabeza.

—¡No! ¡Ya le he dicho todo lo que sé de él! ¡Basta! ¡Le he contado todas y cada una de las cosas que estoy dispuesta a contarle! ¡Punto y final!

Marino se quedó tan asombrado que no atinó a decir nada.

Al principio no sabía ni dónde estábamos.

La blanca esfera del gran reloj flotaba justo delante de nosotros mientras las sombras y las figuras iban materializándose poco a poco en el pequeño parque de laboratorios ambulantes situado detrás del aparcamiento. No había nadie cuando nos detuvimos junto a mi furgoneta.

Me desabroché el cinturón de seguridad. Temblaba de pies a cabeza.

El martes llovió. Del cielo encapotado caía un torrente de agua que los limpiaparabrisas no alcanzaban a despejar con la rapidez necesaria. Yo era una más en la larga caravana de coches que apenas avanzaba por la carretera nacional.

El clima reflejaba mi estado de ánimo. El encuentro con Marino me había dejado mal físicamente, como si tuviera resaca. ¿Cuánto hacía que lo sabía? ¿Cuántas veces había visto el Audi blanco estacionado en la entrada de mi casa? ¿Era algo más que simple curiosidad lo que lo había llevado a pasar más de una vez delante de casa? Quería ver cómo vivía su presuntuosa jefa. Probablemente supiera cuánto me pagaba el Estado, y a cuánto ascendía mi hipoteca mensual.

Unas luces intermitentes me obligaron a pasarme al carril izquierdo, cuando pasaba junto a una ambulancia y varios policías desviando el tránsito de una camioneta destrozada, la radio interrumpió mis lúgubres pensamientos.

«... Henna Yarborough fue violada y murió estrangulada. Se cree que el asesino es el mismo hombre que mató a otras cuatro mujeres de Richmond en los últimos dos meses...»

Subí el volumen y escuché lo que ya había escuchado tantas veces desde que saliera de casa. Últimamente parecía que las únicas noticias de todo Richmond eran los asesinatos.

«...los últimos acontecimientos. Según una fuente cercana a la investigación, parece que la doctora Lori Petersen marcó el 911 antes de morir asesinada...»

Esta jugosa revelación había salido en primera plana del periódico matutino.

«... Tenemos en línea al señor Norman Tanner, Director de Seguridad Pública...»

Tanner leyó un comunicado obviamente redactado de antemano:

«El Departamento de Policía ha sido notificado de la situación. Dada la discreción que merecen estos casos, no puedo hacer ningún comentario...»

—¿Tiene usted idea de cuál es la fuente de esta información, señor Tanner? —preguntó el periodista.

—No estoy autorizado a realizar ningún comentario a ese respecto…

No podía hacer comentarios porque no lo sabía.

Pero yo sí.

La supuesta fuente cercana a la investigación tenía que ser la propia Abby. Su firma no aparecía ya en ningún artículo. Evidentemente, los redactores la habían apartado de aquellos relatos. Ya no era ella quien redactaba la noticia, ahora la generaba. Recordé sus amenazas: «alguien va a tener que pagar por esto…». Abby quería que ese alguien fuera Bill, la policía, la ciudad, el mismísimo Dios. Mientras tanto, yo esperaba que estallara la noticia de la violación de mi ordenador y del equipo de pruebas mal etiquetado en cualquier momento. La persona que lo iba a pagar era yo.

No llegué a la oficina hasta las ocho y media y para entonces los teléfonos sonaban sin cesar.

—Periodistas —se quejó Rose al entrar para dejar en mi escritorio una pila de hojitas rosas con mensajes telefónicos—. Agencias de noticias, revistas y hasta un tipo de Nueva Jersey acaba de llamar diciendo que está escribiendo un libro.

Encendí un cigarrillo.

—Eso de que Lori Petersen llamara a la policía… —añadió, con el rostro tenso por la ansiedad—. ¡Qué horror, como sea verdad…!

—Siga derivando a todo el mundo a la acera de enfrente —la interrumpí—. Todo el que llame en referencia a estos casos debe acudir directamente a Amburgey.

Amburgey ya me había enviado varios correos electrónicos exigiendo que le enviara «de inmediato» una copia del informe de la autopsia de Henna Yarborough. En el último, las palabras «de inmediato» estaban subrayadas, y añadía un comentario insultante. «Espero explicaciones sobre la noticia del *Times*.»

¿Estaba insinuando que de alguna manera yo era la responsable de esta nueva filtración a la prensa? ¿Estaba acusándome de haberle contado a algún periodista la historia de la llamada abortada al 911?

De mí no iba a recibir ninguna explicación. De mí no iba a recibir absolutamente nada hoy, ya podía enviarme veinte mensajes electrónicos, si quería, o aparecer personalmente en mi oficina.

—Está aquí el sargento Marino —me informó Rose, añadiendo algo a continuación que me puso los nervios de punta—. ¿Quiere verlo?

Ya sabía lo que quería Marino. De hecho, ya le había hecho una copia del informe. Supongo que, en realidad, tenía la esperanza de que pasara a recogerlo cuando yo ya me hubiera marchado.

Estaba poniendo mis inciales a una pila de informes toxicológicos cuando oí sus fuertes pisadas por el pasillo. Cuando entró llevaba puesto un impermeable azul marino que estaba chorreando, el poco cabello que tenía estaba pegoteado al cráneo y su aspecto era demacrado.

—En cuanto a lo de anoche… —empezó a decir acercándose a mi escritorio.

La expresión de mis ojos lo cortó en seco.

Incómodo, paseó la mirada por la oficina mientras se desabrochaba el impermeable y hurgaba en un bolsillo buscando los cigarrillos.

—Están cayendo chuzos de punta —murmuró—, aunque no sepamos qué diablos significa eso. Bien mirado, no tiene mucho sentido —calló un instante—. Se supone que despejará al mediodía.

Sin decir palabra, le entregué una fotocopia del informe de la autopsia de Henna Yarborough, que también incluía los resultados preliminares de los estudios serológicos realizados por Betty. No se sentó en la silla que había al otro lado del escritorio, se puso a leerlo de pie, empapándome la alfombra.

Al llegar a la parte sustancial de la descripción, vi que sus ojos quedaban clavados a mitad de página.

—¿Quién lo sabe? —me preguntó con expresión de dureza.

—Casi nadie.

—¿Lo ha visto el director de sanidad?

—No.

—¿Y Tanner?

—Llamó hace un rato. Lo único que le he revelado es la causa de la muerte. No mencioné las heridas.

Siguió leyendo con atención.

—¿Nadie más? —volvió a preguntar sin levantar la vista.

Silencio.

—No ha salido nada de esto en los periódicos —dijo—. Ni en la radio, ni en la televisión. O sea, que el responsable de las filtraciones no conoce estos detalles.

Seguí mirándolo sin abrir la boca.

—Por todos los diablos —dobló el informe y se lo guardó en el bolsillo—. Este malnacido es Jack el

Destripador —me miró—. Supongo que no ha tenido noticias de Boltz. Si aparece, esquívele, desaparezca.

—¿Qué quiere decir con eso? —la sola mención del nombre de Bill me provocaba malestar físico.

—No responda a sus llamadas, no quede con él. Haga lo que corresponda, usted sabrá cuál es su estilo. No quiero que por ahora tenga copia de nada. No quiero que vea este informe ni sepa nada más de lo que ya sabe.

—¿Sigue considerándolo sospechoso? —le pregunté con la mayor serenidad posible.

—Mire, doctora, ya no sé qué considero o dejo de considerar. El hecho es que es el fiscal del distrito y tiene derecho a ver lo que le dé la gana, ¿no? Pero hay otro hecho, y es que a mí eso me importa un carajo, como si es el mismísimo gobernador. No quiero que nadie le diga nada. De modo que lo que le estoy pidiendo es que haga lo posible por esquivarlo.

Bill no iba a aparecer. Estaba segura de que no iba a dar señales de vida. Él sabía lo que había contado Abby Turnbull, y sabía que yo estaba presente cuando lo dijo.

—Y otra cosa —agregó Marino al tiempo que se volvía a abrochar el impermeable y se subía el cuello—, si va a indignarse conmigo, adelante, indígnese, pero sepa que anoche me limité a hacer mi trabajo, y si cree que me resultó divertido, se equivoca de punta a punta.

Se dio la vuelta al oír un carraspeo. En la puerta se encontraba Wingo con las manos en los bolsillos de sus elegantes pantalones de lino blanco.

Marino no ocultó una mueca de disgusto cuando pasó bruscamente junto a él y abandonó la oficina.

Wingo se acercó a mi escritorio, jugueteando nervioso con las monedas que llevaba en el bolsillo.

—Ejem…, doctora Scarpetta, tenemos otro equipo de cámaras en el vestíbulo…

—¿Dónde está Rose? —le pregunté quitándome las gafas. Sentía los párpados como si fueran de papel de lija.

—En el baño, creo. Ah, ¿quiere que les diga que se vayan, o qué?

—Diles que se vayan a la acera de enfrente —dije con cierta irritación—, como hicimos con el último equipo que vino, y con el anterior.

—Claro, claro —murmuró, pero no hizo ademán de moverse. Volvió a juguetear con las monedas.

—¿Algo más? —le pregunté con forzada paciencia.

—Bueno, hay algo que me intriga. Es sobre…ejem, sobre Amburgey. ¿No es un enemigo declarado del cigarrillo que siempre anda haciendo alboroto al respecto, o me confundo con otra persona?

Contemplé su rostro serio. No acertaba a darme cuenta de qué importancia podía tener eso.

—Es un enemigo acérrimo del cigarrillo y con frecuencia lo expresa públicamente.

—Eso tengo entendido. Algo he leído al respecto en la página de opinión, y también se lo he escuchado decir por la televisión. Parece que el año que viene piensa prohibir el tabaco en todos los edificios del DSSH.

—Así es —contesté sin disimular mi fastidio—. El año que viene, a estas alturas, su jefa tendrá que salir, bajo la lluvia y el frío, para poder fumarse un cigarrillo… como cualquier adolescente lleno de culpabilidad —lo miré interrogante—. ¿Por qué lo pregunta?

Se encogió de hombros.

—Simple curiosidad. Tengo entendido que fue fumador antes de convertirse, ¿verdad?

—Que yo sepa, jamás fumó en su vida.

Mi teléfono volvió a sonar, y cuando alcé la vista, Wingo había desaparecido.

Aunque sólo fuera en eso, Marino tenía razón en cuanto al tiempo. Por la tarde me fui en coche a Charlottesville bajo un cielo azul deslumbrante. El único vestigio de la tormenta matinal era la bruma que salía de los prados ondulados que flanqueaban la carretera.

Las acusaciones de Amburgey seguían atormentándome, de modo que me propuse enterarme personalmente de lo que había hablado con el doctor Spiro Fortosis. Al menos, eso tenía en mente cuando le pedí una entrevista al psiquiatra forense. A decir verdad, no era mi único motivo. Nos conocíamos desde el comienzo de mi carrera, y jamás había olvidado su amistosa disposición hacia mí en aquellos ingratos días en los que comencé a asistir a congresos nacionales de medicina forense, cuando apenas conocía a nadie. Charlar con él me permitía desahogarme sin tener que recurrir a un psicoanalista. Cuando llegué, lo encontré en el pasillo poco iluminado del cuarto piso de aquel edificio de ladrillo que albergaba su departamento. Al verme, su rostro se iluminó con una sonrisa. Me dio un paternal abrazo y un beso en la frente.

Era catedrático de medicina y psiquiatría en la Universidad de Virginia. Me llevaba quince años. El cabello blanco se le amontonaba detrás de las orejas, como si fueran alas, sus ojos bondadosos asomaban tras unas gafas sin montura. Como de costumbre, vestía traje oscuro, camisa blanca y una angosta corbata rayada tan anticuada que ya había vuelto a estar de moda. Siempre he creído que hubiera servido de modelo para un cuadro de Norman Rockwell, «El médico del pueblo».

—Están pintando mi despacho —me explicó al tiempo que abría una puerta de madera oscura situada en la mitad del pasillo—. Así que, si no te molesta recibir trato de paciente, nos metemos aquí.

—La verdad es que en este momento me siento como una de tus pacientes —dije mientras él cerraba la puerta.

La espaciosa habitación tenía todas las comodidades de un cuarto de estar, aunque un poco frío e impersonal.

Me acomodé en un sofá de cuero color canela. Diseminadas por las paredes había unas cuantas acuarelas abstractas de colores claros y varias macetas con plantas de interior. No había revistas, ni libros ni teléfono. Las lámparas colocadas en las mesas auxiliares estaban apagadas y los blancos estores de diseño, ligeramente subidos, lo justo para permitir que la luz solar iluminara apaciblemente la habitación.

—¿Cómo está tu madre, Kay? —me preguntó Fortosis acercándose un sillón de color beige.

—Ahí está, sobreviviendo. Creo que nos va a enterrar a todos.

—Siempre decimos eso de nuestras madres, aunque, por desgracia, no suele ser cierto.

—¿Y tu mujer y tus hijas?

—Muy bien —me miró fijamente—. Se te ve muy cansada.

—Es que lo estoy.

Fortosis calló por un instante.

—Tú que perteneces al Centro Médico de Virginia —dijo con su voz educada y tranquilizadora—, ¿no llegaste a conocer a Lori Petersen?

Sin que hiciera falta que insistiera, de buenas a primeras me vi contándole lo que no le había contado a nadie. La necesidad de desahogo era abrumadora.

—La vi una vez —respondí—. O al menos estoy casi segura de que así fue.

Había hurgado en mi memoria hasta el cansancio, sobre todo durante aquellos momentos propicios a la introspección, como es el camino de casa al trabajo y viceversa, o cuando estaba a solas en el patio cuidando las rosas. Veía el rostro de Lori Petersen e intentaba asociarlo a la vaga imagen de alguna de las incontables alumnas del Centro Médico de Virginia que se agolpaban a mi alrededor en los laboratorios, o formaban parte del público de mis conferencias. A estas alturas, ya me había convencido de que al mirar las fotografías que había en su casa, algo resonaba en mi memoria. Me resultaba familiar.

El mes anterior yo había dado una conferencia en Grand Rounds. El tema era «Las mujeres en la medicina». Recuerdo estar detrás del estrado y contemplar el mar de jóvenes rostros que colmaban las gradas del auditorio de la facultad. Los jóvenes se habían traído el almuerzo y, cómodamente instalados en los asientos tapizados de rojo, comían y bebían sus refrescos. La situación no era muy distinta de las anteriores, no hubo nada en ella extraordinario ni particularmente memorable, salvo vista en retrospectiva.

No tenía la certeza, pero creía que Lori fue una de las jóvenes que se acercaron al terminar para hacerme preguntas. Veía la imagen borrosa de una atractiva rubia enfundada en una bata de laboratorio. El único rasgo que recordaba con claridad eran sus ojos, de color verde oscuro e indecisos, cuando se acercó y me preguntó si yo creía sinceramente que una mujer podía compatibilizar la familia con la práctica de una profesión tan exigente como la medicina. Aquella pregunta se me quedó grabada porque titubeé ligeramente tratando de responder. Yo había conseguido una de las dos metas, pero estaba claro que no la otra.

Mi cabeza recreaba la escena una y otra vez, obsesivamente, como si aquel rostro pudiera definirse con claridad si yo lo evocaba con la vehemencia necesaria. ¿Era o no era ella? Ya no podría volver a recorrer los pasillos del Centro Médico de Virginia sin buscar a la médico rubia. No creía que pudiera encontrarla. Creo que era Lori, que hizo una fugaz aparición ante mí como un fantasma surgido de un horror futuro que la relegaría a un pasado inexorable.

—Qué curioso —señaló Fortosis con ese aire pensativo tan suyo—. ¿Por qué crees que aquel encuentro, entonces o en cualquier otro momento, tiene importancia?

Contemplé el humo de mi cigarrillo.

—No estoy segura, pero creo que su muerte adquiere entonces un tinte más real.

—Si pudieras retroceder hasta ese día, ¿lo harías?

—Sí.

—¿Y qué harías?

—Trataría de ponerla sobre aviso de alguna forma —repliqué—. Trataría de deshacer lo que él le hizo.

—¿Lo que le hizo el asesino?

—Sí.

—¿Piensas en él?

—No quiero pensar en él. Lo único que pretendo es hacer todo lo posible para que lo atrapen.

—¿Y lo castiguen?

—No hay castigo equivalente al crimen. Ninguno sería suficiente.

—Si lo condenaran a muerte, ¿no te parecería bastante castigo?

—Sólo puede morir una vez.

—O sea, quieres que sufra —dijo sin dejar de mirarme por un instante.

—Así es —confirmé.

—¿Cómo? ¿Con dolor?

—Con miedo —dije—. Quiero que sienta el mismo miedo que sintieron sus víctimas cuando supieron que iban a morir.

No sé cuánto tiempo estuve hablando, pero cuando dejé de hacerlo, la habitación estaba más oscura.

—Supongo que este asunto me está afectando más que ningún otro —reconocí.

—Pasa como con los sueños —se recostó en su sillón y juntó las yemas de los dedos—. Son bastantes los que afirman que no sueñan, cuando lo justo sería decir que no recuerdan lo que han soñado. Nos afectan, Kay. Todo nos afecta. Lo único que hacemos es tratar de encajonar la mayor parte de nuestras emociones para que no nos devoren.

—Está claro que últimamemte no lo estoy logrando, Spiro.

—¿Por qué?

Sospechaba que lo sabía muy bien, pero quería que yo lo expresara con mis propias palabras.

—A lo mejor es porque que Lori Petersen era médico. Me siento identificada con ella. Alguna vez tuve su edad.

—En cierto modo, alguna vez fuiste ella.

—En cierto modo.

—Y lo que le sucedió… ¿pudo haberte sucedido a ti?

—No sé si he llegado a tanto.

—Creo que sí lo has hecho —esbozó una leve sonrisa—. Creo que has llegado a tanto en un montón de aspectos. ¿Qué más?

Amburgey. ¿Qué le había dicho realmente Fortosis?

—Hay muchas presiones colaterales.

—¿Por ejemplo…?

—Cuestiones de política —dije sin más.

—Ah, claro —seguía tamborileando unos dedos contra otros—. Siempre las hay.

—Las filtraciones a la prensa. A Amburgey le preocupa que puedan proceder de mi departamento —titubeé buscando una señal que me dijera que él ya estaba al tanto de lo que yo decía.

Sin embargo, su rostro impasible no me decía nada.

—Según él, tú tienes la teoría de que las noticias aparecidas en la prensa son un estímulo para el asesino, lo que le incita a actuar con mayor rapidez. Por lo tanto, las filtraciones serían indirectamente responsables de la muerte de Lori. Y de la de Henna Yarborough también. Estoy esperando oír esta acusación de un momento a otro.

—¿Es posible que las filtraciones hayan salido de tu oficina?

—Una persona, ajena al departamento, accedió a la base de datos de mi ordenador. Este hecho lo convierte en posible. Mejor dicho, me coloca en una posición indefendible.

—A menos que descubras al responsable —afirmó con la mayor naturalidad.

—No veo cómo —decidí presionarlo—. Hablaste con Amburgey, ¿verdad?

Me miró directamente a los ojos.

—Sí. Pero me parece que exagera lo que yo dije, Kay. Jamás llegaría al extremo de sostener que una filtración que supuestamente procede de tu departamento es la responsable de los dos últimos homicidios. En otras palabras, que las dos mujeres estarían vivas si no fuera por las noticias aparecidas en la prensa. No puedo decir eso. De hecho, no es lo que yo dije.

Mi alivio debió de ser palpable.

—Sin embargo, si Amburgey, o quien sea, se propone armar jaleo por las supuestas filtraciones que tal vez salieron de tu ordenador, me temo que no puedo hacer demasiado para evitarlo. A decir verdad, tengo la firme convicción de que hay un vínculo significativo entre la publicidad y la actividad del asesino. Si la información delicada pasa a ser un relato sensacionalista con titulares aún más grandes, Amburgey, o quien sea, puede quedarse con lo que yo digo como observador objetivo y utilizarlo contra tu departamento —se quedó mirándome un rato largo—. ¿Entiendes lo que te estoy diciendo?

—Estás diciéndome que no puedes desactivar la bomba —contesté, con el ánimo por los suelos.

—Estoy diciéndote que no puedo desactivar una bomba que ni siquiera alcanzo a ver —dijo llanamente, inclinándose hacia delante—. ¿Qué bomba? ¿Insinúas que te están tendiendo una trampa?

—No lo sé —respondí con cautela—. Lo único que puedo decirte es que el ayuntamiento es candidato a recibir un montón de huevazos en la cara por la llamada al 911 que realizó Lori Petersen poco antes de ser asesinada. ¿Te has enterado?

Asintió mirándome con interés.

—Amburgey me llamó para hablar del asunto mucho antes de que se publicara la noticia esta mañana. Tanner estaba presente. Boltz también. Dijeron que podría estallar un escándalo, que podrían presentar una querella. Llegado este punto, Amburgey dio la orden de que toda la información que se diera a la prensa a partir de entonces tendría que pasar por él. Yo no podría hacer ni un sólo comentario. Dijo que, a tu juicio, las filtraciones y los subsiguientes relatos estaban espoleando al asesino. Me interrogaron exhaustivamente sobre las filtraciones y la posibilidad de que la fuente procediera de mi departamento. No tuve más remedio que admitir que alguien había violado mi base de datos.

—Entiendo.

—Según se van sucediendo los hechos —seguí diciendo—, empiezo a tener la inquietante sensación de que si llega a estallar algún escándalo, será en torno a las presuntas irregularidades de mi departamento. Consecuencia: yo he perjudicado la investigación y, tal vez indirectamente, he provocado la muerte de más mujeres…

Hice una breve pausa. Estaba levantando la voz.

—Es decir, ya lo estoy viendo. El fallo cometido por la municipalidad respecto a la llamada del 911 pasará desapercibido porque estarán demasiado ocupados indignándose con el Instituto Forense, o sea, conmigo.

Fortosis no hizo comentarios.

—Tal vez me estoy ahogando en un vaso de agua —añadí sin demasiada convicción.

—Tal vez no.

No era lo que deseaba escuchar.

—Teóricamente —me explicó— las cosas podrían salir exactamente como acabas de señalar, siempre y cuando ciertas personas deseen que así sea porque necesitan salvar el pellejo. El médico forense es el chivo expiatorio ideal. La ciudadanía, en general, no entiende lo que hace el forense, más bien abriga una serie de presunciones siniestras y censurables sobre su trabajo. Nadie suele tomar con agrado la idea de que una persona pueda cortar en pedazos el cuerpo de un ser querido. Lo consideran una mutilación, una especie de humillación final…

—Por favor… —lo interrumpí.

—Entiendes lo que quiero decir —prosiguió con delicadeza.

—Demasiado bien.

—Es una verdadera lástima que haya sucedido lo del ordenador.

—Dios Santo, me hace añorar la época en la que usábamos máquinas de escribir.

Se quedó mirando la ventana, pensativo.

—Te voy a dar un consejo, Kay —volvió los ojos hacia mí con expresión sombría—. Te sugiero que tengas cuidado. Pero también te recomiendo encarecidamente que no permitas que todo esto te obsesione al extremo de relegar la investigación a un segundo plano. Los juegos sucios de la política, o el miedo a que sucedan, pueden llegar a ser sumamente perturbadores y podrían llevarte a cometer errores que dispensen a tus adversarios la molestia de tener que fabricarlos.

Por mi mente cruzaron los portaobjetos mal etiquetados. Se me hizo un nudo en el estómago.

—Es como los pasajeros de un naufragio —agregó—. Se vuelven salvajes. Cada cual piensa sólo en sí mismo. No conviene interponerse en su camino. No conviene encontrarse en una posición vulnerable cuando cunde el pánico. Y en Richmond está cundiendo el pánico.

—Entre ciertas personas sí, desde luego —coincidí.

—Y es comprensible. La muerte de Lori Petersen pudo haberse evitado. La policía cometió un error imperdonable al no otorgar máxima prioridad a su llamada. Todavía no han cogido al asesino. Las mujeres siguen muriendo. Los ciudadanos acusan a las autoridades, quienes, a su vez, tienen que buscar a un tercero que cargue con las culpas. Es puro instinto animal. Si la policía o los políticos pueden pasarle la pelota a los de más abajo, lo harán, no te quepa duda.

—La pasarán a los de más abajo y entrará de lleno en mi departamento —dije con amargura. Automáticamente pensé en Cagney.

¿Le habría sucedido a él algo así?

Conocía la respuesta y la expresé en voz alta.

—No puedo evitar pensar que soy un blanco fácil porque soy mujer.

—Eres una mujer en un mundo de hombres —coincidió Fortosis—. Y seguirás siendo un blanco fácil hasta que los muchachos descubran que tienes garras. Y las tienes, yo sé que las tienes —me sonrió—. Procura que lo sepan.

—¿Cómo?

—¿Hay alguien de tu departamento que merezca tu plena confianza?

—Mis colaboradores son muy leales…

Lo desechó con un gesto.

—No hablo de lealtad sino de confianza, Kay. Me refiero a poner tu vida en sus manos. ¿Tu analista de sistemas, tal vez?

—Margaret siempre me ha sido fiel —vacilé—. Pero, ¿mi vida en sus manos? Creo que no. Apenas la conozco, desde el punto de vista personal.

—Lo que quiero decir es que tu seguridad, o digamos tu mejor defensa, si prefieres verlo así, sería descubrir quién ha violado tu ordenador. Tal vez sea imposible. Pero si hubiera una posibilidad, por remota que sea, sospecho que tendrás que contar con un experto en informática. Un detective especializado en tecnología, alguien de tu plena confianza. Me parece que no sería prudente involucrar a alguien que apenas conozcas, porque podría hablar.

—No se me ocurre nadie —respondí—. Pero aunque lo descubriera, puede que las noticias sean malas. Si resulta que el que está accediendo a mi base de datos es, efectivamente, un periodista, no veo cómo el hecho de descubrirlo solucionaría el problema.

—Tal vez no lo solucione. Pero yo en tu caso correría el riesgo.

Me pregunté por qué insistía tanto. Empezaba a tener la sensación de que Fortosis tenía ya un sospechoso en mente.

—Lo tendré en cuenta —me prometió—, siempre y cuando me llamen por este asunto, Kay, si me presionan para que hable de la relación entre las noticias de las prensa y la intensificación de los crímenes del asesino, ese tipo de cosas —una breve pausa—. No voy a permitir que me utilicen. Pero tampoco puedo mentir. Lo cierto es que la reacción de este asesino a la publicidad, es decir, su *modus operandi*, es un tanto insólito.

Lo escuché con atención.

—No todos los asesinos en serie se entusiasman leyendo sus propios actos. La ciudadanía suele creer que lo que quiere la gran mayoría de las personas que cometen crímenes espectaculares es llamar la atención, sentirse importantes. Como Hinckley. Disparas contra el presidente de la nación y pasas de inmediato a ser un héroe. Cualquier persona inadaptada, que apenas logra integrarse en la sociedad y es incapaz de conservar un empleo o de mantener relaciones afectivas normales con nadie, de pronto es famoso en el mundo entero. En mi opinión, estos individuos son una excepción. Un caso extremo. El otro extremo son los Lucas y los Toole.

Hacen lo que hacen y con frecuencia ni siquiera se quedan en la ciudad lo bastante como para leer la noticia en la prensa. No quieren que nadie se entere. Ocultan los cadáveres y no dejan huellas. Viajan mucho, van de pueblo en pueblo, y por el camino buscan su próximo objetivo. Tengo la impresión, tras haber analizado con detenimiento el *modus operandi* del asesino de Richmond, que es una mezcla de los dos extremos. Lo hace porque es un impulso irrefrenable y no quiere en absoluto que lo atrapen. Pero, al mismo tiempo, le entusiasma llamar la atención, quiere que todo el mundo sepa lo que ha hecho.

—¿Es eso lo que le dijiste a Amburgey?

—Creo que cuando hablé con él, la semana pasada, no lo tenía tan claro. Fue la muerte de Henna Yarborough lo que me ha convencido.

—Por ser la hermana de Abby Turnbull.

—Efectivamente.

—Si Abby era su verdadero objetivo —continué—, ¿qué mejor manera de conmover a toda la ciudad y aparecer en las noticias nacionales que matar a la galardonada periodista que estaba cubriendo el caso?

—Si Abby Turnbull era su objetivo, se me ocurre que la elección es más personal. Los cuatro primeros crímenes, al parecer, eran impersonales, eran muertes de desconocidas. El asesino no las conocía, se limitó a acecharlas. Fueron objetivos circunstanciales.

—El análisis de ADN confirmará si se trata del mismo hombre —le dije, anticipándome al rumbo que creía que tomaban sus pensamientos—. Pero yo estoy convencida. En ningún momento he pensado que a Henna

337

la asesinara otra persona que pudiera tener la intención de atacar a la hermana.

—Abby Turnbull es un personaje famoso. Por un lado, si la víctima elegida era ella, yo me pregunto: ¿cómo es posible que el asesino cometiera la torpeza de matar a su hermana? Por otro lado, si la víctima elegida era Henna, ¿no es demasiada casualidad que fuera hermana de Abby Turnbull?

—Cosas más raras se han visto.

—Desde luego. No hay ninguna certeza. Podemos pasarnos la vida haciendo conjeturas sin llegar a ninguna conclusión. ¿Por qué esto, o por qué aquello? El motivo, por ejemplo. ¿Habrá sido maltratado por la madre, habrá sido víctima de abusos deshonestos, etcétera, etcétera? ¿Estará vengándose de la sociedad, será su forma de manisfestar el desprecio que siente por el mundo? Cuanto más tiempo llevo en esta profesión, más me reafirmo en algo que la mayoría de los psiquiatras no quiere ni oír hablar: muchos de estos individuos matan porque les gusta.

—Yo llegué a esa conclusión hace años —le repliqué irritada.

—Creo que el asesino de Richmond está gozando —siguió diciendo con serenidad—. Es muy astuto, actúa con mucho cuidado. Casi nunca comete errores. No estamos frente a un desequilibrado mental con lesiones en el lóbulo frontal derecho. Tampoco es un psicótico, eso de ningún modo. Es un sádico con una psicopatía sexual y un cociente intelectual superior a la media, capaz de desenvolverse en la sociedad con normalidad y mantener una imagen pública aceptable. Creo que tiene un empleo remunerado en Richmond. No me sorprendería en lo más mínimo que tuviera un trabajo o un pasatiempo que le permite establecer contacto con personas trastornadas o heridas, a las que puede dominar con facilidad.

—¿Qué clase de ocupación, en concreto? —pregunté, incómoda.

—Cualquiera. Apuesto a que es lo bastante hábil y competente como para poder hacer lo que se le antoje.

Médico, abogado, jefe indio... pensé, evocando las palabras de Marino.

—Has cambiado de idea —le recordé a Fortosis—. Al principio pensabas que podía tratarse de alguien con antecedentes criminales o de enfermedad mental, o tal vez las dos cosas. Una persona que acabara de salir de un hospital psiquiátrico, o de la cárcel...

—En vista de estos dos últimos dos homicidios —me interrumpió—, en particular el vinculado con Abby Turnbull, ya no pienso lo mismo, en absoluto. Los delincuentes psicóticos muy rara vez, por no decir nunca, tienen la habilidad de esquivar repetidamente a la policía. Soy de la opinión de que el asesino de Richmond tiene experiencia, probablemente lleve años cometiendo asesinatos en otros lugares, y siempre ha logrado evadir la justicia con el mismo éxito de ahora.

—¿Crees que llega a un sitio nuevo, se pasa meses asesinando y luego se va a otro lugar?

—No necesariamente —replicó—. Puede ser lo bastante disciplinado como para llegar a un sitio nuevo y buscarse un empleo estable. Es posible que permanezca inactivo por un tiempo, hasta que empieza. Una vez que empieza, ya no puede detenerse. Y en cada territorio nuevo le cuesta más saciarse. Cada vez es más osado, más descontrolado. Se burla de la policía y disfruta de ser la máxima preocupación de la ciudad, ya sea a través de la prensa, o de la selección de su víctima.

—Abby —murmuré—. Si realmente se trataba de ella.

Asintió.

—Eso es nuevo. Es lo más temerario y osado que ha hecho hasta ahora, si es que salió a asesinar a la cronista de sucesos más famosa de la ciudad. Habría sido su obra cumbre. Podría haber otros ingredientes, referencias o proyecciones psicológicas. Abby escribe sus hazañas y él se lo toma como algo personal. Establece una relación con ella. Sus arrebatos de furia, sus fantasías, todo se concentra en ella.

—Pero se equivocó —contesté enojada—. Era la supuesta obra cumbre y se equivoca de punta a punta.

—Exacto. Puede que no la conociera bien y que no supiera qué aspecto tenía ni que su hermana se había ido a vivir con ella el otoño pasado —ni siquiera parpadeaba—. Es muy posible que se enterara por los periódicos o por la televisión de que la mujer que asesinó no era Abby.

Me quedé estupefacta. No se me había ocurrido.

—Y esto es lo que me tiene muy preocupado.

Fortosis se recostó en el sillón.

—¿Qué? ¿Que pueda volver a intentarlo? —tenía mis dudas.

—Me preocupa —dijo como si pensara en voz alta—. Las cosas no le salieron como pensaba. Ante sí mismo, ha quedado como un tonto. Y puede que, a raíz de esto, se vuelva aún más perverso.

—¿Qué otras atrocidades tiene que hacer para ganarse el calificativo de «más perverso»? —exclamé casi gritando—. Ya sabes lo que le hizo a Lori. Y ahora Henna...

Me detuve al ver la expresión de su rostro.

—Llamé a Marino poco antes de que llegaras, Kay. Fortosis estaba enterado.

Sabía que los hisopos vaginales de Henna Yarborough habían dado negativo.

Seguramente el asesino había fallado el tiro. La mayor parte del líquido seminal que recogí estaba en las mantas de la cama y en las piernas de Henna. O digamos que el único instrumento que había conseguido insertar con éxito había sido el cuchillo. Las sábanas sobre las que Henna yacía estaban rígidas y oscurecidas por la sangre seca. Aunque no la hubiera estrangulado, probablemente habría muerto igual, desangrada.

Permanecimos sumidos en un silencio opresivo, con la terrible imagen de alguien que puede obtener placer causando un dolor tan horrendo a otro ser humano.

Miré a Fortosis y vi que tenía los ojos nublados y el rostro demacrado. Creo que fue entonces cuando advertí que aparentaba más edad de la que tenía. Era capaz de oír, de ver lo que le había ocurrido a Henna. Era hasta más consciente que yo. Las cuatro paredes de la habitación nos cercaban.

Los dos nos incorporamos al mismo tiempo.

Fui hasta el coche por el camino más largo. En lugar de tomar el angosto sendero que conducía directamente al aparcamiento, me desvié y crucé todo el campus. A lo lejos, la Cordillera Azul parecía un océano neblinoso e inmóvil, la cúpula de la rotonda despedía un blanco deslumbrante y las sombras alargadas poblaban el césped. Percibía la fragancia de los árboles y la hierba, aún tibios por el sol.

A mi lado pasaron varios grupos de estudiantes riendo y charlando sin prestarme la menor atención. Mientras caminaba bajo las frondosas ramas de un roble gigantesco, el corazón me dio un vuelco al oír de súbito el ruido de alguien que corría a mis espaldas. Me volví con brusquedad y vi a un joven atleta que, al ver mis ojos asustados, se quedó boquiabierto por el asombro. No fue más que un fugaz destello de pantalones rojos y piernas largas y morenas cruzando por la acera poco antes de desaparecer.

13

Llegué a la oficina a las seis de la mañana siguiente. Aún no había nadie y los teléfonos de recepción seguían conectados a la centralita del edificio.

Mientras la cafetera eléctrica se iba llenando gota a gota de café recién hecho, entré en la oficina de Margaret. El modo de respuesta del ordenador estaba activado con la esperanza de que el intruso lo intentara de nuevo. Pero no lo había vuelto hacer.

Nada tenía sentido. ¿Sabrá que lo descubrimos la semana pasada, tras su intento de sacar el caso de Lori Petersen? ¿Se habrá asustado? ¿Sospechaba que no habíamos introducido ningún dato nuevo?

Quizá había otras razones. Me quedé mirando la pantalla oscura. ¿Quién eres?, me pregunté. ¿Qué quieres de mí?

El teléfono volvía a sonar por el pasillo. Se oyó tres veces y después vino un repentino silencio, la telefonista de la centralita hacía su labor.

«Es muy astuto, actúa con mucho cuidado...»

No hacía falta que Fortosis me lo dijera.

«No estamos frente a un desequilibrado mental...»

No esperaba que se pareciera en nada a nosotros. Pero tal vez sí.

«...capaz de desenvolverse en la sociedad con normalidad y mantener una imagen pública aceptable...»

Podía ser lo bastante competente como para ejercer cualquier profesión. Quizá utilizaba un ordenador en el trabajo, o quizá tenía uno en casa.

Seguramente quería penetrar en mi mente tanto como yo quería penetrar en la suya. Yo era el único enlace real entre él y sus víctimas. Yo era el único testigo vivo. Cuando examinaba las contusiones, los huesos fracturados y los cortes en los tejidos musculares, nadie más que yo podía comprender la fuerza y la brutalidad que hacía falta para ocasionar aquellas heridas. Las costillas de las personas jóvenes y sanas son flexibles. A Lori le rompió las costillas hincándole las rodillas con toda sus fuerzas en el tórax. Lori estaba boca arriba. Eso fue lo que hizo después de arrancar el cable telefónico de la pared.

Lo que originó las fracturas de los dedos fue un retorcimiento, los huesos habían sido arrancados con violencia de sus articulaciones. Primero la amordazó y la ató, después le rompió los dedos uno a uno. No había razón para hacer tal cosa, salvo causarle un dolor insoportable y darle un anticipo de lo que podía esperar.

Mientras tanto, ella se desesperaba por respirar. Se desesperaba porque el flujo sanguíneo, que circulaba a presión, iba reventando los vasos sanguíneos como si fueran globitos, lo que hacía que tuviese la sensación de que la cabeza le iba a estallar. Después se desplomó sobre ella y penetró prácticamente todos los orificios de su cuerpo.

Cuanto más forcejeaba la víctima, más se tensaba el cable eléctrico que le rodeaba el cuello hasta que el último desvanecimiento le causó la muerte.

344

Yo lo había reconstruido todo. Había reconstruido todo lo que les hizo a cada una de sus víctimas.

Sin duda se preguntaría qué es lo que yo sabría. Era arrogante. Era paranoico.

Todo figuraba en el ordenador, todo lo que le hizo a Patty, a Brenda, a Cecile... La descripción de todas las lesiones, todas y cada una de las pruebas que habíamos encontrado, todos los análisis de laboratorio que yo había solicitado.

¿Estaría leyendo las palabras que yo había redactado? ¿Estaría leyéndome el pensamiento?

Los zapatos bajos que llevaba resonaban con estrépito por el pasillo vacío mientras me lanzaba a la carrera rumbo a mi oficina. En un arranque de energía febril, vacié el contenido de mi cartera buscando la tarjeta de visita de color hueso, con el logo del *Times* en relieve, situado en el centro y diseñado en letras negras de estilo gótico. En el dorso había un garabato que una mano temblorosa había escrito con bolígrafo.

Marqué el número del busca de Abby Turnbull.

Fijé el encuentro por la tarde porque cuando hablé con Abby, el cuerpo de su hermana aún no se había despachado. No quería que Abby estuviera en el edificio hasta que los servicios funerarios no se hubieran llevado el cuerpo de Henna.

Abby llegó puntual. Rose la acompañó en silencio a mi oficina y yo cerré las dos puertas sin romper aquel silencio.

Tenía muy mal aspecto. Las arrugas de su rostro eran más acusadas y la tez tenía un tono casi grisáceo.

Llevaba el cabello desarreglado y suelto, por encima de los hombros. Iba vestida con una blusa blanca de algodón que estaba muy arrugada y una falda de color caqui. Cuando encendió un cigarrillo, advertí que estaba temblando. En algún lugar profundo de su vacía mirada vi un destello de dolor y de rabia.

Empecé por decirle lo mismo que les decía a todos los seres queridos de cualquiera de las víctimas que me habían sido encomendadas.

—La causa de la muerte de su hermana, Abby, fue el estrangulamiento provocado por la ligadura que le rodeaba el cuello.

—¿Cuánto tiempo? —dijo expulsando una trémula nube de humo—. ¿Cuánto tiempo estuvo con vida …después de sufrir el ataque?

—No puedo decírselo con exactitud, pero, a juzgar por el estado físico, sospecho que la muerte fue rápida.

No lo bastante, aunque no lo dijera. Había fibras en la boca de Henna. La había amordazado. El monstruo quiso mantenerla con vida un tiempo, pero la quería en silencio. Basándome en la pérdida de sangre, había dictaminado que las lesiones y los cortes eran perimortales, lo que quería decir que la única certeza que tenía era que se habían producido cerca del momento de la muerte. La hemorragia de los tejidos circundantes era muy escasa tras la agresión del cuchillo. Puede que ya estuviera muerta, o inconsciente.

Pero era más probable que hubiera sido mucho peor. Tenía la sospecha de que el cordón de la persiana veneciana se tensó bruscamente alrededor del cuello cuando ella estiró las piernas por reflejo violento ante el dolor.

—Tenía hemorragias petequiales en las membranas conjuntivas, en la piel del rostro y en la del cuello —le dije a Abby—. En otras palabras, rotura de los vasos superficiales de los ojos y del rostro causada por presión, por oclusión cervical de las venas yugulares provocada por la ligadura del cuello.

—¿Cuánto tiempo vivió? —volvió a preguntar Abby con abatimiento.

—Unos minutos —repetí.

No tenía intención de ahondar en detalles. Me pareció que Abby se tranquilizó un poco. Buscaba ayuda y consuelo en la esperanza de que el padecimiento de su hermana hubiera sido mínimo. Algún día, cuando el caso se archivara y ella recuperara la fuerza, se enteraría. Que Dios la ampare cuando se entere de lo del cuchillo.

—¿Eso es todo? —preguntó con voz trémula.

—Es todo lo que puedo decirle en este momento —respondí—. Lo siento. Créame que siento de todo corazón lo que le ha ocurrido a Henna.

Se quedó fumando unos instantes, daba una bocanada tras otra, muy nerviosa, como si no supiera qué hacer con las manos. Se mordía el labio inferior para que no le temblara.

Cuando al final me alzó la vista para mirarme, vi un atisbo de inquietud y desconfianza en sus ojos.

Sabía que no la había llamado sólo para esto. Intuía que había algo más.

—Éste no es el verdadero motivo de su llamada ¿no?

—No del todo —respondí con franqueza.

Silencio.

Veía cómo el rencor y la rabia la empezaba a dominar.

—¿Para qué me ha llamado entonces? —preguntó—. ¿Qué es lo que quiere de mí?

—Quiero saber qué va a hacer.

Sus ojos centellearon.

—Ah, ya entiendo. A usted le preocupa su propio pellejo. Dios Santo. ¡Es usted como los demás!

—No estoy preocupada por mí —dije con toda la calma—. Eso ya lo he superado, Abby. Tiene bastante material como para crearme problemas. Si quiere echar por tierra mi departamento y mi persona, adelante. Hágalo. La decisión es suya.

Se mostró vacilante, desvió la mirada.

—Comprendo su ira —proseguí.

—Es imposible que la comprenda.

—La comprendo más de lo que usted se imagina.

La imagen de Bill me cruzó por la mente. Comprendía la ira de Abby perfectamente.

—Es imposible. ¡Nadie puede comprenderla! —exclamó—. Me ha robado a mi hermana. Me ha robado parte de mi vida. ¡Estoy harta de que me roben cosas! ¿En qué mundo vivimos? ¿Cómo puede alguien hacer una cosa así? ¡Dios mío! No sé qué voy a hacer, estoy perdida…

—Abby, sé que tiene usted intención de investigar la muerte de su hermana por su cuenta —dije con firmeza—. No lo haga.

—¡Alguien tiene que hacerlo! —gritó—. ¿O acaso debo dejarlo en manos de esos payasos que se hacen llamar policías?

—Hay ciertas cuestiones que son asunto de la policía. Pero sepa que usted puede ayudar. Si de verdad quiere colaborar, está en su mano.

—¡No empiece con esa actitud protectora y condescendiente!

—No es lo que estoy haciendo.

—Haré lo que me parezca...

—No, Abby. No hará lo que le parezca. Hágalo por su hermana.

Me miró sin comprender, con ojos enrojecidos.

—Le he pedido que viniera porque voy a correr un riesgo. Necesito que me ayude.

—¡Claro, eso mismo! Quiere que la ayude marchándome de la ciudad y quitándome de en medio...

Negué con la cabeza.

Abby se sorprendió.

—¿Sabe quién es Benton Wesley?

—El diseñador de perfiles —respondió en tono vacilante—. Sí, lo conozco.

Consulté el reloj de pared.

—En diez minutos estará aquí.

Se quedó mirándome un buen rato.

—¿Pero qué es lo que quiere? —preguntó al final—. ¿Qué quiere que yo haga en concreto?

—Que utilice sus contactos periodísticos para ayudarnos a atrapar al asesino.

—¿Para atraparlo? —preguntó Abby con los ojos como platos.

Me levanté para ver si quedaba café.

Wesley se mostró un poco reacio cuando yo le expliqué el plan por teléfono, pero ahora que estábamos los tres en mi oficina, me pareció evidente que lo había aceptado.

—Su total colaboración no es negociable —le dijo a Abby con rotundidad—. Tiene que garantizrme de antemano que hará exactamente lo que acordemos y evitará cualquier tipo de improvisación o creatividad por su parte, porque podría echar por tierra la investigación. Su discreción es imprescindible.

Abby asintió con la cabeza y señaló:

—Si es el asesino el que ha violado la seguridad del ordenador, ¿por qué lo ha hecho sólo una vez?

—Una vez, que nosotros sepamos —le recordé.

—Igualmente, el hecho es que no ha vuelto a ocurrir desde que lo descubrieron.

—Va a toda velocidad —sugirió Wesley—. Ha asesinado a dos mujeres en dos semanas. Seguramente, la información que lee en la prensa le basta para satisfacer su curiosidad. Está en una buena posición porque, según lo que se publica, nos lleva a todos la delantera.

—Tenemos que enfurecerlo —añadí yo—. Tenemos que actuar de forma que se ponga tan paranoico que cometa alguna imprudencia. Una posibilidad podría ser hacerle creer que mi departamento ha descubierto una prueba que podría brindarnos el esperado eslabón de la cadena.

—Si es él quien ha estado accediendo a la base de datos del ordenador —resumió Wesley—, tal vez esto le induzca a intentarlo de nuevo para ver si descubre lo que supuestamente tenemos.

Wesley me miró.

La verdad era que no teníamos absolutamente ningún eslabón. Le había prohibido a Margaret la entrada a su oficina con carácter indefinido, el ordenador iba a tener que estar siempre en modo de respuesta. Wesley había instalado un dispositivo para localizar todas las llamadas que se hicieran a la extensión de Margaret. Íbamos a utilizar el ordenador como acicate para atraer al asesino, lo que le pedíamos a Abby era que su periódico publicara un artículo en el que se dijera que la investigación forense había descubierto un «nexo significativo».

—Se pondrá paranoico, le inquietará tanto que se lo creerá —vaticiné—. Si alguna vez ha ingresado en algún hospital de la zona, por ejemplo, su preocupación será que lo podamos localizar por la historias clínicas. Si compra algún tipo de medicamento especial en una farmacia, también será motivo de preocupación.

Todo giraba en torno al extraño olor que Matt Petersen había mencionado a la policía. No teníamos ninguna otra «prueba» a la que poder referirnos sin correr el riesgo de meter la pata.

La única prueba capaz de intranquilizar al asesino era el ADN.

Lo podía utilizar para marcarme un farol como la copa de un pino y hasta cabía la posibilidad de que ni siquiera fuera un farol.

Hace unos días recibí las copias de los informes correspondientes a los dos primeros casos. Examiné las bandas verticales de distintos tonos y grosores, el patrón era muy parecido a los códigos de barras que traen los productos de los supermercados. Había tres sondas radiactivas en cada caso. La posición de las bandas en las tres sondas del caso de Patty Lewis era idéntica a la de las bandas en las sondas del caso de Brenda Steppe.

—No es que este detalle nos facilite su identidad —les expliqué a Abby y Wesley—. Lo único que podemos afirmar es que, si se tratara de un negro, sólo habría un hombre entre ciento treinta y cinco millones que encajara teóricamente en este esquema, mientras que si fuera un blanco, la probabilidad sería una entre quinientos millones.

El ADN es el microcosmos de una persona en su totalidad, su código vital. Los expertos en ingeniería genética de un laboratorio privado de Nueva York habían aislado el ADN de las muestras de líquido seminal que yo había recogido. Después habían cortado en determinados puntos los segmentos de ADN para que los fragmentos resultantes migren y se ordenen en distintas regiones bien diferenciadas de una superficie sometida a una corriente eléctrica y recubierta con un espeso gel. En un extremo de la superficie hay un polo positivo y en el otro un polo negativo.

—El ADN lleva carga negativa —añadí—. Los contrarios se atraen.

Los fragmentos se ordenan en función de su tamaño, los más cortos se desplazan más lejos y con mayor rapidez hacia el polo positivo y quedan dispersos en el gel. Es así como se obtiene el patrón de bandas. A continuación se transfiere a una membrana de nailon y se expone a una sonda.

—No lo entiendo —interrumpió Abby—. ¿Qué sonda?

Se lo expliqué.

—Las dos hebras que forman los fragmentos de ADN del asesino fueron sometidas a un proceso de separación, o desnaturalización, para obtener una sola hebra. En términos más sencillos, es como abrir una cremallera. La sonda es una solución de ADN de hebra sencilla correspondiente a una determinada secuencia de bases que se identifica con un marcador radiactivo. A la membrana de nailon se le da un baño de esta solución, o sonda, con el objetivo de que busque y se una específicamente a las hebras sencillas complementarias... a las hebras sencillas complementarias del asesino, quiero decir.

—Por tanto, la cremallera se vuelve a cerrar, ¿no es eso? —preguntó Abby—. Sólo que ahora es radiactiva.

—Se trata de que el patrón se pueda visualizar en una película de rayos X —respondí.

—Ya, el «código de barras». La pena es que no podamos pasarla por un escáner y obtener su nombre —dijo Wesley con sequedad.

—Está todo ahí, toda la información —añadí—. Lo que ocurre es que los avances tecnológicos aún no nos permiten leer datos específicos, por ejemplo, defectos genéticos, el color de los ojos y del cabello, cosas así. Hay tantas bandas cubriendo tantos puntos de la estructura genética de una persona que, sencillamente, es demasiado complejo obtener algo que no sea un simple emparejamiento.

—Pero eso el asesino no lo sabe —dijo Wesley con ojos inquisitivos.

—Claro que no.

—A no ser que sea científico o algo por el estilo —terció Abby.

—Vamos a suponer que no lo es —dije—. Sospecho que nunca había reparado en el perfil del ADN hasta que empezó a leer los relatos de la prensa. Dudo que haya entendido el concepto.

—Explicaré el procedimiento en el artículo —pensó Abby en voz alta—. Que entienda lo justo para que le entre pánico.

—Sí, lo justo como para que crea que conocemos su defecto —convino Wesley—. Si es que lo tiene... eso es lo que más me preocupa, Kay —me lanzó una mirada ecuánime—. ¿Y si no lo tiene?

Volví a explicárselo con paciencia.

—Lo que no deja de llamarme la atención es la referencia de Matt Petersen a las *crêpes*, al olor que había en el dormitorio y que a él le recordó como a *crêpes* o a algo dulce, pero con una mezcla de sudor.

—Jarabe de arce —recordó Wesley.

—Eso es. Si el asesino tiene un olor corporal que puede asemejarse al del jarabe de arce, es posible que sufra alguna anomalía, algún tipo de trastorno metabólico. Concretamente, leucinosis, también llamada «enfermedad de la orina con olor a jarabe de arce».

—¿Y es de tipo genético? —preguntó Wesley por segunda vez.

—Ahí está lo bueno, Benton. Si la tiene, desde luego está en su ADN.

—Jamás había oído hablar de ella —dijo Abby—. De la enfermedad, quiero decir.

—Bueno, no es precisamente un resfriado.

—Entonces, ¿qué es, exactamente?

Me levanté de mi escritorio y me fui hasta la estantería. Saqué el grueso volumen de *Manual de medicina*, lo abrí por la página correspondiente y lo deposité delante de ellos.

—Es un defecto enzimático —les expliqué al tiempo que me volvía a sentar—. Es una acumulación de aminoácidos en el cuerpo, que actúa como el veneno. En su forma clásica o aguda, la persona padece retraso mental severo y/o muerte en la infancia, razón por la cual no es frecuente ver adultos sanos, en pleno uso de sus facultades, que tengan esta enfermedad. Pero es posible. En su forma más leve, que sería la que padece el asesino si éste es su trastorno, el desarrollo postnatal es normal, los síntomas son intermitentes y la enfermedad puede tratarse con una dieta baja en proteínas y es probable que con una serie de suplementos dietéticos... en concreto, tiamina, o vitamina B_1, en una dosis diez veces superior al consumo diario normal.

—O sea —dijo Wesley inclinándose hacia adelante y frunciendo el ceño mientras hojeaba el libro—, que podría padecer la enfermedad en grado leve, llevar una vida bastante normal, ser más listo que el hambre...¿y además apestar?

Asentí con la cabeza.

—El síntoma más frecuente de la enfermedad urinaria del jarabe de arce es un olor característico, un olor específico de la orina y del sudor, semejante al del jarabe de arce. Los síntomas se acentúan con el estrés, es decir, el olor se intensifica cuando hace lo que más tensión le provoca, o sea, cuando comete estos asesinatos. La ropa se le impregna de este olor. Seguramente, es plenamente consciente de su problema desde hace años.

—¿Y el olor no se percibe en el líquido seminal? —preguntó Wesley.

—No necesariamente.

—A ver —señaló Abby—. Si tiene este olor corporal debe de ducharse a menudo, si es que trabaja en compañía de otras personas. Y sus compañeros habrán advertido el olor.

Guardé silencio.

Ella no sabía nada del residuo brillante y no era mi intención decírselo. Si el asesino tiene este olor crónico, no debería sorprendernos lo más mínimo su reacción compulsiva a lavarse las axilas, el rostro y las manos con frecuencia por miedo a que quienes lo trataran detectasen su problema. Puede que se lavara en el trabajo, quizá hubiera una máquina de jabón de bórax en el cuarto de baño de hombres.

—Es un riesgo —señaló Wesley reclinándose en su asiento—. Sólo sé —dijo negando con la cabeza— que si el olor que Petersen mencionó eran figuraciones suyas o lo confundió con cualquier otro olor, quizá con alguna colonia que se hubiera puesto el asesino, vamos a hacer el ridículo. Esa comadreja va a tener aún mayor certeza de que no damos una.

—No creo que sean figuraciones de Petersen —dije convencida—. Por muy horrorizado que estuviera al ver el cuerpo de su mujer, el olor tuvo que ser muy intenso y muy particular para que Petersen lo percibiera y lo recordara. No sé de ninguna colonia que huela a una mezcla de sudor y jarabe de arce. Me inclino a pensar que el asesino estaba empapado en sudor, que acababa de salir de la habitación cuando entró Petersen, tal vez fue cuestión de minutos.

—La enfermedad provoca retraso mental… —Abby hojeaba el libro.

—Siempre y cuando no se trate inmediatamente después de nacer —repetí.

—Bueno, lo que está claro es que este malnacido no es ningún retrasado mental —señaló Abby lanzándome una mirada rotunda.

—Claro que no —concedió Wesley—. Se podrá decir cualquier cosa de los psicópatas menos que son tontos. Lo que pretendemos es que crea que nosotros pensamos que es tonto. Darle donde le duele, herirle su maldito orgullo, que va unido a la presuntuosa idea de que su alto cociente intelectual se sale de las tablas.

—Esta patología —les informé— puede provocar algo así. Si la padece, lo sabe sin lugar a dudas. Seguramente le viene de familia. Será hipersensible, no sólo a su olor corporal sino a las conocidas deficiencias mentales que causa este trastorno.

Abby tomaba notas para su uso personal. Wesley había desviado la vista y miraba fijamente la pared, la tensión reflejada en su rostro. No parecía muy contento. Lanzó un resoplido de frustración antes de proseguir.

—La verdad es que no lo sé, Kay. Si el tipo es ajeno a este jarabe de arce o lo que demonios sea…—negó con la cabeza— se nos echará encima a la velocidad del rayo. Y eso podría retrasar la investigación.

—No se puede retrasar algo que ya de por sí está arrinconado —respondí sin alterarme—. No es mi intención nombrar la patología en el artículo —miré a Abby—. Diremos que es un trastorno metabólico. Puede ser cualquier trastorno. Eso le va a inquietar. A lo mejor no sabe que lo tiene. ¿Acaso cree que está en perfecto estado de salud? ¿Y cómo lo sabe? Nunca ha tenido un equipo de expertos en genética analizando sus fluidos corporales. Ni aun siendo médico podría descartar la posibilidad de tener una anomalía latente en su organismo durante la mayor parte de su vida, ahí quieta, como una bomba que puede estallar en cualquier momento. Le meteremos esa ansiedad en la cabeza para ver cómo reacciona. Dejémosle que sufra un rato. Por el amor de Dios, dejemos que crea que padece un trastorno mortal. Tal vez salga corriendo a la primera clínica que encuentre para hacerse un reconocimiento médico, o acuda a la biblioteca médica más cercana. La policía podrá entonces indagar, ver quién sale en busca de un médico de la zona, o quién se pone a consultar frenéticamente libros de medicina en alguna biblioteca. Si el que ha violado la seguridad de nuestro sistema informático es él, seguramente lo volverá a hacer. Sea como sea, tengo la corazonada de que algo importante va a suceder. Le vamos a sacudir la jaula.

Nos pasamos la hora siguiente redactando el borrador del artículo de Abby los tres juntos, con especial atención al lenguaje.

—No podemos atribuírselo a nadie —insistió Abby—. De ninguna manera. Atribuírselo a la máxima autoridad del departamento de medicina forense sería un poco sospechoso dado que siempre se ha negado usted a hacer declaraciones. Además ahora se lo han prohibido. Tiene que parecer una filtración.

—En ese caso —dije con sequedad—, supongo que puede sacar sus famosas «fuentes del servicio médico» de la chistera.

Abby leyó el borrador en voz alta. A mí no me encajaba del todo. Era demasiado vago. Mucho «según se dice», mucho «sería posible».

Ojalá tuviéramos una muestra de su sangre. Podríamos analizar el defecto enzimático, caso de existir, mediante ensayo directo en los leucocitos, o glóbulos blancos. Ojalá tuviéramos algo en concreto.

En ese preciso instante sonó el teléfono. Era Rose.

—Doctora Scarpetta, ha venido el sargento Marino. Dice que es urgente.

Me reuní con él en el vestíbulo. Traía una bolsa, esa bolsa de plástico gris que me resultaba tan familiar y que se utiliza para guardar prendas de vestir relacionadas con casos criminales.

—No se lo va a creer —señaló con una sonrisa al tiempo que se sonrojaba—. ¿Sabe usted quién es el *Urraca*?

Me había quedado mirando la bolsa, que era muy abultada. La expresión desconcertada de mi rostro era evidente.

—¿No conoce al *Urraca*? Ése que va por toda la ciudad con todo lo que posee en este mundo metido en un carrito que habrá afanado de algún sitio. Se pasa el día entero hurgando entre bolsas de basura y contenedores.

—¿Un mendigo?

¿De qué me estaba hablando?

—Eso es. El Gran Dragón de los mendigos. Resulta que el fin de semana pasado estuvo hurgando en el

359

contenedor que hay a menos de una manzana de donde reventaron a Henna Yarborough para ver qué había. ¿Y sabe qué encontró? Un mono azul marino, doctora. Le llamó la atención en seguida porque el maldito mono estaba lleno de sangre. Es uno de mis chivatos, ¿se da cuenta? Tuvo la gran idea de meterlo en una bolsa de basura y guardar la bolsa en su carrito. Lleva días paseándolo por toda la ciudad en mi búsqueda. Por fin me vio hace un rato, me saludó con la mano, me cobró los diez dólares de rigor y… ¡Feliz Navidad!

Estaba desanudando la corbata de la parte superior de la bolsa.

—Aquí tiene, huela.

Casi me desmayo, no sólo por el hedor nauseabundo de la prenda de vestir manchada de sangre ya de días, sino por el intenso olor a jarabe de arce y sudor. Un escalofrío me recorrió la espalda.

—Le diré que antes de venir aquí pasé por el apartamento de Petersen. Se lo di a oler a él también.

—¿Es el olor que recuerda?

Me señaló con el dedo a modo de pistola e hizo un guiño.

—¡Bingo!

Vander y yo nos pasamos dos horas trabajando con el mono azul. A Betty le llevaría algún tiempo analizar las manchas de sangre, pero estábamos casi seguros de que era lo que el asesino llevaba puesto. Brillaba bajo el láser como si fuera asfalto salpicado de mica.

Sospechábamos que cuando asaltó a Henna con el cuchillo se llenó de sangre y se limpió las manos en los muslos. Los puños de las mangas también estaban rígidos por la sangre reseca. Era bastante probable que tuviera la costumbre de ponerse algo encima, como un mono, cuando atacaba a sus víctimas. Tal vez, tirar la prenda de vestir en cualquier contenedor después del crimen era para él un procedimiento de rutina. Pero tenía mis dudas. Creo que tiró éste en particular porque la víctima sangraba mucho.

Quería creer que era lo bastante inteligente como para saber que las manchas de sangre no salen. Si alguna vez lo atrapaban, no tenía la menor intención de guardar nada en el armario que pudiera estar manchado de sangre seca. Tampoco estaba en sus planes que nadie pudiera rastrear el mono azul. Le había arrancado la etiqueta.

La composición de la tela parecía una mezcla de algodón y poliéster, de color azul oscuro, la talla era grande, quizá la más grande. Recordé las fibras oscuras que hallamos en el alféizar de la ventana de Lori Petersen y también en su cuerpo. Lo mismo que en el cuerpo de Henna.

Ninguno de los tres le habíamos comentado a Marino nada de lo que estábamos planeando. Ahora estaría en la calle, a saber dónde, o quizá en casa tomándose una cerveza frente al televisor. Marino no tenía la menor idea. Cuando estallara la noticia, pensaría que era auténtica, que hubo una filtración relacionada con el mono azul que vino a traer y con los informes de ADN que acababan de enviarme. Nuestra intención era que todo el mundo, sin excepción, pensara que la noticia era auténtica.

Además, seguramente lo era. No se me ocurre ninguna otra razón por la que el asesino pueda tener un olor corporal tan peculiar, a menos que todo fueran imaginaciones de Petersen o que el mono azul cayera por casualidad encima de un bote del famoso jarabe de arce Butterworth que hubiera en el contenedor.

—Perfecto —decía Wesley—. Jamás imaginó que íbamos a dar con él. Ese malnacido lo tenía todo pensado, puede que hasta supiera dónde se encontraba el contenedor antes de salir aquella noche. Nunca pensó que lo encontraríamos.

Miré a Abby de refilón. Continuaba demostrando una firmeza sorprendente.

—Con esto basta para ponernos en marcha.

Me imaginaba perfectamente el titular:

NUEVO HALLAZGO DE ADN: EL ASESINO EN SERIE PODRÍA PADECER UN TRASTORNO METABÓLICO

Si era cierto que padecía la enfermedad de la orina con olor a jarabe de arce se caería del susto al leer el artículo de portada.

—Si lo que se propone es que el ordenador del Instituto Forense sirva de acicate para llamar su atención —dijo Abby— tenemos que hacerle creer que el ordenador es una pieza fundamental, es decir, que los datos introducidos están relacionados.

Me quedé pensando unos instantes.

—Bien. Eso lo podemos hacer si decimos que el ordenador halló un resultado interesante como respuesta a una reciente introducción de datos en referencia a un olor extraño que había en una de las escenas del crimen y que se asocia a una nueva prueba que se acaba de descubrir. El resultado que nos da el ordenador está relacionado con un defecto enzimático que podría causar un olor semejante, aunque la fuente cercana a la investigación no dice con exactitud de qué defecto o enfermedad se trata ni si ha sido verificado por los resultados de los análisis de ADN que se han realizado recientemente.

A Wesley le gustó.

—Eso es. Que sude tinta.

No advirtió el doble sentido.

—Que no sepa con seguridad si hemos encontrado el mono azul —prosiguió—. No demos ningún detalle. Podría decir que la policía no ha querido revelar la naturaleza de la prueba hallada.

Abby no dejaba de escribir.

—Volviendo a sus «fuentes médicas», no sería mala idea poner algunos detalles en boca de esta persona —sugerí.

Alzó la vista para mirarme.

—¿Cómo cuáles?

Le dirigí una mirada a Wesley y respondí.

—Está bien que la fuente médica en cuestión se niegue a revelar el trastorno metabólico específico, como ya hemos dicho. Pero hagámosle decir que puede provocar trastornos mentales y, en los casos agudos, retraso. Después añadimos... —redacté en alto—... «un experto en ingeniería genética asegura que ciertos tipos de trastornos metabólicos pueden provocar retraso mental agudo. Si bien la policía no cree que el asesino sufra grave retraso mental, algunas pruebas indican que sí podría sufrir cierto grado de deficiencia que se manifiesta en desorganización y confusión intermitente.

363

—Se va a subir por las paredes. Eso sí que lo va a enfurecer —masculló Wesley.

—Es importante que no cuestionemos su cordura —proseguí—. Lo podríamos pagar caro en un juicio.

—Nos limitaremos a que sea la fuente médica quien lo diga. Haremos que mencione claramente la diferencia entre retraso y enfermedad mental —sugirió Abby.

Ya llevaba media docena de hojas escritas en su cuaderno.

—Y con esto del olor a jarabe de arce, ¿qué hacemos? —preguntó mientras escribía—. ¿Tenemos que ser tan específicos?

—Sí —me apresuré a decir—. Quién sabe, tal vez trabaje con otras personas. Si es así, tendrá colegas, al menos. Puede que alguien se anime y haga declaraciones.

Wesley lo consideró.

—Lo que está claro es que le va a trastornar aún más. Se va a poner más paranoico que el diablo.

—A menos que lo del problema de olor corporal no sea cierto —señaló Abby.

—¿Y cómo va a saber que no lo es? —pregunté.

Los dos se sorprendieron.

—¿Nunca habéis oído la expresión «las mofetas no huelen su propio hedor»? —añadí.

—¿Quiere decir que puede que apeste y no lo sepa? —preguntó Abby.

—Dejemos que sea él quien se haga esa pregunta.

Ella asintió con la cabeza y volvió a inclinarse sobre el papel.

Wesley se arrellanó en el asiento.

—¿Qué más sabe de este trastorno, Kay? ¿Merece la pena investigar las farmacias de la zona, ver si alguien compra montones de vitaminas extrañas o medicamentos con receta?

—Se podría averiguar si hay alguien que compre con regularidad grandes dosis de vitamina B_1 —respondí—. También un suplemento dietético en polvo para el déficit del jarabe de arce. Creo que se compra sin receta, es un suplemento proteínico. Puede que controle el trastorno a base de dieta, restringiendo los alimentos ricos en proteínas. Pero me parece que se cuida bastante de no ir dejando ese tipo de pistas y, a decir verdad, no creo que su trastorno sea tan serio como para que lleve una dieta muy restrictiva. Sospecho que, a juzgar por lo bien que se desenvuelve, lleva una vida bastante normal. Su único problema es que tiene un olor corporal extraño, más perceptible cuando está estresado.

—¿Estrés emocional?

—Estrés físico —respondí—. La enfermedad tiende a empeorar cuando hay estrés físico, por ejemplo, cuando la persona padece alguna infección respiratoria, como es el caso de la gripe. Es fisiológico. Seguramente no está durmiendo bien. Se requiere mucha energía física para acechar víctimas, entrar en las casas, hacer lo que hace. El estrés emocional y el físico están relacionados, uno acompaña al otro. A mayor estrés emocional, mayor estrés físico, y viceversa.

—Entonces, ¿qué ocurre?

Lo miré impasible.

—¿Qué ocurre —repitió— cuando la enfermedad se agudiza?

—Depende del grado de severidad que alcance.

—Pongamos que el cuadro es grave.

—En ese caso es un problema serio.

—¿Y eso qué quiere decir?

—Quiere decir que su organismo empieza a acumular aminoácidos. Le invadirá una sensación de letargo, irritabilidad, ataxia. Los síntomas son parecidos a los de la hiperglucemia aguda. Puede que hasta tengan que hospitalizarlo.

—Hábleme en cristiano —señaló Wesley—. ¿Qué diablos quiere decir ataxia?

—Falta de coordinación. Caminaría como si estuviera borracho. No sería capaz de ponerse a escalar vallas ni de meterse en ninguna casa por la ventana. Si fuera grave, si el nivel de estrés siguiera creciendo, y si no recibiera tratamiento, perdería el control.

—¿Perdería el control? —insistió—. Nosotros le provocamos estrés, ése es nuestro objetivo, ¿me equivoco? ¿Puede que entonces su enfermedad se le dispare?

—Seguramente.

—Muy bien —vaciló—. Y después ¿qué?

—Hiperglucemia aguda y aumento de ansiedad. Si no la controla, se turbará, se exaltará. Tal vez su capacidad de razonar se vea afectada. Tendrá súbitos cambios de humor.

Llegado este punto, guardé silencio.

Sin embargo, Wesley no se daba por satisfecho. Se había inclinado hacia delante en su asiento, me miraba fijamente.

—Dígame una cosa, doctora. Todo este asunto del trastorno de orina con olor a jarabe de arce no es algo que se le acaba de ocurrir, ¿no? —insistió.

—Digamos que siempre lo he tenido en cuenta.

—Pero se lo calló.

—No tenía ninguna certeza —respondí—. No había razón para sugerirlo hasta ahora.

—De acuerdo. Muy bien. Dice que quiere sacudirle la jaula, estresarlo hasta el límite. Adelante, hagámoslo. ¿En qué consiste la última fase? Me refiero a lo que sucedería si su patología pasa a mayores.

—Puede perder el conocimiento, tener convulsiones. Si el estado se prolonga, cabe la posibilidad de que sufra un grave déficit orgánico.

Me miró sin dar crédito a lo que oía al tiempo que sus ojos irradiaban comprensión.

—Dios Santo. Lo que está haciendo es tratar de matar a ese hijo de puta.

El bolígrafo de Abby se detuvo. Alzó la vista para mirarme, perpleja.

—Todo esto es pura teoría —respondí—. Si padece la enfermedad, es en grado leve. Ha vivido con ella toda su vida. Es muy improbable que el trastorno de orina con olor a jarabe de arce lo mate.

Wesley seguía mirándome fijamente. No me creía.

14

No pude dormir en toda la noche. No había forma de acallar la mente, me debatía miserablemente entre realidades perturbadoras y sueños de lo más violentos. El hecho es que disparé a alguien y Bill era el forense que había acudido a la escena del crimen. Cuando llegó con su bolsa negra en la mano, lo hizo en compañía de una mujer muy guapa que yo no conocía...

Mis ojos se abrieron de golpe en la oscuridad, el corazón se me encogió, como si una mano fría lo retorciera. Me levanté de la cama mucho antes de que sonara el despertador y me fui en coche a trabajar, inmersa en una niebla de depresión.

No sé en qué otro momento de mi vida me habré sentido tan sola y tan encerrada en mí misma. Apenas cruzaba una palabra con nadie en la oficina y mis colaboradores ya me empezaban a lanzar miradas de inquietud y extrañeza en mi dirección.

Estuve a punto de llamar a Bill en varias ocasiones, pero la decisión temblaba igual que un árbol poco antes de caer. Finalmente cayó poco antes del mediodía. Su secretaria respondió con tono jovial. El «señor Boltz» estaba de vacaciones y no regresaría hasta el uno de julio.

No dejé ningún mensaje. Las vacaciones no estaban previstas, yo lo sabía. También sabía por qué no me había dicho una sola palabra al respecto. Tiempo atrás me lo habría dicho. Pero el pasado es el pasado. Esta vez no habría ningún propósito de enmienda ni disculpas improvisadas ni mentiras descaradas. Me dejaría incomunicada para siempre porque era incapaz de asumir sus propios pecados.

Después de comer subí al departamento de serología y me sorprendió ver a Betty y a Wingo de espaldas a la puerta y con las cabezas juntas, observando un objeto blanco que había en una bolsita de plástico.

—Hola —dije entes de entrar.

Wingo deslizó la bolsa con cierta agitación en el bolsillo de la bata de Betty, como si le metiera dinero disimuladamente.

—¿Has terminado ya con lo de abajo? —fingí estar demasiado preocupada como para percatarme de esta curiosa transacción.

—Ah, sí, sí, ya terminé, doctora Scarpetta —se apresuró a responder según salía—. Hace un rato que despaché a McFee, el del disparo de anoche… y las víctimas del incendio de Albermarle no llegan hasta las cuatro más o menos.

—Bien. No las tendremos aquí hasta mañana por la mañana.

—Eso es —lo oí decir ya desde el pasillo.

Extendida en la amplia mesa del centro de la sala se encontraba la razón de mi visita. El mono azul. Su aspecto era sencillo y mundano. Alisado con esmero y con la cremallera subida hasta el cuello. Podría haber pertenecido a cualquiera. Tenía múltiples bolsillos y creo que los revisé uno por uno media docena de veces con la esperanza de hallar alguna pista que nos llevara a saber su identidad, pero no había nada en ellos. Lo que había eran grandes agujeros en las mangas y perneras que había hecho Betty para extraer las muestras de tela manchada de sangre.

—¿Ha habido suerte con el grupo sanguíneo? —pregunté intentando no mirar la bolsita de plástico que sobresalía de su bosillo.

—Ya tengo algún que otro resultado —respondió guiándome hacia su oficina.

En su escritorio había un bloc de notas con unos garabatos de letras y números que a ojos de los no iniciados podrían parecer jeroglíficos.

—El grupo sanguíneo de Henna Yarborough es el B —comenzó a explicar—. Tenemos suerte porque no es tan frecuente. El PGM es más uno, menos uno. El PEP es A-uno, el EAP es CB, ADA-uno y AK-uno. Es una lástima que los subsistemas sean tan frecuentes, se sitúan en el ochenta y nueve por ciento, incluso más en la población de Virginia.

—¿Con qué frecuencia se da esta misma configuración? —el plástico que asomaba por el bolsillo me estaba empezando a impacientar.

Se puso a aporrear los dígitos de una calculadora para multiplicar porcentajes y dividir por el número de subsistemas que tenía.

—Alrededor del diecisiete por ciento. Según mis cálculos, diecisiete personas de cada cien tienen esa misma configuración.

—No es que sea tan insólita, la verdad —musité.

—No, a menos que los gorriones también lo sean.

—¿Y qué me dices de las manchas de sangre que había en el mono azul?

—En eso tenemos suerte. Se habrá secado al aire antes de que el mendigo lo encontrara. Está en perfecto estado. Tengo todos los subsistemas excepto el EAP. Coinciden con los de la sangre de Henna Yarborough. El ADN nos lo dirá con certeza, pero estamos hablando de una espera de un mes o seis semanas.

—Tendríamos que abastecer mejor el laboratorio —dije abstraídamente.

Sus ojos se detuvieron en mis rostro y se le ablandó la mirada.

—Estás exhausta, Kay.

—¿Es tan evidente?

—Para mí sí.

Guardé silencio.

—No dejes que todo esto te supere. Después de treinta años de amarguras así, he aprendido a endurecerme.

—¿Qué se trae Wingo entre manos? —solté de pronto, sin pensarlo.

—¿Wingo? Bueno…—balbuceó sorprendida.

Dirigí la mirada hacia el bolsillo.

Ella se echó a reír con cierta inquietud y se llevó la mano al bolsillo.

—Ah, esto. No es más que un pequeño trabajo privado que me ha pedido que le haga.

Eso era todo lo que estaba dispuesta a decir. Tal vez Wingo tuviera otro tipo de preocupaciones en la vida.

Tal vez se estaba haciendo un análisis de VIH a escondidas. Dios Santo, que no tenga el sida.

Hilvanando los fragmentos de mis pensamientos, seguí preguntando.

—¿Y de las fibras qué se sabe?

Betty había comparado las fibras del mono con las que había en la escena del crimen de Lori Petersen y con algunas halladas en el cuerpo de Henna Yarborough.

—Las que había en el alféizar de la ventana de Petersen podrían ser del mono azul —dijo— o de cualquier otra tela azul oscuro que sea una mezcla de algodón y poliéster, como la sarga.

En un juicio, pensé con desaliento, esto no significaría nada porque la sarga es un género tan común como el papel de escribir de las tiendas de baratijas. Empiezas a mirar y lo ves por todas partes. Podrían proceder de los pantalones de trabajo de cualquiera. En realidad, podrían ser también del uniforme de alguno de los auxiliares sanitarios, o de los policías.

Hubo otra decepción. Betty tenía la certeza de que las fibras que yo encontré en el cuerpo de Henna Yarborough no eran del mono azul.

—Son de algodón —señaló—. Puede que fueran de alguna prenda de vestir que llevara puesta en algún momento, con anterioridad al ataque, o de alguna toalla, por ejemplo. Quién sabe. Vamos por ahí con todo tipo de fibras en el cuerpo. Pero no me sorprende que el mono no dejara fibras sueltas.

—¿Por qué?

—Porque la tela de sarga, como es la del mono azul, es muy suave. Es raro que suelte fibras si no es porque entra en contacto con una superficie áspera.

—Como el alféizar exterior de la ventana, que es de ladrillo, o el interior, de madera rugosa, como en el caso de Lori.

—Es posible. Las fibras oscuras que se hallaron en su caso tal vez sean de un mono azul. A lo mejor es este mismo. No creo que lo sepamos nunca.

Bajé a mi oficina y me senté un rato a pensar. Abrí el cajón con llave y saqué los cinco casos de las mujeres asesinadas.

Comencé a buscar algo que me hubiera pasado inadvertido. Una vez más, me puse a dar palos de ciego tratando de hallar alguna conexión.

¿Qué tenían en común estas cinco mujeres? ¿Por qué tuvo que elegirlas justo a ellas? ¿Cómo estableció contacto con ellas?

Tenía que haber un nexo. En mi fuero interno, no creía que las hubiera elegido al azar, que patrullara las calles hasta dar con la candidata idónea. Tenía el convencimiento de que las elegía por alguna razón. Primero establecía algún tipo de contacto con ellas y después quizá las siguiera hasta sus casas.

Desde el punto de vista geográfico, profesional o del aspecto físico, no había ningún denominador común. Probé lo contrario, hallar el denominador menos común de todos, y retrocedí hasta llegar al informe de Cecile Tyler.

Cecile era negra. Las otras cuatro eran blancas. Esto me molestó ál principio, y me seguía molestando ahora. ¿Acaso se equivocó, cometió un error? Tal vez no sabía que era negra. ¿No será que en realidad perseguía a otra persona, a su amiga Bobbi, por ejemplo?

Fui pasando las hojas, leyendo por encima el informe de la autopsia que yo misma había dictado. Examiné con detenimiento los recibos de las pruebas, el registro y una vieja historia clínica del hospital St. Luke, donde ingresó hace cinco años por un embarazo extrauterino. Cuando llegué al informe policial, miré el nombre del único pariente que figuraba en la lista, una hermana que vivía en Madras, Oregón. Ella fue quien le informó a Marino del pasado de Cecile, del matrimonio fallido con un dentista que ahora vivía en Tidewater.

Saqué las radiografías del sobre manila y sonaron igual que la hoja de una sierra manual cuando se dobla. Las sostuve en alto, una por una, a la luz de la lámpara del escritorio. Cecile no tenía heridas óseas, tan sólo una fractura por impacto ya curada en el codo izquierdo. Era imposible saber la antigüedad de la lesión, pero no era reciente. Podría remontarse a tantos años atrás que no importaba.

Una vez más contemplé la posibilidad de que el VMC, el hospital clínico de Virginia, fuera el nexo. Tanto Lori Petersen como Brenda Steppe habían estado hacía poco tiempo en la sala de urgencias. En el caso de Lori, porque le tocaba la rotación en cirugía traumatológica, Brenda, por su parte, ingresó en la sala tras el accidente automovilístico. Quizá era un poco rocambolesco pensar que tal vez a Cecile la trataron en el mismo lugar cuando se fracturó el codo, pero a esta altura estaba ya dispuesta a explorar todas las posibilidades.

Marqué el número teléfono de la hermana que figuraba en el informe de Marino.

Sonó cinco veces antes de que alguien contestara.

—¿Dígame?

Había interferencias en la línea, estaba claro que había cometido un error.

—Perdone, creo que me he equivocado de número —me apresuré a decir.

—¿Cómo dice?

Repetí lo que había dicho, esta vez más alto.

—¿Qué número estaba marcando?

La voz era refinada y tenía acento de Virginia, me dio la impresión de que se trataba de una joven que no había cumplido aún los treinta años.

Le dije el número.

—Es éste. ¿Con quién quería hablar?

—Fran O´Connor —dije según leía el informe.

—Soy yo —respondió la voz refinada.

Le dije quién era y dejó escapar un grito ahogado.

—Según tengo entendido, usted es la hermana de Cecile Tyler.

—Sí. Dios mío, no quiero hablar de ello. Por favor.

—Señorita O´Connor, créame que siento de veras lo sucedido. Soy la médico forense que lleva el caso y la llamo por si usted sabe cómo se fracturó su hermana el codo. Tiene una fractura en el codo izquierdo que ya está soldada. Estoy mirando las radiografías en este momento.

Vacilación. Era como si la oyese reflexionar.

—Tuvo un accidente un día que salió a correr. Iba por la acera, tropezó y paró el golpe con las manos. Se fracturó el codo por el impacto. Lo recuerdo bien porque tuvo el brazo escaloyado tres meses y aquel fue uno de los veranos más calurosos de la historia. Lo pasó muy mal.

—¿Aquel verano? ¿Fue en Oregón?

—No, Cecile nunca vivió en Oregón. Esto sucedió en Fredericksburg, donde nos criamos las dos.

—¿Hace cuánto tiempo ocurrió el accidente?

Otra pausa.

—Hace nueve o diez años.

—¿Dónde fue a que le curasen el codo?

—No lo sé. Fue a un hospital de Fredericksburg. No recuerdo el nombre.

La fractura de Cecile no fue tratada en el VMC, y además sucedió hace tanto tiempo que no venía al caso. Pero a mí eso ya no me importaba.

Jamás había visto a Cecile en vida.

Jamás había hablado con ella.

Simplemente supuse que hablaría como los negros.

—Señora O´Connor, ¿es usted negra?

—Claro que soy negra.

Se había ofendido.

—¿Su hermana…hablaba como usted?

—¿Cómo yo? —preguntó alzando la voz.

—Sé que la pregunta le sonará un poco rara…

—¿Se refiere a que si hablaba con el acento de los blancos, igual que yo? —prosiguió indignada—¡Pues sepa usted que sí! ¿Acaso no consiste en eso la educación, precisamente, en que los los negros aprendan a hablar como los blancos?

—Por favor —dije lamentándolo de veras—. Tenga por seguro que no era mi intención ofenderla. Se lo pregunto porque es importante para…

Me estaba disculpando con la línea telefónica.

Lucy se había enterado del quinto caso de estrangulamiento. Sabía prácticamente todo sobre aquellas jóvenes que habían muerto asesinadas. También sabía que yo guardaba un revólver de calibre 38 en mi dormitorio, por el que me había preguntado ya dos veces desde la cena.

—Lucy —dije mientras enjuagaba los platos y cargaba el lavavajillas—. No quiero que te pongas ahora a pensar en revólveres. No lo tendría si no viviera sola.

Había estado a punto de esconderlo en algún lugar remoto para ella. Pero después del episodio del módem, que había vuelto a conectar al ordenador de mi casa hacía unos días, no sin cierta culpabilidad, me prometí ser clara con ella. El revólver se quedaría en el estante más alto de mi armario dentro de una caja de zapatos mientras Lucy estuviera en casa. No estaba cargado. Lo que hacía estos últimos días era descargarlo por la mañana y cargarlo antes de acostarme. En cuanto a los cartuchos... esos los escondía en un lugar inimaginable para ella.

Cuando me volví para mirarla, vi que tenía los ojos abiertos como platos.

—Sabes bien por qué tengo un revólver, Lucy. Creo que entiendes lo peligrosos que son...

—Matan a la gente.

—Sí —respondí mientras nos encaminábamos hacia el cuarto de estar—. De eso puedes estar segura.

—Lo tienes para poder matar a alguien.

—No me gusta pensar en eso —dije con seriedad.

—Bueno, pero es verdad —insistió—. Por eso lo tienes. Por que hay gente mala. Por eso mismo.

Cogí el mando a distancia y encendí el televisor.

Lucy se arremangó la sudadera rosa que llevaba puesta y protestó.

—Qué calor hace aquí, tía Kay. ¿Por qué hace siempre tanto calor?

—¿Quieres que ponga el aire acondicionado?

Yo cambiaba de canal sin prestar demasiada atención.

—No. Odio el aire acondicionado.

Encendí un cigarrillo y también se quejó por ello.

—En tu estudio hace calor y siempre apesta a cigarrillos. Abro la ventana, pero sigue apestando. Mamá dice que no deberías fumar. Eres médico y a pesar de todo fumas. Mamá dice que quién mejor que tú para saberlo.

Dorothy había llamado anoche a última hora. Estaba en California, el lugar exacto no lo recordaba bien, estaba con su marido, el ilustrador. Lo único que yo podía hacer era comportarme civilizadamente con ella. Sentía el deseo de recordárselo: «Tienes un hija, carne de tu carne, huesos de tus huesos. ¿Te acuerdas de Lucy? ¿La recuerdas?». Pero me reprimí, hasta se podría decir que fui amable con ella, en gran medida por consideración hacia Lucy, que estaba sentada a la mesa con los labios apretados.

Lucy charló con su madre unos diez minutos y después no dijo nada más. Desde entonces, aprovechaba cualquier excusa para hostigarme, estaba quisquillosa, irascible y mandona. Y así ha estado también todo el día de hoy, según Berta, que esta tarde se refirió a ella llamándola «cascarrabias». Me dijo también que apenas había sacado un pie de mi estudio. Se sentó frente al ordenador nada más irme yo y no salió de ahí hasta que regresé. Berta desistió de llamarla para que fuera a comer o merendar en la cocina. Lucy comía en mi escritorio.

La telecomedia de la pantalla parecía aún más absurda, si cabe, dada la que Lucy y yo teníamos en el cuarto de estar.

—Andy dice que es más peligroso tener una pistola y no saber cómo se usa que no tener ninguna —anunció alzando la voz.

—¿Andy? —pregunté distraídamente.

—El anterior a Ralph. Solía ir al depósito de chatarra a disparar botellas. Siempre daba en el blanco, y eso que se ponía muy lejos. Apuesto a que tú no sabrías —dijo mientras me dirigía una mirada acusadora.

—Tienes razón. Seguro que no disparo tan bien como Andy.

—¿Lo ves?

No le dije que en realidad sabía bastante de armas de fuego. Antes de comprarme el Ruger 38 de acero inoxidable, bajé al campo de tiro cubierto que hay en el sótano de mi oficina y probé a disparar con varias pistolas pertenecientes al laboratorio de armas, todo esto bajo la supervivión profesional de uno de los operarios. De vez en cuando me iba a practicar y lo cierto es que no se me daba nada mal. No creo que dudara si se presentaba la ocasión. Tampoco era mi intención seguir hablando del tema con mi sobrina.

Con mucha calma, le pregunté:

—Lucy, ¿por qué no haces más que meterte conmigo?

—¡Porque eres tonta! —respondió inmersa en un mar de lágrimas—. ¡Eres tan tonta que si lo intentaras te

379

harías daño, o él te la quitaría de las manos! ¡Y entonces tú también te morirías! ¡Si lo intentaras, él te dispararía con ella, como pasa en la televisión!

—¿Si lo intentara? —pregunté perpleja—. ¿Si intentara qué, Lucy?

—Si intentaras disparar a alguien primero.

Se secó las lágrimas aún con furia, su pequeño pecho se movía agitadamente. Me quedé mirando fijamente el circo familiar de la pantalla, no sabía qué decir. Tuve el impulso de retirarme a mi estudio y cerrar la puerta, perderme en los vericuetos de mi trabajo un rato, pero, con cierta vacilación, me acerqué y la arrimé hacia mí. Nos quedamos así sentadas un buen rato, sin decir nada.

Me preguntaba con quién hablaría en su casa. En mi imaginación no cabía ninguna conversación sustanciosa con mi hermana. Varios críticos habían alabado a Dorothy y sus libros infantiles, diciendo algo así como que eran «de una agudeza extraordinaria», «con una mirada profunda y llena de sentimiento». Qué cruel ironía. Dorothy daba lo mejor de sí misma a personajes juveniles que no existían. Los cuidaba. Se pasaba horas contemplando hasta el mínimo detalle, desde cómo se peinaban hasta la ropa que llevaban, sus padecimientos y sus ritos de transición. Mientras tanto, Lucy estaba sedienta de atención.

Recordé los momentos que Lucy y yo habíamos compartido cuando yo vivía en Miami, en las vacaciones que habíamos pasado juntas, ella, mi madre, Dorothy y yo. Pensé en la última vez que Lucy vino a verme aquí. No recordaba que jamás hubiera mencionado el nombre de ningún amigo. Creo que no los tenía. Solía hablar de sus profesores, de la variopinta mezcolanza de «novios» de su madre, de la señora Spooner, que vivía en frente, de Jake, el jardinero, y el interminable desfile de chicas de servicio. Lucy era menuda, llevaba gafas y era una sabelotodo. Los niños mayores tenían celos de ella, y los de su edad no entendían nada. Estaba desfasada respecto a ellos. Creo que yo era exactamente igual que ella cuando tenía su edad.

Una pacífica calidez se había apoderado de nosotras.

—El otro día me hicieron una pregunta —dije acercándome a su cabello.

—¿Sobre qué?

—Sobre la confianza. Me preguntaron quién era la persona en la que más confiaba del mundo, y ¿sabes qué?

Echó la cabeza para atrás y me miró.

—Creo que esa persona eres tú.

—¿Lo dices en serio? —preguntó sin creérselo del todo—. ¿Más que en nadie, de verdad?

Asentí con la cabeza y seguí hablando.

—Por eso mismo voy a pedirte que me ayudes con un problema que tengo.

Se incorporó y me miró fijamente, con los ojos alerta y visiblemente emocionados.

—¡Claro, tía Kay! ¡Pídeme lo que quieras! ¡Claro que te voy a ayudar!

—Necesito saber cómo es posible que alguien lograra entrar en el ordenador de la oficina...

—Yo no he sido —espetó al instante con expresión afligida—. Ya te lo he dicho, no he sido yo.

—Y yo te creo. Pero alguien lo hizo, Lucy. ¿Crees que me podrás ayudar a saber cómo lo hicieron?

No creía que fuera capaz, pero sentí el impulso de darle una oportunidad.

Recobrando la energía y el entusiasmo, dijo con gran seguridad:

—Lo ha podido hacer cualquiera porque es muy fácil.

—¿Fácil? —tuve que sonreír.

—Sí, con el Gestor de Sistemas.

La miré fijamente, perpleja.

—¿Y cómo sabes tú lo del Gestor de Sistemas?

—Está en el libro. Es Dios.

En momentos como éste me acordaba, aunque no dejaba de sentirme incómoda, del cociente intelectual de Lucy. La primera vez que le hicieron una prueba de inteligencia, el resultado fue tan alto que el psicólogo insistió en repetirlo porque tenía que haber «algún fallo». Y lo había. La segunda vez Lucy sacó diez puntos más.

—A través del Gestor de Sistemas entras en el SQL, que es el lenguaje de acceso a la base de datos —proseguía imparable—. ¿Entiendes? No se puede crear ninguna asignación si no dispones de ninguna para empezar. Para eso está el Gestor de Sistemas, o sea, Dios. Te metes en el SQL con Él y después ya puedes crear todo lo que quieras.

Todo lo que quieras, en ese instante caí en la cuenta. Por ejemplo, todos los nombres de usuario y las contraseñas del departamento. Era una noticia terrorífica, tan simple que jamás se me habría ocurrido. Supuse que a Margaret tampoco.

—Lo único que tiene que hacer es entrar —decía Lucy con la mayor naturalidad—. Y si conoce bien a

Dios, puede crear la asignación que quiera, por ejemplo el DBA, y de ahí acceder a tu base de datos.

En mi oficina, el administrador de la base de datos, o DBA, era «GARGANTA / PROFUNDA». Cada tanto, Margaret desplegaba su sentido del humor.

—¿Entiendes? Entras en el SQL conectándote al Gestor de Sistemas, después tecleas: «ASIGNAR CONEXIÓN, RECURSO DBA A UNA TÍA IDENTIFICADA COMO KAY».

—A lo mejor así es como sucedió —pensé en alto—. Además, con el DBA no sólo pueden ver sino también alterar los datos.

—¡Claro que sí! Pueden hacer lo que se les ocurra porque Dios les ha dado permiso. El DBA es Jesús.

Sus alusiones teológicas eran tan injuriosas que me tuve que reír, a mi pesar.

—Así es como entré yo al SQL para empezar —confesó—, porque tú no me dijiste ninguna contraseña, ni nada. Quería entrar en el SQL para probar algunos comandos que vienen en el libro. Lo único que tuve que hacer para poder entrar fue darle una contraseña que me inventé al nombre de usuario de tu DBA.

—¿Cómo? Espera un momento —le aminoré la marcha—. ¡Espera un momento! ¿Cómo que le pusiste una contraseña inventada a mi nombre de usuario del DBA? ¿Cómo sabías el nombre de usuario? Yo no te lo he dicho.

Está en tu archivo de asignaciones. Lo encontré en el directorio principal, donde tienes todas las entradas de las tablas que creaste. Hay un archivo llamado «Asignaciones.SQL» que contiene todos los sinónimos públicos de las tablas.

En realidad, yo no había creado esas tablas. Lo hizo Margaret el año pasado, yo me limité a cargar en el ordenador de mi casa los disquetes de seguridad que me había dado Margaret por cajas. ¿Habrá un archivo igual que el de «Asignaciones» en el ordenador de oficina?

La cogí de la mano y nos levantamos del sofá. Con paso firme, me siguió hasta el estudio. La senté frente al ordenador y elevé el asiento.

Abrimos el paquete de programas de comunicación y tecleamos el número de la oficina de Margaret. Miramos la cuenta regresiva debajo de la pantalla mientras el ordenador marcaba el número. Casi al instante anunció que ya estábamos conectadas. Salieron varios comandos en la pantalla y después quedó a oscuras, lo único que se veía era una C parpadeante de color verde.

El ordenador se había convertido de pronto en un espejo. Al otro lado estaban los secretos de mi oficina, que se encontraba a dieciséis kilómetros de distancia.

Me intranquilizaba un poco el hecho de saber que mientras trabajábamos la llamada estaba siendo localizada. Tendría que acordarme de decírselo a Wesley para que no perdiera el tiempo tratando de averiguar que esta vez la delincuente era yo.

—Haz una búsqueda de archivos —dije—. Que busque algo que pueda llamarse «Asignaciones».

Lucy obedeció. La C regresó con el mensaje: «no se ha encontrado ningún archivo». Volvimos a intentarlo. Tratamos de buscar un archivo que se llamara «Sinónimos», pero seguimos sin tener suerte. Entonces se le ocurrió la idea de buscar archivos con extensión SQL porque, normalmente, esa era la extensión que debía tener cualquier archivo que tuviera comandos SQL, que eran los que se utilizaban para crear sinónimos públicos en las tablas de datos de la oficina. La pantalla nos mostró un buen número de resultados de la búsqueda. Hubo uno que nos llamó especialmente la atención. Se llamaba «Público.SQL».

Lucy abrió el archivo y el contenido apareció en pantalla. El entusiasmo que me invadió era equiparable a mi consternación. Eran los comandos que Margaret escribió y ejecutó hace tiempo, cuando creó sinónimos públicos para todas las tablas que ella misma diseñó en la base de datos del departamento. Comandos como CREAR SINÓNIMO PÚBLICO CASO PARA PROFUNDA.CASO.

Yo no era programadora. Había oído hablar de los sinónimos públicos pero no estaba segura de saber lo que eran.

Lucy hojeaba el manual. Llegó a la sección de sinónimos públicos y, con total seguridad, me dio la información de motu propio.

—¿Lo ves? Aquí lo dice bien claro. Cuando creas una tabla, lo tienes que hacer con un nombre de usuario y una contraseña —alzó la vista para mirarme, los ojos le brillaban detrás de los gruesos lentes.

—Bien —dije—. Eso tiene sentido.

—Por lo tanto, si tu nombre de usuario es «Tía» y tu contraseña «Kay», cuando creas una tabla llamada, por ejemplo, «Juegos», el nombre que el ordenador le da automáticamente es «Tía. Juegos». Asocia el nombre de la tabla al nombre de usuario bajo el cual se creó. Si no quieres molestarte en teclear «Tía. Juegos» cada vez que quieres acceder a la tabla, te creas un sinónimo público.

Para hacer eso, tecleas el comando CREAR SINÓNIMO PÚBLICO JUEGOS PARA TÍA.JUEGOS. Es como si le diera un nuevo nombre a la tabla, de forma que se llame solamente «Juegos».

Me quedé mirando la larga lista de comandos desplegados en la pantalla, una lista que revelaba todas y cada una de las tablas del ordenador del departamento, una lista que revelaba el nombre de usuario del DBA bajo el que se crearon las tablas.

Estaba desconcertada.

—Pero por mucho que alguien viera este archivo, Lucy, no tendría forma de saber la contraseña. Lo único que figura es el nombre de usuario del DBA, y no se puede acceder a una tabla, como es la nuestra, sin saber la contraseña.

—¿Te apuestas algo? —tenía los dedos preparados para teclear en cualquier momento—. Si sabes el nombre de usuario del DBA, puedes cambiar la contraseña, inventarte la que más te guste y después acceder sin ningún problema. Al ordenador no le importa. Te deja cambiar las contraseñas siempre que quieras sin que ello signifique alterar o desordenar los programas ni nada. La gente cambia las contraseñas todo el tiempo por seguridad.

—O sea, que se podría elegir, por ejemplo, el nombre de usuario «Profunda», asignarle una nueva contraseña y acceder así a nuestros datos?

Asintió con la cabeza.

—A ver, enséñamelo.

Me lanzó una mirada dubitativa

—Tú misma me dijiste que jamás se me ocurriera entrar en la base de datos del departamento.

—Por una vez, y sin que sirva de precedente, voy a hacer una excepción.

—Además, si le doy a «Profunda» una contraseña nueva, el ordenador eliminará la vieja, tía Kay. Ya no volverá a figurar en ninguna parte. Dejará de funcionar.

Me sobresalté al recordar lo que Margaret dijo en cuanto descubrimos que alguien había tratado de sacar el caso de Lori Petersen. Dijo algo así como que la contraseña no respondía, lo que le obligó a volver a conectar la asignación del DBA.

—Tu contraseña de antes ya no funciona porque yo la cambié por una nueva que me inventé. O sea, que ya no puedes conectarte con la que tenías —señaló mirándome de soslayo—. Pero lo iba a arreglar.

—¿A arreglar? —apenas escuchaba sus explicaciones.

—Tu ordenador de aquí. La contraseña que tenías ya no funciona porque yo la cambié para acceder al SQL. Pero lo iba arreglar, de verdad. Te lo prometo.

—Después —me apresuré a decir—. Después lo arreglas. Ahora lo que quiero es que me enseñes paso a paso cómo se las ingeniaría alguien para entrar en el ordenador.

Trataba de darle un sentido a todo aquello. Parecía probable, decidí, que la persona que accedió a la base de datos del Instituto Forense supiera lo bastante como para darse cuenta de que podía crear una nueva contraseña para el nombre de usuario que figuraba en el archivo «Público.SQL». Pero no se dio cuenta de que al hacerlo invalidaría la contraseña vieja, lo que nos impediría acceder la próxima vez que lo intentáramos. Era evidente que nos íbamos a dar cuenta. Era evidente que nos íbamos a preocupar, pero la idea de que la función «eco» pudiera estar activada y repitiera en la pantalla todos sus comandos no se le pasó por la cabeza, al parecer. Por lo tanto, ¡sólo había podido entrar una vez!

Si la persona hubiese tratado de acceder con anterioridad, nos habríamos enterado aunque la función «eco» estuviera desactivada porque Margaret se habría dado cuenta de que la contraseña «Garganta» había dejado de responder. Pero, ¿por qué?

¿Por qué esta persona habrá querido violar la seguridad y acceder al caso de Lori Petersen?

Los dedos de Lucy recorrían las teclas sin pausa.

—¿Ves? —decía—, imagínate que yo soy el malvado que quiere violar el sistema. Así es como lo haría.

Entró en el SQL tecleando «Gestor de Sistemas» y ejecutó el comando conectar/recurso/DBA con el nombre de usuario «Profunda» y una contraseña que ella se había inventado: «Revoltijo». La asignación se concretó y pudo conectarse. Era el nuevo DBA. Desde ahí podía entrar en cualquiera de las tablas de la oficina. Era lo bastante potente como para que Lucy pudiera hacer todo lo que quisiera.

Era lo bastante potente como para alterar los datos.

Era lo bastante potente como para que, por ejemplo, alguien hubiera alterado los datos del caso de Brenda Steppe, de forma que el ítem «cinturón de tela color canela» figurara en la lista de «Vestimenta, Efectos Personales».

¿Habrá sido el asesino? Desde luego, él sí que sabía bien los detalles de los crímenes cometidos. Leía los periódicos. Se obsesionaba más y más con cada palabra que se decía de él. Sería capaz de reconocer antes que nadie cualquier inexactitud que hubiera en los artículos de prensa. Era arrogante. Quería hacer una alarde de inteligencia. ¿Cambió los datos de mi oficina para hacerme quedar como una imbécil, para burlarse de mí?

Esto había sucedido casi dos meses después de que los detalles salieran publicados en el artículo que Abby escribió sobre la muerte de Brenda Steppe.

Y, sin embargo, la base de datos fue violada una sola vez, y hace muy poco tiempo.

Era imposible que la información que Abby publicó procediera del ordenador de la oficina. ¿No será, entonces, que los datos del ordenador proceden del relato de Abby? Puede que el asesino se haya dedicado a repasar con detenimiento los casos de estrangulamiento almacenados en el ordenador en busca de alguna inconsistencia con lo que Abby escribía. Tal vez, al llegar al caso de Brenda Steppe, encontró la inconsistencia que buscaba. Alteró los datos tecleando las palabras «cinturón de tela color canela» donde ponía «un par de medias transparentes». Quizá lo último que hizo antes de desconectarse fue tratar de abrir el caso de Lori Petersen, aunque sólo fuera por curiosidad. Eso explicaría por qué fueron ésos los comandos que Margaret encontró en la pantalla.

¿No será que estoy paranoica y no puedo razonar?

¿Y si hubiera una relación entre todo esto y la etiqueta errónea del equipo de recopilación de pruebas? En la carpeta de cartón había residuo brillante. ¿Y si resulta que no procedía de mis manos?

—Lucy, ¿no hay manera de saber si alguien ha alterado los datos del ordenador de mi oficina? —pregunté.

Respondió sin pausa.

—Tú tienes copia de seguridad de los datos, ¿no? Alguien los exporta, ¿no?

—Sí.

—Entonces, busca un disquete de exportación viejo, importa los datos a cualquier ordenador y comprueba si los datos son distintos.

—El problema —señalé— es que, aunque descubriera alguna alteración, no tendría forma de saber que no se trata de una actualización realizada por alguno de mis colaboradores. Los casos permanecen en estado de cambio constante porque una vez introducido el caso en el ordenador, los informes se van recibiendo con cuentagotas durante varias semanas, a veces meses.

—Entonces, me parece que tendrías que preguntárselo a ellos, tía Kay. Pregúntales si lo han cambiado. Si dicen que no y los datos del disquete viejo de exportación no coinciden con los que te salen en el ordenador, te aclararías un poco más, ¿no?

—Puede que sí —admití.

Lucy volvió a poner a la contraseña el nombre que tenía en su origen. Nos desconectamos y borramos la pantalla para que nadie viera los comandos en el ordenador de la oficina mañana por la mañana.

Eran casi las once de la noche. Llamé a Margaret a casa y una voz soñolienta respondió a mi deseo de saber qué había sido de los disquetes de exportación de datos y si por casualidad guardaba alguno anterior a la fecha de la intrusión en el ordenador.

Tal como ya esperaba, su respuesta me deparó una decepción.

—No, doctora Scarpetta. En la oficina no se guarda nada tan atrasado. Lo último que hacemos cada día es exportar todos los datos, formatear el disquete de exportación y después actualizarlo.

—Qué lástima. Necesitaba una versión de la base de datos que no hubiera sido actualizada desde hace varias semanas.

Silencio.

—Un momento —musitó Margaret—. Puede que tenga un archivo plano…

—¿De qué?

—No lo sé…—vaciló—. Supongo que de los datos correspondientes a los seis últimos meses, más o menos. El departamento de estadística vital nos pide siempre los datos. Hace un par de semanas hice una prueba, importé los datos de los distritos a una sección del archivo y trasladé todos los datos de los casos a otro archivo para ver qué tal quedaba. Se supone que tarde o temprano lo tengo que enviar directamente al ordenador central del departamento de estadísticas vitales…

—¿Hace cuánto tiempo? —pregunté, interrumpiéndola—. ¿Hace cuánto tiempo trasladó los datos?

—El primer día del mes… vamos a ver, creo que fue el uno de junio.

Estaba hecha un manojo de nervios. Tenía que saberlo. Por lo menos, si pudiera demostrar que los datos habían sido alterados después de la aparición de los artículos en la prensa, nadie podría culpar a mi departamento por las filtraciones.

—Necesito una copia impresa de ese archivo plano inmediatamente —le dije a Margaret.

Hubo un silencio prolongado. Cuando al fin me contestó, detecté cierta vacilación.

—Surgieron problemas cuando lo estaba haciendo.

Otra pausa.

—Pero le puedo facilitar lo que tenga mañana a primera hora.

Consulté mi reloj y marqué el número del busca-personas de Abby.

A los cinco minutos ya la tenía en línea.

—Abby, sé que sus fuentes son sagradas, pero hay algo que debo saber.

Ella no contestó.

—En el reportaje que escribió sobre el asesinato de Brenda Steppe, dijo que la estrangularon con un cinturón de tela color canela. ¿De dónde sacó este dato?

—No puedo…

—Por favor. Es muy importante. Tengo que saber la fuente como sea.

Tras una larga pausa, Abby contestó.

—No diré nombres. Una persona que integra el equipo de socorro. Fue uno de ellos, ¿contenta? Uno de los que estuvieron en la escena del crimen. Conozco a muchos…

—O sea, que la información no tenía absolutamente nada que ver con mi departamento, ¿me equivoco?

—Por supuesto que no —respondió Abby con rotundidad—. Lo que le preocupa es esa intrusión que ha habido en el ordenador, ¿no? Algo me comentó el sargento Marino… le juro que yo no he publicado nada que procediera de su oficina.

Me salió antes de pensarlo dos veces.

—Quienquiera que haya sido, Abby, seguramente ingresó este dato del cinturón de tela color canela en la tabla del ordenador para que pareciera que usted lo sacó de mi departamento y que los responsables de la filtración somos nosotros. El dato es inexacto. No creo que jamás figurara en nuestro ordenador. Creo que, sea quien sea la persona, el dato lo sacó de su artículo.

—Dios mío —se limitó a decir.

15

Marino arrojó el periódico matutino en la mesa de la sala de reuniones con tal ímpetu que las páginas se abrieron y los suplementos se desparramaron.

—Pero, ¿qué demonios es esto? —exclamó. Tenía el rostro congestionado por la ira y no se había afeitado—. ¡Qué se habrán creído!

La respuesta de Wesley fue empujar suavemente una silla con el pie e invitarle a sentarse.

El artículo del jueves había salido en primera plana con un titular que rezaba:

NUEVAS PRUEBAS DE ADN:
EL ESTRANGULADOR PODRÍA
PADECER UN DEFECTO GENÉTICO

El nombre de Abby no aparecía por ninguna parte. El artículo estaba escrito por un periodista que normalmente cubría la información judicial.

En un cuadro aparte había una explicación de los estudios de ADN acompañada por un dibujo a mano del proceso de «huellas» del ADN. Pensé en el asesino, me lo imaginé leyendo el periódico una y otra vez, hecho una furia. Me inclinaba a pensar que, cualquiera que fuese su trabajo, aquel día habría llamado para decir que estaba enfermo.

—¡Lo que yo quiero saber es por qué a mí nadie me ha dicho nada de todo esto! —Marino me miró indignado—. Yo vengo y entrego el mono. Cumplo con mi deber. ¡Y de la noche a la mañana, me encuentro con esta basura! ¿Qué es eso del defecto genético? ¿Acaso han llegado ya los resultados del ADN y a algún hijo de puta le ha faltado tiempo para filtrarlos, o qué?

Guardé silencio.

Wesley respondió sin inmutarse:

—No importa, Pete. Los artículos de prensa no son asunto nuestro. Considéralo una bendición. Sabemos que el asesino tiene un olor corporal peculiar, o al menos eso parece. Creerá que el departamento de Kay se trae algo entre manos y puede que cometa alguna imprudencia. ¿Alguna otra cosa? —añadió dirigiéndose a mí.

Sacudí la cabeza. Por ahora nadie había vuelto a violar la seguridad del ordenador del departamento. Si cualquiera de los dos hubiera entrado veinte minutos antes en la sala de reuniones, me habría visto inmersa en un mar de papeles.

Ahora entendía la vacilación de Margaret anoche, cuando le pedí que me imprimiera el archivo plano. En él había unos tres mil casos de todo el estado de Virginia correspondientes al mes de mayo, o sea, una sábana de papel a rayas verdes que ocupaba prácticamente la longitud del edificio.

Y, por si fuera poco, los datos estaban comprimidos en un formato que no estaba pensado para ser leído. Era algo así como andar a la caza de frases completas en un bol de sopa de letras.

Tardé más de una hora en encontrar el número del caso de Brenda Steppe. No sé si me entusiasmé o me horroricé, tal vez las dos cosas, cuando descubrí la lista de artículos que figuraban bajo el encabezamiento «Vestimenta. Efectos personales»: «Un par de medias transparentes alrededor del cuello». No se hacía mención alguna al cinturón de tela color canela. Ninguno de mis colaboradores recordaba haber hecho ningún cambio en los datos, ni haber actualizado el caso una vez que ingresó en el sistema. Los datos habían sido alterados. Y fue alguien ajeno a mi equipo de colaboradores.

—¿Qué es eso del deterioro mental? —preguntó Marino, empujando el periódico hacia a mí con mal gesto—. ¿Acaso se ha descubierto en este engañabobos del ADN algo que induzca a suponer que le falta algún tornillo?

—No —contesté con toda sinceridad—. Creo que el objetivo del artículo es simplemente señalar que algunos trastornos metabólicos pueden originar problemas de este tipo. Pero yo aún no he encontrado ninguna prueba que permita suponer tal cosa.

—Bueno, pues a mí no me cabe la menor duda de que el tipo éste no tiene el cerebro podrido. Otra vez la misma cantinela. Que si la comadreja ésta es imbécil, que si no es más que un delincuente de baja estofa, que seguramente trabaja lavando coches, o limpiando las alcantarillas de la ciudad, o algo por el estilo...

Wesley estaba empezando a impacientarse.

—Déjalo ya, Pete.

—Se supone que soy yo el que está a cargo de la investigación y tengo que leer el maldito periódico para saber lo que está pasando…

—Lo que sucede es que ahora tenemos un problema más serio ¿entiendes? —replicó Wesley con brusquedad.

—¡No me diga! ¿Y de qué se trata?

Tuvimos que confiárselo.

Le contamos la conversación telefónica que tuve con la hermana de Cecile Tyler.

Marino escuchaba, la furia se iba esfumando gradualmente de sus ojos. Se quedó atónito.

Le dijimos que las cinco mujeres tenían una cosa en común. La voz.

Le recordé la entrevista de Matt Petersen.

—Si no recuerdo mal, habló del día en que conoció a Lori. En una fiesta, creo recordar. Se detuvo en su voz. Dijo que era la clase de voz que llama la atención por su timbre de contralto, muy agradable. Lo que estamos considerando es la posibilidad de que el nexo común entre las cinco mujeres sea la voz. Quizá el asesino no las vio, sino que las oyó.

—No se nos había ocurrido esta posibilidad —añadió Wesley—. Cuando pensamos en este tipo de criminales, que acechan a su presas, pensamos en psicópatas que en determinado momento echan el ojo a sus víctimas. En un centro comercial, cuando salen a correr, o por alguna ventana del apartamento o de la casa. Por regla general, recurren al teléfono después del contacto inicial. Primero la ve. Tal vez después la llama, marca el número de teléfono sólo para oír su voz y fantasear con ella. La posibilidad que ahora contemplamos es mucho más aterradora, Pete. A lo mejor, su trabajo consiste en llamar a mujeres desconocidas. Tiene acceso a sus números de teléfono y a sus direcciones. Por lo tanto, llama. Si la voz le excita, la elige.

—Como si esto redujera los límites de la investigación —se quejó Marino—. Ahora nos toca averiguar si las cinco mujeres figuraban en la guía telefónica. Después, tendremos que considerar las distintas posibilidades laborales. Quiero decir, no pasa una semana sin que la parienta reciba alguna llamada. Están los que venden escobas, bombillas o pisos. Y no nos olvidemos de los encuestadores, esos del «permítame hacerle unas cincuenta preguntas». Quieren saber si estás casado o soltero, cuánto dinero ganas y cosas por el estilo, si te pones los pantalones metiendo primero una pierna y después la otra, si te pasas hilo dental después de lavarte los dientes, etcétera.

—Veo que no vas mal encaminado —musitó Wesley.

Marino prosiguió sin pausa.

—O sea, que tenemos a un tipo que le da por violar y asesinar. Tal vez cobre ocho dólares la hora por apoltronarse en su casa y darle un barrido a la guía telefónica o la guía local. Alguna mujer le dice que es soltera y que gana veinte de los grandes al año. Y a la semana —añadió Marino, mirándome— esta misma mujer ingresa en su morgue. Lo que me gustaría saber es cómo demonios vamos a encontrarlo.

No lo sabíamos.

El posible nexo de la voz no acotaba la investigación. Marino estaba en lo cierto. En realidad, lejos de facilitarnos la labor, nos la complicaba. Quizá hubiéramos logrado averiguar a quién vio la víctima un día determinado. Pero no era probable que pudiéramos dar con todas las personas con quien habló por teléfono. Ni siquiera la propia víctima se acordaría, de estar viva. Los que se dedican a llamar por teléfono ofreciendo algún servicio, los encuestadores y los que se equivocan de número rara vez se identifican. Todos recibimos múltiples llamadas a lo largo del día, pero ni las registramos en la mente ni nos acordamos.

—La pauta de todos sus ataques me induce a pensar que tal vez trabaje fuera de casa, que trabaje de lunes a viernes en algún lugar —señalé—. Durante la semana, la tensión se va acumulando y a última hora del viernes o pasada la medianoche, ataca. Si utiliza jabón de bórax veinte veces al día, no es probable que lo tenga en el cuarto de baño de su casa. Los jabones de tocador que se compran en la tienda de la esquina no contienen bórax, que yo sepa. Si se lava con este tipo de jabón, sospecho que lo hace en su lugar de trabajo.

—¿Tenemos la certeza de que es bórax? —preguntó Wesley.

—Los laboratorios lo han determinado por medio de una cromatografía de iones. El residuo brillante que hemos ido encontrando en los cuerpos contiene bórax, de eso no hay ninguna duda.

Wesley reflexionó un instante.

—Si utiliza jabón de bórax en su lugar de trabajo y regresa a casa a las cinco, no es probable que conserve tal concentración de residuo brillante a la una de la madrugada. Quizá trabaja en turno de noche. En los lavabos de hombres hay jabón de bórax. Sale de trabajar poco antes de medianoche, o a la una de la madrugada, y se va directamente a la casa de la víctima.

Comenté que me parecía un escenario de lo más verosímil. Si el asesino trabajaba de noche, tenía tiempo más que suficiente de recorrer el barrio de la próxima víctima y estudiar la zona durante el día, cuando el resto de los mortales está trabajando. Puede que vuelva por allí en su coche, a última hora, quizá después de medianoche, para vigilar la zona. Las víctimas, o bien no estaban en casa, o estaban durmiendo, como la mayoría de sus vecinos. Así que nadie lo vería.

¿Qué tipos de trabajo nocturno tenían alguna relación con el teléfono?

Lo consideramos un buen rato.

—Casi todos los que llaman ofreciendo algún servicio lo hacen justo en medio de la cena —dijo Wesley—. Me da la impresión de que no suelen llamar después de las nueve.

Todos estábamos de acuerdo.

—Los repartidores de pizzas a domicilio —propuso Marino—. Salen a todas horas. Tal vez sea el que atiende las llamadas. Marcas y lo primero que te preguntan es tu número de teléfono. Si no es la primera vez que llamas, tu domicilio aparece en la pantalla del ordenador. A los treinta minutos una de esas comadrejas llama a la puerta de tu casa con una pizza de salchichón y cebolla. Podría ser el repartidor, que en seguida se percata de si la mujer que tiene delante vive sola. O a lo mejor es el telefonista. Le gusta la voz de la mujer y además conoce su dirección.

—Compruébalo —dijo Wesley—. Que un par de hombres recorran de inmediato las pizzerías que reparten a domicilio.

¡Mañana era viernes!

—Averigua si hay alguna pizzería a la que hayan recurrido las cinco mujeres de vez en cuando. Los datos estarán en el ordenador, no es difícil comprobarlo.

Marino se retiró un momento y regresó con las páginas amarillas. Buscó la sección de pizzerías y empezó a anotar a toda prisa nombres y direcciones.

Se nos seguían ocurriendo un sinfín de posibles trabajos. Los operadores de centralita de los hospitales y de las compañías telefónicas atendían llamadas a todas horas. Los que solicitaban donativos para alguna obra benéfica no dudaban en interrumpir tu programa preferido de televisión, así fueran las diez de la noche. Siempre cabía la posibilidad de que jugara a la ruleta con la guía telefónica... por ejemplo, un guarda de seguridad, sin mejor cosa que hacer que permanecer sentado en el vestíbulo de la Reserva Federal o el empleado de una gasolinera que se aburre en la larga madrugada.

Yo estaba cada vez más confusa, no era capaz de ordenar mis ideas.

Y, sin embargo, había algo que no encajaba.

Te complicas demasiado la vida, me decía la vocecita interior. Cada vez te alejas más de lo que sí sabes.

Me quedé mirando el rostro de Marino, sudoroso, carnoso, con ojos inquietos que iban de acá para allá. Estaba cansado, con mucha tensión. Aún guardaba en su interior un profundo rencor. ¿Por qué era tan susceptible? ¿Qué es lo que había dicho a propósito de la forma de pensar del asesino? Algo así como que las mujeres profesionales no eran de su agrado porque son arrogantes...

Siempre que trataba de localizarlo, estaba «en la calle». Había estado en todas las escenas de los distintos crímenes.

En casa de Lori Petersen se encontraba de lo más despierto. ¿Se habría acostado aquella noche? ¿No era un poco extraño su afán por endilgarle los asesinatos a Matt Petersen?

La edad de Marino no encajaba con el perfil, me dije.

Se pasa todo el día en el coche y además no se gana la vida atendiendo llamadas telefónicas, por lo tanto, no veo el nexo entre él y las mujeres.

Y, lo que es más importante, no tiene un olor corporal peculiar y, si el mono hallado en el contenedor hubiera sido suyo, ¿por qué lo iba a traer al laboratorio?

A no ser, pensé, que quiera enmarañarlo todo, crear confusión aprovechándose de lo mucho que sabe. A fin de cuentas, es un experto que está a cargo de una investigación, lo bastante curtido como para ser un salvador o un demonio.

Creo que desde un principio tuve el temor de que el asesino pudiera ser un policía.

Marino no encajaba. Pero el asesino podía ser alguien que trabajara con él desde hacía meses, alguien que comprara monos azul marino en una de las muchas tiendas de uniformes que había en la ciudad, alguien que se lavara las manos con el jabón Borawash de las máquinas que abastecían los lavabos de caballeros, alguien que supiera lo bastante de medicina forense e investigación criminal como para burlarse de sus propios compañeros y de mí. Un policía degenerado. O alguien que se siente atraído por las fuerzas de orden, dado que a menudo constituyen una profesión muy sugerente para los psicópatas.

Habíamos localizado los equipos de socorro que acudían a la escena del crimen. Lo que no se nos había ocurrido era localizar a los agentes uniformados que atendían la llamada una vez descubiertos los cuerpos.

Tal vez algún policía se dedicaba a hojear las páginas de la guía telefónica durante su turno de trabajo o fuera de su jornada laboral. A lo mejor, su primer contacto con las víctimas era la voz. Las voces lo excitaban. Las asesinaba y procuraba estar siempre en la calle o cerca de algún intercomunicador cuando encontraban los cuerpos.

—El que se lleva la palma es Matt Petersen —le estaba diciendo Wesley a Marino—. ¿Sigue por aquí?

—Sí, que yo sepa.

—Creo que mejor será que vaya a verlo y averigüe si su mujer hizo algún comentario sobre alguien que llamara ofreciendo servicios de cualquier tipo, o comunicándole que había ganado un premio, o algún encuestador. Cualquier cosa relacionada con el teléfono.

Marino empujó la silla hacia atrás.

Yo di un rodeo para no decir claramente lo que estaba pensando.

—¿Sería muy difícil obtener copias impresas o grabaciones de las llamadas efectuadas a la policía cuando se descubrieron los cuerpos? Quiero ver a qué hora exacta se notificaron los homicidios, a qué hora llegó la policía, sobre todo en el caso de Lori Petersen. La hora de la muerte puede ser de gran ayuda para saber a qué hora sale de trabajar el asesino, si es que trabaja de noche.

—Ningún problema —contestó Marino con indiferencia—. Puede usted acompañarme. Después de hablar con Petersen, pasaremos por la sala de radio.

Matt Petersen no estaba en casa. Marino dejó su tarjeta de visita bajo la aldaba de latón de su apartamento.

—No creo que conteste a mi llamada —masculló mientras nos adentrábamos de nuevo en el tráfico.

—¿Por qué no?

—Cuando pasé el otro día no me invitó a entrar. Se quedó plantado en la puerta como si fuera una maldita barricada. Lo único que hizo fue olfatear el mono antes de decirme básicamente que me largara de allí cuanto antes. Después me cerró la puerta en las narices y añadió que en el futuro hablara con su abogado. Dijo que el detector de mentiras le había absuelto de toda incriminación y que yo lo estaba acosando.

—Seguramente es lo que hacía —comenté secamente.

Marino me miró de soslayo y esbozó una leve sonrisa.

Abandonamos el West End y regresamos al centro de la ciudad.

—Dice usted que la prueba de los iones detectó el bórax —Marino cambió de tema—. ¿Eso quiere decir que no encontraron ningún maquillaje teatral?

—No era bórax —contesté—. Era una sustancia llamada «Cosmético Solar» que reaccionó al láser. Pero no contiene bórax. Lo más probable es que las huellas que dejó Petersen en el cuerpo de su mujer se deban a que la tocó cuando en sus manos todavía quedaban residuos de este «Cosmético Solar».

—¿Y qué me dice de la sustancia brillante del cuchillo?

—El residuo era demasiado escaso como para poder analizarlo. Pero no creo que fuera «Cosmético Solar».

—¿Por qué no?

—No es un polvo granuloso. Es una base de crema… ¿recuerda aquel gran tarro blanco de crema rosada, bastante oscura, que usted llevó al laboratorio?

Marino asintió con la cabeza.

—Eso era «Cosmético Solar». Cualquiera que sea el ingrediente que lo hace brillar bajo el láser, desde luego no se extiende tanto como el jabón de bórax. Es más probable que la base cremosa del cosmético haga que el brillo se concentre en manchones bien diferenciados allí donde las yemas de los dedos hayan entrado en contacto con alguna superficie.

—Como, por ejemplo, la clavícula de Lori Petersen —apuntó Marino.

—Sí. Y también la tarjeta de las diez huellas dactilares de Petersen, justo donde las yemas de los dedos oprimieron el papel. No había ningún otro brillo en la tarjeta, sólo estaban en los surcos de tinta. Los brillos que aparecieron en el mango del cuchillo de supervivencia no estaban agrupados de la misma forma. Se esparcían al azar, muy parecidos a los que habían en los cuerpos de las mujeres.

—¿Lo que está usted diciendo es que si Petersen tenía residuos de este «Cosmético Solar» en las manos y hubiera agarrado el cuchillo, habría manchones brillantes en lugar de brillitos individuales aquí y allá?

—Eso es lo que digo.

—Bueno, ¿y qué me dice del residuo brillante que usted halló en los cuerpos y en las ataduras?

—La concentración que había en las muñecas de Lori era lo bastante intensa como para poder analizarlo. Era bórax.

Volvió sus ojos de espejo hacia mí.

—Entonces resulta que hay dos clases distintas de brillo —señaló.

—Así es.

—Mmm.

Como casi todos los edificios públicos y oficiales de Richmond, las paredes de la Jefatura Superior de Policía están cubiertas de un estuco que apenas se distingue del hormigón de las aceras. Sólo los llamativos colores de las banderas del Estado y de la Nación que ondean en el tejado recortándose contra el azul del cielo rompen su fea simpleza, pálida y pastosa. Rodeamos el edificio hasta llegar a la parte de atrás, donde Marino aparcó en una hilera de vehículos de policía sin identificación.

Entramos en el vestíbulo y pasamos por delante del mostrador de información, que estaba acristalado. Varios agentes de uniforme sonrieron a Marino y a mí me dedicaron un «Hola, doctora». Me miré el traje de chaqueta que llevaba y me supuso un alivio ver que me había acordado de quitarme la bata de laboratorio. Estaba tan acostumbrada a llevarla que a veces me olvidaba.

Cuando me sucedía tal cosa y salía a la calle con ella, me sentía como en pijama.

Pasamos por delante de unos tablones de anuncios con retratos robot de abusadores infantiles, artistas de la estafa y delincuentes de todas las especies. Había fotografías de archivo de los diez ladrones, violadores y asesinos más buscados de Richmond. Algunos de ellos sonreían a la cámara. Era la galería de famosos de la ciudad.

Bajé con Marino por una lóbrega y angosta escalera y nos detuvimos frente a una puerta que tenía un pequeño ventanuco de cristal por el que Marino miró y saludó a alguien.

La puerta se abrió electrónicamente.

Era la sala de radio, un cubículo subterráneo lleno de escritorios y terminales de ordenador conectados a consolas telefónicas. Al otro lado de una mampara de cristal había una sala de operadores para quienes la ciudad entera era un videojuego; los telefonistas del 911 nos miraron con curiosidad. Algunos estaban ocupados atendiendo llamadas, otros fumaban o charlaban entre sí con los auriculares alrededor del cuello.

Marino me llevó a un rincón donde había unos estantes a rebosar de cajas llenas de cintas de carrete. Todas ellas estaban etiquetadas por fecha. Marino las recorrió con los dedos y fue sacando una tras otra, cinco en total. Cada una abarcaba el periodo de una semana.

—Feliz Navidad —dijo arrastrando las palabras y poniéndomelas en los brazos.

—¿Qué?

Lo miré como si hubiera perdido el juicio.

Él sacó del bolsillo el paquete de cigarrillos.

—Mire, doctora. Yo tengo que empezar la ronda de las pizzerías. Allí tiene una grabadora —señaló con el pulgar la sala del otro lado de la mampara—. Puede escucharlas ahí o llevárselas a su despacho. Yo que usted, las sacaría de esta jaula de monos cuanto antes, pero no he dicho nada, ¿estamos? En teoría, no pueden salir de la casa. Cuando termine, me las entrega a mí personalmente.

Me estaba empezando a doler la cabeza.

A continuación, Marino me acompañó a un cuartito en el que había una impresora láser que escupía kilómetros de papel a rayas verdes. El papel acumulado en el suelo alcanzaba más de medio metro de altura.

—Llamé a los chicos antes de salir de su oficina —me explicó lacónicamente—. Les pedí que imprimieran toda la información de los dos últimos meses que haya en el ordenador.

Dios Santo.

—Así que aquí tiene usted las direcciones y todo lo que necesite —sus ojos castaños e inexpresivos se posaron en mí—. Tendrá que mirar las hojas impresas para ver qué apareció por pantalla cuando se hicieron las llamadas. Sin las direcciones, no sabría a qué llamada corresponde cada una.

—¿Y no podríamos sacar del ordenador sólo lo que queremos saber? —pregunté, exasperada.

—¿Sabe usted algo de unidades centrales?

Por supuesto que no.

Marino miró a su alrededor.

—En este tugurio no hay una sola persona que tenga la menor idea de cómo funciona la unidad central. Arriba tenemos un experto en informática, sí, pero da la casualidad de que está en la playa. La única forma de conseguir un experto es que haya un fallo del sistema. Entonces llaman al servicio técnico y el departamento desembolsa setenta dólares por hora de trabajo. Además, aunque el departamento quisiera cooperar con usted, esos papanatas tardan más en venir que la paga del mes. Como pronto, se acercará por aquí mañana a última hora de la mañana, o el lunes, o cualquier día de la semana que viene, eso si la rueda de la fortuna gira a su favor, doctora. Dé gracias de que haya encontrado a alguien capaz de pulsar el botón de la impresora.

Permanecimos en el cuartito unos treinta minutos. Al final, la impresora se detuvo y Marino arrancó el papel. La altura del montón que había en suelo llegaba casi al metro. Marino lo introdujo en una caja vacía de papel de impresora que encontró por allí y la levantó resoplando.

Cuando salíamos de la sala de radio, Marino se volvió hacia atrás para dirigirse a un joven y apuesto agente negro.

—Si ves a Cork, tengo un recado para él.

—Está bien —dijo el oficial, bostezando.

—Dile que no está al volante de un camión de dieciocho ruedas y que esto no es ninguna historieta de *Smokey y el bandido.*

El agente soltó una carcajada. Se reía exactamente igual que Eddie Murphy.

Me pasé un día y medio encerrada en casa sin vestirme siquiera, estuve todo el día en chándal con los auriculares puestos.

Berta se portó como un ángel y se fue a pasar el día fuera con Lucy.

Evité ir a la oficina porque estaba segura de que me hubieran interrumpido cada cinco minutos. Era una carrera a contrarreloj, rezaba para que pudiera encontrar algo antes de que el viernes se disolviera en las primeras horas de la mañana del sábado. Estaba convencida de que el asesino volvería a las andadas.

Ya había llamado a Rose un par de veces. Me había dicho que Amburgey había tratado de localizarme cuatro veces desde que yo me fuera con Marino. El director de Sanidad exigía mi presencia inmediata, exigía también que le diera una explicación por el reportaje de primera plana del día de ayer, que le explicara «esta última y escandalosa filtración», según su propias palabras. Quería ver el informe de las pruebas de ADN. Quería ver el informe sobre esta «última prueba». Estaba tan furioso que él mismo se había puesto al teléfono, amenazando a la pobre Rose, como si no tuviera ya bastantes preocupaciones.

—¿Y usted qué le dijo? —le pregunté asombrada.

—Le dije que dejaría el mensaje en su escritorio. Cuando me amenazó con despedirme si no le ponía inmediatamente en contacto con usted, le contesté que me parecía muy bien. Que nunca le he había puesto un pleito a nadie, pero...

—¡¿Eso le dijo?!

—Ya lo creo. Si este descerebrado tiene algo más de seso, supongo que se lo pensará dos veces.

Tenía el contestador automático conectado. Si Amburgey intentaba llamarme a casa, sólo le escucharía mi oído mecánico.

410

Aquello era una auténtica pesadilla. En cada cinta figuraba la información de siete días de veinticuatro horas. Pero claro, las cintas no duraban tantas horas porque a menudo sólo había tres o cuatro llamadas de dos minutos en toda una hora. Todo dependía de cuánto trabajo tuviera un determinado turno de la sala del 911. Mi objetivo era determinar el periodo exacto durante el cual se hubiera comunicado alguno de los homicidios. Si me impacientaba, podía pasar de largo y después tenía que rebobinar. Y entonces me perdía. Era horrible.

Y de lo más deprimente. Las llamadas urgentes iban desde las efectuadas por los que han perdido sus facultades mentales y llamaban porque tenían el cuerpo invadido de alienígenas, o borrachos gritando a pleno pulmón, hasta pobres hombres y mujeres cuyos cónyuges acababan de sufrir un infarto o un ataque de apoplejía. Había muchas llamadas por accidentes de tráfico, amenazas de suicidio, merodeadores, perros que ladraban, música a volumen excesivo y petardos y detonaciones de coches que eran interpretados como disparos.

Todo eso me lo saltaba. De momento, había logrado encontrar tres de las llamadas que buscaba. La de Brenda, la de Henna y, hace un rato, la de Lori. Rebobiné la cinta hasta encontrar la llamada abortada que, al parecer, hizo Lori a la policía poco antes de ser asesinada. La llamada se efectuó exactamente a las 12.49 de la madrugada del sábado 7 de junio y lo único que quedó registrado fue la respuesta enérgica del operador al recibir la llamada, lo único que dijo fue: «911».

Me puse a doblar hoja por hoja aquel rollo de papel continuo hasta dar con la impresión correspondiente. La dirección de Lori aparecía en la pantalla del 911 bajo el nombre de L.A. Petersen. El operador asignó a la llamada una prioridad cuatro y se la pasó al compañero del otro lado de la mampara de cristal, cuya labor era transmitir los datos a los agentes de la calle. Treinta y nueve minutos más tarde el coche patrulla 211 recibió al fin la notificación. A los seis minutos pasó por delante de la casa y se alejó a toda velocidad para atender una llamada interna.

La dirección de los Petersen volvía a aparecer exactamente sesenta y ocho minutos después de la llamada abortada, es decir, a la 1.57 de la madrugada, cuando Matt Petersen encontró el cuerpo de su mujer. Si no hubiera tenido ensayo aquella noche, pensé, si hubiera regresado a casa una hora o una hora y media antes…

La cinta hizo un ruidito seco.

—911.

Respiración entrecortada

—¡Mi mujer! —en pánico—. ¡Alguien ha matado a mi mujer! ¡Por favor, vengan ahora mismo! —gritos—. ¡Dios mío! ¡La han matado! ¡Por favor, vengan en seguida!

Los gritos histéricos de aquella voz me dejaron paralizada. Petersen no acertaba a articular ninguna frase coherente, ni siquiera recordaba su dirección cuando el operador le preguntó si la dirección que tenían registrada era correcta.

Detuve la cinta y me puse a calcular rápidamente. Petersen había llegado a casa veintinueve minutos después de que el primer agente del coche patrulla iluminara la fachada de la casa con la linterna e informara de que todo estaba «en orden». La llamada abortada se había efectuado a las 12.49 de la madrugada y el agente no llegó hasta la 1.34.

Habían transcurrido cuarenta y cinco minutos. El asesino no estuvo con Lori más de ese tiempo.

A la 1.34 de la madrugada el asesino ya se había ido.

La luz del dormitorio estaba apagada. Si el asesino hubiera seguido en el dormitorio, la luz habría estado encendida. De eso estaba segura. No lo creía capaz de encontrar los cables eléctricos ni de hacer aquellos nudos tan elaborados a oscuras.

Era un sádico. Seguro que quiso que la víctima le viera la cara, sobre todo si la llevaba cubierta. Seguro que quiso que viera todo lo que hacía. Seguro que, en medio de un terror indescriptible, quiso que se imaginara todas las monstruosidades que él se disponía a hacerle... cómo miraba a su alrededor, cómo cortaba los cables y empezaba a atarla...

Cuando todo terminó, apagó la luz del dormitorio con toda tranquilidad y volvió salir por la ventana del cuarto de baño, probablemente pocos minutos antes de que el coche patrulla pasara por delante de la casa y menos de media hora antes de que Petersen entrara en casa. El olor corporal quedó flotando en el aire como el hedor de la basura.

De momento, no había encontrado ningún coche patrulla que hubiera acudido a la escena del crímen de Brenda, de Lori y de Henna. La decepción me estaba robando la energía que necesitaba para poder seguir adelante.

Me tomé un descanso y en ese instante oí que se abría la puerta de la casa. Berta y Lucy habían vuelto.

413

Me contaron con todo detalle lo que habían hecho y yo hice un esfuerzo por escucharlas con una sonrisa. Lucy estaba agotada.

—Me duele la tripa —se quejó.

—No me extraña —señaló Berta con gesto reprobatorio—. Te dije que no te comieras todas esas porquerías. Que si algodón de azúcar, que si palomitas de maíz…

Le preparé a Lucy un caldo de gallina y la acosté.

Después regresé a mi estudio y volví a ponerme los auriculares de mala gana.

Perdí la noción del tiempo, como si estuviera en el limbo.

«911». «911».

El número resonaba en mi cabeza una y otra vez.

Poco después de las diez estaba tan agotada que apenas podía pensar. A duras penas rebobiné la cinta buscando la llamada que se hizo al descubrir el cuerpo de Patty Lewis. Mientras permanecía a la escucha, mis ojos vagaban por las páginas impresas extendidas en mi regazo.

Lo que vi no tenía sentido.

La dirección de Cecile Tyler figuraba en la parte inferior de la página y la fecha era del 12 de mayo a las 21.23, es decir, a las 9.23 de la noche.

Tenía que tratarse de un error.

La asesinaron el 31 de mayo.

Su dirección no tenía por qué figurar en esta sección. ¡No tendría ni por qué estar en esta cinta!

Avanzaba la cinta y la detenía a los pocos segundos. Tardé veinte minutos en encontrarlo. Pasé el segmento tres veces, tratando de comprender su significado.

A las 9.23 en punto una voz masculina contestó:

—911.

Tras una pausa, una voz femenina, refinada y suave, exclamó con asombro:

—Uy, perdón.

—¿Algún problema, señora?

Una risita nerviosa.

—Quería llamar a información —otra risita—. Habré marcado un nueve en lugar de un cuatro.

—No se preocupe, siempre me alegro de que no sea nada. Que tenga usted una buena noche —añadió el operador con desenfado.

Silencio. Un clic y la cinta seguía avanzando.

En la hoja impresa, la dirección de la mujer negra asesinada constaba sencillamente bajo el nombre de Cecile Tyler.

—Dios mío de mi vida —musité, presa de una náusea momentánea.

Brenda Steppe había llamado a la policía tras sufrir el accidente de tráfico. Lori Petersen había llamado a la policía, según su marido, una vez que le pareció oír a un merodeador que resultó ser un gato hurgando en los cubos de la basura. Abby Turnbull había llamado también a la policía cuando la siguió un hombre al volante de un Cougar negro. Cecile Tyler había llamado a la policía por error… se había equivocado de número.

Marcó el 911 en lugar del 411.

¡Se equivocó por un número!

Cuatro mujeres de cinco. Todas las llamadas se habían hecho desde sus casas. Todas las direcciones aparecieron de inmediato en la pantalla del ordenador del 911. Si la residencia figuraba a nombre de una mujer, el operador sabía que seguramente vivía sola.

Corrí a la cocina. No sé por qué. En mi estudio también había un teléfono.

Marqué apresuradamente el número de la brigada de investigación.

Marino no estaba.

—Necesito su número particular.

—Lo siento, señora, no estamos autorizados a facilitarlo.

—¡Maldita sea! ¡Soy la doctora Scarpetta, la jefa del departamento de medicina forense! ¡Déme el maldito número de su casa ahora mismo!

Una pausa de asombro. El agente, quienquiera que fuera, me pidió todo tipo de disculpas y me dio el número de teléfono.

Volví a marcar.

—Gracias a Dios —dije efusivamente cuando Marino respondió.

—¿Me lo dice en serio? —dijo Marino tras escuchar mi entrecortada explicación—. Por supuesto. Ahora mismo lo compruebo, doctora.

—¿No cree que sería mejor que fuera usted a la sala de radio para ver si está allí ese hijo de puta? —pregunté prácticamente a gritos.

—¿Y qué diría el tipo? ¿Reconoció usted la voz?

—¡Cómo voy reconocer la voz!

—Quiero decir…por ejemplo, ¿qué le dijo exactamente a Tyler?

—Escúchelo usted mismo.

Regresé corriendo a mi despacho y cogí el supletorio. Rebobiné la cinta, desenchufé los auriculares y subí el volumen.

—¿Lo reconoce? —volví al teléfono.

Marino no respondió.

—¿Está usted ahí? —grité.

—Por favor, doctora, cálmese un poco. Ha sido un día muy duro para todos. Déjelo de mi cuenta. Le prometo que me ocuparé de ello.

Marino colgó el teléfono.

Me quedé sentada, con la mirada clavada en el teléfono que tenía en la mano. No me moví hasta que el tono desapareció y una voz mecánica empezó a quejarse:

—Por favor, si quiere efectuar una llamada, cuelgue y vuelva a intentarlo...

Me acerqué a la puerta de la calle para ver si estaba bien cerrada, comprobé que la alarma estuviera conectada y subí al piso de arriba. Mi dormitorio se encontraba al final del pasillo y daba al bosque de atrás. Al otro lado del cristal las luciérnagas parpadeaban en la impenetrable oscuridad, me puse nerviosa y bajé las persianas de un tirón.

A Berta se le había metido en la cabeza la absurda idea de que el sol tenía que penetrar a raudales en las habitaciones, tanto si había alguien dentro como si no.

—Mata los gérmenes, doctora Kay —solía decir.

—Y destiñe las alfombras y la tapicería —replicaba yo.

Pero Berta era muy suya. Me molestaba sobremanera llegar por la noche y encontrarme con todas las persianas subidas. Siempre las cerraba antes de encender la luz para que nadie me viera, en caso de que hubiera alguien por allí afuera. Sin embargo, esta noche se me olvidó. Ni siquiera me molesté en quitarme el chándal que llevaba puesto. Me serviría de pijama.

Encaramándome a un taburete que guardaba en el interior del armario, saqué la caja de zapatos Rockport y levanté la tapa. Después, metí el revólver del 38 bajo la almohada.

Mi gran preocupación era que sonara el teléfono, tener que salir a la negritud de la madrugada y decirle a Marino: «¡Se lo dije, estúpido! ¡Se lo dije!».

¿Qué estaría haciendo en aquel momento el muy imbécil? Apagué la lámpara de la mesita y me tapé con las mantas hasta las orejas. Probablemente, estaría tomando cerveza y viendo la televisión.

Me incorporé y volví a encender la lámpara. El teléfono de la mesita era una provocación pero no podía llamar a nadie más. Si llamaba a Wesley, éste llamaría a Marino. Si llamaba a la brigada de investigación, quienquiera que escuchara lo que tenía que decir, siempre y cuando me tomara en serio, también llamaría a Marino.

Marino. Era el encargado de esta maldita investigación. Todos los caminos conducían a Roma.

Apagué la lámpara una vez más y me quedé mirando la oscuridad.

—*911*.

—*911*.

No dejaba de escuchar la voz mientras daba vueltas en la cama. Ya era más de medianoche cuando bajé con sigilo a la planta baja y busqué la botella de coñac en el mueble bar. Lucy no se había movido desde que yo la había acostado hacía ya unas horas. Dormía como un tronco. Ojalá pudiera yo decir lo mismo. Tras endilgarme dos tragos como si fueran jarabe para la tos, regresé a mi dormitorio con resignación y volví a apagar la lámpara. Oía cómo pasaban los minutos en el reloj digital.

Tic…

Tic….

Me quedaba adormilada y volvía a despertarme, daba vueltas sin descanso.

—… *pero ¿qué le dijo exactamente a Tyler?*

Clic. La cinta seguía avanzando.

—*Perdón* —*una risita nerviosa*—. *Habré marcado un nueve en lugar de un cuatro…*

—*No se preocupe… Que tenga usted una buena noche.*

Clic.

—*… habré marcado un nueve en lugar de un cuatro…*

—*911.*

—*Es muy guapo. No le hace falta echarle nada en la bebida a una mujer para que ésta caiga rendida a sus pies…*

—*¡Es una basura humana!*

—*… Porque ahora mismo no está, Lucy. El señor Boltz se ha ido de vacaciones.*

—*Ah* —*ojos rebosantes de infinita tristeza*—. *¿Y cuándo vuelve?*

—*En julio.*

—*Ah. ¿Por qué no hemos ido con él, tía Kay? ¿Se ha ido a la playa?*

—*… Mientes por omisión sistemáticamente cuando se trata de nosotros.*

Su rostro resplandecía tras un velo de humo y calor que iba en aumento, su cabello relucía como el oro al sol.

—911.

Estaba en casa de mi madre y ella me decía algo.

Un pájaro revoloteaba perezosamente dibujando un círculo en el cielo por encima de nosotros mientras yo viajaba en una furgoneta en compañía de alguien que ni conocía ni alcanzaba a ver. Las palmeras pasaban por nuestro lado a toda velocidad. Unas garzas blancas de largo cuello asomaban cual periscopios de porcelana en el Parque Nacional de los Everglades de Florida. Las cabezas blancas se volvían a nuestro paso. Nos observaban. Me observaban.

Apartando la mirada, traté de acomodarme mejor y me recosté en el asiento.

Mi padre se incorporó en la cama y me miraba mientras yo le describía mi jornada escolar. Tenía el rostro lívido. Sus ojos no parpadeaban, tampoco oía lo que le estaba diciendo. No me contestaba, pero seguía mirándome fijamente. El temor me atenazaba el corazón. Su blanco rostro me miraba. Los ojos vacíos me miraban.

Estaba muerto.

—¡Papaaaá!

Percibí un olor nauseabundo de sudor rancio cuando hundí el rostro en su cuello...

El cerebro se me quedó en blanco.

Recobré la conciencia flotando como una burbuja que emergiera de las profundidades. Estaba despierta. Percibía los latidos de mi corazón.

El olor.

¿Era real o estaba soñando?

¡El olor nauseabundo! ¿Estaba soñando, o no?

Una alarma se disparó en mi cabeza y el corazón me taladraba las costillas.

Mientras tanto, el aire pestilente se agitó y algo rozó mi cama.

16

Entre mi mano derecha y el revólver del 38 que tenía debajo de la almohada mediaba una distancia de
treinta centímetros, no más.

Era la mayor distancia de mi vida. Era una eternidad.
Era imposible. No pensaba en nada, me limitaba a sentir
aquella distancia mientras el corazón se enloquecía ba-
tiéndose contra las costillas, como un pájaro golpea los
barrotes de la jaula. La sangre me rugía en los oídos. Tenía
el cuerpo rígido, no había un solo músculo o tendón que
no acusara la tensión, estaban agarrotados, temblaban de
miedo. Mi cuarto estaba oscuro como boca de lobo.

Asentí con la cabeza muy despacio, me resonaba el
timbre metálico de las palabras, su mano me oprimía los
labios contra los dientes. Yo asentía con la cabeza. Asentía para asegurarle que no iba a gritar.

El cuchillo que tenía en la garganta era tan grande
que me parecía un machete. La cama se ladeó hacia la
derecha, sonó un chasquido y me cegué. Cuando los ojos
se acostumbrarron a la luz de la lámpara, lo miré y tuve
que sofocar un grito.

No podía respirar, ni tampoco moverme. Sentía que
la fina hoja del cuchillo me mordía la piel con frialdad.

Su rostro era blanco y tenía los rasgos achatados bajo una media de nailon blanco. Había cortado dos rendijas a la altura de los ojos, de los que manaba un odio gélido que le impedía ver nada. La media entraba y salía a modo de ventosa según respiraba. El rostro era horrendo e inhumano, a tan sólo unos centímetros del mío.

—Una sola palabra y te corto la cabeza.

Los pensamientos eran chispas que revoloteaban a gran velocidad y en todas direcciones. Lucy. La boca se me estaba entumeciendo, percibí el sabor salado de la sangre. Lucy, no te despiertes. La tensión le recorría todo el brazo, la mano, como la corriente eléctrica recorre un cable de alta tensión. Voy a morir.

No lo hagas. No quieres hacerlo. No tienes por qué hacerlo.

Soy una persona, como tu madre, como tu hermana. No quieres hacerlo. Soy un ser humano como tú. Puedo contarte cosas. Te puedo hablar de los otros casos. Lo que sabe la policía. Quieres saber lo que yo sé.

No lo hagas. Soy una persona. ¡Una persona! ¡Podemos hablar! ¡Tienes que dejarme hablar contigo!

Discurso fragmentado. No expresado. Inútil. El silencio me encarcelaba. Por favor, no me toques. Dios mío, no me toques.

Tenía que lograr que apartara la mano, que me hablara.

Traté de poner toda mi voluntad en destensar el cuerpo, en relajar los músculos. Me dio resultado, algo es algo, al menos me aflojé un poco, y él lo advirtió.

Aflojó la mano que me tapaba la boca, tragué muy despacio.

Llevaba puesto un mono azul oscuro. Tenía el cuello manchado de sudor y bajo los brazos afloraban dos grandes manchas con forma de media luna. La mano que empuñaba el cuchillo contra mi garganta estaba enfundada en el material traslúcido de un guante quirúrgico. Olía la goma del guante. Lo olía a él.

Vi el mono azul en el laboratorio de Betty, olí el pútrido hedor almibarado que desprendía mientras Marino desataba la bolsa de plástico.

¿Es este el olor que él recuerda? La pregunta se me reproducía en la mente como si fuera la reposición de una película antigua. Veía el dedo de Marino señalándome mientras me hacía un guiño. *¡Bingo…!*

El mono extendido en la mesa del laboratorio, una talla grande, o muy grande, con las muestras de sangre que habíamos recortado…

Él respiraba con dificultad.

—Por favor —dije con un hilo de voz, sin moverme.

—¡Cállate!

—Si quieres, te cuento…

—¡Cállate!

Apretó la mano con furia. La mandíbula me iba a estallar en mil pedazos, como una cáscara de huevo.

Sus ojos recorrían la habitación a toda velocidad, captaban todo lo que había en ella. Se detuvieron en las cortinas, en los cordones que colgaban. Veía cómo los miraba. Sabía lo que estaba pensando. Sabía lo que iba a hacer con ellos. De pronto desvió los ojos con brusquedad hacia el cable que salía de la lámpara de la mesilla de noche. Se sacó del bolsillo algo blanco y resplandeciente y lo introdujo en mi boca al tiempo que apartaba el cuchillo de la garganta.

Tenía el cuello tan tenso que me ardía. El rostro estaba entumecido. Intenté desplazar el trapo seco que tenía en la boca hacia delante, empujándolo con la lengua sin que me viera. La saliva se me escurría poco a poco por la parte posterior de la garganta.

En la casa reinaba un silencio absoluto. Los latidos de la sangre me saturaban los oídos. Lucy. Dios mío, por favor.

Las otras víctimas hicieron lo que les decía. Vi aquellos rostros amoratados, aquellos rostros muertos…

Traté de recordar lo que sabía de él, traté de reconstruir lo que sabía de él. El cuchillo se hallaba a escasos centímetros, brillaba a la luz de la lámpara. Abalánzate sobre la lámpara y tírala al suelo.

Tenía los brazos y las piernas bajo las sábanas. No podía dar patadas, ni agarrar nada, ni moverme. Si la lámpara se estrellaba contra el suelo, la habitación quedaría a oscuras.

Me resultaría imposible ver nada. Él tenía el cuchillo.

También podía disuadirlo. Si por lo menos pudiese hablar, trataría de razonar con él.

Aquellos rostros amoratados, los cables incrustándose en sus cuellos.

Treinta centímetros, eso era todo. La distancia más larga de mi vida.

Él no sabía nada del revólver.

Estaba nervioso, agitado, y parecía confuso. Tenía el cuello congestionado y le caían gotas de sudor. Respiraba a toda prisa, con cierta dificultad.

No miraba la almohada. Miraba todo lo que lo rodeaba, pero no la almohada.

—Como se te ocurra hacer un solo movimiento...

Me rozó la garganta con el filo del cuchillo.

Yo tenía los ojos clavados en él.

—Te vas a divertir, zorra —era una voz grave y fría, que salía directamente del infierno—. Me he estado reservando la guinda para el final —la media entraba y salía de su boca—. ¿Quieres saber cómo lo he estado haciendo? Ahora te lo voy a enseñar, muy despacito.

Aquella voz. Me resultaba familiar.

Mi mano derecha. ¿Dónde estaba el revólver? ¿Más a la derecha, o más a la izquierda? ¿O en el centro, bajo la almohada? No me acordaba. ¡No podía pensar! Aún tenía que hacerse con los cables. No podía arrancar el de la lámpara. Esa lámpara era la única luz que había. El interruptor de la del techo estaba cerca de la puerta. Lo estaba mirando, miraba el oscuro rectángulo inanimado.

Con mucho cuidado, moví la mano derecha apenas un par de centímetros.

Sus ojos se posaron en mí, después volvió a dirigirlos hacia las cortinas.

Mi mano derecha descansaba sobre el pecho, casi a la altura del hombro, bajo la sábana.

Sentí que el borde del colchón se elevaba cuando él se incorporó y abandonó la cama. Las manchas de las axilas eran cada vez más grandes. Estaba empapado de sudor.

Miraba el interruptor de la luz próximo a la puerta, después volvía a mirar al otro lado de la habitación, donde estaban las cortinas, parecía indeciso.

Todo sucedió con extrema rapidez. El bulto frío y sólido chocó con mi mano y mis dedos se apoderaron de él, salí rodando de la cama, llevándome las sábanas por delante, y caí al suelo haciendo un ruido sordo. Con un chasquido, el percutor retrocedió y se bloqueó y yo me quedé sentada en el suelo, muy derecha, con la sábana enrollada en las caderas, todo sucedió a la vez.

No recuerdo haberlo hecho. No recuerdo haber hecho nada de todo esto. Fue puro instinto, como si fuera otra persona. Tenía el dedo en el gatillo, me temblaban tanto las manos que el revólver saltaba arriba y abajo.

No recuerdo haberme sacado la mordaza.

Lo único que oía era mi voz.

Le estaba gritando.

—*¡Hijo de puta! ¡Eres un hijo de la gran puta!*

La pistola cabeceaba arriba y abajo y yo gritaba, era una explosión de terror y rabia en forma de blasfemias que parecían proceder de otra persona. Gritar, lo que hacía era gritarle que se quitara la máscara.

Él se quedó petrificado al otro lado de la cama, en un estado de conciencia raro, como indiferente. El cuchillo que tenía en la mano enguantada, pude comprobar, no era más que una navaja.

Tenía los ojos clavados en el revólver.

—¡QUÍTATE LA MEDIA AHORA MISMO!

Movió el brazo con lentitud y la media blanca cayó al suelo…

Cuando se dio la vuelta…

Me encontré gritando en medio de una sucesión de explosiones que escupían fuego haciendo añicos los cristales, todo a tal velocidad que no sabía lo que estaba sucediendo.

Era una locura. Las cosas volaban por los aires, sin ilación alguna, el cuchillo se le cayó de la mano cuando él se desplomó sobre la mesilla de noche, la lámpara se estrelló contra el suelo, oí una voz que decía algo. La habitación se quedó a oscuras.

Alguien rasguñaba la pared contigua a la puerta…

—¿Se puede saber dónde diablos están las luces en este tugurio?

Habría podido hacerlo.

Sé que habría podido hacerlo.

Jamás en la vida había deseado nada con tanto ímpetu como apretar ese gatillo.

Quería hacerle un agujero en todo el corazón del tamaño de la luna.

Habíamos reconstruido los hechos al menos cinco veces. Marino quería discutir. Creía que no había sucedido como sucedió.

—Mire, doctora. En cuanto vi que se metía por la ventana lo seguí. Le aseguro que no pasaron más de treinta segundos antes de que llegara yo. Y usted no tenía ninguna maldita pistola en la mano. Fue a buscarla y salió rodando de la cama cuando irrumpí en la habitación y le pegué unos cuantos tiros que le hicieron saltar de sus zapatillas de talla cuarenta y cinco.

Era lunes por la mañana y estábamos sentados en mi despacho, en el centro de la ciudad. Apenas recordaba los acontecimientos de los dos últimos días. Me sentía como si hubiera estado sumergida en el agua, o en otro planeta.

No me importaba lo que dijera, estaba convencida de que tenía el arma apuntando al asesino cuando Marino apareció de golpe en la puerta de mi habitación y su revólver del calibre 357 embutió cuatro balas en la parte superior del cuerpo del asesino. No le tomé el pulso. No hice el menor esfuerzo por detener la hemorragia. Me quedé sentada en el suelo, con la sábana enrollada y la pistola en el regazo, las lágrimas surcaban mis mejillas cuando me di cuenta de un pequeño detalle.

Mi revólver no estaba cargado.

Estaba tan disgustada, tan trastornada cuando subí a acostarme, que olvidé cargarlo. Los cartuchos seguían metidos en la caja, que a su vez se encontraba debajo de los jerséis que había en los cajones de mi tocador, donde a Lucy jamás se le habría ocurrido mirar.

Estaba muerto.

Estaba muerto cuando se desplomó en la alfombra.

—Tampoco se había quitado la media —proseguía Marino—. La memoria a veces nos juega malas pasadas, ¿no cree usted? Fui yo el que le quitó la maldita media de la cara en cuanto llegaron Snead y Riggy. Para entonces ya estaba más muerto que otra cosa.

No era más que un niño.

No era más que un niño con el rostro pálido y demacrado y el cabello rizado y teñido de rubio. El bigote apenas era una sucia pelusilla.

Nunca olvidaría aquellos ojos. Eran ventanas en las que no había alma. Unas ventanas vacías, abiertas a a la oscuridad, como las que trepaba para asesinar a las mujeres cuyas voces había oído antes por teléfono.

—Me pareció que decía algo —le dije entre dientes—. Me pareció oírle decir algo mientras se desplomaba. Pero no me acuerdo qué.

Con ciertas reservas, le pregunté a Marino.

—¿Dijo algo?

—Claro que dijo algo. Una sola cosa.

—¿Qué dijo?

Con mano temblorosa, retiré el cigarrillo del cenicero. Marino esbozó una sonrisa maliciosa.

—Lo de siempre, lo que suele quedar grabado en esas cajitas negras de los aviones siniestrados. Lo que suelen ser las últimas palabras de muchos hijos de puta como éste. Dijo «¡Mierda!».

Una de las balas le perforó la aorta. Otra le desprendió el ventrículo izquierdo. Una tercera le atravesó el pulmón y se alojó en la columna vertebral. La cuarta atravesó el tejido blando sin dañar ningún órgano vital y se estrelló contra la ventana de mi dormitorio.

No fui yo quien hizo la autopsia. Uno de mis adjuntos del norte de Virginia dejó el informe en mi escritorio. No recuerdo habérselo pedido, pero debí de hacerlo.

No había leído los periódicos. No tenía estómago para soportarlo. Con el titular de la edición vespertina de ayer me bastaba. Alcancé a verlo de refilón mientras lo tiraba precipitadamente a la basura, a los pocos segundos de aparecer en la entrada de casa.

**UN DETECTIVE DA MUERTE
AL ESTRANGULADOR EN EL DORMITORIO
DE LA MÁXIMA AUTORIDAD FORENSE**

Muy bonito. ¿Y ahora quién creerán los lectores que estaba en mi dormitorio a las dos de la mañana, el asesino o Marino?

Muy bonito.

El psicópata tiroteado era un agente de comunicaciones contratado por el Gobierno de la ciudad hacía un año más o menos. Los agentes de comunicaciones de Richmond son civiles, no son policías genuinos. Trabajaba en el turno que comenzaba a las seis de la tarde y se prolongaba hasta la medianoche. Se llamaba Roy McCorkle. A veces atendía llamadas del 911. Otras veces asignaba tareas de emergencia, razón por la cual Marino reconoció la voz de la emisora de banda ciudadana reproducida en la cinta del 911 que le hice escuchar por teléfono. Marino no me dijo que reconoció aquella voz, pero lo hizo.

McCorkle no estaba de servicio el viernes por la noche. Llamó para decir que estaba enfermo. No había vuelto a trabajar desde que se publicó el artículo de Abby en primera plana de la edición matutina del jueves. Sus compañeros no se habían formado ninguna opinión particular de él, salvo que se divertían con sus bromas y su estilo telefónico en la emisora de banda ciudadana. Solían tomarle el pelo por sus múltiples visitas al cuarto de baño, a veces hasta doce en un turno. Se lavaba las manos, el rostro, el cuello. Uno de los agentes de asignación de tareas lo sorprendió una vez cuando estaba prácticamente dándose un baño con la esponja.

En el cuarto de baño de la sala de comunicaciones había una máquina que suministraba jabón Borawash.

Era «un buen tipo». En realidad, ninguno de sus compañeros lo conocía bien. Se suponía que al terminar el turno salía con una mujer, una «rubia atractiva» que se llamaba «Christie». La tal Christie no esxistía. Las únicas mujeres que vio a esas horas eran las víctimas de su carnicería. Ningún compañero de trabajo podía creer que se tratara de él, del estrangulador.

Contemplábamos la posibilidad de que McCorkle fuera también el autor del asesinato de tres mujeres de los alrededores de Boston, hace ya unos años. En aquel entonces conducía un camión. Una de las paradas era Boston, ahí entregaba un pedido de pollos en una planta de embalaje. Pero no teníamos la certeza. Jamás sabremos a cuántas mujeres asesinó en todo el país. Tal vez fueron docenas. Seguramente comenzó siendo un simple mirón, después pasó a violador. Carecía de antecedentes policiales. Lo más que llegó a tener fue una multa por exceso de velocidad.

Sólo tenía veintisiete años.

Según el expediente que figuraba en el archivo del departamento de policía, había desempeñado varios oficios: camionero, asignador de tareas en una fábrica de cemento de Cleveland, repartidor de correo y repartidor de una floristería de Filadelfia.

Marino no logró dar con él el viernes por la noche, pero tampoco es que lo buscara demasiado. Llevaba desde las once y media de la noche vigilando mi parcela, fuera de la vista, escondido entre los arbustos, alerta. Se había puesto el mono azul oscuro de la policía para fundirse con la noche. Cuando encendió la luz del techo de mi dormitorio y lo vi ahí de pie, con su mono azul, por un segundo de parálisis no supe quién era el asesino y quién el policía.

—Veamos —decía Marino—. Me quedé pensando en el nexo que podía haber con el caso de Abby Turnbull, en la posibilidad de que el tipo fuera tras ella y liquidara a la hermana por error. Ésa era mi preocupación. Me preguntaba qué otra mujer de la ciudad podía estar en su mira.

Me miró con expresión meditabunda.

Cuando, ya entrada la noche, a Abby la persiguieron desde el periódico hasta su casa, razón por la cual llamó al 911, fue McCorkle quien recibió la llamada. Así logró enterarse de dónde vivía. Tal vez ya tenía pensado asesinarla, o quizá no se le ocurrió hasta que oyó la voz y supo quién era. Nunca lo sabremos.

Lo que sí sabíamos es que las cinco mujeres habían llamado al 911 en algún momento. Patty Lewis lo hizo dos semanas antes de que la asesinaran. Llamó a las 8.23 de la tarde de un jueves, justo después de una gran tormenta, para avisar de que a más de un kilómetro de su casa había un semáforo averiado. Actuó como una buena ciudadana. Trataba de prevenir un accidente. No quería que nadie resultara herido.

Cecile Tyler marcó un nueve en lugar de un cuatro. Un número equivocado.

Yo nunca llamé al 991.

No me hacía falta.

Mi número de teléfono y mi dirección figuran en la guía telefónica porque los médicos forenses tienen que poder localizarme después de las horas de oficina. Además, en las últimas semanas, hablé varias veces con unos cuantos asignadores de tareas en mis intentos por localizar a Marino. Alguno de ellos pudo ser McCorkle. Ya nunca lo sabría. No creo que tampoco quisiera saberlo.

—Su fotografía ha salido mucho en los periódicos y en la televisión —proseguía Marino—. Usted ha llevado todos los casos, él quería saber lo que usted sabía. La tenía en la mente. La verdad es que me preocupé. Después vino toda esa bazofia de su trastorno metabólico y de que el despacho de usted sabía algo más de él —mientras hablaba caminaba de un lado a otro—. Ahora sí que la cosa se pone fea, pensé. Ahora ya es una cuestión personal. La arrogante doctora se permitía insultar su inteligencia, su virilidad.

Las llamadas telefónicas que yo recibía de madrugada…

—Eso es lo que más le altera de todo. No le gusta que ninguna tía lo trate como si fuera un estúpido. Él piensa «la zorra ésta se cree muy lista, más que yo. Le voy a dar una buena lección, voy a ajustarle las cuentas».

Me había puesto un jersey debajo de la bata de laboratorio. Tenía las dos prendas abrochadas hasta el cuello. No lograba entrar en calor. Había dormido en la habitación de Lucy las dos últimas noches. Iba a pintar mi habitación. Estaba pensando en vender la casa.

—Así que supongo que la doble página del otro día hablando de él le sacudió la jaula. Benton dijo que era una bendición del cielo. Que a lo mejor entonces cometía alguna imprudencia o algo así. Yo me indigné, ¿se acuerda?

Apenas alcancé a asentir con la cabeza.

—¿Quiere saber la verdadera razón de mi indignación?

Me limité a mirarlo. Era como un crío. Estaba orgulloso de sí mismo. Se suponía que mi deber era elogiarlo, conmoverme por el hecho de haber disparado a un hombre a bocajarro y dejarlo acribillado en mi dormitorio. El asesino tenía una navaja. Eso era todo. ¿Qué iba a hacer? ¿Tirársela?

—Bueno, se lo diré. Para que lo sepa, hace tiempo que me dieron una pista.

—¿Una pista? —lo miré con detenimiento—. ¿Qué pista?

—Boltz, el Chico de Oro —respondió con la mayor naturalidad al tiempo que sacudía la ceniza—. Resulta que tuvo la delicadeza de pasarme cierta información antes de largarse. Me dijo que estaba preocupado por usted...

—¿Por mí? —le espeté.

—Dijo que una noche pasó a verla ya tarde y vio un coche un tanto extraño que avanzaba con lentitud, y después apagó los faros, saliendo a toda velocidad. Se puso nervioso y pensó que la estaban acechando, que podía ser el asesino...

—¡Era Abby! —salté como loca—. Vino a casa porque quería hacerme unas preguntas, vio el coche de Bill y le entró pánico...

Marino pareció sorprenderse, al menos por un instante. Después se encogió de hombros.

—Bueno, lo que sea. El caso es que logró llamarnos la atención, ¿sí o no?

Guardé silencio. Estaba al borde del llanto.

—Bastó para ponerme nervioso. La verdad es que desde hace tiempo he estado vigilando su casa. La he

435

estado observando muchos días, a altas horas de la noche. Y en ésas aparece el maldito cuento de la conexión de ADN. Entonces me pongo a pensar que tal vez la comadreja ésa ya esté reconociendo el terreno de la doctora antes de actuar. Ahora sí que va salir de la madriguera. Y el artículo de prensa no lo va a empujar al ordenador, lo va a empujar directamente hacia ella.

—Y estaba en lo cierto —dije con un carraspeo.

—Puede estar segura de que sí.

No hubiera hecho falta que Marino lo matara. Nadie lo sabría jamás, excepto nosotros dos. Yo nunca lo diría. No me daba ninguna pena. Yo misma lo habría hecho. Quizá me sentía tan mal por dentro porque, de haberlo intentado, habría fallado. El revólver no estaba cargado. Un «clic». Eso es todo lo que habría logrado. Creo que me encontraba tan mal porque no hubiera podido salvarme y porque no quería agradecerle a Marino el hecho de seguir viva.

Él no cesaba de parlotear. La furia que yo sentía estaba a punto de estallar. Comenzó a subirme lentamente por la garganta, como si fuera bilis.

En ese preciso instante entró Wingo repentinamente.

—Hola.

Con las manos en los bolsillos, hizo un gesto dubitativo tras la mirada airada que le lanzó Marino.

—Hola, doctora Scarpetta. Sé que no es un buen momento, con todo lo que ha pasado, quiero decir, sé que todavía está alterada…

—¡No estoy alterada!

Abrió los ojos como platos. Palideció.

Bajé el tono de voz antes de continuar.

—Lo siento, Wingo. Sí. Estoy alterada. Estoy exhausta. No estoy en mis cabales. ¿Qué quería decirme? —dije bajando el tono de voz.

Se metió la mano en el bolsillo de sus pantalones de seda azul pastel y sacó una bolsa de plástico. En su interior había una colilla de cigarrillo de la marca Benson & Hedges 100.

La depositó con cuidado en la carpeta de mi escritorio.

Me quedé mirándolo sin comprender, a la espera.

—Bueno, ¿recuerda que yo quise saber si el director era uno de esos anti-fumadores empedernidos?

Hice un gesto afirmativo con la cabeza.

Marino se estaba impacientando y miraba su alrededor, como si todo aquello lo aburriera sobremanera.

—Verá usted, se trata de mi amigo Patrick. Trabaja en contabilidad aquí en frente, en el mismo edificio que Amburgey. Bien —se estaba sonrojando—. A veces, Patrick y yo quedamos en su coche y salimos a comer. Su plaza de aparcamiento está dos filas más abajo que la de Amburgey. No es la primera vez que lo vemos.

—¿No es la primera vez que lo ven?—pregunté desconcertada—. ¿La primera vez que lo ven haciendo qué?

Wingo se inclinó hacia adelante y me confió el secreto.

—Fumando, doctora Scarpetta —acto seguido se enderezó—. Se lo juro. A última hora de la mañana y justo después de comer. Imagínese, Patrick y yo sentados en el interior de su coche, charlando, escuchando música. Más de una vez hemos visto a Amburgey meterse en su New Yorker negro y encenderse un cigarrillo. Ni siquiera usa el cenicero porque no quiere que nadie lo sepa. Mira a su alrededor todo el tiempo. Después tira la colilla por la ventanilla, vuelve a mirar una vez más e inicia el regreso a la oficina aplicándose una dosis de aerosol bucal.

Se quedó mirándome fijamente, perplejo.

Yo me reía con tal ímpetu que las lágrimas me inundaban los ojos. Debió de ser histeria. No podía parar de reír. Aporreaba el escritorio y me secaba las lágrimas. Estoy segura de que todo aquel que pasara por el pasillo me oiría.

Wingo se echó a reír, al principio con cierta inquietud, pero al poco tiempo tampoco podía parar.

Marino nos miraba arrugando el entrecejo, como si fuéramos imbéciles. Al rato intentó reprimir una sonrisa, y en seguida se atragantó con el cigarrillo y comenzó a reírse a carcajadas.

Al fin Wingo logró reanudar el relato.

—La cosa es que…—respiró hondo—. Doctora Scarpetta, la cosa es que esperé a que lo hiciera y en cuanto salió del coche, salí corriendo a recoger la colilla, la llevé directamente a serología y se la di a Betty para que la analizara.

Dejé escapar un grito ahogado.

—¿Qué hiciste qué? ¿Le llevaste la colilla a Betty? ¿Era eso lo que le llevaste el otro día? ¿Para qué? ¿Para que analizaran la saliva? ¿Con qué fin?

—Para saber el grupo sanguíneo, doctora Scarpetta. Es AB.

—Dios mío.

Lo relacioné de inmediato. Era el mismo grupo sanguíneo que figuraba en el equipo de recopilación de pruebas físicas que había sido mal etiquetado y que Wingo encontró en el frigorífico de las pruebas.

El grupo sanguíneo AB es muy infrecuente. Sólo el cuatro por ciento de la población lo tiene.

—Sospechaba de él —explicó Wingo—. Sé hasta qué punto…ejem… la odia, doctora. Siempre me ha dolido ver lo mal que la trata. Por eso le pregunté a Fred…

—¿Al guarda jurado?

—Sí. Le pregunté a Fred si había visto a alguien, ya sabe, si recordaba haber visto a alguien ajeno entrar en la morgue. Me dijo que justamente vio a un tipo un lunes a media tarde. Acababa de comenzar la ronda y fue un momento al baño de abajo. Cuando salía se cruzó con este tipo blanco, un dandi, que justo entraba en ese momento, o sea, que entraba al baño. Me dijo que el dandi éste llevaba algo en las manos, unos paquetes de papel o algo así. Fred se limitó a salir y siguió haciendo su trabajo.

—¿Amburgey? ¿Seguro que era Amburgey?

—No lo sabe. Me dijo que para él todos los blancos son prácticamente iguales. Pero se acordaba bien de éste en particular porque tenía un espléndido anillo de plata con una enorme piedra azul incrustada. Un tipo ya mayor, escuálido y medio calvo.

—O sea, que a lo mejor Amburgey entró en el baño y se impregnó…—fue Marino quien hizo la sugerencia.

—Son bucales —le recordé—. Me refiero a las células que se vieron en el portaobjetos. Y no había corpúsculos de Barr. Cromosoma Y, es decir, hombre.

—Me encanta cuando dice cochinadas —me dirigió una sonrisa antes de proseguir—. O sea, que se limpia el interior de los cachetes con el algodón, esperemos que los que están más arriba del maldito cuello, no los de más abajo. Embadurna algunos portaobjetos de los que había en uno de los equipos de pruebas, y le encaja una etiqueta...

—Una etiqueta que sacó del expediente de Lori Petersen —volví a interrumpir, esta vez sin dar crédito.

—Y por último, lo mete en el frigorífico para que usted crea que la metedura de pata fue suya. Tal vez hasta fuera él quien violó la seguridad del ordenador. Increíble —volvió a soltar una risotada—. ¿No le emociona? Lo vamos a crucificar.

Habían vuelto a entrar en el ordenador durante el fin de semana, creíamos que el viernes por la noche, después del horario laboral. Wesley advirtió los comandos en la pantalla el sábado por la mañana, cuando vino a buscar la autopsia de McCorkle. Alguien había tratado de sacar el caso de Henna Yarborough. La llamada se podía localizar, por supuesto. Estábamos esperando a que Wesley trajese los datos de la compañía telefónica.

Siempre supuse que había sido McCorkle, que en algún momento de la noche del viernes pasó por aquí antes de ir a mi casa.

—Si se tratara de Amburgey —les recordé— no ocurrirá nada. Tiene derecho, en virtud del cargo, a acceder a los datos de mi despacho y analizar todo lo que se le ocurra. Jamás podremos demostrar que manipuló un informe.

Todas las miradas fueron a parar a la colilla de la bolsa.

Manipulación de pruebas, fraude, ni siquiera el gobernador del Estado podía tomarse tales libertades. Un delito grave es un delito grave. No confiaba en que pudiéramos demostrarlo.

Me levanté y colgué la bata detrás de la puerta. Me puse la chaqueta y recogí una carpeta gruesa de la silla. En veinte minutos tenía que comparecer ante el tribunal para prestar declaración en un caso de homicidio, otro más.

Wingo y Marino me acompañaron hasta el ascensor. Los dejé en el pasillo y entré. Mientras las puertas se cerraban les tiré un beso a cada uno.

Tres días más tarde, Lucy y yo nos encontrábamos en al asiento trasero de un Ford Tempo, camino al aeropuerto. Ella regresaba a Miami y yo me iba con ella por dos razones de peso.

Quería ver cómo estaba la situación con su madre y el ilustrador con quien se había casado, y además tenía la necesidad imperiosa de tomarme unas vacaciones.

Había planeado llevar a Lucy a la playa, a los cayos, a la Jungla de los Monos, al Parque Nacional Everglades, al Santuario Marino. Iríamos a ver cómo luchan los indios Seminoles con los caimanes. Veríamos la puesta de sol en la bahía Biscayne, y también iríamos a ver los flamencos rosas de Hialeah. Alquilaríamos la película *Rebelión a bordo*, después nos meteríamos en el famoso buque anclado en Bayside y nos imaginaríamos a Marlon Brando en cubierta. Iríamos de compras por Coconut Grove, y nos pondríamos moradas de mero, lubina colorada y tarta de lima. Haríamos todo aquello que siempre deseé cuando tenía su edad.

También hablaríamos de la dura experiencia que había vivido. Fue un milagro que no se despertara hasta que Marino abrió fuego. Pero Lucy era consciente de que su tía estuvo apunto de morir asesinada.

Sabía también que el asesino entró por la ventana de mi despacho, que estaba cerrada pero sin cerrojo porque a ella se le olvidó volverlo a echar cuando la abrió pocos días antes.

McCorkle cortó los cables del sistema de alarma que iban por fuera de la casa. Se metió por la ventana de la planta baja, pasó a muy poca distancia de la puerta de su habitación y subió las escaleras sin hacer ruido. ¿Cómo sabía que mi dormitorio se encontraba en el piso de arriba?

No creo que lo supiera, a menos que hubiera estado acechando mi casa.

Lucy y yo teníamos mucho de qué hablar. Necesitaba hablar con ella tanto como ella oír mis palabras. Tenía intención de dar con un buen psicólogo infantil que se ocupara de ella. Tal vez deberíamos ir las dos.

Nuestro chófer era Abby. Se ofreció amablemente a llevarnos al aeropuerto.

Detuvo el coche frente a la puerta de nuestra compañía aérea, se dio la vuelta y sonrió con añoranza.

—Ojalá pudiera irme con vosotras.

—Hazlo —respondí con entusiasmo—. Te lo digo de verdad. Nos encantaría, Abby. Me voy tres semanas. Tienes el teléfono de mi madre. Si puedes escaparte, súbete a un avión y nos vamos las tres a la playa.

En aquel instante le llegó un aviso por radio. Se volvió distraídamente para subir el volumen y sintonizar el sonido.

Sabía que no iba a tener noticias de ella. Ni mañana, ni pasado mañana, ni al otro.

Para cuando nuestro avión despegara, ella estaría ya persiguiendo ambulancias y coches patrullas una vez más. Ésa era su vida. Lo suyo era informar, lo necesitaba como otros necesitan el aire.

Le debía mucho.

Gracias a las artimañas que hizo por su cuenta descubrimos que fue Amburgey quien manipuló los datos del ordenador del Instituto Forense. Averiguaron que la llamada provenía del teléfono de su casa. Era un pirata informático y en su casa tenía un ordenador con módem.

Creo que la primera vez que se metió en mi ordenador fue simplemente con el fin de seguir de cerca mi trabajo, como de costumbre. Me inclino a pensar que cuando estaba revisando los casos de estrangulamiento, advirtió que parte de la información que figuraba en el expediente de Brenda Steppe no coincidía con lo que Abby había escrito en el periódico. Sabía que el origen de la filtración no podía ser mi despacho, pero lo deseaba con tal vehemencia que alteró el expediente para que lo pareciera.

Después puso deliberadamente la función eco e intentó abrir el caso de Lori Petersen. Quería que viéramos aquellos comandos en la pantalla el lunes siguiente, tan sólo unas horas antes de que me llamara para que fuera a hablar con él a su despacho, delante de Tanner y de Bill.

Un pecado lo llevó al siguiente. El odio lo cegó, cuando vio las etiquetas de ordenador en el expediente de Lori Petersen no se pudo contener. Yo había reflexionado

443

mucho sobre la reunión que tuvo lugar en la sala de conferencias, donde ellos se dedicaron a revisar los expedientes. Había supuesto que alguien había robado la etiqueta correspondiente al equipo de recopilación de pruebas cuando a Bill se le cayeron varios expedientes del regazo y quedaron esparcidos por el suelo. Sin embargo, reconstruyendo la escena, recordé que Bill y Tanner se pusieron a ordenar todos lo papeles por sus números de caso. El de Lori no se encontraba entre ellos porque en ese momento Amburgey lo estaba analizando. Aprovechando la momentánea confusión de papeles, arrancó la etiqueta a toda prisa. Después salió de la sala de ordenadores con Tanner, pero se retrasó un poco para quedarse solo en la morgue y utilizar el baño de hombres. Fue entonces cuando dejó los portaobjetos en el frigorífico para levantar sospechas.

Ése fue su primer error. El segundo fue subestimar a Abby. Se quedó lívida cuando advirtió que alguien estaba utilizando sus artículos para poner en peligro mi carrera profesional. No porque fuera la mía en particular, sospechaba yo. Lo que Abby no consentía de ningún modo era que la utilizaran. Lo suyo era una auténtica cruzada: defendía la verdad, la justicia y el estilo de vida americano. La rabia le carcomía y estaba dispuesta a atacar, pero le faltaba el enemigo.

Cuando su relato salió a la luz, se fue a ver a Amburgey. Ya entonces sospechaba de él, me confesó después, porque fue él quien astutamente le permitió acceder a la información existente sobre el equipo de pruebas mal etiquetado. Tenía el análisis serológico en su escritorio con anotaciones personales que decían «cadena de

pruebas invalidada», «inconsistencia entre estos resultados y los anteriores». Cuando Abby se hallaba sentada al
otro lado de su famoso escritorio chino, él salió del despacho y la dejó sola unos minutos, lo suficiente para ver
lo que tenía en su carpeta.

Era obvio lo que tramaba. Los sentimientos que yo
le inspiraba no eran ningún secreto. Abby no tenía nada
de tonta. En ese instante se convirtió en agresora. El
viernes por la mañana volvió a su despacho y le planteó
el asunto de la intrusión en el ordenador cara a cara.

Amburgey le respondió con evasivas, fingió horro-
rizarse ante la posibilidad de que publicara algo semejante, pero se le hacía la boca agua ante la perspectiva. Ya
saboreaba mi derrota.

Abby le tendió una trampa. Le confesó que no tenía
suficientes datos para continuar.

—La transgresión sólo ha ocurrido una vez —le dijo—. Si vuelve a suceder, doctor Amburgey, no tendré
más remedio que publicarlo añadiendo además de otros
datos que yo sé, porque los ciudadanos tienen que enterarse de que hay un serio problema en el Instituto Forense.

Volvió a suceder.

La segunda vez no tuvo nada que ver con el artículo que salió publicado a modo de señuelo, porque no se
trataba de atraer la atención del asesino hacia el ordenador del Instituto Forense. Esta vez se trataba de atraer al
propio director de Sanidad.

—Por cierto —me dijo Abby mientras sacábamos
las bolsas del maletero—. Creo que Amburgey va a dejar
de molestarte.

—Los leopardos no se pueden camuflar las manchas— comenté echando un vistazo al reloj.

Ella sonreía recordando sin duda algún secreto que no tenía intención de divulgar.

—Lo que quiero decirte es que no te sorprendas si a tu regreso te encuentras con que ya no está en Richmond.

No le hice preguntas.

Ella lo tenía en la mira. Alguien tenía que pagar. Y a Bill no lo podía tocar.

Bill me llamó ayer para decirme que se alegraba de que estuviera bien, que se había enterado de lo sucedido. No hizo referencia alguna a sus propios delitos, y yo ni siquiera los mencioné cuando me dijo con tranquilidad que no le parecía buena idea continuar nuestra relación.

—Lo he pensado mucho, y creo que no funcionaría, Kay.

—Tienes razón —admití con cierta sorpresa por el alivio que sentía al decirlo—. No va a funcionar, Bill.

Le di un fuerte abrazo a Abby.

Lucy torció el gesto mientras luchaba con su enorme maleta rosa.

—¡Jolín! —se quejaba—. El ordenador de mamá no tiene más que un procesador de textos. Ni base de datos, ni nada.

—Vamos a ir a la playa —me puse las dos bolsas al hombro y crucé tras ella las puertas de cristal.

—Nos lo vamos a pasar muy bien, Lucy. Olvídate del ordenador por un tiempo. No es bueno para la vista.

—Hay una tienda de informática no muy lejos de casa...

—La playa, Lucy. Necesitas unas vacaciones. Las dos necesitamos unas vacaciones. Aire fresco, sol, te va a sentar bien. Te has pasado dos semanas enteras encerrada en mi despacho.

Seguimos discutiendo en el mostrador de facturación.

Puse las maletas en la balanza, le estiré bien el cuello por detrás y le pregunté por qué no se había puesto la chaqueta.

—El aire acondicionado de los aviones siempre es excesivo.

—Tía Kay...

—Vas a pasar frío.

—¡Tía Kay!

—Nos da tiempo a comernos un bocadillo.

—¡No tengo hambre!

—Algo tienes que comer. Nos queda una hora de espera en Dulles y en el avión no dan comida. Tienes que tener algo en el estómago.

—¡Hablas como las abuelas!